拉什迪小說的多元敘事與梵我一如思想研究——以《午夜之子》為例

The Poly-narration and the Philosophical Thoughts of “the Oneness of Brahma and Atman” in Salman Rushdie's Novels: A Case Study of Midnight's Children

李蓉　著

目錄 Contents

自序／賣瓜者言

王婆賣瓜，自賣自誇。

首先要誇誇作者。可我沒有什麼名頭，要誇也只能是問心無愧地說，寫論文時我是個踏踏實實的作者，教學生時我是個踏踏實實的老師。

其次要誇誇著作。不過著作也未曾榮獲什麼獎項，要誇也只能質樸平實地說，此書是本人的博士論文，算得上是本人出品的良心之作。

良心之作包含了功夫。本書是關於拉什迪小說《午夜之子》的評論。《午夜之子》雖是各種英國文學教材必提的篇目，可它卻又以難懂著稱，不下工夫就看不懂，看不懂也就沒法兒評論。所以當初在讀到這本小說時，我一頭就紮了進去。據拉什迪說，他的這本小說前後寫了五年，為了弄懂這本小說，我也前後花了五年；小說大概二十萬字，我寫的關於這本小說的論文也有二十萬字。對一本小說投入時間如此之久，耗費精力如此之多，再回想其間遭遇的種種困難，大言不慚，覺得自己真是下了功夫。

下功夫有可能是因為笨。坦白地說，確實有點兒笨，但笨不在智商，笨在不取巧。問：關於拉什迪小說的評論那麼多，人家不都需要看懂小說，都需要下功夫麼？答：相關評論雖眾，可大多都是套用後現代以來西方文學理論，把功夫花在了文本之外，談意識形態，政治衝突，宗教摩擦。但其實，拉什迪的英語書寫之下有一顆印度的心。只有把文本還原至印度文化背景，以文本為本，深入分析，方能窺見其中奧秘。因此，我心無旁鶩，直衝文本而去，追問它所蘊含的印度哲學思想和藝術特色，一路走來，著實坎坷。這對我的知識儲備是個挑戰。我的專業是英美文學文化，對於印度文學文化原本一無所知。但為了研究，我踏入這個完全陌生的領域，無論是艱深的印度宗教哲學，還是精微的印度文藝理論，都從頭學起。這對我的闡釋能力也是個考驗。我必須要考慮如何才能寫得深入淺出，通俗易懂，從而讓讀者也能「跨界」，走進文本，走進印度文學文化的領域。所以，論文研究的問題說來簡單：無非就是拉什迪的作品寫了什麼，怎麼寫的，寫得好不好，又何以見得。可是，為了回答這些問題，摸著良心說，我真的下了笨功夫。

勉強誇完了自己，誇完了著述，最後還想說說這書對於讀者有什麼益處。如果讀者恰巧對拉什迪的作品感興趣，又恰巧覺得他的作品中有很多難解之謎，那麼我推薦這本書，其內容「有關鍵情節透露」，可以充當打開拉什迪作品的一把鑰匙。如果讀者不是拉什迪的粉絲，但是對文本分析和文本細讀的方法感興趣，我也推薦這本書，因為文學文本雖然千差萬別，但是語言之後的結構方式和思維方法卻是異曲同工，我的著力點正在於此。如果讀者不是文學批評者，而是一個四處尋求借鑒的文學創作者，我還是推薦這本書，因為其意在展示，拉什迪這個創作高手如何一磚一瓦構建了《午夜之子》這座小說的大廈。

如上，王婆賣瓜，自賣自誇，誇畢。

當然，我不會因為自誇而丟掉自知之明。閱讀碎片化的今天，讀小說的已然是小眾，讀嚴肅小說的更是稀少，至於讀嚴肅小說相關評論的人大概數起來連屈指都不必。即使如此，似乎也沒什麼遺憾。每本小說都是一個人，每個人也都是一本小說。我讀小說，亦是小說讀我。能夠遇到拉什迪和他的《午夜之子》，能夠走進、描述他們的浩瀚，我是快樂的。而心中有了這份自得之樂，夫復何求？！

2018 年 10 月於福州煙臺山

第一章　　緒論

第一節　拉什迪其人

印裔英語作家薩爾曼·拉什迪是著名的後現代主義作家。他的盛名至少可以歸納為如下幾個「最」。[1] 首先，拉什迪是全球「最」受爭議的作家之一。1989 年，他發表的《撒旦詩篇》引發了伊斯蘭世界的震怒。前伊朗領袖霍梅尼下令全球追殺拉什迪，拉什迪從此開始了流亡生涯。追殺令隨即也引起一場國際風波，西方的政府、媒體、知識分子紛紛展開了聲援拉什迪的活動。對於拉什迪，這個因小說招致殺身之禍，也因小說贏得擁躉的作家而言，「全球最受爭議作家」的稱號可謂當之無愧。其次，拉什迪是離諾貝爾文學獎「最」近也「最」遠的作家。他多次獲得世界級的文學獎項，作品廣受讚譽。米蘭·昆德拉說，「自從拉什迪的《午夜之子》在當時喚起一致的欣賞後，盎格魯—撒克遜文學無人反對他是當今最有天份的小說家之一。」[2] 拉什迪似乎離諾獎最近，每年獲獎的呼聲都很高。但是，正如奈保爾所言，「『拉什迪事件』是拉什迪作品的最極端的文學批評形式。」[3] 由於這

---

1 本文歸納的幾個「最」和媒體有所不同。在拉什迪的小說《羞恥》2009 年首次引進內地時，小說的推薦語曾用幾「最」來說明拉什迪。推薦語稱他為「史上身價最昂貴的作家」：「他曾被迫十餘載潛隱，處處躲避追殺。世界許多出版人以生命做代價出版他的作品」；「世界最有影響的作家之一」：「長期以來，一直被看作當代英國文壇上的領軍人物，被譽為是『後殖民』文學的『教父』，又有人把他和奈保爾與石黑一雄並稱是英國文壇上的『移民三大家』」；「世界最有爭議的作家之一」：「一些人將他奉為『文學天才』，認為他構築了一個龐大、複雜、肉感、色彩鮮豔的文學世界；他以生命的代價（自己的或無辜他人的），將人性中的善惡美醜展現在世人面前。另一些人則罵他是『肆無忌憚的聰明和沒心沒肺的惡搞』，『文痞和走狗』，『褻瀆聖靈，應該處死』」。（薩爾曼·拉什迪·《羞恥》·黃燦然，譯·南京：江蘇人民出版社，2009 年。）同時，也有不少媒體冠以拉什迪「最受爭議的文學大師」的稱號，如，《青年時報》（2009 年 6 月 21 日 A14 版）以題為「全球最具爭議的文學大師來了」的報導介紹了拉什迪和他的小說《羞恥》。同時也稱，拉什迪「是這個星球上最值錢的作家。在 1988 年至 1998 年之間，他的刺殺賞金高達 280 萬美元，英國政府每年用在他身上的安保費用則達到了 160 萬美元。」

2 米蘭·昆德拉·《被背叛的遺囑》·余中先，譯·上海：上海譯文出版社，2011 年：第 23-24 頁。

3 薩爾曼·拉什迪·《羞恥》·黃燦然，譯·南京：江蘇人民出版社，2009 年：

一「最極端」的文學批評形式，拉什迪也成為離諾獎「最」遠的一個作家。再次，拉什迪無疑是「最」難懂的作家之一。評論家們如是說：「拉什迪無疑是世界上最廣為人知的小說家；但是他的作品卻並不真正『為人所知』；[4] 坦白的說，人們還沒抓住拉什迪作品的本質，即使是最好的評論家，能說的也只是他的作品堪比西方文學中的經典之作。顯然，作品對於讀者而言依舊很難理解……」[5] 如上所言，拉什迪「最」之盛名可算是名至實歸。但是，拉什迪歸根結蒂仍是個作家——不走進他的文字迷宮，他就永遠只是盛名的影子，只有接受智力挑戰，登上與之對話的巔峰，才能領略他的曼妙絕倫。

拉什迪 1947 年出生於孟買的一個回教中產階級家庭，他的父親曾就讀劍橋大學的法律專業，後轉業經商，母親是教師。拉什迪十四歲移居英國，曾先後就讀於拉格比公學，英皇書院，並在劍橋大學學習歷史。完成學業後，拉什迪最早就職於國際奧美廣告公司（Ogilvy & Mather），擔任該公司的文案創意工作。在這段文案工作期間，拉什迪發表了他的第一部小說《格雷姆斯》（*Grims*）（1978），並開始了小說《午夜之子》（*Midnight's Children*）（1981）的創作。《格雷姆斯》並未引起公眾和批評家的關注，而《午夜之子》卻讓拉什迪一舉成名。隨著這部作品的成功，拉什迪也跨入專職作家的行列。自出道以來，拉什迪創作了一系列作品，多次獲得世界級的文學獎項。1981 年，拉什迪以小說《午夜之子》摘得英國文學的桂冠——布克獎；1983 年他的小說《羞

封底推薦語。

4 Pradyumna S. Chauhan ed.. *Salman Rushdie Interviews: A Sourcebook of His Ideas.* London: Greenwood Press, 2001: ix

5 Pradyumna S. Chauhan ed.. *Salman Rushdie Interviews: A Sourcebook of His Ideas.* London: Greenwood Press, 2001: ix

恥》（*Shame*）獲頒法國年度最佳外語書籍獎；1990 年出版的《哈龍與海故事集》（*Haroun and the Sea of Stories*）（1990）獲美國作家協會最佳童書獎；《摩爾人的最後歎息》（*The Moor's Last Sigh*）（1995）獲白麵包 1995 年度長篇小說獎，等等。小說《午夜之子》為拉什迪贏得了廣泛的國際聲譽，使他成為與加西亞・瑪律克斯、米蘭・昆德拉和君特・格拉斯這樣世界級文學大師比肩的作家。作為當代英國文壇上的領軍人物，拉什迪還被譽為「後殖民」文學的「教父」，與奈保爾、石黑一雄並稱為「移民三傑」。拉什迪小說的文學價值得到廣泛認同，2007 年 6 月在英國女王生日慶典中他被授予爵士勳章，以表彰他在文學上作出的貢獻；2010 年出版的不列顛百科教育叢書中，拉什迪名列《有史以來最有影響力的 100 位作家》當中；他的小說也已被翻譯成三十多種語言在世界多個國家地區出版發行。

第二節　國內外研究現狀

拉什迪特立獨行，文采斐然，盛名遠播，其人其書自然一直都是西方批評家關注的焦點。西方批評家深入研究了拉什迪的作品，取得了許多重要的研究成果。這些研究主要圍繞作家的創作及創作的社會影響展開。因此，以 1989 年《撒旦詩篇》而引發的「拉什迪事件」及 1998 年「追殺令」的解除為界，現有相關批評大致可分為三個階段。

第一階段（1978—1989）。本階段是拉什迪創作和影響力的積累階段，所以，研究成果也相對有限，主要是一些較為零散的，以評介為主的批評。直到 1989 年美國明尼蘇達大學英文系蒂莫西・布倫南（Timothy Brennan）教授才出版了第一本拉什迪研究專著《薩爾曼·拉什迪與第三世界：民族的神話》（*Salman Rushdie and the Third World: Myths of the Nations, 1989*）。布倫南教授在著作中指出，固定的、民族的意識形態似乎成了來自第三世界作家的標誌性特徵，但拉什迪並沒有採用西方或東方的單極視角，而是站在「世界主義者」的客觀甚至是批判立場來描述印度，超越並逃離了自己的身份，成為一個「第三世界的世界主義者（Third-World cosmopolitans）」。

第二個階段（1989—1998）。在本階段中，「追殺令」把拉什迪變作一個新聞人物，從而使他和他的作品受到社會各界的廣泛的關注，並成為研究的熱點，相關的研究也因此在深度和廣度上都取得了長足的進步。總體來看，該時期的研究有兩大特點。其一，在內容上，很多研究都集中探討了拉什迪的作品尤其是《撒旦詩篇》中所涉及的宗教問題，這些研究的目的有的是在聲援作家的創作自由，有的則是站在穆斯林的立場上批評拉什迪「瀆神」，還有一些試圖對拉什迪作品所引發的宗教衝突作出解釋。這些研究包括蘇格蘭作家與宗教歷史學家馬萊斯·魯斯文博士（Malise Ruthven）撰寫的《撒旦事件：薩爾曼·拉什迪與伊斯蘭的震怒》（*A Satanic Affair: Salman Rushdie and the Rage of Islam, 1990*）、猶太教教授丹·柯恩 - 薛波（Dan Cohn-Sherbok）主編的《跨宗教視野中的薩爾曼·拉什迪論戰》（*The Salman Rushdie Controversy in Inter-Religious Perspective, 1990*）、M·M·阿赫桑和 A·R·齊德威（M.M. Ahsan and A.R. Kidwai）主編的《瀆神與文明的對抗：穆斯林眼中的〈撒旦詩篇〉事件》（*Sacrilege versus Civility: Muslim Perspectives on The Satanic Verses Affair, 1991*）。其二，在研究方法上，很多研究介紹了拉什迪的「系列」作品，試圖對其中「被小說化」的政治、文化、宗教等多方面進行解讀闡釋。這些研究有些是作家評介，如，詹姆斯・哈里森（James Harrison）撰寫的《薩爾曼・拉什迪》（*Salman Rushdie, 1992*），凱薩琳・康迪（Catherine Cundy）撰寫的《薩爾曼・拉什迪》（*Salman Rushdie, 1996*）；還有些是以某個視角貫穿拉什迪的多部小說進行研究。如：M・瑪杜蘇達納・勞（M.Madhusudhana Rao）博士的專著《薩爾曼・拉什迪小說之研究（〈撒旦詩篇〉除外）》（*Salman Rushdie's Fiction: A Study, 1992*）探討了拉什迪前三部小說中關於「永恆」的主題，認為這個主題是這三部小說的核心主題，而所有其它的次主題則圍繞該核心主題展開。另外，印度本土一些關於拉什迪作品的評論也結集出版（如：G.R. Taneja, R.K. Dhawan, ed.. *The Novels of Salman Rushdie*. New Delhi: Indian Society for Commonwealth Studies, 1992.）

第三階段（1998—）在這個階段，由於「拉什迪事件」的風波已經略微平息，拉什迪的作品不僅只是作為宗教矛盾的熱點問題而被關注，更是作為文學作品被關注和研究。在此階段也有更多的批評家加入到拉什迪的作品研究中來，研究從而「質」、「量」齊增，呈現出空前繁榮的局面。具體而言，本階段研究的內容和角度大致有如下四個方面：第一，作為上個階段研究的延續，也作為「拉什迪事件」餘波在批評中的反映，有些研究依然關注作品中的宗教問題。如：維多利亞・拉・波特（Victoria La' Porter）博士試圖分析拉什迪文本引發宗教衝突的原因，撰寫了《試解穆斯林對〈撒旦詩篇〉的反應》（*An Attempt to Understand the Muslim Reaction to The Satanic Verses, 1999*）。第二，和前一階段的研究類似，本階段也有一些對拉什迪及其作品「串燒式」的評介，或將零散的批評結集出版。如：印度著名批評家米娜克西・穆克爾吉（Meenakshi Mukherjee）教授主編的《拉什迪的〈午夜的孩子〉：闡釋集》（*Rushdie's Midnight's Children: A Book of Reading, 1999*）、美國阿肯色大學英文系 M．凱斯．布克（M.Keith Booker）教授編著的《薩爾曼．拉什迪批評文集》（*Critical Essays on Salman Rushdie, 1999*），以及英國肯特大學的教授兼小說家阿布杜拉紮克．古納（Abdularazak Gurnah）編著的《劍橋指南之薩爾曼．拉什迪》（*The Cambridge Companion to Salman Rushdie, 2007*）。第三，此階段更多的批評應和了同時期的文學理論，呈現出文化研究的熱潮。這些作品一部分從後殖民主義、女性、倫理等社會、政治框架入手研究拉什迪小說中的相關主題。如：美國南衛理公會大學文化研究教授賈娜．C．桑格（Jaina C. Sanga）在其著作《薩爾曼．拉什迪的後殖民隱喻：遷移、翻譯、雜交、褻瀆與全球化》（*Salman Rushdie's Postcolonial Metaphors: Migration, Translation, Hybridity, Blasphemy, and Globalization, 2001*）中以後殖民主義理論中的一些關鍵概念貫穿了拉什迪作品的研究。薩博麗娜．哈蘇馬尼（Sabrina Hassumani）運用了後結構主義、後現代理論分析了拉什迪小說中突出的政治表徵，並提出：拉什迪解構了宗主國與殖民地這一個二元對子，開創了一個後現代主義的新空間（*Salman Rushdie: A Postmodern Reading of His Major Works, 2002*）；加拿大多倫多大學英文系的教授尼爾．坦．考特納（Neil Ten Kortenaar）撰寫《薩爾曼．拉什迪〈午夜的孩子〉中的自我、民族、文本》（*Self, Nation, Text in Salman Rushdie's Midnight's Children, 2004*），著力研究了文本《午夜之子》，試圖說明拉什迪如何作為一個「尼赫魯式的」民族主義繼承人，在「反殖民」的民族主義和「世界性的」民族主義兩種立場上搖擺不定，陷入尷尬的局面。馬特．基米奇（Matt Kimmich）在其著作《虛構的後裔：薩爾曼．拉什迪的家庭小說》（*Offspring Fictions: Salman Rushdie's Family Novels, 2008*）中探討了拉什迪作品中所反映的家庭倫理觀念。還有一部分研究雖然不是拉什迪作品的專題研究，但其中涉及到拉什迪的作品。研究的內容和角度則是對文化研究中的某個主題進行論述。如，從拉什迪等後殖民印度作家的作品看印度政治發展中的世俗化問題（Neelam Srivastava. *Secularism in the Postcolonial Indian Novel: National and Cosmopolitan Narratives in English*, 2008）；從文化理論角度解讀拉什迪等後殖民主義作家的興起的原因（Rukmini Bhaya Nair. *Lying On The Postcolonial Couch: The Idea Of Indifference*, 2002）；解讀拉什迪美國生活與其創作的關係（William E. Cain, ed.. *Literary Criticism and Cultural Theory*, 2008），等等。第四，還有很多研究關注到拉什迪小說的文學文本，涉及小說的語言、文體風格、敘事形式等方面。但是，這些研究中有一部分附屬於上述文化研究的範疇，對拉什迪的作品本身，並未給予充分的關注。這些研究包括《後殖民文學語言概述》（Ismail S. Talib. *The Language of Postcolonial Literatures: An Introduction*, 2002），《魔幻現實主義》（如：Maggie Ann Bowers. *Magic(al) realism*, 2004），《二十世紀小說中的啟示性形式》（如：David J. Leigh. *Apocalyptic Patterns In Twentieth-Century Fiction*, 2008）。

在本階段眾多的研究成果中，英屬哥倫比亞大學的羅傑．Y．克拉克（Roger Y. Clark）的研究令人矚目。在其專著《異域眾神—薩爾曼．拉什迪的別樣世界》（*Strange Gods: Salman Rushdie's Other Worlds*, 2001）中，克拉克指出：拉什迪的作品非常難懂，真正挑戰讀者理解力的是拉什迪筆下的別樣世界，也就是小說中宇宙論、神話、神秘主義彼此重疊的部分。因為拉什迪在這部分用典複雜多變，而且對典故間的關聯也鮮有解釋，讀者沒有用於構建自身闡釋的基礎，只能臆測。有鑑於此，克拉克希望能給讀者一些幫助，為理解拉什迪作品中令人困擾的用典問題提供一些背景資訊。克拉克在這方面做出了開創性貢獻，他站在比較宗教學和神話學的立場上對拉什迪的小說，尤其是包括《午夜之子》在內的前四部小說進行了研究，他試圖說明，「拉什迪是如何運用宇宙論、神話、神秘主義精心組織了一個本身就非常迷人的異域世界的故事，而這些故事對於理解拉什迪作品中所涉及的文學傳統、歷史，宗教以及宗教政治等較現實的問題又是多麼重要。」克拉克的研究規模宏大，涉獵廣泛，為讀者以及後來的批評者提供了幫助。不過，他的比較宗教學和神話學研究方法是以西方的基督教及神話為基準參照系進行的。在具體的分析中，對印度神話也有涉及，但是論述得較為零散，缺乏系統性的解釋，對作品特有的印度文化背景關注不夠。

較國外而言，國內的拉什迪研究近兩年雖然持續增長，但質、量仍有待於提高。在量的層面，目前還暫未有關於拉什迪研究的專著出版；博士論文除了筆者的一篇，另有黃芝的一篇《越界的繆斯：薩爾曼·拉什迪小說創作研究》；北大及南大核心期刊近二十年來發表的關於拉什迪作品評介的論文不超過 70 篇。另外，還有一些印英文學或印度文學的研究涉及到拉什迪的作品，例如，石海軍的《後殖民：印英文學之間》，以及尹錫男的《英國文學中的印度》等著作中有對拉什迪其人其書的相關研究。對於拉什迪這樣作家，一個創作生涯超過 30 載，重要作品十多部的世界級作家，國內研究仍顯不足。在質的層面，國內對拉什迪的研究並沒有跳出西方後殖民主義等理論框架。無論是對小說的語言、敘事研究，還是對作者拉什迪的文化身份研究，意義的落腳點大多都圍繞曾經的殖民地與宗主國在全球化背景之下力量的比對變化和雙方關係，或是將拉什迪的作品歸入魔幻現實主義的小說類型，從後現代主義的文化或是政治的視角來評價拉什迪小說的思想內涵和藝術特色。[6]雖然也有個別臺灣學者獨闢蹊徑，以印度神話為進路來研究拉什迪的作品，[7]但是，研究方法限於小說人物和情節分析，研究規模也遠不足以揭示拉什迪小說的藝術和思想特色。總之，目前國內在拉什迪研究方面，研究的數量有待提高，思路也有待突破。

縱觀國內外研究現狀，現有研究取得了一系列成果，但也具有一定局限性。

第一，西方現有的拉什迪作品研究以文化理論框範文本，忽略了文本自身的整體性。[8]從上個世紀的最後二十年

6 如，《拉什迪〈午夜的孩子〉中被消費的印度》（蘇忱），《拉什迪的斯芬克斯之謎——〈午夜之子〉中的政治倫理悖論》（徐彬），以及《拉什迪的童話詩學和文本政治研究》（張曉紅），這些晚近發表的論文代表了國內目前拉什迪研究的前沿動向，不難看出，這些論文的意識形態話語仍處於後現代的文化與政治這個範疇。

7 臺灣學者楊薇雲從印度神話的角度分析了拉什迪代表作《午夜之子》的人物和情節。本書在第二章中會再次提到楊薇雲的研究。楊薇雲認為，故事中的的人物及其經歷回應了神話中的人物及其經歷，而其間二者的差異則反映了大梵精神的失落。他指出，濕婆與女伴的完美的性關係是大梵精神的來源與動力，與神話中濕婆與薩利姆的關係相較，薩利姆的「性無能」顯然無法與濕婆相提並論，與其女伴性關係也不完美，因此薩利姆所代表的現代，與神話中濕婆大神所代表的傳統有誤差、變奏，而此中不同正體現了傳統中大梵精神在現代的失落。參見：楊薇雲．《印度現代神話的變奏曲：魯西迪的〈午夜之子〉現代與傳統的連接》，《世界宗教學刊》．2005（No.6）。

8 筆者認為，文學批評是一種「慢」藝術，不是大工業化生產，是批評者的審美獨創，而非思想的複製品。在具體的批評實踐中，如果生搬硬套理論，無視文本自身的整體性和特殊性，就會使理論變成流水線模具，切割文本以適應自身既定的文化、政治意義，生產出千篇一律的「批評」。這樣就會使「文學批評」變成大工業化生產而非審美創造。關於文學批評，筆者認同米蘭．昆德拉的看法，他認為：「文學批評是把它（作品）作為思索和分析。這種批評善於把它所要批評的書閱讀數遍（如同偉大的音樂，人們可以無窮無盡地反復地聽，偉大的小說也一樣，是供人反復閱讀的）；這種文學批評對現實的無情始終充耳不聞，對於一年前，三十年前，300 年前誕生的作品都準備討論；這種文學批評試圖捉住一部作品中的新鮮之處，並把它載入歷史的記憶之中。如果思索不跟隨小說的歷史，我們今天對於陀思妥耶夫斯基、喬伊絲和普魯斯特便會一無所知。沒有它，任何作品都會付諸隨意的判斷和迅速的忘卻……文藝批評，無形之中，無辜地，隨著

到本世紀初，後殖民主義、女性主義、新歷史主義等各種文化研究的理論空前繁榮，而拉什迪研究也處於這一文化研究的浪潮之中。因此，統觀國外對拉什迪的研究，不難發現，大多批評家囿於某一時期流行的理論框架，將拉什迪的作品置於既定的框架之內加以研究。誠然，每個理論都具有其積極的社會現實意義，也的確為拉什迪作品的批評提供了新的視角，在具體文本分析中也涉及到文本的人物塑造、敘事形式、語言風格等各個方面，為後來的拉什迪研究奠定了基礎，帶來了啟發。但是，這些文化理論卻具有內在的邏輯性和相對固定的方法、結論，以這些理論來分析、闡釋拉什迪的作品，無法凸顯其文學藝術特性。

第二，現有的研究角度多立足於西方文化背景，對小說的印度文化背景關注不夠。作為一個英語作家，拉什迪有著多年的西方教育和生活的背景，西方文化對他創作的影響顯而易見。但是，拉什迪小說的英語表達有濃重的「印度腔」，他是「以英語逼真地書寫印度」[9]。拉什迪的作品正如小說中經常出現典型印式建築：分為地上和地下，一明一暗兩部分，地上部分由英語搭建，而地下則由印度思維構築；西方文化是顯在的，而印度文化則是隱匿的。這種進行了雙重文化編碼的文本首先追求「厚度」，文本單位閱讀區間內的信息量很大，相對靜態的細節描寫很多，其目的不只在於逼真地呈現，更是為增加象徵意義而作的裝飾。文本中的印度神話人物和文化典故就像戴著英語偽裝看似漫不經心地晃來蕩去的「線人」，但如果忽略他們，沒有以印度文化為進路往

事物的力量，隨著社會的新聞界的演進，自己變成了一種簡單的（通常是聰明的，永遠是匆忙的）關於文學時事的資訊。」米蘭．昆德拉．《被背叛的遺囑》．余中先，譯．上海：上海譯文出版，2011 年：第 24 頁。

9 Salman Rushdie. *Step Across This Line: Collected Nonfiction 1992-2002.* New York: The Modern Library, 2002:p.p. 149-152.

縱深方向挖掘，就無法通往小說意義的密室，無法真正把握小說。因此，在拉什迪研究中，印度文化和西方文化相較而言存在主次和先後問題。只有把握其實質，掌握其整體，才能談得上也談得好西方文化對拉什迪創作的影響。如果顛倒順序，以西方文化為進路，就只能「淺嘗」文本，並使作品中的印度文化背景淪為零散的裝飾元素，變作取悅西方的異域風情。

第三，現有研究多以系列作品為對象，廣度有餘，深度不足。文化研究的理論更適合展開宏大敘事，而單部作品中往往不能滿足研究所需要呈現的厚度，這也造成現有研究以「串燒」系列作品的形式為主。這樣的研究雖然縱橫開闔，大氣磅礴，兼有時間跨度和理論深度，但也有不足。畢竟，理論的深度不等於文本的深度，出於時間和精力的限制，系列作品研究往往很難權衡「量」與「質」。如果做不好，很可能淪為文獻梳理，流於空泛。拉什迪的作品形式獨特，思想厚重，更需要在「深度」上下功夫，以「質」取勝。以個案研究的方法在質的方面取得突破性進展，更能挖掘出拉什迪的創作規律，展現出其作品的藝術魅力。因此，目前對拉什迪作品的研究缺乏「精雕」式的個案研究，而非「群雕」式的系列研究。

第三節　研究內容，方法，和意義

現有研究的局限性正預示著我們前進的方向。我們認為，要以印度文化為背景，以多元敘事為方法，將個案文本作為一個有機整體進行研究，才能有所突破。具體說來，就是對拉什迪小說研究進一步細化：以《午夜之子》為個案來說明拉什迪小說的多元敘事與梵我一如思想的關係。具體如下：

第一，《午夜之子》的個案研究對拉什迪小說研究具有代表性。[10] 首先，《午夜之子》是拉什迪的代表作和成名作。該作品載有拉什迪創作的「基因」，其藝術特色與思想旨趣貫穿拉什迪創作始終。拉什迪的處女作《格里姆斯》可說是《午夜之子》的先聲，而拉什迪在 20 世紀 90 年代創作的《摩爾人的歎息》可說是《午夜之子》的姊妹篇，這兩部作品在構思或風格上都和《午夜之子》十分接近，也都相對正面、積極地表現了印度教正統吠檀多派的思想，宣導世界是「多樣性統一」的理念；《羞恥》、《撒旦詩篇》雖然是拉什迪對悖離印度宗教哲學思想的政治進行的負面表達，但是它們蘊含的理念並沒有太多變化。進入 21 世紀，隨著「追殺令」的解除，拉什迪重現文壇。他的言辭風格不再犀利如往昔，作品的象徵色彩也黯淡不少。但無論是激烈還是溫婉，肯定還是否定，拉什迪始終堅持世界是多元化的和諧統一，這也是印度宗教哲學的核心概念「梵我一如」思想的內涵。因此，以代表作《午夜之子》為個案進入深入研究，可以挖掘拉什迪的藝術創作規律和哲學思想，從而推動拉什迪作品研究。其次，《午夜之子》也是拉什迪作品的「難中之難」。在《拉什迪訪談錄》的序言中，編者說，《午夜之子》在發表之初，對於讀者而言它簡直就是個謎。小說極具原創性，批評家幾乎可以從不同甚至彼此矛盾的角度去闡釋小說，因此批評呈現出眾說紛紜，莫衷一是的局面。評論家稱，「在《午夜之子》發表二、三十年中，拉什迪的作品在質和量上都有了發

10 台版《午夜之子》的推薦語寫道：「魯西迪雖然是因為《魔鬼詩篇》觸怒回教世界，被下了追殺令而成為世界焦點，但他文學上的成就，卻是這本贏得英國最權威文學獎布克獎的《午夜之子》。」薩爾曼．魯西迪．《午夜之子》．張定綺，譯．臺北：臺灣商務，2004 年：封面。

展；但是批評家或是學生對作品依舊感到困惑，其中一些氣餒了，放棄了在拉什迪這塊土地上的耕耘，因為他們對這塊地的地形地貌不確定」。[11] 再次，《午夜之子》的文學地位很高。它是二十世紀英國文學史上一部重要的小說，1981 年首獲英國布克文學獎，1993 年獲布克獎 25 周年的「獎中獎」，2008 年度獲得布克獎 40 周年評選的「最佳布克」，創造布克獎自設立以來單部作品獲獎次數最多的記錄。同時，它也是印度英語文學史上里程碑式的作品。它為印度裔的英語作家開闢了前進的道路，繼該作品之後，又有多名印裔英語作家的作品獲得布克獎，如，阿蘭達蒂．洛伊的《微物之神》，阿拉溫德．阿迪加的《白老虎》等等。因此可以說，《午夜之子》為推動印度英語文學登上世界文壇做出了貢獻。這部在英、印文學史上舉足輕重的作品也在世界範圍內贏得了讚譽，它被翻譯成 30 多種語言，在世界各地的讀者中廣為流傳。中國大陸在 2000 年頒佈的高等學校英語專業教學大綱中，也將它列為英語專業學生閱讀參考書目之一。因此，《午夜之子》能夠體現拉什迪創作的高度、難度及其創作的精髓，以之為個案進行研究具有「嘗鼎一臠」的效果。

第二，探究印度文化[12]中的神話人物、宗教哲學符號、及語言表達風格，體現拉什迪小說的印度宗教哲學思想。其一，印度宗教哲學思想與印度神話關係密切。印度神話是印度宗教傳播的載體，而宗教則是神話傳播的動力。印度的神話就像一個巨大的寶藏，各宗派從中選擇並改編故事，而後

---

11 Pradyumna S. Chauhan, e.d.. *Salman Rushdie Interviews: A Sourcebook of His Ideas*. London: Greenwood Press, 2001: ix.

12 本處所指是廣義而言的印度文化。印度文化是個屬性複雜、內容多元的範疇，本書立足於文學而談文本所表現的印度文化，以作品為依據，對印度文化相關的介紹、闡釋進行詳略取捨，在準確引用文化史料的基礎之上，對複雜的文化現象進行概括描述。

借助神話故事來宣傳自己的教義。拉什迪小說中人物與印度神話人物之間有著複雜曲折的互文關係，從中可以看出拉什迪小說的印度宗教哲學思想。其二，印度教派系林立，思想體系龐雜，但繁中有簡，他們都認同「梵我一如」思想。這一思想可用神話故事來表達，也可用「唵」字咒隱含的圖示來表達，正如，中國道家思想既可以莊子《逍遙遊》的文學形式來表現，也可以太極圖這樣的圖像形式表現。拉什迪小說以別具一格的藝術手法體現了「梵我一如」的思想。小說借助不同層面的敘事形成圓或同心圓的認知表徵符號，如，在意象層面，小說中反復出現旋轉樓梯、蝸牛以及旋風等等意象，這些意象在感知中雖大小有別，但卻都可以表徵為同心圓的變體——螺旋；在空間結構層面，小說人物的物理空間移動和心理變遷軌跡也可以表徵為同心圓。這樣，小說的細部、局部乃至整體就構成了分形關係，體現了「一砂一世界」的意境。在印度宗教哲學中，圓或同心圓代表「梵」，而該認知表徵符號在文本中以各種形式反復出現，看似無聲，卻又震耳發聵，使小說最終湧現出「梵我一如」的意蘊，暗示了拉什迪的思想旨歸。其三，印度古典美學講究「味」「韻」，語言風格繁複熱烈，在愉悅了眼耳鼻舌身意，給人帶來色聲香味觸法種種快感的同時，卻又透過形色指向了語言之外的空無，從而以美學形式體現了印度宗教哲學思想。拉什迪小說的語言體現了印度古典美學的表現風格，別有滋「味」，但卻終是「無味之味」，別具風「韻」，但卻總有「韻外之致」，從而「以有說無」，表現了印度教的兩面性，正如馬克思所言，「印度教既是縱欲享樂的宗教，又是自我折磨的禁欲主義的宗教；既是林加崇拜的宗教，又是佳格納特的宗教；既是聖徒的宗教，又是舞女的宗教。」[13] 總之，

13 馬克思，恩格斯．《馬克思恩格斯選集》（第 2 卷）．北京：人民出版社，

拉什迪的作品體現了印度文化的特殊性，而這也正是其藝術特色所在。因此，筆者即從上述三個方面進行深入研究，來體現拉什迪小說「梵我一如」的思想。

第三，本書採用多元敘事學的理念，凸顯拉什迪小說的藝術形式。多元敘事學是對經典敘事學的發展與超越。[14] 二十世紀九十年代以來，經典敘事學拓寬了自身的研究範圍，不再拘泥於結構主義的窠臼，從之前單純的、科學的形式研究轉變為後經典敘事學，或者多元敘事學（narrotologies）。多元敘事學沒有固化的內涵，研究文本的多元敘事手法（poly-narration）就意味著以研究文本敘事手法為主，但又不局限於敘事原有的概念範疇。多元敘事學反映了敘事學的自我解構與建構的過程，也反映了後現代知識體系乃至後現代社會的自我解構與建構過程。在後現代社會這個複雜的巨系統中，個體間在加劇疏離的同時，也前所未有的相互依賴；世界在形成多元化、多中心格局的同時，也被織成一個難以逃離的資訊網路。後現代知識體系是這個資訊網路的表徵，因此，每個學科都在深深保有自我的同時，最大限度地向其它學科敞開。每個學科在不斷地解構、裂變、深化的同時，也在不斷地建構、開放、返身包容整個知識體系。因為，處在資訊時代的任一學科如果不以系統觀來俯瞰知識體系，就會只見樹木不見森林，迷失在資訊叢林中，摸不清其間隱匿

1972 年：第 62-63 頁。

14 本書所指敘事學特指西方敘事學，其理論的概念、沿革比較複雜，國內外敘事學研究論著中對此多有介紹，礙於篇幅，本書不再詳細展開。關於經典與後經典敘事學的關係，以及後經典敘事學研究的範疇和方法，本書是從後現代知識體系變化的角度進行概述、分析、判斷的，而現有的國內敘事學研究則多是從學科之間的相互影響來談這些問題的。如，申丹指出，「後經典敘事學的誕生與政治批評、文化研究直接相關，也受到了認知科學等其他學科發展的影響……後經典敘事學注重跨學科研究，經敘事學的研究與女性主義文評、精神分析學、修辭學、電腦科學、認知科學等各種其它學科相結合，大大拓展了敘事學的研究範疇，豐富了敘事學的研究方法。」參見：申丹，王麗亞．《西方敘事學：經典與後經典》．北京：北京大學出版社，2010 年：緒論第 7 頁。

的路徑。和學科研究一樣，敘事學也處於這個發展進程中，不斷地發展與超越自我，在研究方法上趨向「無法之法」，內容上趨向「無所不包」。

因此，多元敘事學在研究方法上跨學科，在認識對象上「系統化」。從方法論來看，多元敘事學打破學科界限，從之前的形式敘事學進入語用學、語言學、接受理論等領域，強調讀者、語境和認知的重要作用。從認識論來看，多元敘事學將文本看作一個開放的系統。文本系統內、外是映射關係：系統內部的不同層面的元素有機組織起來形成整體，以自身微觀的存在映射系統外的宏觀世界，而同時，宏觀世界的有機組成方式也呼應系統內的微觀構成方式，這樣就將文本的內在形式與文化背景乃至世界統一起來。多元敘事學要求打破形式與意義的界限，要求敘事之技與道和合為一，從而將形式美提升到一個更高的層次。同時，它也打破形式與內容的界限，不僅關注文本的形式層面，同時也關注原本屬於內容層面的元素，如詞句、情節、以及人物等等。總之，多元敘事學體現了跨學科、跨理論的研究方法，體現了文學研究的系統觀念。這無疑也是文學批評在「理論之後」向作品自身回歸的一個新動向。畢竟，敘事是講述故事的技藝和方法，技藝和方法要與故事的目的相契合，而故事又不能脫離人物、情節和語言，如果敘事剝離了故事的內容和意義，簡單地分割形式與內容的關聯，就無法揭示像《午夜之子》這樣複雜的後現代小說的神秘特質。

以多元敘事學的理念研究《午夜之子》是文本藝術特性的要求。該小說的形式與意義高度統一，顯示出強烈的空間效果。小說就像是由多張半透明的紙疊合在一起的畫作，每張紙都載有不同的資訊，只有疊合在一起，映向日光，所有的資訊才能組合起來揭示文本的全部秘密。在小說的多個層次中，第一層是顯文本，也是故事層面，主要載有小說故事的資訊；第二層是潛文本，也是邏輯層面，旨在借助文本中不同敘事層面的元素（如人物、敘事結構、意象、數字和語言形式等）及其相互間的組合關係生成圓或同心圓的圖示，這些圖示之間的關係顯示了小說意義的邏輯論證結構；第三層還是潛文本，是意義層面，載有第二層文本圖示的文化淵源，點明圖示是印度宗教哲學中的符號曼陀羅，代表「梵我一如」的思想。多層資訊疊合組成的文本看似無序，而在無序中又隱含著秩序。「梵我一如」的思想是小說形式的旨歸，但是要闡釋、證明這個意義卻非常困難，它面臨著循環論證的怪圈。單從語言層面來表述會很抽象，但如果借助小說邏輯層面的圖像就能更清晰地說明這種循環。小說第二層文本圖示中隱含的循環論證結構和荷蘭藝術家埃舍爾（M.C. Escher）[15]一幅題為《魚和鱗》[16]的畫作旨趣相同。《魚和鱗》這幅畫作初看似乎無序，但細看卻可以發現圖中大魚身上的鱗片也是小魚，小魚和大魚是部分與整體的關係，也是嵌套關係，從而可推知畫作之外還有更大的魚，而整幅畫作不過是這條無形大魚身上的一個鱗片，而這個鱗片則載有魚的全部資訊，因此可以推知，圖中每一條魚身上的每一個鱗片都載有魚的全部資訊……從而畫作的意義向外向內不斷延伸，部分和隱含的整體層層疊疊構成分形關係，或是遞歸關係。比附地說，無形的大魚就好比文本的意蘊，而畫作內有形的

15 摩里茨·科奈里斯·埃舍爾（M.C. Escher）（1989-1972），荷蘭圖形藝術家，以其源自數學靈感的木刻、版畫等作品而聞名。許多數學家都是埃舍爾最熱情的讚美者， 他們認為，數學的原則和思想在埃舍爾的作品中得到了非同尋常的形象化。

16 《魚和鱗》（Fishes and Scales）·（木刻版畫，1959）圖片詳見：M.C. Escher. *The Graphic Work: Introduced and Explained by the Artist*. Los Angeles: Taschen, 2008: p. 26. 又見 Douglas R. Hofstadter. *Gdel, Esher, Bach: an Eternal Golden Braid*. London: Penguin Books, 1979: p. 147.

小魚就是文本的細節，意蘊是文本細節與細節之間相互作用的產物，一旦被產生，就回饋作用於細節，賦予他們意義。文本的整體與部分互為因果形成邏輯循環，而小說形式與意義的邏輯內涵高度吻合，因此，要證明「梵我一如」，正如要證明一砂等於一世界，證明一個子集等於一個包含了它自身的母集。作者拉什迪深知其作品給批評者們造成的論證困難，所以小說中的敘事者不無得意地說：「要瞭解我，你必須吞咽全世界」[17]，也即點明了小說的整體與部分互為因果的悖論關係。因此，要闡釋、論述《午夜之子》的形式與意義別無它途，只有「吞下」文本的全部，把文本當做一個系統進行微觀的、深入的研究，才能把握從文本不同層面的細節中湧現出來的意蘊，揭示小說的形式與意義的關聯模式。

綜上所述，本書在研究對象、研究角度和研究方法的選取方面和以往有所不同。一方面是言前人所未言，同時也是不得不如此而言。文學批評是批評者與作家作品的相互作用的結果，《午夜之子》有其特性，也反映了拉什迪創作的特性，要揭示這種特性，批評者就必須採用個案研究的方法，尊重作品具有文化特色的言說方式，將小說作為一個系統進行微觀研究，唯此，才能把握《午夜之子》進而把握拉什迪其它作品的特質。因此，上述三方面既是本研究意欲創新之處，也是展開論證的必然起點。

本研究立足於個案文本、個案作家，但卻放眼於後現代小說的研究領域。後現代小說這個範疇有很多特性，但概言之，就是「好看」而「難懂」。[18]「好看」是因為後現代

17 魯西迪．《午夜之子》，張定綺，譯．臺北：臺灣商務印書館，2004 年：第 397 頁．本書所引用之中譯參考了該譯本而有所修定，後文所引，徑注此本頁碼，不復說明。

18 關於後現代小說範疇的特性，本書是從後現代文學文本所表現出來的一般

小說往往是各種文化雜交的產物，熔各種文化的藝術表現形式於一爐，因此頗顯花哨；「難懂」是因為小說雜交的文化背景和言說方式遠遠超越了我們原有認知框架，如果不真誠與作品對話，深入理解作品語境，就無法找到文本迷宮的鑰匙。所以，後現代小說往往看著熱鬧，但卻難以理解，其炫目的形式因為沒有意義的統領而黯然失色，甚至成為批評家筆伐的對象。《牛津英國文學》中指出，後現代小說家往往採用戲仿，拼貼的手法，或多或少的運用了文化隱喻，表現出懷疑，反諷，宿命傾向的態度。[19]《勞特利奇後現代主義研究指南》則出言不遜：「時間混亂，拼貼，破碎，思維散漫，妄想和惡性循環這些精神分裂症的語言混亂的症狀同樣也是後現代小說的典型特徵。」[20] 權威批評家們當然不乏依據，但這些或溫婉或極端的負面評價卻不能加諸於後現代小說整個範疇，更不能作為我們研究的終點。人們製造概念，也常被概念裹挾。如果我們給後現代主義小說這個範疇貼上「不確定」、「破碎」、「無意義」的標籤，同時也將自己「無法確定的」、「無法建構的」、「看不出意義」小說統統歸為後現代主義小說，那我們就有可能陷入解釋的循環：後現代主義小說就是「看不懂」，「看不懂」的小說就是後現代主義小說。這就有可能導致後現代小說批評的停滯不前，使我們無法再從後現代小說中獲取到藝術的享受，精神的滋

特性而言的。當然，也還有其它不同角度，不同層次的論述，如，從文化視角高度概括地說，後現代主義小說是「解構的」，而其下又可從文學視角對語言、人物、敘事等方面進行更為詳細地論述。國內外諸多後現代小說的研究已經從文化視角對此類小說特性進行了詳盡的論述，本書不再贅述。具體可參見，讓・弗朗索瓦・利奧塔爾・《後現代狀態：關於知識的報告》・北京：三聯書店，1997 年；劉象愚等主編・《從現代主義到後現代主義》・北京：高等教育出版社，2002 年。

19 Margaret Drabble, e.d.. *The Oxford Companion to English Literature, 6th version.* New York: Oxford University Press Inc., 2000, p. 806.

20 Barry Lewis. postmodernism and literature (or: word salad days, 1960-90). Stuart Sim, e.d.. *The Routledge Companions to Postmodernism*. NewYork: Routledge, 2001: pp. 121-133.

養。要走出這個循環論證的怪圈，我們必須擺脫各種預設的遮蔽，真誠地面對文本，以點帶面深入研究，挖掘後現代主義代表性文本的特性，從而彰顯範疇特性。

《午夜之子》對後現代小說研究具有代表性。首先，小說作者拉什迪是公認的後現代主義作家，是後現代小說研究無法回避的路標。《勞特利奇後現代主義研究指南》、《牛津英國文學》都將拉什迪列為典型的後現代主義作家。其次，《午夜之子》好看但卻難懂，符合後現代主義小說客觀意義上的特徵。《午夜之子》的敘事手法獨特，描寫具有強烈的視覺效果，小說展現了一個色彩濃豔，光怪陸離世界，讓讀者大飽眼福。但同時這部作品也非常難懂。這部作品在魔幻與現實之間，歷史和原小說之間，傳統與反叛之間，充滿了矛盾和含混，似乎沒有定論。因此，文學評論家克拉克借用約翰·濟慈的名言來評價《午夜之子》，說它「挫敗了理智的哲人，但卻愉悅了善變的詩人」，[21] 以此說明批評者面對小說時既愛又恨的兩難境地。另外，《午夜之子》確實也符合後現代主義小說現有的規定性。如，小說的文化背景具有多元性，小說對待歷史的態度充滿瞭解構的意味，元小說則展示了語言的遊戲性質等等，不一而足。因此，《午夜之子》對後現代小說研究具有一定代表性，深入的研究這個文本無疑會豐富、推進我們對後現代小說這個範疇的總體認識，而系統地揭示這個文本的藝術規律無疑也會豐富、推進我們對其它後現代小說的批評實踐。

21 Roger Y. Clark. *Strange Gods: Salman Rushdie's Other Worlds.* Montreal: McGill-Queen's University Press, 2001: p. 3.

第四節 研究思路和難點

本研究的思路可從以下三個方面進行說明：

一、以小見大。個案文本研究的作業面雖小，但研究卻以相關領域為背景，因此，個案研究的目的是以「質」取勝。通過對典型個案文本的深入研究，提煉出其內在的表現規律，一則可豐富發展相關領域的理論，二則亦具有一定的通用性和應用性。

二、會通東西。以印度文化背景為研究進路，凸顯小說的東方意韻，揉和西方現代文本研究方法以闡釋文本意義。東方文化圓而神，西方文化方而義，以方格圓，才能讓東方的形之上學不再玄而又玄，東方的古典美學範疇才能進入現代知識領域，煥發生機。

三、以一統多。沒有採用固定的研究方法，而是根據文本需要，以問題的解決來吸附、運用各種文學批評方法，闡明小說。突破慣常的批評方法就意味著創建容量豐富的、自成一體的批評話語體系，在彙集借鑒各種文學理論的同時，使其在具體文本的闡發中彼此貫通。

概言之，本書意欲突出認知對文學的重要作用，要以過程 - 關係的思維方式來理解文本與讀者、批評者的關係，試圖融合「體驗式」和「理論式」的文本分析方法。一方面，力圖呈現文本的有機同一性，保留分析主體完整的藝術感受，即：文本的系統如何呈現了「梵我一如」這個主題，而分析主體又怎樣感受到了這個主題；另一方面，力圖以自覺的方法論意識，展現文本與分析主體間的理解過程，使研究結果具有一定的可操作性和示範性。

研究的難點相應也有如下幾個方面：

一、如何以小見大。小即是研究要有深度，只有吃透文本才能避開其內在的邏輯循環，才能說明小說文字表述如何生成心像圖示；大即是研究有廣度，只有瞭解整個後現代小說研究領域才能擺脫個案研究的局限性；以小見大就必須理解微觀研究與宏觀研究的辯證關係，所謂微觀不微，個案文本是更為微觀世界的宏觀；同時也要找到微觀與宏觀的聯繫，說明微觀的文本世界是宏觀研究領域的映射。

二、如何會通東西。東即是要深入瞭解印度文化，否則就無從解釋小說心像圖示的哲學內涵，正如不瞭解中國文化，就無從解釋太極圖的內涵；西即是要掌握西方文學批評方法，否則無法將藝術感知條分縷析，論證清楚；會通東西，就必須有闡釋的立場。闡釋不能脫離文本語境，在一定程度上如同翻譯。如，在把地名譯成英語時，不能因為美國人可能沒聽過錫蘭，就把它譯成芝加哥。因此，本書在適當疏釋的同時，也保留了一些印度宗教哲學術語，不是要給本書的讀者造成閱讀障礙，而是要為讀者與拉什迪小說的「對話」留有空間。

三、如何以一統多。一就是要找到統領整個研究的框架；多就是釐清文學與哲學、形式與思想、理論與文本等多對概念的辯證關係：本書立足於文學研究，以文本分析為主，旨在說明文學形式如何表現了哲學思想，而非哲學、理論如何規定了文本，框範了文學。以一統多，就是提煉出文本的藝術表現規律及其與哲學思想的關聯方式，以此為綱，統領本書囊括的海量細節和所需的各種分析方法。

總之，本書旨在闡明後現代主義小說家拉什迪代表作

《午夜之子》的多元敘事與梵我一如思想的關聯模式；通過個案研究，揭示拉什迪小說的藝術創作規律及其印度哲學思想淵源；借由研究成果，豐富現有對後現代小說的認識，並為與《午夜之子》類似的後現代主義小說批評提供一個參考模式，也為當下的文學創作實踐提供新思路。

第五節 框架結構

「梵我一如」是小說《午夜之子》所體現的印度宗教哲學思想，也是本書展開論述的核心概念。小說的人物，小說敘事的時間，空間以及小說的詩性語言都體現了這一概念的不同層面和內涵。鑒於此，筆者論述的重點就在於文本如何體現出「梵我一如」的思想，而批評者又如何感知到這一意韻。

除本章緒論之外，本書主體論述共分五個章節。

第二章對拉什迪在作品中所體現的印度宗教哲學思想及「梵我一如」等核心概念進行了概述。主要內容細分為五個小節，分別概述了印度宗教與哲學的關係，印度宗教哲學發展脈絡，並著重介紹了印度婆羅門教吠檀多派的哲學思想及核心概念「梵我一如」。印度宗教哲學最顯著的特點是宗教和哲學密不可分，它經歷了從吠陀到吠檀多派哲學的漫長發展過程。吠檀多哲學是吠陀的終結，它從《奧義書》中直接汲取了養分，並借鑒佛教思想豐富自身，提出自己的理論。拉什迪的小說，尤其是《午夜之子》多處與吠檀多派的經典文本互文。

第三章從小說人物入手，著重論述了小說的人物如何詮釋「梵我一如」中的「自我」。小說將哲學概念人物化，以人物「一與多」的性質體現「阿特曼」和「梵」的概念內涵。「阿特曼」是「自我」，是與梵相對應的小宇宙。小說中的人物是人化的宇宙，是與「梵」同一的「阿特曼」，表現為世界的質料因，動力因，形式因，目的因，是世界眾因的和合統一；主人公既似濕婆，又似毗濕奴，他與眾神「似又不似」，是眾神的合和統一；主人公的名字作為一個符號有多重所指，小說、歷史、現實中的人物從而形成語義聯想關係，三者和合統一；概念人物化是印度古典文學創作中的常用手法，拉什迪借鑒傳統表現手法的同時，有所創新，凸顯了「梵」之「一與多」的哲學內涵，避免了宗派主義。

第四、五章分別聚焦小說的敘事時間和空間結構，闡明小說敘事時空如何詮釋了「梵我一如」中的「梵」。小說展現了時空同構的敘事結構，呈現了印度教典型的曼陀羅圖示同心圓，在空間上象徵著人化宇宙的無限拓展，在時間上象徵著永恆的輪回。小說將時空敘事結構符號化，敘事結構形成曼陀羅的符號。「梵」即宇宙，涵蓋時空。在印度宗教哲學中，時間和空間是同構的，印度教曼陀羅中的「唵」是密咒的代表，其典型圖示可以表徵為一系列同心圓。在空間上，該圖示象徵自我如同空間之韻斯波塔一樣在空間的無限擴展，是人化宇宙的呈現形式。小說的第一人稱敘事使主人公成為敘事空間的原點，小說曼陀羅結構的圓心；小說中並立的自我、家族、國家分別代表身、家、國的範疇空間，在認知中表徵為三個同心圓；外祖父的人生行程軌跡與外祖父的宗教信仰變化在敘事中也表徵為三個同心圓；曼陀羅的基本圖示圓及其變體被具化作各種意象編織進文本；小說中的數字三也起到了揭示烘托主題的作用。在時間上，同心圓的圖示象徵著永恆的輪回。小說循環敘事的模式形成了三個同心圓；有關主人公的敘事序列隱含了印度教達摩四期的生活方式，暗示主人公超越了輪回，生命的軌跡形成一個圓滿之圓；小說意象在時間上的重複強化了時間循環的效果，烘托了永恆輪回的時間結構。時空敘事結構符號化是現代小說空間化敘事的表徵方式之一，拉什迪通過藝術化的敘事手法使小說結構呈現出濃縮了印度宗教哲學思想的「唵」字咒的空間圖示，為小說形式與意義的結合提供了新思路。

第六章主要探討小說的修辭，旨在說明小說如何以詩性的語言體現了「梵我一如」中「梵」與「我」，也即「世界」與「自我」之間的關係。小說的語言具有「詩性思維」的特徵，主要以隱喻和暗示手法表現了人與世界的認知關係。「摩耶」是指人對世界認知的兩面性，世界既是借由自我認知所體現出的形色，也是超越自我認知無法言傳的「空無」。小說將印度古典文學中的「味」融入了小說的語言，增強語言表現力，體現了「味外之味」；小說汲取了現代藝術中強烈的視覺化表現特徵，打破了藝術媒介界限，積極借鑒東方繪畫藝術，現代電影藝術中的的表達方式，使語言描述呈現出強烈的視覺效應，體現了觀看中的世界具有「無色之色」，「幻中之幻」的本質。小說以「曲語」的形式體現了言外之意，韻外之致。拉什迪積極借鑒印度古典美學中的「味」、「曲語」的表現方法，將其融入英語的表達，將跨媒介的表現方法揉入小說，增強了小說語言的視覺效果，從而在小說中將傳統與現代，東方與西方的文化有機融合在一起。

結論指出：《午夜之子》的形式與意義互為表裡，相得益彰。其形式與意義的連接模式可概括為：以概念化的人物體現「阿特曼（小我）」，以符號化的結構體現「唵（即梵，即宇宙）」，以詩化的語言體現「摩耶（人對世界可知與不可知的兩面性）」。拉什迪小說博采東西古今創作技巧的同時，又有所超越；其「梵我一如」思想源自傳統，融入現代，根植印度，朝向世界，體現了拉什迪的宇宙境界，同時也暗合後現代主義的複雜性思想。拉什迪的作品豐富了後現代文學的範疇內涵，為後現代小說研究帶來了新思路。

第二章

梵我一如：印度宗教哲學思想述要

「梵我一如」是印度宗教哲學思想的核心概念，是拉什迪作品的意蘊，是小說藝術表現的旨歸。印度宗教哲學的一個根本特點就是：宗教與哲學關係密切，彼此難以剝離，因而也具有特殊的表現形式。因此，在以印度文化為背景分析拉什迪小說的哲學思想時必然涉及宗教理念，探討其宗教理念時又不離哲學思想。印度宗教哲學千頭萬緒，典籍浩瀚如煙，流派錯綜複雜，梳理印度宗教哲學發展的脈絡，可以使拉什迪作品中蘊含的宗教哲學思想在印度思想史的體系中有更明晰的定位。作為印度宗教中的「正統派」婆羅門教的支系，吠檀多派與印度教的其他的流派有著很深的淵源，同時與佛教等其他教派也有千絲萬縷的關係。吠檀多派是印度思想史上對後世最具影響力的流派，該派直接繼承、並闡發弘揚了印度宗教哲學中「梵我一如」的哲學思想內核，使其成為印度教徒人生觀和世界觀的思想基礎——唯有體悟「梵我一如」，才能擺脫「輪回」之苦，終獲「解脫」。拉什迪小說所反映的梵我一如思想，更確切而言，是印度教吠檀多派的「梵我不二論」。《午夜之子》對吠檀多派的思想家商羯羅和喬荼波陀，尤其是後者的作品以文學藝術的形式進行了「二次編碼」。

第一節　印度宗教哲學：哲學的宗教，宗教的哲學

印度的宗教哲學最突出的特點就是，宗教和哲學和合一體。二者有著極其密切的關係，以至於「無論是過去還是現在，要在哲學與宗教之間劃出一條嚴格的界限是不可能做到的……要寫印度的哲學就必須從宗教入手，而不是割裂哲學

與宗教的關係。」[1]

這個特點體現在宗教哲學的文獻形式上。印度並不存在獨立於宗教典籍的哲學文獻，大量相關哲學思辨的內容都混雜在宗教文獻中。「印度的宗教具有很強的思辨性，而印度的哲學大多帶有宗教色彩」[2]，如：《吠陀》是婆羅門教的盛典，其中的《梨俱吠陀》中出就有不少「哲理詩」，而到了《森林書》、《奧義書》，這種哲學意味的內容更多，分析也更深入。但從本質上而言，這些哲學內容仍附屬於宗教文獻，與宗教文獻密不可分。

這個特點也體現在印度宗教與哲學的實踐中。印度的哲學思想服務於宗教目的。在印度，無論是正統派還是非正統派宗教，幾乎都接受輪回解脫的觀念。解脫的方式中最重要的就是智解脫。「智」解脫就是要探尋追問宇宙和人生的關係，認識真理，破除無明，而這也是印度哲學的主要內容。因此，印度的哲學服務於宗教，哲學思辨是擺脫輪回之苦，臻於某種宗教境界的手段。在婆羅門教，就是要體悟梵我一如，獲得解脫；而在佛教，則是要獲得般若，達到涅槃。

這個特點還體現在與其它文化的比較中。印度宗教與哲學的關係密切是相較於其它文化中宗教與哲學的關係而言的。宗教與哲學作為文化的組成部分，二者總有關聯融合之處，但在不同的文化體系中，它們的親疏程度卻有所不同。在西方，從整體上來看，哲學流派和哲學思想體系發展有自身清晰的脈絡，也相對獨立於宗教體系。在中國傳統文化

1 LA貝克·《東方哲學簡史》·趙增越，譯·北京：中國友誼出版公司，2006年：第2頁。

2 姚衛群·《印度宗教哲學概論》·北京：北京大學出版社，2006年9月第一版：第8頁。

中，不存在西方意義上的獨立的哲學體系，哲學與宗教的關係更為模糊一些。中國傳統哲學在更大程度上是一種儒家的「人生哲學」，雖然涉及到「宇宙實在」，但並沒有把它化作絕對的「神」，相反，在更多的時候，是借此而言彼，指向人們的生活實踐，為人們提供行為準則和道德規範。孔子曰：「不語怪力亂神」，又曰「祭如在，祭神如神在」，這大致說明儒家對神與祭祀活動的看法。因而，在儒家文化背景的傳承下，中國神話中神的色彩被消解，神話逐步成為歷史傳說[3]。對神的崇拜或是祭祀活動，在中國歷史中也不曾佔據主導地位。雖然中國也有本土的宗教道教，外來的佛教，但是道教與佛教在中國歷史上遠不及儒家的影響。而且，佛教傳入中國後，在「中國化」的過程中，分出了禪宗、淨土宗、密宗的支脈，這種分野也呈現出佛教儀式、教義與思辨彼此分離的趨勢。如，禪宗認為宗教儀式的舉行，教義的學習應該適可而止，重點就是要「頓悟」，而頓悟又「不離日用」，從而淡化了佛教原有的宗教色彩，多了幾分中國「人生哲學」的意味。如上，立足於東方，與西方比較而言，印度宗教與哲學的關係更為緊密；進一步來看，立足印度，與中國比較而言，這一特點也很明顯。

印度宗教與哲學關係密切，甚至和合一體，其中既有哲學思辨，又有宗派崇拜。印度宗教哲學的這個特點在拉什迪的小說中多有反映，其作品在宗教崇拜與哲學思辨之間保持了一種張力。如，在《午夜之子》中，主人公薩利姆顯然是具有「神」的人格化存在，他與眾多的神祇都有相似之處，但是，與此同時，他又沒有具體的神話原型，不能被確指為任意一個神。所以，薩利姆在小說眾多人物中雖然居於主導

3 詳見：黃寶生．《神話與歷史：中印古代文化傳統比較》，《外國文學評論》．2006 年，第 3 期：第 5-11 頁。

地位，類似印度教中的「主神」，但同時又體現了印度教「泛神」的宗教思想。在「主神」與「泛神」的身份張力之中，薩利姆這個人物就體現了印度宗教與哲學的密切關係。因為，當梵從抽象變得具體，成為「主神」時，崇拜和獻身的宗教活動都有了相對的所指，宗教的意味得到強化。[4] 相反，當「梵」從具體又變得抽象，變成「泛神」時，宗教的意味被削弱，而哲學的意味則加強了。不堅固的「泛神」宗教思想在弱化宗教宗派主義的同時，凸顯了一種哲學化的宗教精神，即萬物之間所具有的和而不同、和諧共處的「梵性」。這種宗教哲學精神恰恰能涵蓋小說中所反映的種種矛盾衝突，如印度歷史中印度教、佛教、基督教、伊斯蘭教等眾多宗教流派在衝突與融合中的共存發展，又如印度教中濕婆派、毗濕奴派、性力派之間的競爭發展。

第二節　印度宗教哲學發展脈絡：從吠陀到吠檀多

早在印度河文明時期（西元前 2500 年——西元前 1750 左右），古印度的宗教就已經存在於印度的土著——達羅毗圖人當中。印度河文明毀滅後，遊牧民族雅利安人征服了達羅毗圖人，帶來了他們尊奉為天啟聖典的吠陀，南亞次大陸也因而進入一個新的文明時期——吠陀時期。

在吠陀時期（前 1500——前 800 年左右），婆羅門教產生了，它是印度最具影響力的宗教，主要反映了婆羅門的思想觀念。婆羅門是印度四種姓中的最高階層，主要是負責祭

4 金克木·《梵佛探》，《梵竺廬集（丙）》·南昌：江西教育出版社，1999 年：第 322 頁。

祀的僧侶，其下還有武士階層剎帝利，工農階層吠舍，這三個種姓是雅利安人，而被其征服的土著則淪為奴婢，構成最低階層的首陀羅。婆羅門教的信仰、道德、法律都以吠陀為依歸。吠陀是印度現存最早的宗教歷史典籍。狹義而言，吠陀主要是指作為本集的四吠陀，《梨俱吠陀》、《耶柔吠陀》、《沙摩吠陀》、《阿闥婆吠陀》。其中，以《梨俱吠陀》為代表的前三部吠陀主要是雅利安民族的頌神歌曲，而《阿闥婆吠陀》的內容則主要是一些咒語和巫術。廣義而言，吠陀還包括對吠陀本集的各類解釋和補充，如，梵書，森林書，《奧義書》等。梵書是對祭祀起源、方法和相關傳說的注釋與說明；森林書附屬於梵書，主要論述祭祀的目的和方法，也涉及一些哲學思辨性質的問題；《奧義書》附屬於森林書，主要探討哲學思辨性的內容。

西元前 800 年至西元前 500 年左右，《奧義書》的文獻逐漸形成。這些文獻記述了大量的印度宗教哲學思想，成為印度宗教哲學的源頭。《奧義書》（Upnishad）在梵語中的本義是「坐在一起或近旁」，意指此書只能秘傳給自己的兒子或是得意門生，屬於「教外別傳」。《奧義書》內容龐雜，但主要圍繞業報輪回，解脫之道，和梵我關係三個方面展開。此外，還零散摻雜著一些關於宇宙物質要素的理論。

西元前 6 世紀至西元前 2 世紀，印度的兩大史詩《摩訶婆羅多》和《羅摩衍那》的主體部分已經形成。這兩部史詩包含了很多印度宗教哲學思想，成為印度思想界這一時期的標誌性典籍，這一時期也被稱作「史詩時期」。在史詩時期，沙門思潮興起，它代表中下層人民的思想意識，挑戰婆羅門教的權威地位。正如同諸子思潮豐富了中國文化思想一樣，沙門思潮中各種流派百花齊放，百家爭鳴，也極大豐富和深化了印度的宗教哲學。其中一個流派號稱「六師」，包括六個比較有影響的人物，如，順世論的奠基人阿耆多．翅舍欽婆，耆那教的奠基人尼乾陀．若提子。此外，沙門思潮中更重要的是佛教思想的形成和傳播。

西元前 6 世紀，佛教興起。佛教思想與婆羅門教思想有歷史淵源，它是在批判、改造、吸收婆羅門教思想的基礎上形成的。因此，和婆羅門教一樣，佛教也有輪回解脫的理論，二者的思維方式也有不少相近之處。但是，雙方在「有」和「無」的問題上持相反態度。佛教主「無」，認為事物形成屬「因緣和合」；婆羅門教主「有」，認為存在一個不變的實體「梵」。[5] 佛教產生後，在印度很快得到了發展。它宣傳種姓平等，因此吸引了大批信眾，產生了廣泛的影響。後經傳播，佛教走出印度，成為世界性的宗教。但是，在印度本土的發展過程中，佛教內部產生了嚴重的分裂。大約在西元 13 世紀，佛教在印度本土衰落。

在印度思想史上，婆羅門教一直佔據著主導地位，且自視為印度宗教哲學的「正統派」。佛教、耆那教、順世論的思想學說被視為「異流」，「六師」也被稱為「非正統派」，因為這些思想學說對婆羅門教造成威脅。婆羅門有所謂的「三大綱領」，即，吠陀天啟，祭祀萬能，婆羅門至上。而在沙門思潮中興起的這些「非正統」的思想教派都否認吠陀的權威性，進而也否認祭祀的功效，挑戰婆羅門在四種姓中的權威地位，這顯然有悖於婆羅門教的「三大綱領」，也因而觸犯了婆羅門的利益。

5 參見：姚衛群．《佛教哲學的否定型認識及其與婆羅門教哲學的淵源關係》，《南亞研究》．1994 年，第一期： 第 45-51 頁。

西元前 2 世紀至西元 4 世紀，婆羅門教中主要產生了六個思想派別：數論派、瑜伽派、勝論派、正理派、彌曼差派、吠檀多派。「六派」以各自的經典為標誌，他們形成的這一時期也被稱作是「經書時期」。六派之中，數論和瑜伽兩派關係密切，它們彼此借鑒，又各有不同，前者側重世界轉化形態之理，後者側重視宗教修持之法。勝論派和正理派的關係密切，二者的理論多有相似，都涉及到語言、認識論的問題，二者的發展也多有融合，彼此的思想界限也因此變得模糊。但二者仍有差別，勝論派關注自然哲學，研究事物的基本構成，而正理派則主要研究邏輯推理和辯論方式，更關注修辭表達。彌曼差與吠檀多兩派關係密切：這兩派深受吠陀的影響，是婆羅門教思想的嫡傳。二者的差別在於：前者重視吠陀中的祭祀之「法」，而後者則偏重吠陀中與哲理相關的「智」，其核心思想源自《奧義書》。

西元 4 世紀至西元 9 世紀，婆羅門教大量吸收了其他宗教和民間思想，進行了自我改造，逐漸演化為「新婆羅門教」或「印度教」。在八九世紀，印度教體系中先後出現了以商羯羅為代表的一批思想家，他們被稱作「吠檀多派」。吠檀多派思想家為婆羅門教思想注入更多的哲學思辨因素，使婆羅門教思想的重心由祭祀轉向智識，奠定了印度教的理論基礎。此時的印度教仍然是一個多神教，但是已形成主神崇拜。大神梵天、濕婆、毗濕奴在該時期成為印度教的「三大主神」，根據不同的大神崇拜也形成相應的宗教派別，印度教中崇拜主神濕婆的派別形成濕婆派，崇拜主神毗濕奴的形成毗濕奴派。此外，另有一個崇拜女神的性力派。女神雖然不屬於主神，但是女神崇拜在印度有很深的歷史和思想淵源，早在印度河文明時期的達羅毗圖人中就已存在。

西元 9 世紀到 18 世紀，隨著民族戰爭和宗教衝突的腳步，伊斯蘭教大規模地傳入印度次大陸。16 世紀，帖木兒的後裔在印度建立了莫臥兒王朝，伊斯蘭教思想作為統治階層的宗教思想更是在印度次大陸產生了深遠的影響。這一時期，印度教內部進行了具有革新色彩的虔誠派運動，提倡宗教內部平等，認為無論婆羅門還是非婆羅門都可以通過虔信達到與神合一的目的。虔誠派運動與伊斯蘭教中蘇菲派思想有共通之處，錫克教就是這兩種思想融合後形成的。

18 世紀下半葉英國殖民者逐步控制了南亞次大陸，印度淪為英國的殖民地，直至 20 世紀中葉，英國才宣告結束在印度的統治。英國的殖民統治促成了印度近代的宗教改革和思想啟蒙運動。愛國知識分子意識到了傳統宗教與社會生活中的種種弊端，為印度擺脫貧困與屈辱的局面努力尋求出路。這些知識分子的代表人物包括羅易、娑羅室伐底等，他們領導的宗教改革運動要求有明確的理論作為指導思想，這就促進了印度近代宗教哲學的產生。在這一時期，印度宗教哲學思想被打上了西方文化的烙印，發生了重要的變化。但從總體來看，這種變化並非質變，而是以西釋印，以今釋古——在闡釋方式方法上發生了變化。一方面，古代宗教哲學尤其是婆羅門教依然保持著強大的影響力。印度教六派中的吠檀多派和瑜伽派對近代宗教哲學的影響非常突出，而吠檀多派的思想則更是近代印度思想家的理論源泉。另一方面，印度近代的宗教哲學選擇、吸收了西方近代思想，印度的思想家們嘗試借用西方哲學的語言邏輯框架或是一些概念來詮釋印度的傳統哲學。在印度近代思想家中，影響比較大的有辯喜、奧羅賓多．高士和拉達克里希南三位。

拉什迪的作品幾乎可說是印度宗教哲學史及其相關文獻

的「大雜燴」。例如，《午夜之子》中不少情節都有《吠陀》的影子，一方面有「頌神」的意味，如薩利姆對帕德瑪的讚頌，另一面也有「咒語和巫術」的藝術表現，如尊敬的母親娜芯可以隨意進出家人夢境，偷窺他人的心事；小說中還有兩大史詩的烙印，如童年時的薩利姆受到眾多女性的寵愛，這個角色的特點與《摩訶婆羅多》中嬰兒時受寵的克里須那，以及克里須那受到眾牧女們的愛護都有呼應關係；小說也是一部《往事書》，可以看出主神之間以及印度教教派之間的競爭與發展。此外，小說也涉及到印度歷史上的莫臥兒王朝開明的統治理念，英國對印度的殖民統治對印度宗教哲學所產生的影響，等等。但是，拉什迪小說表現的重點是承繼《奧義書》精義的吠檀多派思想，即追求智解脫，體悟梵我同一，最終超越輪回。

第三節　吠檀多派的思想派別：梵我關係的不同看法

吠檀多派是印度思想史上對後世最具影響力的流派。作為印度正統派宗教哲學的重要代表，它是印度人的人生觀和世界觀形成的思想基礎，直至今天，還主導著印度思想界。「吠檀多」在梵語中意為「吠陀的終結」。吠陀在廣義上包括《奧義書》，《奧義書》正是「吠陀的終結」，因此吠檀多派的思想與《奧義書》的思想關係密切，這一流派正是在吸收發展《奧義書》哲學的基礎上形成的。

吠檀多派思想家集中探討了「梵我」關係，這一問題也是《奧義書》思想的重心。「梵我同一」是《奧義書》提出的最為重要的哲學觀點，意即：宇宙即梵，梵即自我，自我即是宇宙。但是，《奧義書》對於這一觀點沒有具體展開，它畢竟「不是現代意義上的哲學論著，我們不能期望從中理出周密完整的哲學體系」。[6] 吠檀多派思想家繼承了《奧義書》中「梵我同一」的哲學觀點，並對「梵」「我」關係進行了闡釋，根據他們闡釋的不同，形成了吠檀多派的不同分支，其中影響較大的主要有三支。

第一支以跋達羅衍那為代表。他創作了吠檀多派的根本經典——《梵經》的最初部分。一般認為，跋達羅衍那對「梵」「我」關係持「不一不異論」。這種理論認為，「梵」是世界的創造因，而「我」則是「梵」的創造物，從這個層面而言，「梵」與「我」並不同一；但是，「梵」又是一切存在的屬性，離開了梵性，一切事物都不復存在，從這個層面來看，「梵」與「我」又是同一不異的。以譬喻的方式來說，「梵」「我」就如同太陽及其水中倒影之間的關係一樣，既異又同。

第二支以喬荼波陀、商羯羅為代表人物。他們對「梵」「我」關係持「不二論」看法。「不二論」是吠檀多派的最核心的思想，由於本章第四節還要對「梵我一如」這個概念以及吠檀多派梵我「不二論」做更詳細的解釋，因此，關於「不二論」此處暫不具體展開。

第三支以羅摩奴闍為代表。他對「梵」「我」關係持「限定不二論」，或「有分別不二論」。[7] 羅摩奴闍雖然也認為「梵」「我」是「不二的」，但是卻不同意喬荼波陀和商羯羅「不二論」中的「摩耶說」。他認為，現實世界並不是幻

6 季羨林．《印度古代文學史》．北京：北京大學，1991 年：第 38 頁。

7 姚衛民．《印度宗教哲學概論》．北京：北京大學，2007 年：第 102 頁。

變的，而是真實存在的，它是梵的屬性或說一部分。正如光與火或太陽之間的關係一樣，雖然光源自於、或隸屬於火或太陽，但並不能說光就不存在。現象界及「我」是「梵」的顯現，也是對梵的限定，這個被實在所限定的「梵」與「我」與「現象界」是同一的。這個理論被稱為「限定不二論」。

吠檀多派的思想對近現代印度思想產生了深遠而持久的影響，近現代的思想家都以吠檀多派的思想作為他們學說的理論基礎。辯喜是印度近代最有影響的宗教哲學家之一，也是著名的社會活動家和宗教改革家。辯喜贊同商羯羅的「不二一元論」，但是他並不認為現實世界是虛幻的。和其它印度近代的思想家一樣，他試圖將西方的哲學、科學與印度傳統的宗教哲學在闡釋中能夠融匯統一起來。這在豐富印度傳統宗教哲學思想的同時，也產生了很多自相矛盾的地方，而這也正是印度近代思想家在融合東西方思想時一個常見的特徵。

拉什迪的小說體現了吠檀多派思想，尤其是喬荼波陀和商羯羅的「不二論」。小說伊始就埋下了伏筆：薩利姆的外祖父，家族的「始祖」阿齊茲醫生，站在故鄉喀什米爾的山包上眺望，而映入他眼簾的第一個地點就是阿闍梨寺（Sankara Acharya）。「Sankara Acharya（阿闍梨寺）」是「Shankara（商羯羅）」的異體字。因此，這個寺廟名稱一語雙關，它不僅是寺廟的名稱，也是吠檀多派代表人物商羯羅（Shankara）的名字。小說多次提到這個地點，並讓阿齊茲在臨終前神秘地重返喀什米爾，在阿闍梨寺破成碎片，他的故事始於此亦終於此。Sankara Acharya 一詞顯然有著特殊的涵義，其實是暗示小說的出發點和旨歸都是吠檀多派的「不二論」思想。

第四節　印度宗教哲學的核心概念：輪回、解脫、梵我一如

一、輪回觀念

輪回一詞在梵語中的本義是指「流動」，而後引申為生命的流轉。輪回說是印度各宗教哲學流派所共有的一個概念，佛教、耆那教，婆羅門教的各個派別都有輪回的觀念。輪回的觀念與死亡的意識密切相關。世人皆有一死，當人意識到死亡，想像死後的歸宿時，就產生了輪回的觀念。

早在吠陀中，就已經出現了輪回觀念的雛形。吠陀中提到，宇宙分為天、地、空三界，猜測時間為過去、現在、未來三時。[8]而居於人間的生物有靈魂，且靈魂不滅，肉體死亡後靈魂會離開人間，去往他界。

真正宗教意義上的輪回觀念是在《奧義書》中形成的。《奧義書》中的輪回觀念可以概括為「五火二道」。「五火」是指人死被火葬後，生命在輪回中所經歷的五個步驟：先進入月亮，而後變成雨，雨變作食物，食物變作精子，最後精子入胎重生。「二道」則是指兩條不同道路。其一為「神道」，即超越輪回，進入梵界；其二為「祖道」，即經歷「五火」的順序重返原來的世界。

婆羅門教的數論派對於輪回的狀態做了比較詳盡的分析，被稱為「二元二十五諦」。傳說，數論的創始人是迦毗羅仙人，主要著作是《數論頌》及對這本書的相關注釋，最

---

8 詳見：巫白惠・《古代和中世紀印度自然哲學》，《印度哲學——吠陀經探義和奧義書解析》・北京：東方出版社，2000 年：第 99-133 頁。

著名的是《金七十論》。數論的核心思想是，宇宙有兩大本原：神我和自性。神我是最高精神，也即布盧沙，梨俱吠陀中著名的《原人歌》裡的原人。自性是原初物質，由三種成分，或曰「三德」構成。三德分別是薩埵（喜），羅闍（憂）和多磨（暗）。三德又有彼此制約的屬性。薩埵的作用如同光照，具有探究事物本原的特性，羅闍則起到「造、做」之用，具有運動、衝動的特性，多磨則起到「束縛」的作用，具有怠惰和不敏感的特性。三德之間處於相對的不斷的變化的狀態中。三德平衡時，自性不顯現，相反，三德失衡時，自性就流轉變化出世界萬象。[9]

神我與自性的關係就如同明眼的跛子和強壯的瞎子，二者唯有彼此配合，才能上路。自性只能在神我的「觀照」下，並且三德失衡，才能生出其它二十三諦，轉化出各種現象。具體的轉化過程為：自性（原質）——覺（菩提，或稱「理性」）——我慢（自我意識）——五知根（眼、耳、鼻、舌、皮膚）——五作根（手、口、足、生殖器、排泄器官，此五作根又與以上五知根合稱為十根）——五境根（心、聲、色、香、味、觸）——五大（地、水、火、風、乙太）——神我（布盧沙）。

數論的理論更多地汲取了吠陀中唯物的思想。數論派的思想在印度歷史上產生了重要的影響。該派的起源早於 4 世紀，佛傳故事中曾提到，釋迦牟尼創立佛教前曾向數論派的先驅者學習禪定。而佛教也一直很重視數論派的著作，有不少著述都針對數論派現論進行了論述分析或是批改。早期數論的很多思想也都被引入《薄伽梵歌》中，如：輪回的過程

9 參見：姚衛民．《印度宗教哲學概論》．北京：北京大學出版社，2006 年：第 52-54 頁。

是痛苦的；又如，輪回之道三分為：天道、獸道、人道。瑜伽派也採用了數論派的很多哲理；數論派的理論對吠檀多派的理論也很有影響，如，羅摩奴闍所描述的輪回狀態「實際上是數論範疇系統的翻版」[10]，而商羯羅的理論中也與數論派理論有相似之處。

二、解脫之道

印度各宗都認為人生是苦，而輪回亦是苦，因為苦，所以希望離苦得樂，超越輪回，獲得解脫。解脫的途徑或說觀念總體而言有四種，即，業解脫，智解脫，信仰解脫，禪定解脫。

業解脫強調人的行為，認為人們通過管理自己的行為並使之達到某種完美的境界可以獲得解脫。業的理解是很寬泛的。就婆羅門教而言，業可以分為善業與惡業兩種。業之善、惡的標準則是婆羅門教的各種教規、教義。符合教規、教義的行為，盡到宗教義務的行為稱為善業，反之，則為惡業。業還包含著因果關係。時間有過去、現在、未來這三個流轉不斷的序列，過去的業或行為的集聚帶來了現在的果，而現在的業或行為的集聚則決定將來的果。業的集聚，也稱業力，可以決定人往生後的去向。人死後，靈魂不滅，根據各人生前的業力，靈魂的歸宿也不盡相同。生前善業多，死後靈魂就有好的去處，如吠陀中所說的閻魔王國；反之，惡業多，死後就可能會被打入深淵。[11] 業和業力的觀念使人對自己的行為更負責，因為業力不僅存在於此生，還隨輪回流

10 詳見：巫白惠．《吠陀輪回說探源》，《印度哲學——吠陀經探義和奧義書解析》．北京：東方出版社，2000 年：第 125-126 頁。

11 詳見：巫白惠．《吠陀輪回說探源》，《印度哲學：吠陀經探義和奧義書解析》．北京：東方出版社，2000 年：第 70-98 頁。

轉，一直延伸到來世。

智解脫強調自我內心的覺悟。《奧義書》認為，人死後所走的「道路」同樣是由生前的業所決定的，但是最高的善業在於體悟「梵我一如」。吠檀多派傳承了這一觀念，並在對梵我關係的解釋中豐富了這一解脫觀念。數論派則認為，獲得解脫的途徑是體驗「二元二十五諦」的學說，擺脫無明，獲得真知，使「自性」不再與「神我」和合，從而跳出輪回，獲得解脫。佛教的解脫觀念與其涅槃理論基本一致。佛教認為消除煩惱與痛苦的辦法就是滅除無明，大乘佛教唯識宗則進一步提出只要識破諸法實相即是解脫。

信仰解脫強調神或靈性的重要性，認為通過對神的虔信奉愛，與神合一才能獲得解脫。吠檀多派「有分別不二論」的代表人物羅摩奴闍就非常強調對大神毗濕奴的奉愛，他認為毗濕奴就是大梵，無論什麼種姓，只要真正崇敬、皈依毗濕奴，就能獲得解脫。又如，印度教的濕婆派就強調對濕婆的奉愛與虔誠，以濕婆為大梵，而性力派則強調尊奉大女神。

禪定解脫主要是指瑜伽派的理論和修持方法。早在印度河文明時期，就有瑜伽的修持方法。在《奧義書》時期，「瑜伽」一詞具有了宗教哲學的意義。瑜伽，在梵語中表示給牲畜「套上裝具」，後引申為「連結」。瑜伽就是「通過一系列對身心活動的制約，特別是對心理活動的制約與引導，使自己達到與世界本源的神秘聯繫或結合。」[12] 這些制約身心的活動就是具體的瑜伽實踐，即，「八支行法」，其中包括，禁制、勸制、坐法、調息、制感、執持、靜慮、等持。前五

12 方廣錩．《印度禪》．杭州：浙江人民出版社，1998 年：前言第 5 頁。

支側重外修，即道德、倫理、身體的修煉，後三支，又稱為「總制」，側重內修，即精神的修煉。瑜伽派非常重視「後三支」，認為，「總制」的實踐可以獲得「神通」。瑜伽的理論和修持方法被很多宗派吸收發展，各宗都有隸屬於本宗理論體系下的「瑜伽」，以指導修持。吠檀多派的思想家借鑒了瑜伽修持的成分，佛教也非常重視禪定。在近代，瑜伽的影響力有增無減。印度近代的思想家辯喜擴大了瑜伽的涵義，以瑜伽來命名自己的理論體系。在辯喜的理論體系中，禪定之道或王瑜伽更接近瑜伽原有的涵義，即通過修持達到入定境界，獲得解脫。

總之，各個宗派哲學針對同一個解脫的途徑，有自己的理解與闡釋，在追求解脫的實踐活動中也各有所側重，但是，他們的解脫觀念中都包含了這四個解脫的途徑，這四個途徑是相輔相成的。

三、梵我一如

早在《梨俱吠陀》中，就有一首《原人歌》，[13] 原人就

13 參見如下《原人歌》．轉引自：巫白惠．《印度哲學：吠陀經探義和奧義書解析》．北京：東方出版社，2000 年：第 149-150 頁．更多詳見《〈梨俱吠陀〉神曲選》．巫白惠，譯解．北京：商務印書館．2010 年：第 253-256 頁。

原人之神，微妙現身，千頭千眼，又具千足；包攝大地，上下四維；巍然站立，十指以外。

唯此原人，是諸一切；既屬過去，亦為未來；唯此原入，不死之主，享受犧牲，昇華物外。

如此神奇，乃彼威力；尤為勝妙，原人自身；一切眾生，占其四一；天上不死，占其四三。

原入昇華，用其四三，所餘四一，留在人間。是故原人，超越十方，遍行三界，食與不食。

從彼誕生，大毗羅茲；從毗羅茲，生補盧莎。彼一出世，立即超越，地之後方，地之前方。

原人之身，若被支解，試請考慮，共有幾分，何是彼口？何是彼臂？何是彼腿？何是彼足？

原人之口，是婆羅門；彼之雙臂，是刹帝利；彼之雙腿，產生吠舍；彼之雙足，出首陀羅。

彼之胸膛，生成月亮；彼之眼睛，升起太陽，口中吐出，雷神火天；氣息呼成，

是「梵我一如」的早期概念。原人在梵語中是布盧沙，意思是人。在吠陀詩人的想像中，原人是至高無上的神。他是無限大的空間，他有千頭、千足、千眼；他是永恆的時間，他是過去、現在，未來；他是造物主，他創造了天、地、空三界。可是，眾天神把原人作了祭祀的犧牲，他被分解成很多塊。他破碎的身體形成了印度的四個種姓：嘴是婆羅門，兩臂是剎帝利，兩腿是吠舍，兩足是首陀羅，他因此是所有的人。他的胸膛變成月亮；眼睛升起太陽，嘴裡吐出火焰；氣息變成風——他也是世間萬象。原人是三界芸芸眾生的始祖，也形成萬物，因此受到三界眾生的膜拜。這首讚頌原人的詩歌包含了這樣的意思，原人是世界，是神，也是人，是「多與一」的和合。

在《奧義書》中，「梵我一如」是最重要的一個哲學觀點。在《奧義書》時期，大神梵天的地位提升，他取代了吠陀中的原人，獲得宇宙創造主的地位，「梵」也就成為代表世界本體的抽象神。因此，「梵」在《奧義書》中頻頻出現，作為哲學術語與「我」並置，吠陀中的「原人說」逐漸發展成「梵我說」。但是，原人這個概念一直存在，在《奧義書》裡被等同於梵。也就是說，原人即梵；宇宙即梵，梵即自我。自我，是指個體的靈魂。因此，梵我一如，就是指宇宙本體與個體靈魂的統一。《歌者奧義書》中這樣說道：「我內心深處的這個自我，小於米粒、麥粒、芥子粒、黍子粒……。我內心深處的這個自我，大於地，大於空，大於天，大於一切領域。一切行動，一切希望，一切氣味，一切滋味全在自我中……。我內心深處的這個自我就是這個梵。」

伐尤風神。

臍生空界，頭顯天界，足生地界，再造方位；如是構成，此一世界。

梵我「不二論」是吠檀多派對梵我關係的認識闡釋，最早由喬荼波陀明確提出。在其最重要的著作《聖教論》（亦被成為《蛙氏奧義頌》，《喬荼波陀頌》）中，他對《蛙氏奧義書》（又稱《唵聲奧義書》）做了疏釋，同時也構建了新的吠檀多理論體系，為其後商羯羅更為系統的「不二說」奠定了基礎。喬荼波陀認為「梵」「我」是同一不二的。二者的關係就如瓶中的小虛空和瓶外的大虛空，二者本質上沒有不同，都是虛空，而之所以有分別，是由於受到瓶子或說身體的限制，二者才顯得不同。[14] 喬荼波陀的理論吸收了佛教的「空」論，旨在化解吠檀多派理論中的實在物，說明這些實在物並非獨立於梵而存在，它們只不過是梵之幻變，是「摩耶」。就像人們夢中所見的事物並不真正存在，而只是意識虛幻的產物，也就是說「夢醒同一」。「夢醒同一」這種說法在古印度就十分流行，後又為佛教引入自己的理論，而吠檀多派，尤其是喬荼波陀也對該思想加以利用，引入自己的學說。

在繼承和發展喬荼波陀的「不二論」的基礎上，商羯羅構建了吠檀多派的最系統的「不二論」。商羯羅是印度思想史上最著名的思想家之一，也是吠檀多派最具影響力的人物，他認為，「梵」「我」同一不二，之所以二者顯得不同，是因為人們對「梵」有不同的認識。商羯羅將梵分為「上梵」與「下梵」，並對這對概念進行了詳細解釋。「上梵」是不可見、不可說的，是世界萬象之後唯一的實在或絕對；「下梵」則是有形的，可說的，是可見的現象界。「下梵」是「下知」，一般的人無法逃脫感官的限制，把種種「假像」看作是梵，這是無明，或說摩耶導致的；「上梵」是「上知」，

14 參見：喬荼波陀·《聖教論》·巫白慧，譯釋·北京：商務印書館，1999 年：3,1-1。

智者能透過現象看到梵真實的本質，消除無明，得到真知。

喬荼波陀與商羯羅的「不二論」與羅摩奴闍「限定不二論」[15]有所區別。他們對「空」、「有」的態度不同。不二論認為，「梵」與「我」是沒有差別的，「我」是瓶子裡的小虛空，而「梵」則是瓶外的大虛空，作為瓶子的身體只是讓二者「顯得」不同，但二者實際一致。[16]「限定不二論」則認為現象界是真實的，「梵」、「我」的實存反映了現象界的多樣性和差別性。因為「實存」，所以「梵」與「我」就成了可見的「神」與「我」。這也導致了二者不同的神觀念。羅摩奴闍是印度教毗濕奴教派的創立者，「虔誠派」運動的領導人，他認為梵就是最高神毗濕奴，提倡通過對神的虔信達到解脫[17]；喬荼波陀和商羯羅雖然沒有提出「無神」，但是，其「摩耶」之說似乎已經使神處於「如有若無」的狀態。[18]總之，二者對梵的看法不同，「限定不二論」將梵看做具存，因此崇拜和獻身的宗教活動都有了相對的所指，宗教的意味也就更強了。相較之下，不二論則傾向於將梵看做抽象概念，因此其思想與佛教相似，「神」的觀念並不堅固，也因此，雖然商羯羅在著述中對佛教多有批判，但仍被說成是「戴著面紗的佛教徒」。[19]但是，印度教終是有神教，所以金克木推斷說，《蛙氏奧義書》中的神秘主義類似從萬物有靈論發展出來的泛神論體系，似乎更接近布魯諾和斯賓諾

15 參見本章第三節關於「限定不二論」的概述。

16 參見：姚衛群《印度宗教哲學百問》北京：今日中國出版社 1992 年：第 59-60 頁。

17 參見：姚衛群《印度宗教哲學百問》北京：今日中國出版社 1992 年：第 100 頁。

18 參見：金克木．《梵佛探》，《梵竺廬集（丙）》．南昌：江西教育出版社，1999 年：第 131 頁。

19 金克木．《梵佛探》，《梵竺廬集（丙）》．南昌：江西教育出版社，1999 年：第 322 頁。

莎的上帝。[20] 意即，書中的「神秘主義」有可能是掩蓋其哲學思想的「紗衣」，目的是為了避免宗教衝突，招致殺身之禍。

四、梵我一如思想與其它思想的同與異

「梵」與中國文化中的「道」有相似之處。從宇宙層面來看，二者具有宇宙之常的內涵。梵是宇宙世界的「四因」：動力因、質料因、形相因、目的因；道是宇宙之源，是萬物始基。《老子》四十二章說：「道生一，一生二，二生三，三生萬物」。道既是物質，又是絕對精神，既顯現於萬物，又隱匿於萬物之中，無跡可尋。從人的層面來看，二者都代表了一種超拔的人生境界，同時也蘊含著達到此境界的途徑。印度教徒追求「梵我一如」，就是要體悟小我與宇宙大道的同一性，為了達到這一境界，就必須遵循達摩之法，恪守行為規範；道也是一種境界，孔子說，「志於道」，又說，「朝聞道，夕死可矣。」道同時也是修行，其中蘊含著複雜的行為規範或是修行方法。在表達上，二者都具有兩面性，它們既是「顯現」，又是「隱沒」。梵有無法言說的「上梵」，亦有可以形色表達的「下梵」，而道自有可道之處，但同時又具有語言無法到達的神秘境界，所謂「道可道，非常道」。因此，在可以言說，有所顯現時，二者就用「表詮法」，以肯定的方式例舉；當無可言說，無所顯現時則用「遮詮法」，以否定的方法進行排除。如《道德經》十四章中就以「遮詮法」來說「道」，指出道是「視之不見」，「聽之不聞」，「博之不得」，是「無狀之狀、無物之象」；[21] 而梵也常被以否

20 金克木·《梵佛探》，《梵竺廬集（丙）》·南昌：江西教育出版社，1999 年：第 293-294 頁。

21 安樂哲（Roger T. Ames），郝大維（David L. Hall）·《道不遠人：比較哲

定的方法來說明。《大林間奧義書》（III，8，8）說：「[梵]非粗，非細，非短，非長，非赤，非潤；無影，無暗；無風，無空；無著；無味，無臭，無眼，無耳，無語，無意，無熱力，無氣息，無口，無量，無內，無外。」這就是以遮詮來說明「梵」，一個永遠逃避語言闡釋的世界本質。

「梵我一如」以一種綜合的視角來表述「我」與世界的關係：我屬於世界，我與世界同質，體現出一種神秘主義傾向。金克木曾提到，「一般論述神秘主義的都承認有三套大體系：一是歐洲中世紀的，二是從波斯一直到印度的蘇菲派（Sufi）的，三是比這兩套都更早的《蛙式奧義書》和喬羅波陀的。當然，我們還可以加上佛教和印度教的密宗，還有老子的『玄之又玄，眾妙之門』，《中庸》的『無聲無臭至矣』和《孟子》的『浩然之氣』，等等。」[22] 這些神秘主義大都蘊含了「一即一切，一切即一」的全息論思想。[23] 另外，

學視域中的《老子》》，何金俐，譯．北京：學苑出版社，2004 年：第 114 頁。

22 金克木．《梵佛探》，《梵竺廬集（丙）》．南昌：江西教育出版社，1999 年：第 274 頁。

23 東方的佛教、伊斯蘭教的蘇菲派、儒家、道家思想等都曾表達過全息思想。如佛教的《華嚴經》中說：「一花一淨土，一葉一如來」；道家莊子的《齊物論》中說：「天地與我並生，而萬物與我為一」；先秦儒家的《周易 文言》則說：「夫大人者，與天地合其德，與日月合其明，與四時合其序」；黎巴嫩詩人紀伯倫的思想與蘇菲派思想很接近，他在《沙與沫》中寫道：「就在昨天，我還想自己只是一塊碎片，在生命的領域中毫無韻律地顫動。// 現在，我知道我就是這個領域，生命的全部都是些有韻律的碎片，在我體內遊轉。// 他們醒來時對我說：『你和你所在的世界，不過是無邊大海的無邊沙灘上的一粒細沙。』// 在夢中我對他們說：『我就是無邊的大海，世間萬物不過是我沙灘上的顆顆細沙粒。』// 只有一次我無從作答，那是當一個人問我『你是誰』時。// 關於神的第一個想法是一個天使，關於神的第一個字眼是一個人。……」（紀伯倫（黎）《沙與沫》侯皓元，編譯 西安：陝西人民出版社，2004 年：第 195-197 頁）。西方的靈知主義（Gnosticism），超驗主義也都與全息思想有和鳴之處。如，英國神秘主義詩人威廉．布萊克（William Blake，1757-1827）在一首四行詩中寫到的：「一沙見世界，一花窺天堂。手心握無限，須臾納永恆」。又如，超驗主義的代表人艾默生（Ralph Waldo Emerson，1803-1882）在題為《個體與整體》的詩中寫道：「精緻的貝殼躺在沙灘上；每一波海浪攜著泡沫湧來，都用珍珠裝飾它們的釉彩……我拭去上面的泡沫和水草，往家裡帶回海裡誕生的財寶；而那些相貌平平的貝殼，早已將美麗留在沙灘上……每個個體都與別的個體關聯；沒有孤立的美，沒有孤立的善。」（愛默生．《愛默生詩歌精選》．王晉華，張慧琴，譯．太原：北嶽文藝出版社，2012。）另，愛默生受到了印度宗教哲學思想的影響，從其一首題為《梵天》的

這些神秘主義在各類實踐活動中也「派生」出一些神秘學：東方神秘學[24]包括道教的煉丹術，密宗的身、口、意三密，印度瑜伽等等；西方的神秘學包括煉金術[25]、術數、占星術、塔羅命理和魔法等等。這些神秘學大多體現了一種全息的思想，往往包含了豐富的隱喻和象徵系統。在西方，神秘學一直都是文學藝術創作的素材庫，[26]而以神秘學為素材的文學藝術創作也大多染上了神秘主義的氣息。

但是，「神秘主義並不神秘，是完全可供客觀分析的。尤其是現代對人類社會和語言的研究突飛猛進的情況下，對於神秘主義應當能夠做出比較以前不同的具體分析。」[27]這些神秘主義之所以神秘，在很大程度上是因為它們採用了綜合的而非學科分類的視角進行表述。20世紀中葉以來，爆發了第三次科學革命，引發了一系列學科的變革，並持續發展推進。這場革命就是以資訊系統或複雜性思想來指導科學研

詩中可見一斑。（《愛默生詩選》，《詩刊》張祈，譯．2005年7月下半月刊，總第477期：第62頁。）

24 參見：南懷瑾．《道家、密宗與東方神秘學》．上海：復旦大學出版社，1997年。

25 西方的煉金術和中國的煉丹術有相通之處。中國煉丹術有「外丹」與「內丹」之分。「內丹」其實是一種精神的靜修，而「外丹」則是通常所稱的「實驗活動」，煉製丹藥。內、外丹煉製的目的都是求長生不老。西方煉金術士追求的也可分為「內、外」兩層，外在是追求物質的「金」，而內在則是追求精神的「哲人石」，希望人的內在經過種種類似金屬般的提煉最終具有「點石成金」的精神境界。中國的煉丹術士和西方的煉金術士都有「一即一切，一切即一」的世界觀。參見：漢斯－魏爾納．舒特．《尋求哲人石：煉金術文化史》．李文潮，蕭培生，譯．上海：上海科技教育出版社，2006年。

26 在西方，中世紀煉金術給藝術帶來了廣泛而持久的影響，從繪畫、音樂到文學藝術都有煉金術的影子。就文學創作而言，詩人但丁在《神曲》中曾把兩位煉金術士送到煉獄中，歌德筆下的浮士德博士具有豐富的煉金知識，巴爾扎克寫過題為《煉金術士》的小說……法國的抒情詩人蘭博（Arthur Rimbaud）曾指出，「在法國的象徵主義中煉金術題材是一個綱領，叫做『詞語煉金術』」……參見：漢斯－魏爾納．舒特．《尋求哲人石：煉金術文化史》．李文潮，蕭培生，譯．上海：上海科技教育出版社，2006年：第424-436頁。

27 金克木．《梵佛探》，《梵竺廬集（丙）》．南昌：江西教育出版社，1999年：第274頁。

究。[28] 但是，「人類的資訊、系統、複雜性思想並非僅只從現代科學開始，早在人類古代哲學思想中就已經孕育萌發了樸素的信息、系統、複雜性思想，只不過，當時的這些思想還具有直觀性、猜測性、神秘性等特點。」[29] 信息哲學研究專家鄔昆例舉了古希臘，中國和印度哲學中所蘊含的豐富的複雜性思想，如，《奧義書》中所描述的梵的性態體現了宇宙無限、統一的整體論思想，而「梵我一如」則包含著「世界統一於極微」的理論。鄔焜所提到的古代哲學很多都混沌地包含於各種神秘主義中。隨著資訊科學和複雜性研究的進一步展開，人們對神秘主義也有了進一步的認識。

「梵我一如」及其它神秘主義的旨趣暗合後現代的複雜性思想。後現代社會在知識話語層面可以用複雜性思想來表述。著名的後現代主義理論家利奧塔爾指出，後現代絕不意

28 複雜性思想經歷了一個形成的過程。20 世紀 60 年代末和 70 年代，西方興起了系統論、控制論、資訊理論以及自組織理論的思潮對科學的認識論和方法論造成了影響。法國著名的哲學家、社會學家、人類學家和政治評論家愛德格．莫蘭（Edgar Morin）從 1977 年開始發表他的巨著《方法》，歷經近 30 載，終於在 2004 年以六卷完稿。這部著述的核心就是「複雜性思想」或「複雜性範式」。在 1973 年，莫蘭發表《迷失的範式：人性研究》一書中首先提出了「複雜性範式」的概念，並號召人類在思維方式上進行革命。這種思維方式的革命也在科學界興起。1979 年，比利時的著名科學家普利高津也提出了「複雜性科學」的口號，並以「演化的物理學」代替「存在的物理學」，在世界範圍內引起反響。1984 年，美國聖菲研究所成立，它接過「複雜性科學」的大旗，在生物學領域開展自己的研究活動。莫蘭首先致力於複雜性思想在人類學領域的應用，其後又涉獵了物理學、生物學領域，是複雜性思想超越了學科的界限，成為具有普遍意義的認識論和方法論。

複雜性思想有三個本質性原則。其一是兩重性邏輯。任何事物中都同時並存著有序性和無序性兩種力量。有序性保證事物發展的穩定性，保證了繁殖，而無序性則孕育著不穩定性，孕育著進化。有序性和無序性在對弈或合作的過程中產生了組織和複雜性。其二是組織的循環作用。事物的部分與整體之間存在著互為因果的遞歸關係。整體處於部分中，部分處於整體中。如，一種特定的文化存在於該文化中的每個人，每個組織，每個群體中，而反過來，每個人，每個組織，每個群體又受到這種先在文化的影響，它們又處於這個文化整體中。其三是全息的原則。全息也稱為分形或自相似，是指個體就如同基因一樣幾乎承載了整體的所有資訊，正如英國神秘主義詩人布萊克在詩中所寫到的：「一砂一世界，一花一天堂。」參見參見：愛德格．莫蘭（法）．《複雜性思想導論》．陳一壯，譯．上海：華東師範大學出版社，2008 年：第 74-77 頁。

29 鄔焜．《古代哲學中的信息、系統、複雜性思想：希臘．中國．印度》．北京：商務印書館，2010 年：自序第 4 頁。

味著「怎樣都行」，這是以一種破碎的原子論的觀點來看待社會中的個體，而個體與社會的關係並非如此。他說：「一個自我並非分量很重，但是沒有一個自我是孤島；每一自我都存在於先前所未有的更複雜、更多變的關係交織之中。不論是年少還是年長，男人還是女人，窮人還是富人，一個人總是定位於特定交流圈子的『節點』上，無論這些是多麼微小。」[30] 保羅・西利亞斯（Paul Cilliers）指出，後現代主義的本質就是複雜性思想。[31] 複雜性研究思潮的開拓者，法國的哲學家愛德格 ・ 莫蘭則指出複雜性思想的主旨是人本主義。他認為，現代科學化簡的、割裂的認識方法導致了還原的、線性的研究方法，也直接導致了對人性的片面性結論。[32] 複雜性思想就試圖打破學科壁壘，使科學與人文，科學與哲學結合起來，相互滋養，從而使科學研究能體現完整的、複

30 讓・弗朗索瓦・利奧塔爾・《後現代狀況：關於知識的報告》・長沙：湖南美術出版社，1996 年：第 65 頁。

31 保羅・西利亞斯是南非的一位電氣工程學和哲學博士，長期從事科學哲學和科學倫理學的教學，目前的研究集中於複雜性理論對理解倫理學、法和正義的意義。2000 年，他因出色的研究獲得了雷克托獎（Recotor`s Award）。保羅在其著作《複雜性與後現代主義：理解複雜系統》引證了利奧塔爾的後現代理論，從知識層面解讀了後現代的狀況。他提出，「後現代理論中描述的話語和意義的擴散，並不是由任意的、破壞性的理論家創造出來的，而是我們的語言和社會空間的複雜性之不可避免的後果。信息激增，以及媒體將國際公共空間塞進局部私人空間的方式，阻止了我們形成對我們世界的統一的、連貫的描述。」因此，「無論我們是否樂意將我們生活的時代叫做『後現代』，不可否認的是，我們生活的世界是一個複雜的世界……」。在其著作中，保羅細緻入微地分析了複雜性關係模型與後現代主義之間的關係，以翔實的論據說明，後現代主義的本質是複雜性思想。複雜性思想與傳統的還原論的區別是，後者更趨向於用一個規則的範式解釋事物，而前者則包含了整體或系統的理論，把事物作為一個系統，注重系統內外的聯繫，系統內外元素之間的組織關係。在書中，保羅引證了利奧塔爾的後現代理論。參見：保羅・西利亞斯・《複雜性與後現代主義：理解複雜系統》・曾國屏，譯・上海：上海科技教育出版社，2006：第 157 頁，第 15 頁。

32 愛德格・莫蘭指出，近代科學的認識方法有兩個突出的特點。其一是化簡，即把複雜的事物還原成簡單的事物進行研究，如，把人類學問題還原成生物學問題，把生物學問題還原成物理化學問題進行研究。其二是割裂，即一旦認識到研究對象可以還原為不同層次的性質，就劃分界限，分割研究，使人類學、生物學、物理學各司其事，彼此隔絕，不相連屬。這種認識方法的直接後果是使世界對象化，研究客觀化，剝離了人在科學研究中的主體性，割裂了人類對自身的認識。參見：愛德格・莫蘭（法）・《複雜性思想導論》・陳一壯，譯・上海：華東師範大學出版社，2008 年：第 34-42 頁。

雜的人性。據說刻在古希臘德爾斐阿波羅神廟門楣上最有名的一句箴言就是：認識你自己。如果人不能完整地認識自己，那就無法完整地認識世界。正如帕斯卡（Pascal）所提出的觀念：「不認識部分我不能認識整體，不認識整體我也不能認識部分」，而這也正應和了「梵我一如」及其它神秘主義思想所蘊含的「一即一切，一切即一」的旨趣。[33]

「梵我一如」是印度文化言說人與宇宙關係的獨特方式。在抽象的哲學層面，「梵我一如」思想、其它一些神秘主義思想以及後現代的複雜性思想都表達了世界之「一與多」的辯證關係。但是，思想與言說密不可分，它們在哲學層面的共通卻不能取代它們在文化層面的特殊性。泰戈爾說：「事物的區別不在於它們的本質，而在於它們的表象；換句話說，事物的區別在於它們與它們為之顯現的他者的聯繫中。這就是藝術，藝術的真理不在於實體或邏輯，而在於表現。抽顯的真理可能屬於科學和形而上學，而實在的世界卻屬於藝術。」[34]「梵、我」是印度文化特有的語符，它連結著印度文化中的神話、宗教，從而有別於「天、人」或是「人、神」之說。而反之，印度的神話、宗教也指向了「梵、我」的表達，而非其它。特定的語言不僅是作品的文化標識，作品的特性所在，也是接近藝術真理的必然途徑。忽略

33 混沌學是複雜性理論的一個分支。約翰·布里格斯（John Briggs）在《混沌七鑒》一書中提到，在他們思考混沌和複雜性科學理論的社會意義時，中國古代哲學思想，尤其是《易經》，給了他們以巨大的靈感。他說：「這門最新的學科（混沌學）看待世界的視角與世界上許多最古老的土著的精神傳統不謀而合，這聽起來有些自相矛盾。這並不意味著混沌理論要帶我們重返充滿神秘色彩的黃金時代或者理想化文明，但它意味著這些文化中所蘊含的持久洞察力的確有助於我們詳細闡述混沌隱喻，並著重指出，在一個高科技、高活力、高度電腦化了的時代裡，混沌是如何用嶄新的形式來看待古代智慧的。」布里格斯（美），皮特（英）.《混沌七鑒：來自易學的永恆智慧》.陳忠，金緯，譯.上海：上海科技教育出版社，2008 年：第 7 頁。

34 泰戈爾：《一個藝術家的宗教》，見《泰戈爾文集》，第 4 卷，劉安武等譯，安徽文藝出版社，1995 年：第 16-17 頁。

了藝術語言表現的差異，就不能發掘出藝術的真理。也即，在拉什迪作品的研究中，如果忽略了拉什迪作品的印度文化語境，單純地從哲學的普遍意義上而言其作品的思想，如，將作品蘊含的思想抽象概括地表述為「一與多」，而非「梵我」，那麼就無法展現作品的藝術特性。

第五節　《午夜之子》中的吠檀多哲學思想：梵我一如

西方文化對拉什迪的影響毋庸置疑，但拉什迪的文化根源卻在印度。從拉什迪小說不難看出西方文化對他的熏習：其小說中精彩的雙關和韻文隨處可見，西方文學用典也比比皆是，無怪乎他的作品受到西方讀者的歡迎，被載入英語文學史冊。不過拉什迪說：「西方文化，西方藝術發展的知識當然讓我受益匪淺，但顯然，如果要是沒有印度的那部分知識，這一切都派不上太大用場。」[35] 西方文化與印度文化在拉什迪及其創作中是顯文本與隱文本的關係，正如拉什迪筆下的小說人物麥斯伍德先生說：「在我不折不扣的英國外表下，藏著一顆尋求寓言的印度心靈。」（119）這其實就是拉什迪對自己以及創作文化背景最好的詮釋。因此，拉什迪雖以英文表達，卻是要「追求印度寓言」，其小說實質上是「印度節奏的迴響」。如拉什迪所言，「這正是全部的目的；如果能做到這一點，就能理所當然的宣稱，你用英語地道地寫印度……也許英語是唯一能做到這點的非印度語言。其實我們何必要稱它為非印度語言？它就是印度語言。」[36] 因此，

35 Pradyumna S. Chauhan, e.d.. *Salman Rushdie Interviews: A Sourcebook of His Ideas*. London: Greenwood Press, 2001: p. 17.

36 Pradyumna S. Chauhan, e.d.. *Salman Rushdie Interviews: A Sourcebook of His*

印度文化是拉什迪創作的智慧源泉和思想歸屬。

拉什迪以其「印度的英語」表現了印度教的精義「梵我一如」。在受訪中談及《午夜之子》的創作初衷時，拉什迪說：

> 我曾經一度思考過這樣的問題，在印度，作為七億人口中的一個個體意味著什麼。一般的解釋是，當個體處於七億人口之中，與其處於四、五個人之中時相比，顯然更加微不足道。但我並不這樣認為，甚至認為恰恰相反。因此，我決定戲劇性的顛覆這個看法：薩利姆不是一粒細沙，是一粒包涵了宇宙的微塵。這本書就是這樣來的。當然這只是戲劇性的顛覆，因為，當然，他不是真的包含了整個世界，他只是認為如此。[37]

這是對《午夜之子》「梵我一如」意蘊最好的詮釋。梵即宇宙，至大無外，小我則形同芥子，微不足道。但大小無待，即使是渺若塵埃的個體也能感悟到自身與宇宙的同一，正所謂一砂一世界。《午夜之子》著力表現了印度教中這一具有「顛覆性色彩」的自我認知方式。

小說藝術地表現了「梵我一如」的思想，其表現方式可以概括為兩點。其一，小說文本與吠檀多派經典文本互文。互文是指，小說中借用了吠檀多經典文本的一些元素，如擇取商羯羅《示教千則》中的標題，將其「鑲嵌」在小說文本中，充當聯想的「介質」；其二，小說以象徵的手法表現了

Ideas. London: Greenwood Press, 2001: p. 14.

37 Pradyumna S. Chauhan, e.d.. *Salman Rushdie Interviews: A Sourcebook of His Ideas.* London: Greenwood Press, 2001: p.p. 21-31.

吠檀多派思想。象徵是指，小說以多元敘事的手法構建了一個巨大的符號象徵系統，使文本暗示「梵我一如」的思想。小說不是以哲學來規定文本，不是簡單的哲學圖解，而是通過文學藝術來表現思想意蘊，這與印度宗教哲學自身的表達特點有關。總體而言，印度宗教哲學與西方哲學不同，西方哲學多是規定性的、線性的邏輯表達，而印度宗教哲學則多是體會性的、發散性的象徵性的表現。西方哲學具有學科分類之後的專業性，而印度宗教哲學則傾向於無所不包。這也使印度宗教哲學本身不具有西方哲學那樣嚴密的邏輯體系，更多是表現性的存在，「混沌」地包涵了神話、文學、藝術、甚至科學等諸多學科的原始狀態。因此，印度宗教哲學中並無西方意義上的哲學體系可以讓拉什迪照搬，他只是借用吠檀多派的經典著作元素，將元素包涵的故事，或是故事包涵的元素進行藝術改編。這樣，小說與印度宗教哲學中的藝術表現就形成了雙層的織物，使讀者在閱讀表層故事的同時，喚醒對印度宗教哲學豐富的文化表現形式，如相關的神話、符號、藝術的聯想和記憶，實現文字符號的縱聚合，而後再將體悟的意義帶回到文本，從而使小說的意義在指涉中有了知覺的深度，顯得更加厚實、豐滿。

一、小說與吠檀多派典籍的互文

小說與吠檀多派思想家的典籍著述互文來表現「梵我一如」的思想。小說中有不少故事情節擇取、借用了商羯羅的《示教千則》中的一些元素，並對其進行了改編，這些被改頭換面內容融進小說的故事，強化了小說的思想意蘊。如，《示教千則》韻文之第五章篇名叫做《對尿的疑惑》，其中包含一個引自印度史詩《摩訶婆羅多》中的故事。故事講道，毗濕奴神有一次答應聖人烏陀加滿足他的一個願望，烏陀加就向毗濕奴要水，毗濕奴說要是口渴的時候就想他吧！其後有一天，烏陀加走在沙漠樓裡，覺得很渴，於是就想到了毗濕奴。這個時候他看見了一個渾身髒兮兮的獵手，身邊還跟著一群狗。這個獵手排出了很多尿液，讓烏陀加喝，說這就是給他的水。烏陀加很生氣，堅決不喝。結果後來毗濕奴說那個獵人是因陀羅，他化身而來正是要給烏陀加送甘露。商羯羅在《示教千則》中引用這個故事是要說明常人無法看出神的真正面貌。而在《午夜之子》中，這個故事的一些元素被借用，並被巧妙地進行了改裝，編織進小說的故事中：薩利姆失去了記憶，嗅覺超群的他變作「人狗」，被巴基斯坦的軍隊雇傭，和另外三個小兵組成了一個「軍犬小組」，他們的目標也是「打獵」——「勇往直前地搜索，棘手無情地逮捕」（452）。三個小兵不知道「佛陀」薩利姆的「特異」之處，企圖捉弄他，將金屬小便器接通電源，讓薩利姆排尿的時候觸電。但是，出乎他們的意料，「佛陀」薩利姆雖然渾身電光閃閃，但全無感覺、毫髮無傷。這個故事中的三個小兵和烏陀加在某種程度上是一樣的，他們不知道「佛陀」薩利姆的過人之處。可以看出，兩個故事情節都與「排尿」這件事相關，而同時也都有「疑惑」的因素，因為無法識別「神」與「佛陀」的真實身份。從而，小說以與《示教千則》中故事的互文來暗示薩利姆「神聖」的一面，為他最終體悟「梵我一如」做了鋪墊，同時，也增強了小說的意蘊。

又如，商羯羅《示教千則》的第十二章的標題是光照，十三章的標題是無目，而拉什迪也借用了些標題，將它們作為具有象徵意義的元素編進了小說，成為使小說哲學意味更加濃厚的「關鍵字」。在小說中，魔術師影中人大叔要向孟買的一個弄蛇人發起挑戰，薩利姆和他一同前往。他們去了「大都會童子軍俱樂部」，一個「位於地下室」的「幽冥般的黑暗世界」。（586）一個性感的女接待員給他們帶路，但是她「無目」，因為她的眼睛是閉著的，「非塵世所有的發光眼睛，畫在她眼皮上」，她帶著薩利姆和影中人大叔「穿過將光線扣上手銬腳鐐的噩夢包廂」，示意他們坐下。這個情節顯然有很強的隱喻意味。盲女發光的眼睛只是假像，她其實看不見，她象徵著處於無明之中人們，而「謊言之黑、烏鴉之黑、憤怒之黑」的地下世界則象徵著處於無明之中的世界。盲目並非是真的沒有眼睛，而是指意識的「無明」，因為「無明」，所以看不到世事真相，只能留在「黑暗」之中。地下世界的「黑」並不只是顏色，那只是意識之「黑」，因為這個地方「處於時間之外，否定歷史的存在……」，這是一個「沒有臉孔或名字的世界；這裡的人沒有記憶、家人或過去；這裡只有現在，除了當下這一刻，什麼都沒有。」（587）在這個俱樂部的最後一個場景中，俱樂部的客人們玩起了一個刺激的「光照」遊戲，他們要讓「滾動的探照燈光揪出一對非法情侶，將他們暴露在其它共犯隱藏的眼光之前。」（589）但結果，那天被「窺視狂的燈泡照得像女侍般盲目」的人就是薩利姆。表面上看，薩利姆被強光晃得睜不開眼，「像女侍般盲目的」，但其實是通過「光照」這個意象暗示薩利姆獲得了「見」和「明」，並非是眼睛「所見」，而是指「領悟」，不再為無明所困擾。

二、小說以象徵的手法表現了「梵我一如」思想

《午夜之子》對《蛙氏奧義書》及喬荼波陀的《蛙氏奧義頌》進行「二度編碼」，藝術性地構建了一個巨大的文本的象徵系統。小說與《蛙氏奧義頌》的關聯是宏觀層面的，要理解《午夜之子》整體的創作構思，《蛙氏奧義書》是重中之重。《蛙式奧義書》，也稱《唵聲奧義書》，是印度吠

檀多哲學思想，也是印度的神秘學的重要淵源。《蛙氏奧義書》難以理解，其一是因為其中所蘊含的「梵我一如」思想本身就難以領悟，其二是因為《蛙式奧義書》對「梵我一如」思想進行了「編碼」，以符號的形式表述這一思想。金克木先生對《蛙式奧義書》的符號體系進行了細緻的分析，他指出，《唵聲奧義書》「用代數的語言說明一種非語言所能說明的宇宙觀」，[38] 該書全文的總公式是：唵＝梵（一切）＝我。[39] 唵「是宇宙的代號」[40]，代表至大無外的時空，這一符號貫穿全文。研究印度音樂哲學的劉易斯・洛威爾教授也著重指出了「唵」字的深意，他說，「唵」代表永恆之聲，是一切聲音的源泉與歸向；[41]「唵」是咒語，婆羅門祭祀經文首尾都有「唵」字，祭司們認為，念誦「唵」聲就能使人與神和宇宙相通。沿著《奧義書》哲學家的思路，吠檀多派的哲學家喬荼波陀在《蛙式奧義頌》中，提出了「梵、我」同一不二論，[42] 其核心思想可以符號化地表現為：原人＝唵＝梵＝我。[43] 拉什迪對《奧義書》哲學家和喬荼波陀的哲學思想首先進行了解碼，而後又以小說的形式對其進行了「二度編碼」，以藝術的形式表現他們的思想。當然，這也使小說變得神秘而難以理解，因為對於讀者而言這意味著逆向的

---

38 金克木・《梵佛探》，《梵竺廬集（丙）》・南昌：江西教育出版社，1999 年：第 277 頁。

39 金克木・《梵佛探》，《梵竺廬集（丙）》・南昌：江西教育出版社，1999 年：第 288 頁。

40 金克木・《梵佛探》，《梵竺廬集（丙）》・南昌：江西教育出版社，1999 年：第 272-295 頁。

41 Lewis Eugene Rowell, *Music and Musical Thought in Early India*. Chicago: University of Chicago Press, 1992: p. 36. *"Om has been interpreted as the eternal syllable that contains in itself the entire phenomenal universe, and as the nucleus from which all audible sounds proceed and to which all such sounds must ultimately return."*

42 詳見本章第四節關於喬荼波陀梵我不二論的論述。

43 巫白惠・《喬荼波陀和他的〈聖教論〉》，《印度哲學——吠陀經探義和奧義書解析》・北京：東方出版社，2000 年：第 273-290 頁。

「雙重解碼」，首先看出文本結構形成的隱匿的符號，而後還要順藤摸瓜，找到《奧義書》中符號的淵源，理解《奧義書》的內涵。

本書試圖對《午夜之子》的文本進行逆向的「雙重解碼」。第一重是小說藝術形式解碼，解讀小說如何以多元敘事手法對《蛙氏奧義書》的公式進行了編碼。本書中，多元敘事主要包括小說人物、結構和語言三個方面，依此順序展開體現了讀者對《午夜之子》小說形式和意義的認知過程。《午夜之子》是一部「空間小說」，文本的敘事架構形成了印度教「唵」的曼陀羅符號。識別這個空間圖示過程就像是看一幅色盲圖。色盲圖中隱藏著圖案，在識別之前圖中的色點似乎雜亂無章。被試要對色盲圖有一個整體觀感，而後色點之間的關聯啟動被試頭腦中的格式塔，這時隱藏在所有點陣中的圖案才能湧現出來，色盲圖中的每個色點才能各得其所，在被賦予意義的整體中呈現出自己的功用。在《午夜之子》中，小說人物是敘事結構同心圓圖示的圓心，只有理解了主人公是人格化的概念「梵」，其後才能看出並理解小說符號化的時空結構，進而才能理解作為小說細部特徵的語言描寫的用意。第二重是小說宗教哲學思想解碼，解讀《蛙氏奧義書》所體現的「梵我一如」思想的三個主要概念：「阿特曼（小我）」「梵（宇宙）」「摩耶（幻）」，並與多元敘事的人物、時空結構、語言三個方面對參。依此順序展開體現了「梵我一如」思想所隱含的人對世界的認知順序。「梵我一如」指出了一條瞭解世界的內向的進路，開出一個返觀自性的智慧之學，[44] 即，人類認識世界的途徑除了外在的、

44可將「梵我一如」思想與中國的內學、心學對參理解。佛學在中國被稱為「內學」，歐陽漸在《內學》序言中寫道，「世俗謂游方以外，吾學謂還滅自內。應如是學勝義現證，是名內學。」（參見：《內學》（第一輯）．支那內學院，1924年：敘言；王儒童．《真理．宇宙．心識：用佛法來認識世界和返觀自我》，《內學

客觀的、科學的進路，還有一條內向的、感性的、現證的進路，也即自我覺悟的進路。簡言之，就是人只有瞭解自己，才能認識世界，認清世界中的名色。

本書不同章節的論述內容相互指涉。要概括出小說的藝術形式特點，必須條分縷析，從不同的角度進行說明。但是，如序言中所提到的，小說的邏輯藝術形式體現了「梵我一如」中所蘊含的邏輯循環，這也使得小說文本的整體與部分互為因果，形成部分即是整體，整體即是部分的論證循環。正如小說敘事者所說：「即使只為了瞭解一個人生，你也必須吞下整個世界。」（136）也即，從小說的任何一部分入手，都有囊括整個文本的傾向。因此，本書各章節論述的內容也多有聯繫，不能截然分開。

小說中的人物設計主要體現了原人的概念，進而體現了奧義哲學家的宇宙觀：原人＝梵＝我。在印度宗教哲學中，原人是一個充塞宇宙的人，它等同於宇宙，等同於梵，世界是由原人的身體分化而來的。小說中人物薩利姆隱含的身體觀就體現了原人布盧沙的特質。小說中的主人公薩利姆是「小我」，他以多種象徵形式暗示自己和原人的對應。在小說結尾他的身體如同原人一般破碎，變成與印度人口一樣多的碎片，從而以隱喻的形式說明自己與印度同一。印度在小說的印度神話背景中即是世界的提喻，以部分來代整體，所

雜談》．北京：中國人民大學出版社，2007。）佛教對中國的思想產生了深遠的影響。儒家的學說也揉進了佛學的觀點，形成「心學」。陸象山說，「道塞宇宙，非有所隱遁。在天曰陰陽，在地曰柔剛，在人曰仁義。故仁義者，人之本心也」。王陽明有「心外無物」之說。《傳習錄》曾載這樣一個典故：「先生游南鎮，一友指岩中花樹問曰：『天外無心外之物，如此花樹，在深山中，自開自落，於我心亦何相關？』先生云：『爾未看此花時，此花與爾心同歸於寂。爾來看此花時，則此花顏色，一時明白起來，便知此花，不在爾的心外。』」總之，婆羅門教「梵我一如」的理念，佛教的「內學」，或是儒家的「心學」都指出了認識世界的內向進路。（詳見：孫晶．《印度吠檀多哲學的梵我觀與朱子理學之比較》，《雲南大學學報》．2008（第七卷、第二期）：第27-33頁。）

以，薩利姆以自己身體的破碎作結其實是自比原人，將自己與世界、宇宙的概念連接起來。薩利姆的身體觀也體現了吠檀多派對空、有的看法。[45] 薩利姆也自比陶罐，作為陶罐的身體似乎只是他短暫一生的臨時居所，身體最終破碎，陶罐化為塵埃，而薩利姆體現為小說世界的所有人、所有事、所有存在，但又如同虛空，沒有具形，這就呼應了喬荼波陀關於「梵、我」統一，皆為虛空的說法。因此，小說人物的設計與喬荼波陀的《聖教論》及《蛙式奧義書》中的思想內涵契合，以人物體現了「我＝梵」的吠檀多派哲學理念。在第二章中，本書將重點論述小說人物如何體現了「梵」的概念，如何將概念的內涵賦予人物，使小我阿特曼等同於梵。

小說的結構設計主要表現了「唵」的符號，進而體現了奧義哲學家的宇宙觀：唵＝梵。小說在不同層面形成了圓或同心圓的觀想圖示，該圖示在印度文化的背景中，代表密咒曼陀羅「唵」，[46] 從而將圖示與意義連接起來[47]，來應和意義層面「梵」的概念。梵即是宇宙，上下四方為宇，古往今來為宙，[48] 梵是空間、時間的和合。在拉什迪的筆下，小說的空間、時間敘事就像是可以塑形的鐵線，按照作者的意圖被彎成圓、螺旋，或層層嵌套的同心圓。比如，在故事層面，

45 參見本章第四節第三部分中關於「不二論」與「限定不二論」區別的論述。

46 曼陀羅（mandala）在梵語中為密咒之意，唵嘛呢叭咪吽（OM MA I PADME HUM）是常持的密咒。該密咒也是佛教的常持咒語。「唵」字咒則是密咒之首，因此也被賦予豐富的內涵和神奇的力量。

47 在宗教修行實踐中，要求修煉者專注，並進入禪定階段，其要訣就是持咒。持咒講求口中念誦咒語，意念觀想咒語形式，並以心體悟咒語蘊含的哲理。如此，「唵」字咒語就不僅僅是聲音，它也是觀想的形式，和哲理的象徵。就如同念佛是佛家修行的法門。念佛就是要稱名念佛，觀想念佛，實相念佛。稱名念佛表現為聲音，觀想念佛表現為形象，而實相念佛則表現為佛教「萬法皆空」的概念和哲理。（詳見，邱紫華．《印度古典美學》．武漢：華中師範大學出版社，2006 年：第 166 頁。）

48 劉安．《淮南子．原道》．許匡一，譯注．貴州：貴州人民出版社．1993 年：第 3 頁。

小說講述了主人公薩利姆，他的家族，以及印度的故事，在形式層面，自我、家族、國家可以表徵為三個空間範疇，它們在敘事中被巧妙地連接在一起，成為三個嵌套的同心圓，如同漣漪一般蕩漾開去，形成了「唵」的圖示，使小說的意義成為「韻外之致」，從而透過小說的故事層面，形式層面，最終指向小說的意義層面，指向「梵」。又如，小說在故事伊始，就連續拋出現在、過去、過去的過去三個時間點，其後小說敘事則依次返回這三個起點，以敘事時間流逝的軌跡畫出了三個嵌套的同心圓，從而在形式層面再次重複了「唵」的圖示，將小說引向意義層面，指向「梵」。 因此，小說時、空敘事結構與《蛙式奧義頌》中的思想契合，以結構形式體現了唵＝梵的吠檀多派哲學理念。在第三、四章中，本書將詳細論述小說中各個層面的分形結構，展現拉什迪小說獨特的藝術魅力。

小說的語言主要體現了梵的無所不在。小說的語言表現就像是由散落的色點形成的襯底，沒有聚焦。以印度宗教哲學、美學、文化和神話為背景返觀小說，就會發現小說的種種細節都呼應了吠檀多派的哲學思想。此外，小說充滿隱喻和想像的詩化語言體現了吠檀多派思想家言說梵的方式。梵具有兩面性，一方面它是世界中的形色，可說，而另一方面卻是空幻無逮，不可說。所以，《午夜之子》有濃墨重彩的意象，紛至遝來的聲音，麻辣醬五味雜陳的氣息，各種香豔的細節描寫引起讀者心理、生理的快感，牽動著讀者的情緒。但是，這只是以「曲語」或說暗語的形式表現人之認知的虛幻性，表現梵的摩耶本質，從而以有說無，呼應吠檀多派思想，體現了梵我關係。在第五章中，本書將詳細論述小說的語言特色，展現拉什迪對印度古典美學的繼承和發展。

如上所述，拉什迪的作品是「體現了某種哲學內涵的文學」，而非「文學形式的哲學」。[49] 小說表面並沒有吠檀多派「梵我一如」思想的論述，但它卻巧妙地融入了小說。因此，本書著力說明拉什迪作品中藝術手法與哲學思想的融合方式：小說如何以形式表現思想，而思想又如何浸入小說肌理。[50] 總之，印度教吠檀多的宗教哲學思想被融於小說之中，小說以人物體現哲學概念內涵，以結構作線條畫出宗教哲學的符號，以語言為色彩渲染宗教哲學的氣氛，以長達六百頁的小說為讀者呈現了一幅文字的畫作。本書以下各章將詳細論述拉什迪小說的多元敘事與梵我一如思想互為表裡的聯接模式，說明小說敘事之技與道是如何被緊密交織在一起的。

49 劉昌元在《文學中的哲學思想》中提出哲學思想在文學中呈現方式大致可分為明顯的、隱含的兩種。前者是「文學形式的哲學」，「其中有很多地方直接論及哲學問題，而且有分析、論證以及清楚的論點。如果將它們由作品中孤立開來，有時就像哲學作品一樣」。這樣的作品如：薩特的《嘔吐》、杜思妥耶夫斯基的《卡拉馬佐夫兄弟》、湯瑪斯曼的《魔山》。這類文本使文學服務於哲學思想，呈現、闡釋哲學思想是其最重要的目標。後者「雖然在表面上好像沒有關於哲學的論辯，但隱含著某種哲學觀念或思想，而且瞭解這些觀念與思想對瞭解整個作品是很重要的。」這樣的作品如加繆的《異鄉人》、《鼠疫》契科夫的《海鷗》、朱西寧的《破曉時分》。這一類文本是「體現了某種哲學內涵的文學」，雖然指涉某種哲學思想，但更突出的是文本的美學意義。參見：劉昌元．《文學中的哲學思想》．臺北：聯經出版，2002 年：第 1-3 頁。

50 筆者雖不同意新批評派的文學「唯美」或「唯形式」論，但對於該派關於文學與哲學關係的一些具體論述倒是頗為贊同。韋勒克認為，「文學研究者……應該把注意力轉向尚未解決或尚未展開充分討論的具體問題：思想在實際上是怎樣進入文學的。顯然，只要這些思想還僅僅是一些原始的素材和資料，就算不上文學作品中的思想問題。只有當這些思想與文學作品的肌理真正交織在一起，成為其組織的『基本要素』，質言之，只有當這些思想不再是通常意義和概念上的思想而成為象徵甚至神話時，才會出現文學作品中的思想問題。」參見：韋勒克，沃倫．《文學理論》．劉象愚，等譯．南京：江蘇教育出版社，2005 年：第 138 頁。

第三章
概念化的人物：梵性「自我」

《午夜之子》將抽象概念人物化，以人物體現印度宗教哲學中梵性「自我」，即阿特曼的內涵。阿特曼是小宇宙，梵是大宇宙，大小宇宙同一。梵是世界的「四因」，梵是「神」，梵具有「一與多」的內涵，阿特曼與梵同一不二。小說在人物設計上圍繞著梵與阿特曼的內涵運用了巧思，以人物體現概念的內涵，使人物成為概念的載體，概念的人格化身。當然人物與概念的關聯不是顯在的，而是以轉喻的形式隱藏在文字肌理之中。小說中的人物如梵一樣也是世界的「四因」，他們與世界同質同構，是世界形成的動力，也是世界形成的目的；小說人物是「神」，但又不局限於單一的某個神，而是眾神的和合，體現著印度宗教哲學中「主神」與「泛神」論共存的神觀念；小說人物具有「一與多」的屬性，主人公薩利姆的名字是以一個符號對應多個所指，具有多重涵義。小說人物與梵具有同樣的概念內涵，是梵性「自我」阿特曼，這體現了印度宗教哲學中個體所追求的宗教理想，即體悟「梵我一如」，從而超越輪回，獲得解脫。概念化人物的藝術形式在印度古典文學中早已有之，在中國古典文學中也曾出現，它對當代的文學創作有啟發作用。

第一節　與梵同一的自我：阿特曼

在梵文中，自我就是阿特曼（Atman）。在數論派哲學中阿特曼被稱為神我，在《梨俱吠陀》中為原人，在《自我奧義書》中則是超上自我。阿特曼內涵豐富，從《吠陀》到《奧義書》，這個概念包涵了宇宙論、原質論、生命論、觀念論等各方面。自我的宇宙論是指「宇宙即我」，《原人歌》中的原人化身為世界中形色就體現了「我」與「宇宙」的這種同構關係；自我的原質論則傾向於說明組成自我的「精微元素」，認為自我是由「五大」——地、火、水、風、空組成的；自我的生命論則在於說明自我作為「身體」、「意識」、「靈性」的存在，而這一切的基礎就是生命元氣；自我的觀念論則著重考察自我的意識方面，認為「我」就是心理主體，經驗意識。[1] 總之，印度宗教哲學中關於阿特曼的說法千頭萬緒，不一而足，很難被統一起來，也無法形成一個確切的定義。簡而言之，阿特曼就是與梵同一的「自我」、「小宇宙」，和梵同質、同構。梵是世界的質料因，形相因，動力因和目的因，阿特曼也可以用這「四因」來表示。

另外，阿特曼的屬性與梵一樣可以概括為「一與多」。《奧義書》中反復提及「梵」的這個屬性。一方面，梵是不可見，不可說，是名色之後的絕對，是「一」。《禿頂奧義》說：「[梵]它不可見，不可捉摸，永存，無特性，是萬物不滅之源。」另一方面，梵是森羅萬象，形形色色，表現為「多」。《愛列多雅奧義書》[2]（III，1，1）指出：「[梵]他是因陀羅，他是眾生之主；他是所有的眾神；他是五大元素——地、風、空（乙太）、水和光；他是所有的小生物和（與它們）混合在一起的其他生物；他是（活動與非活動的）根源——卵生、濕生、胎生、和化生；他是馬、牛、人和大象——不管是在世上呼吸，還是用腿走動，或者是在空中飛翔，或者是靜止不動，所有一切皆受意識指引，由意識所支配。（宇宙的）基礎是意識，意識即是梵。」總之，梵既是一，又是多，就如同水中鹽，花中蜜，雖然彌漫遍佈，但卻見不到蹤影。「我」即「阿特曼」，「阿特曼」即梵，因此阿特曼也具有「一與多」的屬性。體悟梵我一如，就是意識到阿特曼與宇宙的

1 吳學國．《存在、自我、神性——印度哲學與宗教思想研究》．北京：中國社會科學出版社，2006 年：第 315 頁。

2《五十奧義書》．徐梵澄，譯．北京：中國社會科學出版社，2007 年。

同一性：自我雖小，但即是大，自我是一，但也是多。其旨意類似陽明心學所說：「吾心即是宇宙，宇宙即是吾心」，又說：「萬物森然於方寸間，滿心而發，充塞宇宙」。方寸雖小，卻能容納萬物，阿特曼小若芥子，卻遍及須彌，是謂一砂一世界，一即是多。

「一與多」是形上層面的抽象概念，但它更是不同的文化語境中具體的經驗形式。「梵」「我」之「一與多」的屬性反映的是印度宗教哲學的涵義，也是通過印度宗教哲學獨特的方式表達出來的。例如：印度教的三大主神——濕婆、毗濕奴、梵天——曾經以三相一體的形式出現，三張不同的面孔，朝著不同方向，代表著不同功能（毀滅、保護、創造）被安插在同一個身體之上。在形上層面，它體現了「一與多」的思維形式，但在經驗層面，它是通過印度宗教中的主神，以三相一體的形式，來呈現印度宗教哲學思想中梵之「一與多」的屬性：梵既是「多」，又是「一」，「一」囿於形式就是有，超越了形式即是無，這與上梵和下梵的概念一致。這就是印度宗教哲學中「一與多」思維的特殊表達方式和意義。這種思維方式形成了婆羅門教典型的「主神」與「泛神」並置的神觀念：神遍在形式來體現「梵」的無所不在，但同時又不係於任何一神來體現「梵」的超越。在這種神觀念的背景下，眾多神祇中的任一個都可以看作是「唯一」的大神——如：《梨俱吠陀》贊因陀羅道，「彼按本真相，變現種種形；真是此真相，藉以現其身。」[3] 顯然，詩人認為，雖然存在一個「唯一」大神「梵」，但他卻有不同的名稱、不同的形象，表現為眾多的名、色。《薄伽梵歌》的箴言稱「一個人應該信仰毗濕奴還是濕婆？一個人可以信仰毗濕奴也可

3《〈梨俱吠陀〉神曲選》．巫白慧，譯解．北京：商務印書館，2010 年：第 262 頁。

以信仰濕婆，也可以先信仰其中一個，再改信另外一個，還可以同時信仰這兩者——也就是半毗濕奴半濕婆的偶像哈里哈拉（Harihara）」[4]。雖然印度教徒認為有一個大神統領著眾神，但是他們卻並沒有就這個大神的身份達成統一。在更多的時候，這個大神，作為「梵」的化身，在即將獲得抽象的意義，在成為絕對的「一」的臨界點時，又被化為烏有，分解成「多」，因此，梵永遠無法被真實把握，永遠處於「一與多」的張力之中。

在《午夜之子》中，拉什迪以概念化的人物詮釋出印度教中阿特曼或梵性自我的內涵。敘事者薩利姆一直在提醒讀者，人物名字和他們的命運性格是緊密聯繫的，他們的名字體現了一種既定的概念內涵。如，小說中的瑪麗是基督教徒，楚非卡爾，或夏黑德是伊斯蘭教徒，以濕婆、帕爾瓦蒂、帕德瑪命名的人物則是印度教徒。人物的名字除了體現人物的宗教信仰歸屬之外，也往往決定了這些人物在小說中的表現，和他們所涉及的情節。比如，瑪麗是薩利姆的乳母，一如她在基督教中「母親」的身份；楚非卡爾「在穆斯林中間是個顯赫的名字」，是「先知穆罕默德的侄兒阿里隨身的雙叉劍」，（72）也即一種「武器」，所以，他在小說中擔任與武器打交道的的角色——巴基斯坦的將軍。總之，《午夜之子》中的人物設計體現了一種概念人物化的藝術方法。小說主人公薩利姆可以說是這種概念化人物的集中代表，他就是人格化的阿特曼，反映了小宇宙的概念內涵。

具體而言，首先，小說在人物與梵之間以隱喻的方式建立了一種等價關係。梵是世界的質料因、動力因、形相因和目的因，作為小宇宙的阿特曼與之同一。作為人格化的阿特

4（古印度）毗耶娑·《薄伽梵歌》·黃寶生，譯·北京：商務印書館，2010年。

曼，小說的人物也以不同的方式體現了梵與世界的關係，顯現為世界的「四因」。

此外，小說人物與「神」模糊對應，還體現了梵之「一與多」的屬性。薩利姆與眾神「似又不似」：薩利姆看似濕婆，又不似濕婆，表面不似毗濕奴，但細細品味又似毗濕奴，但他又不能被認定為毗濕奴，因為他似乎還是象鼻神、佛陀、基督……，他是顯在的「眾神」，隱秘的「主神」，但是同時他又不是任何神，他與神的關係處在無限的「延異」中，薩利姆是「一」，眾神是「多」。小說所反映的神觀念顯然與印度教的神觀念契合：薩利姆與多個神祇對應，他是「眾神」，體現為「多」，但更是「絕對」，是超越具體人格神的「一」。這樣，小說主人公就成為「梵」的隱喻和化身，使原本抽象的哲學概念變得具體可感——他即是「梵」，「梵」即是他。

最後，薩利姆曖昧的身份也體現了「一與多」：薩利姆是小說中的主人公，他體現了印度「雜多」的文化、「雜多」的「宗教」;薩利姆是小說的作者，他是印度人，巴基斯坦人，也是英國人，美國人，他是世界公民。薩利姆還是莫臥兒王朝的君王，這個印度歷史上偉大的君王融「多」於「一」，他以包容的心態融匯了各個宗教、各個階層的智慧，創造了輝煌的文化。但是，薩利姆又超越了所有這些具體的存在，他是一個抽象的符號，是此三者和合指向的「一」。

第二節　作為「世界四因」的薩利姆：「梵」的概念化人物

小說以具體的人物體現了印度宗教哲學中的概念

「梵」。「梵」是印度宗教哲學中最重要的一個概念，和「道」一樣，「梵」也是一個可說又不可說的概念。梵可以分為「上梵」與「下梵」，前者是無形的、不可見、不可說的「真相」，而後者則是具形的、可見的、可說的「顯相」，是現象界所展現的各種名稱和形態。雖然在終極上是不可說的，但是不說，他人又何以知道什麼是梵呢？所以，思想家們仍然試圖通過語言來給梵下定義，以「下梵」的形式揭示梵。西元前後的吠檀多哲學家跋達羅衍那在《梵經》中指出，

> 梵是世界的最高主宰，它超越時間與空間，超越任何概念與差別，是一種絕對的精神性存在。梵是客觀世界的創造者與終極原因，意即梵是世界的「質料因」、「動力因」、「形相因」與「目的因」。[5]

用一個比喻來說明這「四因」，如果某人做了一張椅子，那麼他便是椅子的動力因，他製造了它；椅子的質料因是木頭、釘子和油漆，這些東西構成了它；椅子的形式因是它特定的外形，以此使它有別於桌子或其他家具；最後，椅子的目的因是為某人或是其它人提供一個可以坐的地方。與此類似，梵是世界的「四因」。梵創造了世界，是構成世界的元素，是世界展現出的樣子，也是世界存在的終極目的。

概念層面的解釋是抽象的，但是面對世界中具象的萬千事物，沒有一樣我們可以將它確定為「梵」。小說不是哲學，它不是下定義，不是去規定，小說的任務就是以具體的形象去表現，拉什迪的作品亦是如此。因而，如果小說要表現「梵」，就需要借助具體的形象，但是又不能讓「梵」拘

5《東方著名哲學家評傳：印度卷》．黃心川，主編．濟南：山東人民出版社，2000 年：第 398 頁。另見，方廣錩．《印度禪》．杭州：浙江人民出版社，1998 年：第 155 頁。

泥於任一個具體的形象。在《午夜之子》中，「梵」的概念首先是通過小說的主人公來表現的，但與此同時，「梵」也體現在其它人物的身上，比如，外祖父阿齊茲。而小說中「世界」的所指則更加廣泛，它或是以具體的概念，如印度來指代世界，或是以薩利姆創造的故事來指代世界，也或是從宇宙論的角度以象徵的方式言說世界。小說在人物與周遭事物之間設定了一種「梵」與「世界」的象徵關係，讓人物在象徵的意義上成為世界的「四因」。以下將從這四個方面結合文本進行具體分析。

一、作為世界動力因的人物

薩利姆是世界的動力因，首先因為他創造了整個故事世界。薩利姆是小說的講述者，他存在於話語空間。他「有那麼多故事要說」，（2）於是在他滔滔不絕的講述中，一個由「語言」構成的故事世界就產生了，就如同一個嬰兒的誕生。小說曾這樣描述嬰兒在子宮中的成長：

> 六月底雨季來臨時，胚胎已在她子宮裡發育成形。膝蓋和鼻子已長好，該長幾個頭的爭議都塵埃落定。最初不過句點那麼大的小東西，已經從逗點長成字、句子、段落、章節；現在迸發出更複雜的發展，成為，不妨說是一本書——說不定還是百科全書——甚至一種完整的語言……（124-125）

由此可以看出，通過概念整合，小說將孕育、創造生命的過程與寫作、創造語言世界的過程合二為一。滔滔不絕的敘事者薩利姆正在做的文字工作成為孕育嬰兒的過程，一個創造的過程，而最終會形成一個融匯了無數逗點、字、句、段落、章節的語言的世界。

但他作為世界形成的動力因還不止這些。在話語空間，薩利姆是故事世界的創造者，而在故事空間，薩利姆也是故事世界的參與者，是故事空間中印度歷史的動力因。

薩利姆不是一個平凡的小孩，他降生於印度的獨立時刻，出生伊始，他就成為印度的象徵，歷史發展的一面「鏡子」。而一個偶然的機會使他與國家更為緊密地聯繫起來：他獲得了「神通」。只要閉住眼睛，他就可以漫遊世界，旅遊觀光，造訪他人的「神秘觀念」，嘗試他人的生活……甚至，憑著他「九歲的帶電心靈的激勵」， 他還發現了政治，甚至能通過控制意識來影響國家的歷史！這種「神通」讓薩利姆興奮無比：

> 感覺愈來愈強烈，彷彿我在創造一個世界；所有我跳進去的思想都屬於我，我佔據的身體都服從我的命令行事；所以，時事、藝術、運動，一個頂尖水準的廣播電臺，全部豐富的內容，之所以會通通一股腦兒倒進我體內，乃是因為我以某種方式促成這些事件發生……（223）

小說中的薩利姆也特意強調了自己和歷史的連結。「在什麼樣的前提之下，單一個人的生涯，能夠影響一個國家的命運？」薩利姆自問自答，提出了一個所謂的「科學」解答：他與世界的關聯可以概括為四種模式：積極地實質的，消極地象徵的，積極地象徵的，消極地實質的。（308）「積極實質」意即是薩利姆的行動「會直接——實質地——影響或改變正在發展的歷史事件的軌跡」；而「消極實質」則是薩利姆的命運為歷史事件所影響或改變；「象徵」是指薩利姆個人的「行為或遭遇」，與「宏觀的公共事務」遙相照應，形成「象徵」關係。如果薩利姆的個人行為發生在先，公共事務發生在後，就形成「積極象徵」，反之，則是「消極象徵」。通過這四種模式，薩利姆將個人與國家民族的命運連接在一起。

但小說中的印度不僅是指具體的國家，還在象徵的意義上成為世界。薩利姆與印度的關係不僅僅只是個人與民族的關係，更是人（梵）與世界的關係。小說以提喻的方式將印度——世界的一部分，比作世界的整體，而薩利姆與印度的緊密聯繫即是薩利姆與世界的聯繫，如薩利姆所說，通過上述的四種銜接模式，他和他的世界已經糾纏在一塊，無從分割了。所謂的「積極」模式，不過在於說明薩利姆就是世界，「我即是他」；而所謂的「消極」模式則在於說明世界就是薩利姆，「他即是我」。「我與世界」之間的概念關係通過「我與國家」之間的互動呈現出來。總之，薩利姆「變成了古代的月神辛，能在一段距離外施法，改變世界的潮汐」，薩利姆成了世界的「動力因」。

但是，除了薩利姆之外，還有其它的角色推動了歷史的發展。只是，他們的作用沒有像主角那樣被大書特書，百般強調。比如，薩利姆的偷換兒兄弟濕婆也與歷史「銬」（handcuffed）在了一起，他也推動歷史的發展。小說中寫道：

> 報上都是破壞的報導；對於犯罪者的身份與政治取向的各種揣測，跟持續擴大的妓女連續謀殺案的報導爭奪版面。（我特別有興趣知道，謀殺兇手有他獨特的「簽名式」。那些深夜工作的女性都是被勒斃；她們的脖子上有瘀傷，傷痕大得不可能是指印，卻完全符合一對力大無窮的大膝蓋留下的夾痕。）（290）

二、作為世界質料因的人物

梵是世界的質料，梵即是世界，梵以自己為原料創造了世界。那麼，世界的質料在印度文化的背景之下，具體又有何意義呢？

《奧義書》中很多地方都指出宇宙的原質包括了五種元素：地、火、水、風、空，簡稱「五大」。《解脫奧義書》（十五）中說道：「空、風、火、水、地，萬物持載者。」[6]《胎藏奧義書》的開篇就介紹了「五大」，認為身體也是由「五大」構成的，並解釋說：「凡為堅者，謂之地；凡液性者，謂之水；凡暖熱者，謂之火；凡流動者，謂之風；凡為孔竅者，謂之空」。[7]《六問奧義書》（IV. 8; VI. 4）中也提到了「五大」。除《奧義書》之外，印度教的創世神話《往事書》以及印度教哲學的各宗學說中（如，數論派哲學和吠檀多派哲學）都有「五大」之說；這個說法同樣也出現在佛教學說中。總之，「五大」是世界的原質這一說法在印度文化中比較普遍。在《印度藝術文明中的神話與象徵》中有一段有關於毗濕奴創世過程的描述，比較清晰地體現了作為世界本原或說質料的「五大」[8]。摘錄如下：

> 最高的存在蘊藏在水之中，他慢慢的聚集能量。在他無邊的力量中，他決定再次創造世界。他即是世界，他也將世界化為可見的五大：空、風、火、水和土。毗濕奴平靜的躺在深不可測，充滿奧妙的海洋之上。他輕輕地攪動海水，海水泛起漣漪。漣漪一圈圈蕩

6《五十奧義書》，徐梵澄，譯 北京：中國社會科學出版社，2007 年：第 758 頁。

7《五十奧義書》，徐梵澄，譯 北京：中國社會科學出版社，2007 年：第 336 頁。

8 Heinrich Zimmer. *Myths and Symbols in Indian Art and Civilization*. Joseph Campbell, ed.. Washington, D. C. : Pantheon Books, 1946: p. 51.

開，漣漪的中間產生了縫隙，這即是空或乙太，他不可見，不可觸，是五大之中最為微妙的元素；是不可見、不可觸的聲的載體。空間迴響，從聲之中出現了第二種元素，氣息，氣息即是風。風，產生自發的動力，在空中任意來去、生長。彌漫了整個空間，它不停地擴張，猛烈的吹，掀起了海水。在動盪與摩擦中便產生了第三種元素，火，火神的路上滿是濃煙和灰。火勢漸猛，吞噬了宇宙之水。水在哪裡退去，哪兒就留下了神聖的空，從中就產生了天的穹廬。毗濕奴從它存在的精華中提取了元素，欣喜地看著這個神聖空間的形成。他集中意念，要將梵帶到世間，毗濕奴喜歡宇宙之海，這是他的天性。此刻，他從自己的宇宙之體中取出了一支荷花，長著一千片金色的葉子，純潔無暇，像太陽一樣閃著光芒。連同荷花一道，它還取出了創世的梵天，梵天坐在金色蓮花的中間，蓮花向四擴展，閃爍著創造的微光。

在小說中，最能體現「世界質料因」的人物是外祖父阿齊茲。外祖父阿齊茲是故事空間中第一個出場的人物。小說詳細描寫了他出場時的情境：

One Kashmiri morning in the early spring of 1915, my grandfather Aadam Aziz hit his nose against a frost-hardened tussock of earth while attempting to pray. Three drops of blood plopped out of his left nostril, hardened instantly in the brittle air and lay before his eyes on the prayer-mat, transformed into rubies. Lurching back until he knelt with his head once more upright, he found that the tears which had sprung to his eyes had solidified, too; and at that moment, as he brushed diamonds contemptuously from his lashes, he resolved never again to kiss earth for any god or man. This decision, however, made a hole in him, a vacancy in a vital inner chamber, leaving him vulnerable to women and history. Unaware of this at first, despite his recently completed medical training, he stood up, rolled the prayer-mat into a thick cheroot, and holding it under his right arm surveyed the valley through clear, diamond-free eyes.[9]

外祖父可謂是小說中薩利姆家族的「始祖」。這從他的名字也可以看出來，「阿達姆」（Aadam）的拼寫使人聯想到「亞當」（Adam），在基督教和伊斯蘭教中，「亞當」都被奉為「第一人」。但是，外祖父更是印度教意義上的「始祖」，因為，在他的一系列動作之中，蘊含著「創世」的涵義，也顯示了作為世界質料因的「五大」。

首先，外祖父出場的時間是「初春的早晨」。初春是一年之始，早晨是一天之始，而這也是敘事者薩利姆所講的故事的開端，這「三重」的開端也象徵著世界和宇宙的開端。外祖父阿齊茲低下頭去祈禱，他的鼻子首先觸到了「地」（earth），而這時，他鼻子流出了三滴「血」（blood），

9 Rushdie, Salman. *Midnight's Children*. London: Vintage, 2006: p. 1. 後文所引英文，徑注此本頁碼，不復說明。本書依據文本分析的需要引用原文或譯文。如文內引原文，即在註腳給出譯文；如文內引譯文，則必要時在註腳給出原文。該段引文之譯文如下：一九一五年在喀什米爾，一個初春的早晨，我外祖父阿達姆·阿齊茲剛開始祈禱時，在一個隔夜寒霜凍硬的小土堆上撞傷了鼻子。三滴鮮血從他的左鼻孔濺出，在凜冽的寒風中即刻硬化，當著他的面，滾落到祈禱墊上，變成了紅寶石。他往後一仰，挺直身子，發覺眼中流下的淚，也成了固體；就在那一刻，他不屑地彈掉睫毛上的鑽石，一邊下定決心，再也不為任何神或人親吻泥土。但這一決定在他心裡掏出了一個洞，生死攸關的內在深處出現一個穹窿，使他特別容易被女人和歷史攻陷。起先他並沒有察覺這一點，雖然他才受完醫學訓練；他站起身，把祈禱墊卷成一支粗雪茄，夾在右臂下，用清明沒有鑽石的眼睛細看山谷。（3）

在凜冽的「風」（air）中變成了「紅寶石」（rubies），他的眼睛裡流出了「淚」（tears），立刻變成了「鑽石」（dimond），他決定不再拜神，這就在他的心中形成了一個「洞」（hole），一個「空」（vacancy）。

這個段落的描述中首先明確包涵了「地」和「風」的元素，而後，我們需要做出一些判斷才能找出其他元素。「洞」是「孔竅」，所以也是「空」，「淚」為「液體」可以視為「水」。而要解讀出最後一個元素「火」，還要瞭解元素與顏色之間的對應。就如同中國文化中有「五色」與「五行」的對應，《奧義書》中也有一個色彩的象徵系統，與構成世界的元素相對應，雖然各種對應的版本很多，但是也有相對固定的搭配，如，紅色對應火，而白色對應水。「血」如同「紅寶石」一樣都是「紅」色，所以，可以象徵「五大」中的「火」。由此，「五大」以隱喻的形式被編織進文本，彙集在外祖父這個開場人物身上，可謂用意至深：人具有梵性，承載了世界的「質料因」。

小說中的顏色是有涵義的。在另一處，小說對外祖父的外貌做了更為詳細的描述：他濃密的鬍子是「紅色的」；眼睛是「清澈的藍」，是「喀什米爾高山天空令人心頭一緊的藍」；頭髮色澤深得多（darker），鼻子「像根發瘋的香蕉杵在他臉孔正中央」。香蕉讓人聯想到黃色。這樣，外祖父的臉上就至少呈現出了四種顏色。因此，外祖父的朋友英格麗說：「他們創造你的臉孔時，顏色錯亂了。」（007）這個出現在外祖父臉上的色彩組合看似「錯亂」，但如果把它放入「五大」的象徵系統來看，倒很是「確恰」，這不正是暗示祖父代表世界的質料因嗎？不過，小說畢竟不是完整的邏輯系統，它旨在表現、引起讀者的聯想，而不一定要確切將這些顏色和以上的「五大」對應。

三、作為世界形相因的人物

我們可以描述一張椅子的「形相」，卻很難描述整個世界的「形相」。世界的形相在總體上難以描述，但卻可用抽象的特質來體現，比如「大」。大小總是相對而言的。小說是如何體現人物之大，「梵」之大的呢？小說寫道：

> 嬰兒成長記錄寫得鉅細靡遺；從中顯示我的成長速度幾乎可以用肉眼觀察，日長夜大；遺憾的是沒有人丈量我的鼻子的尺寸，所以我不能說我的呼吸工具是否也以相同比例增長，或長的比其它部位都快。我得承認我的新陳代謝很健康。廢物大量從正確的出口排出；我鼻子流出一道黏答答、亮閃閃的瀑布。整只軍隊的手帕、整團的尿片，絡繹進入放在我母親浴室的洗衣籃……（158）

薩利姆說，「打從出生開始，我就展開一項放大自己的大膽計畫。（好像我已經知道，為了挑起未來的生活擔子，我必須長得相當大只才行。）」（157）[10] 這個句子其實也隱含著原小說的敘述。句子中的 heroic programme 是一語雙關，hero 既指「大膽的、勇敢的」，也指「主角」，所以 heroic programme 也可以理解為「以便擔當主角計畫」，那麼，「放大自己」就與「主角」這個詞連接了起來，而實際上，作為小說的主角，作為「梵」的具體表現，薩利姆的首要特點就是「大」。

---

10 *From my very first days I embarked upon an heroic programme of self-enlargement. (As though I knew that, to carry the burdens of my future life, I'd need to be pretty big.)*(169)

關於薩利姆嬰兒之「大」，文中做出了詳細的描述，他長得異常的大，他的鼻涕是「瀑布」；他發育的速度非常快，新陳代謝旺盛：他耗費的手帕、尿片要「整只軍隊」，「整團」「絡繹不絕」的送進「母親的洗衣籃」。在這樣的描述之中，薩利姆嬰兒的身體似乎成為一個「大」到無以復加的自然場所。如果以「現實」作為參照，我們只會將這種描述當做一種「誇張」的手法，但如果以印度文化為背景，以「梵」的概念作為參照，這就並非是「誇張」，而是以藝術的手法來表現「梵」之大。「梵」是「大」的，亦是「遍在」的。奶媽瑪麗和父親阿梅德都為薩利姆哼唱著這樣一首短歌「一生沒有什麼不如意：想做什麼都可以。」（161）[11] 這首短歌的意思可以更精確的表達為「想是什麼就是什麼，想作什麼就作什麼」，其實也就暗指薩利姆即是「一切」，從而體現了「梵」的概念。當然，撒利姆集中體現了「梵」的概念，這是小說表現的需要，沒有顯在的、具體的形相就無以體現「梵」的概念。但是小說並沒有將有形的薩利姆等同於「梵」，因為「梵」應該是遍佈於整個文本的世界，薩利姆與所有其它的人物都不過是「梵」的「顯聖」。

此外，在小說中，薩利姆還將自己暗喻為「原人」以顯示自己的「大」。

薩利姆說自己是：「一個舊陶罐」，在短暫的一生中，曾被「摔打」，「抽乾」，「切割」，「敲擊」，他這只盛水的「陶罐」如今到處是裂縫，最終會「綻裂」、「破碎」。薩利姆告訴讀者：

總而言之，我這個人千真萬確已開始分裂，目前進度

11 *Anything you want to be, you can be: You can be just what-all you want.*(173)

還算緩慢，但已出現加速的跡象。我只請你們相信（正如我已相信）我早晚要碎裂成（約莫）六億三千萬粒籍籍無名、必然會碎裂被遺忘的塵埃。（41）

陶罐本身由印度的粘土製成，破裂的陶罐最終會化為塵土，回歸大地。「破裂」這個詞用以描述陶罐「失去功用」而變得不復存在。當薩利姆將自己比作一個陶罐時，「破裂」這個詞就可以附著成為薩利姆的某種狀態，所以，薩利姆就成為一個「開始分裂」的「人」。他即將破碎成「六億三千萬的塵埃」，這個塵埃的數目代表著印度的人口數，薩利姆成為包括了所有印度子民的「破碎」的「人」，在印度文化中，的確存在著這樣一位「原人」。

原人說是印度宗教中的另一種創世論。原人，在梵語中是「布盧沙」（Purusa），意為「人」。[12]《梨俱吠陀》印度最古的文獻典籍，記載了很多雅利安民族的頌神歌曲。其中第十卷，第 90 曲的《原人歌》就讚頌了「原人」。[13] 在吠陀哲學家的想像中，原人是至上之神和創世主，他是至大的空間：有千頭、千足、千眼，形象高大，神聖至極；他是永恆的時間：他是過去的、未來的，是一切；他有至上的力量：他創造了天、地、空三界；更重要的是，原人是三界中芸芸眾生的始祖，天神們把布盧沙作為祭品，分解成很多塊：布盧沙的嘴是婆羅門，兩臂是剎帝利，兩腿是吠舍，兩足是首陀羅。布盧沙因此成為一個「代表一切的人」，「破碎的人」，「分解出萬物的人」，從而受到三界眾生的膜拜。總之，原

12 巫白惠．《印度哲學：吠陀經探義和奧義書解析》．北京：東方出版社，2000 年：第 151 頁。

13 參見本書第一章第四節有關原人的論述。

人布盧沙就是一個「人化」的宇宙，是「世界之原」。[14] 這首原人歌其意在說明，「全世界是一個整體的分解。世界的發展是「由一演化為多，由一劃出對立物。」[15]

薩利姆也是這樣一位代表「一切」的「原人」。在小說中，他自答自問：

> 我是誰是什麼？我的回答：我是在我之前發生的一切事、我曾經成為看見做過的一切事，所有加諸於我的一切的總和。我是所有在這世間存在、曾經對我的存在發生影響或受我存在影響的每個人每件事。我是在我死後發生的每一件若我不曾存在就不可能發生的事。這方面，我並非特例；每一個「我」，今日印度六億多人口中的每一個，都包含一個小小的群體。我最後一次重複：要瞭解我，你必須吞咽全世界。（497）

在印度哲學中，原人就是「我」，也即「梵」。「在《奧義書》中，我雖處處和梵相提並論，但我始終沒有和原人斷絕關係，相反，我被賦予了原人本有的全部屬性」。[16] 例如，在喬荼波陀的《聖教論》中，「原人」就被等同於「梵」。

四、作為世界目的因的人物

在印度教的文化中，人們認為，梵是世界的目的因，意

14 金克木·《梵佛探》，《梵竺廬集（丙）》·南昌：江西教育出版社，1999年：第154-174頁；又見，湯用彤·《印度哲學史略》·北京：中華書局出版，1988：第6-19頁。

15 金克木·《梵佛探》，《梵竺廬集（丙）》·南昌：江西教育出版社，1999年：第168頁。

16 孫晶·《印度吠檀多不二論哲學》·北京：東方出版社，2002年：第81頁。

思是，梵創造了世界，於梵而言，創造世界不過是它自娛自樂的一個遊戲。[17] 這種思想源自印度傳統的「遊戲說」。泰戈爾說過：「世界和藝術一樣是最高神的遊戲」。[18] 這就將藝術創造比作是創世，將藝術家比作是神，認為人可以通過藝術創造達到一種自由無拘、與神無異的狀態。此二者有類比關係，還因為他們在起源上也是一樣的，泰戈爾說：

> 梵是無限的剩餘，在永恆的世界過程中，這種無限的剩餘必然要表現出來。這就是創造的教義，也是藝術起源的教義。在世界上，一切生物中，人類的生活能力和心理能力大大超過人類的需求，這些能力促使人類在各種不同領域內為創造而創造。如同梵自身一樣，人類在他不必需的東西中取得歡樂，因而人的歡樂表現了他的鋪張浪費，而不是勉強糊口的貧乏。……藝術揭示了人類生活的富裕，它在完美的形式中尋求自由，它本身就是目的。[19]

也即，梵把創世作為遊戲，是因為梵有充裕的能量，當這些能量無處消耗時，梵就自娛自樂，開始創造世界；藝術亦是如此，它是非功利的，非實用的，它僅僅是通過消耗多餘的能量，帶給人類自身一種精神的愉悅。

拉什迪顯然也認為藝術創作和創世之間存在的類比關係。他將這種觀念傾注在筆下人物薩利姆的身上，借薩利姆

17 所謂「目的因」，是指梵不是為任何別人、別的目的創造這世界；而純粹是為了自己創造世界。所以梵是為了遊戲而創造世界。總之，梵本身就是世界創造與演化的目的。」方廣錩．《印度禪》．杭州：浙江人民出版社，1998 年：第 154-155 頁。

18 泰戈爾：《藝術家的職責》，見《泰戈爾論文學》，倪培耕等編譯，上海譯文出版社，1988 年：第 387 頁。

19 泰戈爾：《一個藝術家的宗教》，見《泰戈爾文集》，第 4 卷，劉安武等譯，安徽文藝出版社，1995 年：第 12 頁。

之口表達了這種觀點。薩利姆是故事世界的創造者，同時，他也是梵這個概念的人物化存在，他所創造的故事世界，可以說就是他自娛自樂的遊戲形式。在小說的開始，薩利姆告訴讀者，他已經三十歲，即將三十一歲了。在這段短暫但又略顯富餘的時間中，薩利姆結束了之前跟隨影中人大叔四處流浪，為政治理念奔走呼號的日子，來到了瑪麗的醬菜廠，過上了相對穩定、恬淡的日子。薩利姆沒有男女的欲望，對政治也失去了興趣。他白天打理瑪麗的醬菜廠，晚上則在燈下創造著他的小說世界。經過一生的磨難，薩利姆的身體已經是殘破不堪，就像一個即將破碎的罐子。但是，他集聚起自己殘年剩餘的能量，心無旁騖的將這生命中最後一年傾注在小說上，創造了這個故事的世界。因此，展示這個故事世界本身就是薩利姆生命存在的目的，完成這個世界的創造也就意味著薩利姆自身生命的終結。在小說即將完成時，薩利姆「失去了連接，拔掉了插頭，只剩墓誌銘尚待完成。」在小說結束時，薩利姆在眾多小說人物的簇擁、踐踏中化做了塵埃。

關於藝術創造與創世的關係，薩利姆也在與故事人物的對話中以隱喻的形式進行了說明。在和帕德瑪等其他小說人物聊天時，薩利姆講到自己所寫的小說的故事情節，他說，在印度獨立的午夜時刻，降生了一千零一個孩子。帕德瑪覺得這個故事情節不可思議，甚至動搖了她對薩利姆敘事的信任，她質疑說，「很多小孩會捏造想像的朋友，但一千零一個！那太瘋狂了！」 而薩利姆就開始向她解釋「什麼是真相」：

> 什麼是真相？……什麼是心智正常？……印度教信徒不是相信——帕德瑪——世界是一場夢麼？梵天

在做夢，夢見整個宇宙，我們只能隱約透過夢網去看，那就是「幻」。幻的意義……可以說，就是一切皆夢幻泡影，是一種詭計、人造物、欺騙、鬼魂、幽靈、海市蜃樓、變戲法、事物似是而非的形式：這一切都是幻的一部分。如果我說某件事發生過，而迷失在梵天夢境中的你們，覺得難以置信，那我們之中誰對誰錯？（275）

在這段話中，薩利姆巧妙地將自己的創作與梵天創世作比較。薩利姆將梵天創世與自己編寫小說相提並論，從而將具體的創作活動與神話傳說連接起來，引發了讀者更深一層的聯想。在印度神話中，世界不過是梵天的一個夢，而世人不過是生活在梵天的夢中，透過朦朧的夢之網，或說是摩耶來看這個世界，所以世界是虛幻的，不真實的，就如同是個戲法，遊戲，或說似是而非的存在。因此世人看不透真假，只因為他們為幻所迷。創作小說與梵天創世類似，小說不過是個遊戲，是個戲法，是個似是而非的存在。所以，不能以我們通常認定的真實與理性來衡量小說。小說就如同我們所在的這個世界，同樣都不是真實的。因此，在午夜時刻降生了一千零一個孩子，也並無不可。因為這一千零一個午夜之子只是一種藝術的創造，就如同梵創世的遊戲。藝術的創作不能僅以真實或者虛假單方面來衡量，因為藝術一方面體現為虛構的形式，而另一方面就是通過這種形式來顯示梵的存在。因此，一千零一個午夜之子在出生後不久就銳減為五百八十一個孩子，而「這五百八十一個孩子存在的目標，就在他們的毀滅之中，他們之來，是為了化為烏有。」（395）這就暗示了梵的特性，數目、形式之多只是梵的形色，而梵的絕對本質卻是空無的遊戲。

藝術既然是藝術家自娛的方式，那也就是藝術家自我表達的方式。也就是說，文學不是現實的鏡子。藝術是由藝術家創造的，而非自然創造的，藝術家的職責就是要將自然之物通過藝術的手段化作一種心靈的東西。正如泰戈爾所說的那樣，「藝術家對呈現在自己面前的許多生活素材，要依借想像力加以取捨剪裁。有些需要誇大，有些需要縮小，有些要放前，有些要靠後。自然創造物與真實的本質存在差距，文學語言的橋樑，不僅縮短那種接近，而且使自然創造物接近本質。文學賦予那種接近，因此我們稱結合為『文學』。」[20]拉什迪在小說中通過薩利姆所表達出來的這種藝術理念和泰戈爾是一致的，意即，世界就如同一本小說，是虛構的，是虛幻的，不真實的，如果讀者能夠領悟到這一點，就領悟了「梵」，達到了一種心靈的真實。

第三節　薩利姆的神話原型：似與不似

一、《午夜之子》與印度神話互文

除了講述故事，小說還應有深刻、豐富的內涵，它能夠讓讀者在理解的過程中不僅僅是被動的接受信息，還積極參與小說意義的建構，讓讀者在這個過程中收穫新知。互文，是賦予小說深刻內涵的一個重要途徑。互文也稱「互辭」，在中國的古詩文中是一種修辭手法，意思是：「參互成文，含而成文」，指詩文內的詞、句、或義之間形成相互滲透，對照，補充的關係。雖然古詩文中「互文」主要說的是單篇文本內詞句之間的相互關係，但是這種關係也可以擴大到文

20 泰戈爾：《文學的意義》，見《泰戈爾文集》，第22卷，劉安武等主編，河北教育出版社，2000年：297頁。

本之外，用來說明文本與文本之間相互滲透，對照，補充的關係。「互文」使小說成為一面鏡子，從中可以看到其他文本的影子；也使小說文本融入一個文本網路，與其它文本彼此牽連，相互指涉。通過互文，讀者在閱讀一個文本時，就能根據文本的某種提示或暗示聯想到其他文本，積極建構、補充文本的意義，這樣在無形間就增加了小說文本的廣度和深度；當然，如果讀者對文本的指涉很陌生，也有可能激發他的好奇心，讓他去探究所指涉的另一個文本，從而獲得新知。

偉大的小說家都善用「互文」來增加自己作品份量。他們會精心挑選能與自己的小說形成互文關係的文本，那些影響深遠、體裁宏大的史詩和神話往往是他們的首選。史詩和神話的形成經歷了漫長的歲月，它們的內容豐富，氣勢磅礴，流傳甚廣。作為「集體意識」的產物，史詩和神話總是以某種隱秘的形式沉澱在人們的記憶深處，成為某一文化的「迷因」。與這種偉大的作品互文，並且處理得當，就會使小說獲得一種 「史詩」和「神話」的恢弘效果，豐富小說的內涵，提升小說的品質。英國小說家喬伊斯就很成功地利用了「互文」策略。他把《荷馬史詩》的情節「鑲嵌」在小說《尤利西斯》中，使得《尤利西斯》更具歷史的厚度與廣度，同時也汲取了廣泛的象徵意義，更容易使同一文化的讀者同情共感。拉什迪也是這樣一位善用「互文」的小說家，他將小說《午夜之子》連結在印度神話這個宏大的「文本星系」之上。印度神話是印度文化的重要載體，印度宗教哲學思想是印度文化的核心。因而，小說與神話互文，也就將印度文化及其核心思想中所隱含的深刻內涵引入小說。

《午夜之子》與印度神話的互文廣泛而深入。小說的情節、結構等各方面都有印度神話的影子，其中最為明顯的就小說與神話人物的互文。小說與神話分屬兩個不同系統，但其中不少人物同名，共用同一指稱，如濕婆，帕爾瓦蒂，帕德瑪等；而人物間的關係也彼此對應，如，在小說和神話中，帕爾瓦蒂與濕婆都有「夫妻」關係。從語用學的角度來看，這無疑是文本向讀者發出的「強交流」信號，提醒讀者注意小說與神話的對應關係。讀者一旦意識到在人物方面小說與神話存在互文關係，就會比較、對照這兩個系統中的人物及其相互關係。但是，對照的結果是重重的疑問：主人公薩利姆為什麼沒有「名」列神話人物之中？難道他在那個古老的神話譜系中沒有「一席之地」，只是個孤立的現代故事人物麼？這個互文的「弱交流」也是文本發出的信號，它讓讀者即刻踏上探索的旅程。

二、互文的機制——相似性的產生

要追問小說主人公薩利姆的神話原型，首先要從語義學的角度探討一下小說與神話人物互文的機制，即讀者如何借由語義聯想在二者間搭建了相似關係。相似問題看似簡單，實則複雜。這個過程包括了認知主體與客體，讀者與文本之間的互動。我們必須試圖回答：對文本或認知客體而言，什麼樣的文本策略促使他們彼此相似，產生互文關係？在讀者或認知主體而言，什麼樣的認知過程使讀者意識到他們的相似？只有更深入的思考這些問題才能更清楚的說明文本的互文機制，而也只有較為透徹的回答這些問題，批評才能為文學創作提供些許思路。

首先從文本的角度來考察一下相似性產生的理據。文學文本中的相似問題主要是語義問題， 語義學中對「相似性」

多有討論。不過，法國哲學家福柯對相似性產生的機制解釋得更為詳細，可以借鑒到語義學中。福柯以空間位置的隱喻來說明相似性的理據，[21] 他主要說明了四種空間位置關係，也即四種相似性的理據。第一種是「鄰近」，鄰近的事物會產生相似關係。如，廚房裡的鍋和碗就可以產生一種語義聯想關係。在文本中，如果兩個名詞總是同時出現，比如，《午夜之子》中的薩利姆和濕婆，也會給二者打上相似的烙印：讀者很容易由在場的一個聯想到缺席的另一個。福柯提到的第二種空間位置是「連結」，彼此鄰近的物會形成了一根巨大的鏈條，世界中的事物可以有「相互而連續的聯繫」。如，廚房裡的鍋、碗、瓢、盆就可以形成一條語義鏈。在文本中，「連結」就是詞語、語義在水平方向的延展，比如，《午夜之子》中的人物薩利姆、濕婆、帕爾瓦蒂、帕德瑪就會形成這樣的一條語義鏈。第三種位置關係是「仿效」，就是散佈在世界中，彼此不鄰近、不連結的物通過仿效這面鏡子相互應答。如，人的眼睛和天上的星；就文本而言，「仿效」的一方在文本之中，而另一方則在文本之外。比如，看到《午夜之子》中的銅猴，會想到印度史詩《羅摩衍那》裡的哈努曼。最後一種是「類推」，他是「鄰近」、「連結」與「仿效」的疊加。比如：廚房裡的勺子和天上的北斗七星。這兩個物形成一種結構的仿效，而它們各自的結構又包含著「點」的「鄰近」和「連結」關係。「類推」的雙方同樣分別處於文本內外，如，《午夜之子》中人物間的關係與印度神話中神祇的關係就是這樣一種結構性的「類推」關係。「仿效」、「類推」都可以算是語義的「縱聚合」關係。文本內的語義聯想關係是一種相對直觀，容易識別的橫組合關係，是「明

---

21 福柯．《詞與物：人文科學考古學》．莫偉民，譯．上海：上海三聯書店，2002 年：第 24 頁。

面義」；而跨越了文本內外的「仿效」、「類推」則是相對隱蔽，較難識別的縱聚合關係，是「隱含義」。

其次從認知主體及主客互動的角度來談談「相似性」的認知過程。人們說物之間存在著「相似」關係，這只是一個判斷，一個結果，但它其實還是一個認知的過程，混沌地包含著認知的主客體。認知主體的心理過程原本是動態而完整的。比如，我們看見馬奔跑，聽到馬的嘶鳴，聞到騰起的土味，感到因馬奔跑而卷起的一陣風，這些初級的、零散的資訊首先要有統覺進行加工才能形成意識，而後要調動之前記憶、認識、知識等意識儲備才能對馬奔跑這一個整體的事件產生更高一級的認識，比如，感到一種昂揚的精神，或者，判斷這匹馬受驚了等等。而在文本閱讀中，我們的認知過程更為複雜：眼睛獲取文字信息，統覺加工整理信息，調動記憶、知識儲備識別、判斷、理解信息，產生語義，甚至有時還會再度形成內在的視覺、聽覺效應，再度引起新一輪的資訊處理過程。不過，一般為了便於言說分析，這個過程往往被片面、靜態地切分為感官之識與精微之識兩個階段。[22] 對相似性的認知心理過程也不例外，如，在中國古典文論中相似性的認知過程就被切分，並濃縮封存在一些結對出現的詞語中，如：形 / 神（似），言 / 意（似），等等。這些貌似彼此對立的詞語呼應主體的認知心理過程的同時，也指向了認知的客體及其屬性。也即，「似」的內涵一方面依主體心

22 依佛教心法所言，主體的認知心理過程可以「八識」來概括。前五識，眼、耳、鼻、舌、身，作為感官首先接收到外物呈現的各種粗淺形態，「前」不僅是指字面排列的順序，更是指在認知過程中，感官體驗在順序上的優先；第六識的意識，是統覺，起到辨識外物的作用；意識之後還有作為「意根」的末那識，以及起到「藏」之用的阿賴耶識。「八識」所呈現的認知心理過程就更為動態而完整，但亦可將其粗分為二：前五識及第六識描述的認知過程粗淺可見，是「顯露可見的表層心理活動」，而第七、八識所言及的認知過程則是「隱微難見的深層心理活動」。詳見：彭彥琴，江波，楊憲敏．《無我：佛教中自我觀的心理學分析》，《心理學報》，2011，43（2）：第 213-220 頁。

理過程的不同階段而變化，另一方面則依不同客體及其屬性而變化。如「形似」，「言似」，於人是指感官的粗淺而顯在的認識，於物而言是具體易察的物象，就文本來說，就是文本內語義的「橫組合」關係；「神似」，「意似」，於人是精深而隱微的認識，於物則是物象之後所隱含的質、量、關係等範疇，就是跨越文本內外的「縱聚合」關係。薩利姆神話原型的認知過程也是一個相似性的認知過程：初看小說薩利姆似濕婆，而再看則似毗濕奴，套用以上二分的說法就是形似濕婆，而神似毗濕奴，薩利姆的神話原型可謂是「象外有象」。由此可見，語義聯想不僅有空間關係一維，還有依託認知過程的時間維度。也即，小說文本不但可以利用空間位置關係使薩利姆與神話人物互文，還可以利用時間維度讓薩利姆的神話原型隨著認知的不同程度、階段產生變化。

三、薩利姆「形似」大神濕婆

小說主人公薩利姆似乎與大神濕婆相對應。

在小說中薩利姆與濕婆總是被相提並論：薩利姆和濕婆，濕婆和薩利姆。他們的名字在小說中彼此「鄰近」，構成了一種「橫組合」關係。這種關係在小說中被反復強調：他們的出生時間「鄰近」，比其他的午夜之子更接近印度獨立的午夜時刻；他們的命運「鄰近」，都與歷史捆綁在一起，影響歷史進程也被其影響；他們是「鼻子和膝蓋，膝蓋和鼻子」，是「雙頭兄弟」，「偷換兒兄弟」。他們的關係如此密切，甚至可以說濕婆就是薩利姆的另一個自我，是薩利姆的「分身」。（231）而「濕婆」這一指稱卻是「一詞多義」，它在指向小說人物濕婆的同時，也指向了神話中的濕婆——「司生殖與毀滅之神」，（163）它揭示並凸顯了二者的「仿效」關係，使二者的共同點在聯想中得以呈現。在古印度神話中，濕婆是最有力的神祇，並被賦予了多重特質。他是苦行者，也是偉大的舞者；他象徵著豐產，但也是毀滅者。這些特徵看似相互衝突，但都隱含了濕婆具有「行動」的特質，顯示了濕婆的力量。這些特質基本上也為小說人物濕婆所「繼承」。在小說中，濕婆雖然沒有被描述成一個苦行者或是舞者，卻有著「強有力的」膝蓋，「在採取行動時……佔有無可否認的優勢」。（549）這對「奪命的」、「無情的」膝蓋使濕婆總與毀滅聯繫在一起，「使我們無止境地陷入謀殺強姦貪婪戰爭……」另外，小說中濕婆與神話中的濕婆一樣「多產」——「他在首都灑的種，足夠組成一支街頭游童大軍。」（533）如此，大神濕婆顯然是小說人物濕婆遠古的回聲，是他的神話原型。

小說人物與神話神祇共用「濕婆」這一指稱，他們的特徵也相互對應。而在小說中，「濕婆」又總與「薩利姆」在明面義上彼此「粘連」，反復出現，不斷被強化，這很容易讓讀者以為，小說人物薩利姆和小說人物濕婆一樣，也與大神濕婆相似，以其為神話原型。

有學者就指出這二者彼此對應，理由是大神濕婆代表有人格而又非人格的大梵，是「具有諸多面相之至上神」，因此薩利姆和濕婆是大神濕婆的兩個面相，是不可分割的「一體兩面」。[23] 但該說並不穩妥。首先，濕婆是「至上神」，是「大梵」，這並非印度教的「公設」，而是隱含了宗派傾向，將其作為論證前提未免偏頗，這一點本文稍後再提；其二，不能籠統理解濕婆的「多種面相」，對其應做進一步分析。

23 楊薇雲，《印度現代神話的變奏曲：魯西迪的〈午夜之子〉現代與傳統的連接》，《世界宗教學刊》，2005（No. 6）：第 16 頁。

上述論斷中的「濕婆」包含兩層意思。其一是指有人格的，具體的「人神」濕婆。與之相應，「多種面相」是他諸種具體特徵的形象化表現。其二是非人格的，抽象的「概念」濕婆，等同於梵，而其「多種面相」亦被喻指「梵」之「無限」與「雜多」的抽象特性。薩利姆是否為大神濕婆的一個面相，不能只從「抽象」層面以「濕婆有無『多』之特性」為判斷標準，而應從「具象」層面判斷，看薩利姆是否體現了濕婆的具體特徵。

但是，從具體特徵來看，薩利姆卻不像小說或是神話人物濕婆。小說中的薩利姆沒有「強大的膝蓋」，不像濕婆那樣充滿行動的力量，但卻有嗅覺靈敏的鼻子，能洞悉他人心靈，善於「形而上」的思考；他不像濕婆那樣具有毀滅的力量，而是更具「創造」與「保存」的一面：他是「午夜之子聯盟」的創立者，更是小說的作者，印度歷史的記錄者；他沒有旺盛的生殖力，卻也不像是因苦行而禁欲的大神濕婆，他是帕爾瓦蒂和帕德瑪「性無能」的伴侶。小說中的薩利姆和濕婆各自擁有不同的秉賦，不同的人生境遇。自出生起他們就是一對無可和解的冤家，在襁褓中被人調換了名牌，因而也調換了身份、命運。薩利姆原本是街頭藝人溫基之妻與英殖民者麥斯伍德的私生子，一躍變成了富庶家庭的公子哥，而原本屬於富人階層的濕婆卻被剝奪了一切，成為浪蕩街頭的小混混。在全家的寵愛中，薩利姆形成了仁慈、溫和的性格，而在街頭近似「苦行」的艱辛生活中，濕婆成為一個憤世嫉俗、性格暴戾的人。在薩利姆有限的人生之中，濕婆始終扮演的都是薩利姆的「對手」（366）——一個揮之不去、伺機作亂的影子人物。

由此可見，薩利姆與大神濕婆表面相似，實則不似。從明面義上來看，「濕婆」與薩利姆彼此「鄰近」，二者似乎對應。但具體分析後會發現，薩利姆與小說或神話人物濕婆是以對立的形象與性格特徵出現的，二者又不對應。

那麼，薩利姆的神話原型是否另有其「神」呢？

四、薩利姆「神似」大神毗濕奴

小說中鮮有提及大神毗濕奴，因此初讀小說，在字面上很難看出薩利姆與大神毗濕奴有對應關係。但是，小說人物之間的關係與神話人物之間的關係存在著一種「系統性的」、「結構性的」對應關係，參照神話人物關係的結構，以其為格式塔，對小說人物關係進行「完形」，就可以推斷出薩利姆與大神毗濕奴的對應關係。

小說重點提到的午夜之子有三位，除了薩利姆，濕婆之外，還有女巫帕爾瓦蒂，他們是「午夜眾子的代表」，「印度的象徵」。這種「象徵」有無具體所指呢？三個午夜之子會使人聯想到現時印度教的三大宗派及其所崇拜的神。印度教的三大宗派分別是濕婆派，毗濕奴派和性力派，他們崇拜不同的神：濕婆派崇拜大神濕婆，毗濕奴派崇拜大神毗濕奴及其化身，性力派則崇拜大女神，即主神的配偶及其化身。[24] 這些派別之間是對立統一的關係。湯用彤指出：「印度學說宗派極雜。然其要義，其問題，約有共同之事三：一曰業報輪回，二曰解脫之道，三曰人我問題。」[25] 其中的人我問題

---

24 大女神及其化身通用的名字是黛維（Devi），「在不同時期，黛維以帕而瓦蒂、室利、烏瑪、難近母、迦利和許多其他的名字為人們所熟知」（《永恆的輪回》．劉曉暉，楊燕，編譯．北京：中國青年出版社，2003 年：第 90 頁）。在小說中，作者也對印度教的大女神進行了解釋，「印度萬神殿中，任何神祇的行動力，都集中在他的皇后身上！她是幻、性力、母親三位一體，卻也是『在夢之羅網中壓抑意識的聲音』」。（526-527）

25 湯用彤．《印度哲學史略》．上海：上海古籍出版社，2006 年：緒論。

就是印度教的旨歸——「梵我如一」[26]。也就是說，在抽象層面，印度教各派都認為：體認梵我如一才能超越輪回，得到解脫，但在具體層面，他們卻信仰不同的「有形」的神。當然，宗教對這兩個層面可能並不做區分。但是，從哲學的角度來看，在「具體與抽象」之間，在彼此「異與同」之間，印度教各宗派進行了某種「調和」：他們將各自崇拜之神等同於「梵」，或「絕對」，並將抽象的「梵我」關係等同為具體的「（各自宗派的）神我」關係。例如，前文所提到的「濕婆是多種面相之至上神」的說法就隱含了印度教濕婆派的觀點，其信徒將濕婆看作是「大梵」，認為要得解脫，就必須虔信大神濕婆。但是，毗濕奴派卻並不認同這樣的看法，因此引發了宗派之間的爭執。

進一步比對印度宗派和小說中的午夜之子，可以看出，帕爾瓦蒂與性力派的大女神相呼應。一則因為性別吻合：帕爾瓦蒂是午夜之子的「女性代表」，性力派崇拜的是「女神」；二則因為名字吻合：與帕爾瓦蒂同名的神祗是性力派的女神，是大女神的一個化身。[27] 這種對應在小說中也有依據。在解釋小說中為何出現了如此之多的女性時，薩利姆暗示道，「太多女人：難道她們都是女神黛維的一面，既是殺死牛魔王、打敗食人鬼的沙克蒂，也是迦利、難近母、昌蒂、恰門達、烏瑪、薩蒂與帕爾瓦蒂……？」（526）這其實正

26「梵」是「宇宙本體」，是「大我」；「我」是「人的主體」，是「小我」；「大我與小我」（或者是「自然界」與「人」）在本質上是一樣的。在《唱徒集奧義書》中，有一段父與子之間關於「梵我關係」的對話，大義就是說梵之精神遍佈宇宙，雖不得見，固亦存在，正如鹽化入水，無論從水面、水間還是水底取鹽水都已得鹽之精髓。「小我」中固有「大我」，「梵我」其實如一，但是「此為密意，昏昏者難知，而知之者，即可解脫」。參見湯用彤．《印度哲學史略》．上海：上海古籍出版社，2006 年：第 17-19 頁。

27 雪山女神帕而瓦蒂在早期文獻中與濕婆分別為性力派的日、月雙神；而在晚近的文獻中，與其他女神合併，脫離濕婆，成為性力派的代表。參見：陶笑虹．《從「薩克蒂」觀念看印度教的女性觀》，《湖北社會科學》，2007（No. 1）：第 126-128 頁。

是將午夜之子帕爾瓦蒂作為小說中所有女性的代表與印度教性力派崇拜的大女神相照應。如此，在午夜之子兩男一女的組合中，濕婆對應大神濕婆，代表濕婆派；帕爾瓦蒂對應大女神，代表性力派。那麼，似乎可以推斷：薩利姆對應印度教中的保護神毗濕奴，從而對應三大宗派中的毗濕奴派。

按照這一推斷，小說中薩利姆和濕婆之間既矛盾又統一的特殊關係也順理成章，得到解釋。大神毗濕奴與濕婆是印度神話中的兩位主神，作為具體的人神，他們與各自所代表的宗派一樣，彼此對立，競相佔有支配地位。但同時在抽象層面，他們又密不可分，甚至被和合為一，形象化地表現為「兩相一體」的神。在印度的很多地方毗濕奴和濕婆被當做是一個神——訶利訶羅（Harihara.），訶利（Hari）是毗濕奴的稱號，而訶羅（Hara）則是濕婆的稱號之一。[28]「兩相」象徵著他們在世界中所展現出不同名相，進而彼此對立的矛盾關係；「一體」意味著他們「和合則為絕對本體或永恆存在」，[29] 作為「梵」的各種顯相最終歸於「梵」，達到統一。小說中薩利姆和濕婆的關係似乎回應了主神之間的關係，從而也使薩利姆與大神毗濕奴彼此對應。

另外，小說中薩利姆的女伴與神話中毗濕奴的配偶同名，這也使薩利姆與毗濕奴之間產生了「縱聚合」的語義聯想關係。神話中的主神各有其相對固定女性伴侶。大神濕婆的配偶是雪山女神帕爾瓦蒂。在小說中，帕爾瓦蒂也是濕婆的配偶，他們之間「波濤洶湧的」關係正是「同名神祗永恆婚姻戰爭的人間迴響」。（533）大神毗濕奴的配偶是吉祥

28 劉曉暉，楊燕，編譯．《永恆的輪回》．北京：中國青年出版社，2003 年：第 21 頁。

29 邱紫華．《印度古典美學》．武漢：華中師範大學出版社，2006 年：第 38 頁。

天女室利。室利在神話中的形象總是與蓮花聯繫在一起，而在梵語中，帕德瑪有蓮花的意思。因而室利也被稱為蓮花女神帕德瑪。在神話中，毗濕奴躺在大蛇謝沙的身上，臍中盛開一隻蓮花，代表創世的梵天坐在其上，而室利則溫順地坐在大神毗濕奴的腳邊，他們的周圍是一片漫無邊際的「原水」，據說世界就從中產生。薩利姆女伴的名字也是帕德瑪，她在薩利姆寫作，創造「小說世界」的時候，總是殷勤備至的侍奉左右，讓人恍惚覺得薩利姆就是躺在大蛇謝沙身上的毗濕奴。

根據人物關聯式結構可以「類推」出薩利姆與大神毗濕奴的對應，反觀二者，確也有「仿效」的印記。

文中的薩利姆與大神毗濕奴在神話中的角色相似，他們都是「保留者」。在印度教中，毗濕奴與濕婆、梵天並稱為三大主神。濕婆主毀滅，梵天主創造，而毗濕奴則專司保護，他維持宇宙秩序，護佑萬物，使一切得以保留存續。小說中的薩利姆也是一個「保留者」。在生命的最後一年中，他主要從事兩件工作。其一是孜孜不倦的寫出「自傳」，將自己的回憶「保留」（keep）下來，使其「臻於不朽之境」；（596）其二是 「醃漬」醬菜，「醃制即賦予不朽」，（597）這個過程使各種蔬菜在濃郁的醬汁中「防腐保鮮」，得以「保留」（save）。在小說的最後一章，薩利姆將寫作與醃漬醬菜作比，因為它們有相同的「特殊配方」，都是「保留」的過程，都以「不朽」為目的，更重要的是，二者有著相同的「象徵意義」，小說的三十個章節是三十個非同一般的「醬菜瓶」，「全體印度人口從而誕生的六億顆卵子，可以全部裝在一個標準大小的醬菜瓶裡；六億個精子則只要一根湯匙就可以盛起。因此，每個醬菜瓶都包含最高的可能性：使歷史醬汁化之可能性：將時間醃漬的偉大希望！我已將章節醃漬妥當」。（595）在這個象徵之中，小說寫作，醃漬醬菜，與創世護世三個動作系統以「保留」這一特性為核心，被比照、重疊在一起，薩利姆看似平凡的工作也因此被賦予了一種恢宏的意蘊：寫作保留的不僅是自我的歷史，國家的歷史，更是時間本身；醃漬保留的是蔬菜水果，是印度民族，更是芸芸眾生。因此，薩利姆也被他「偉大的保存（preserving）工作」（42）所「神化」，在印度神話的背景之中，他不再是一個普通的「保留者」，而是喻指保護神毗濕奴。

薩利姆在小說中還曾以毗濕奴化身的形象出現。在印度教裡，儘管諸多的神祇都有化身，但是「提到化身人們最先想到的卻是毗濕奴的十個化身」。[30] 化身與真身的區別就在於二者的形象特徵相異，這些不同的形象特徵往往被冠以不同的名號在對神及神跡的唱頌中廣為流傳。毗濕奴有十個化身，分別是魚，烏龜，野豬，人獅，侏儒，持斧羅摩，羅摩，黑天，佛陀，伽爾基。這十個化身出自毗濕奴救世的不同典故，這些化身都共有毗濕奴善良，仁慈的品格，代表其救世的不同方面。在小說中，如同毗濕奴一樣，薩利姆也有十個左右的形象特徵，其中多數都是薩利姆的綽號，代表著他相應的典故。其中，「侏儒」這一形象與毗濕奴的化身重合。

侏儒是毗濕奴的第五個化身，也是毗濕奴「標誌性」的化身。據說毗濕奴曾與惡魔巴厘爭鬥，毗濕奴化形為矮人，奪回了天、地、空三界。[31] 在小說尾聲部分，薩利姆曾兩次以這一形象出現。第一次是在薩利姆救國的政治夢想破碎，

---

30 George M. Williams. *Hand Book of Hindu Mythology*. California: ABC-CLIO, 2003: p. 70.

31 薛克翹，《印度民間文學》，銀川：寧夏人民出版社 2008 年：第 83-84 頁。

午夜之子被出賣之後，頹喪的薩利姆遊蕩在巴士調度場，巴士車庫門口一面在陽光下閃光的鏡子吸引了他的視線，他走過去向鏡中張望，「看見自己變身為一個頭重腳輕的大頭侏儒」。（579）在文學中，鏡中的形象往往都反映了原型，這個「令人自慚形穢的畸形倒影」把薩利姆與毗濕奴聯繫起來。而之後薩利姆對這個形象的闡釋進一步印證了薩利姆和毗濕奴的聯繫。薩利姆在鏡中看到這個「皺紋滿面，神情疲憊」的侏儒形象就回憶起臨終前的外祖父阿齊茲宣稱他親眼看見了神。當這兩個陳述借由回憶發生聯繫，被並置在一起時，陳述的內容與意義就開始「互滲」。鏡中侏儒對應神，薩利姆對應外祖父，而作為認知「完形」的一部分，對應的還有他們的死亡。於是，「薩利姆在鏡中看見侏儒」這一陳述的隱含意義就是：薩利姆看見了神，預見自己的「死亡」。但是，這個「死亡」顯然不是一般意義上的死亡，因為鏡中的侏儒「一臉釋然」。這種對「死亡」的釋然以及對神的體認顯然與印度的宗教的解脫觀相呼應：悟證神我如一，即可超越輪回，獲得解脫。這種呼應在侏儒形象第二次出現時被進一步加強。在薩利姆化為碎片之前，「我，漂浮在體外，居高臨下看著頭大身小的自己，看到一個曾經在鏡中露出如釋重負表情的灰髮侏儒。」（598）這次雖然沒有出現鏡子，但薩利姆卻似乎靈魂出殼，游離於身體之外審視自己的肉身。上文中這個「居高臨下」的「我」並不只是一般意義上的自稱，在印度哲學中，「我」就是「阿特曼」(Atman)，是一個重要概念，也被譯作「靈魂」或「自我」。個體靈魂的「我」與宇宙本體的「梵」，二者之間是一種同一關係，這種「梵我同一」的「自我論」是《奧義書》最基本的哲學思想，數千年來一直支配著印度的思想界。[32] 以印度的宗教

32 孫晶．《印度吠檀多不二論哲學》．北京：東方出版社，2002 年：第 73 頁。

哲學為背景，薩利姆的自我審視就是一種內省的外現，自我認知的外化，意味薩利姆悟證了「梵我一如」。而以侏儒形象，也就是以毗濕奴化身的形象，體認「梵我一如」，就將「我」、「神」、「梵」三者同一起來，正如《毗濕奴往事書》中提到，「任何存在物只有擺脫自己並非具有真正意義的可見的肉體，而通過具有本性意義的自我，才能認識毗濕奴」。[33] 意即，只有超越肉體的羈絆，通過自我覺悟，才能認識大神，體認「神我」進而「梵我」的同一關係。

小說還以圖畫的象徵意義來暗示薩利姆和大神毗濕奴之間的關聯。在「多頭妖怪」一章中，薩利姆的母親前往紅堡算命，小說提到算命先生倚牆而坐，牆上繪有大神毗濕奴和他的眾化身的畫像。這一細節描寫並非閒筆。繪畫在《午夜之子》中是一種呈現思想和意義的重要方式，小說的主人公薩利姆說，「思想可言說，也可用畫面或是純粹的符號來呈現，二者的幾率差不多。」（303）接下來的描述則說明薩利姆所具有的某種「神性」。故事講述者「我」（在此段講述中尚在母腹）忽然逆轉時空插入故事，以非人（神）的口吻宣稱，他要讓眾人感知到他的存在，於是，在算命的一霎那，算命先生似乎有神附體，準確的道出了尚未出世的薩利姆的命運。借算命先生之口預言自己命運的「我」（薩利姆）顯然不是「母親腹中的那只小蝌蚪」，而是外在於母腹的，並操縱算命先生透露神跡的「偉大力量」，於是那壁畫上的毗濕奴大神及其化身的形象和薩利姆因為空間的「鄰近」被微妙地聯繫在一起，暗示薩利姆就是這種「偉大力量」的化身。

33 葛維均·《毗濕奴及其一千名號》，《南亞研究》·2009（No. 1）：第119-129頁。

如上種種細節似乎印證了薩利姆與大神毗濕奴的對應關係，二者由字面義、明面義上的「言不似」轉為結構上隱含的「神似」。但是，小說卻有意將薩利姆與其它多個神祇聯繫起來，模糊薩利姆神話原型的指向，使薩利姆與毗濕奴的對應變得「不穩固」。如，薩利姆曾介紹自己女伴帕德瑪的「神話原型」，說她是「從毗濕奴的肚臍眼生長出來」的「蓮花之萼」，是與大神毗濕奴相伴的「蓮花」，隨即就問道，「萬物的規劃之中，我在何處？」，從而引導讀者關注他的「神話身份」，向讀者暗示他與毗濕奴的對應關係。但其後他卻又「打馬虎眼」，回答道，「我只是個凡人——或還有什麼別的？好比——對了，有何不可——以我如此巨大的鼻子，象頭神般的鼻子——一頭大象。跟月神辛一樣，管水，行雲布雨……」在這一連串帶有轉折與否定意味的自問自答中，薩利姆與毗濕奴的對應關係又變得「似有似無」，撲朔迷離，讓人愈加難以捉摸。

五、薩利姆與其眾神為何「似又不似」？

另一方面，我們也將互文機制放入具體的文化背景中，從而考察互文的目的，也即，主人公與神話中的眾神為何形成了「一與多」的關係。

「似與不似」可從認知語義層面來理解，但其意義與文化語境卻有更緊密的關係。它是東方的思維方式，需要以東方思想體系為背景來解讀其意義。

「東方哲學是一種宗教哲學」。[34]「似與不似」正是融

34 黑格爾．《哲學史演講錄》．賀麟，王太慶，譯．北京：商務印書館，1997 年：第 131 頁。

合「宗教」與「哲學」的思維方式，也是東方哲學的表現形式。在宗教而言，「似與不似」重在「似」，肯定人格神的存在，以神及神話來言說宗教的核心思想。在哲學而言，「似與不似」重在「不似」：神人格化的個性只是表面性的存在，哲學的普遍性才是本質的。「似與不似」與印度宗教哲學中核心理念「梵」的表現形式一致。「梵有二重方面：一方面隱沒不可見；另一方面又以他的自身展現為現象界的名稱和形態（名色）」。[35]「彼見而不可見也，聞而不可聞也，思而不可思也，識而不可識也。」[36]「梵」之「不可見」為「不似」，即無形相，不可說；「梵」之「名色」為「似」，即有形相，可說。

印度的「化身」文學傳統以「似與不似」的思維方式和表現形式來體現東方的宗教哲學。在毗濕奴的化身故事中，化身與神的聯繫「似又不似」，明晰而又隱晦。印度的兩大史詩《羅摩衍那》和《摩訶婆羅多》都是毗濕奴派的盛典，講述了大神毗濕奴（或遍入天）的化身——羅摩和黑天的故事。「這位大神不能以神的身份救世人，而必須下凡，出生為人或其它動物，按照所化的身份行動，這才能除暴安良。」[37]。因此，這些故事都明確交代了毗濕奴與化身的關係，但又僅是一帶而過。大神毗濕奴只在故事的頭尾或是高潮現出真身，或偶爾在故事中間出現，而露面代言的多是化身，在講述中化身與毗濕奴的關聯往往隱沒不顯。這些故事逐一看來，化身及其原型的對應非常明晰：神化身為某個形相，下界顯露神跡。因此，化身故事從個相上更凸顯東方哲

35 黃心川．《印度哲學史》．北京：商務印書館，1989：第 56 頁。

36《五十奧義書》．徐梵澄，譯．北京：中國社會科學出版社，2007 年：第 407 頁。

37 金克木．《梵語文學史》，《梵竺廬集（甲）》．南昌：江西教育出版社，1999：第 205 頁。

學中宗教的一面，重在言「似」，突出梵可言說的一面，故也具有宣揚人神崇拜和宗派教義的作用。但是，將這些化身故事和合來看，化身和原型卻都變得模糊了：神表現為多個「不自由」「不堅固」的人格神，只具有表面的個性存在，而且，當這種表面性明顯到「我們以為我們必須講到一個人格神的時候，人格化的形相便立刻又消失，擴張到無邊無際去了。」[38] 因此，化身故事在共相上凸顯了「哲學」的一面：化身與原型之「似」不斷逼近「是」，而又不斷被部分否定，轉化為「不似」，故使神失去「堅固的」形相，變成一個「概念化」的存在，從而代表普遍的「梵」，表現梵無可言說的一面。

《午夜之子》與印度文學、神話傳統互文，是化身文學傳統的延續與創新。小說人物薩利姆與大神毗濕奴的「不似之似」延續了化身文學傳統。二者之「似」使小說以虛構人物為能指，現實宗派為所指，通過人物之間的糾葛來表現現實中宗派之間錯綜複雜的關係。以薩利姆或有形相的神來表現「梵」之形色。但是小說亦有創新，它沒有點明薩利姆的神話原型，而是使其與多位神祇模糊地對應。薩利姆因此不能被確指為某個神的化身，而只是一個被人物化的哲學概念[39]。如此，小說雖然從化身文學「個相」的角度去講故事，但更突出的卻是其「共相」上的意義，從而避免了宗派主義的傾向，更凸顯了哲學的普遍性。通過呈現薩利姆與神話人物「似與不似」的關係，小說將原本抽象、無形的哲學概念變得具體可感，它旨在表明：無論是虛構的午夜眾子，還是

38 黑格爾．《哲學史演講錄》．賀麟，王太慶，譯．北京：商務印書館，1997：第 131-132 頁。

39「概念人物化」是印度古代戲劇中的一種藝術形式。參見本章小結中金克木關於「概念的人物化」的論述。

現實中的不同宗派，其多樣化的存在都體現了「梵」，其旨歸都在體認「梵我如一」。小說薩利姆的神話原型只是達成小說旨歸的「方便」，讀者應得意望象，化有形之人神為無形之「絕對」，緣「似」悟「不似」，體會小說所追求的境界。[40]

薩利姆與眾神的「似與不似」也有其美學意義。一方面，它使小說與印度化身文學、神話傳統互文，拓展了小說的想像和闡釋空間；另一方面，它又使小說與這一傳統保持張力，避免讀者把小說與神話人物「對號入座」，簡單地把小說解讀為毗濕奴的另一個化身故事；此外，「似與不似」使小說的表現具有層次感。薩利姆與濕婆「似又不似」，與毗濕奴「不似又似」。而當後者的「不似之似」欲使讀者將薩利姆的神話原型確定為毗濕奴時，小說卻又以薩利姆與其它神祇之「似」部分否定了二者的對應，這就形成「言外之意」「象外之象」的表現風格，從而使小說意韻雋永，耐人尋味。

總之，小說以主人公與眾神之「似」連結了神話與現實，回應了化身文學的傳統；又以主人公與眾神之「不似」超越了神話與現實，使小說不拘泥於傳統。小說主人公「是所有人（神），但又誰也不是」，這種「似與不似」的思維方式和表現形式既呈現了梵之形色美，又蘊含了梵之無形又無所不在的精髓，從而彰顯了小說的東方宗教哲學意韻，正所謂「色不異空，空不異色」，有無相生相化，有形之「色」體現無形之「空」，無形之「空」源自有形之「色」。

40 Radhakrishnan. *The Hindu View of Life*. London: Unwin Books, 1960: p. 24. *"The worshippers of the Absolute are the highest in rank; second to them are the worshippers of the personal God; then come the worshippers of the incarnations like Rama, Krishna, Buddha; below them are those who worship ancestors, deities and sages, and lowest of all are the worshippers of the petty forces and spirits."*

第四節　薩利姆的鏡像：一個符號的多重所指

文字符號組成文本，每個符號都有所指意義，所指意義聚合就產生了文本的意義。在閱讀文本的過程中，讀者不斷在意識中啟動符號及其所指意義，從而將文本線性排列的符號不斷轉化、累積為意義。如果把文本看做一個二維的平面，那麼相鄰的符號之間就形成了橫組合關係。但是，意義的生成不僅僅停留在符號的「橫組合」關係層面，符號有時還可以擺脫線性排列的束縛，在讀者的意識中激起另外一個符號的聯想，一個符號的在場往往意味著另一個符號的缺席，他們之間存在彼此替代的縱聚合關係。符號間的縱聚合關係使文本不再束縛於二維的平面，在意義的生成過程中，賦予它縱深的維度，使之成為一個想像的空間。在這個空間之內，意義沿著閱讀的展開不斷變化，不斷生成，不斷彙集。

文本和閱讀者構成一種會話關係，意義是在文本與讀者不斷協商的過程中產生的。文本是說話人，讀者是受話人。在這個會話中，關注的焦點在於會話的隱含意義。會話隱含意根據文本留給讀者品味的空間的大小有弱、強之分，這一會話行為也相應的被區分為弱交際或是強交際。文本對讀者進行交際的強度越高，那麼文本的隱含意義的空間越少，能喚起讀者想像力的餘地也就越小，文本也就沒有回味的必要；相反，文本的交際強度越弱，隱含意義越豐富，越能調動讀者的想像力，文本就越有詩意，值得再三玩味。當然這是從文本的整體風格上來看，在具體的文本之內，弱交際和強交際都是必要的手段。強交際推動故事的發展，呈現故事的脈絡，讓讀者的閱讀具有目的性，引領讀者走向故事的結尾。而弱交際是美化強交際，深化強交際的寫意方法。弱交際使故事不再是一個直指結尾的箭頭，而成為一條林中小徑，雖然伸向遠方，但行走於其上的讀者卻可以放慢腳步，甚至駐足，展開遐想，透過一葉領略大自然的意境。這個意境自然是因人而殊，因此弱交際大大增加了闡釋的必要性和可能性。文本的強、弱交際就宛如中國山水畫的運筆，筆鋒剛勁凌厲帶出氣勢和形狀，筆勢柔和虛幻繪出氤氳和意境，可謂剛柔並濟，缺一不可。

一、三個符號從分離走向聚合

閱讀是一個聚攏的過程。眼睛追逐的也許只是文字符號的橫向延展，而意義的生成卻需要縱向聚攏、連結符號之後、文本之外的信息。躍入讀者視野的是文本，但浮現在思域的卻在文本之外。文字符號在閱讀中奔湧而來，作為文本背景的龐大文化系統的符號漸漸顯露，聚攏。聚攏的過程生成了意義之網：橫向聚攏的符號手牽手連成緯線，縱向聚攏的符號遙相呼應構成經線。縱聚攏的符號是意義之網上的結點，彼此相似連接在一起，一個結點的觸動即引起其它節點的聯動，於是整個意義之網在微微的顫抖中顯現了自身。

在《午夜之子》的閱讀中，符號的縱向聚攏俯仰可得。Salem，Saleem 和 Salman，這三個名字，由於符號的相似而聚攏在一起。這個充滿神話與魔幻的文本將讀者捲入其中，意義的生成擺脫了理性的羈絆，縱身返回到前理性的原始思維。Salem，Saleem 和 Salman，這三個拼寫相近的符號，一旦被讀出，發出了相似的聲音，就遵從巫術的接觸律，彼此產生了關聯。

符號間的關聯召喚著讀者的聯想。名字標識著人物，人物牽連著屬性，屬性指向一個宏大的文化符號系統。名字是能指，人物及其它如同所指。能指與所指就像是一根扇骨縱截線上的兩個端點，當語言之扇打開，命名行為就驅遣能指為所指劃分界限，原本連續的扇面被能指與所指的對應劃分成不同的區域。由於命名這一行為，人物從寬泛、模糊變為具體、鮮明，擺脫了人的群體概念成為一個可以識別的個體。但概念的邊界也並非截然。當語言之扇折疊，符號與符號由於相似而聚攏，概念也相應的彼此靠近，難以分辨。

二、三個符號的顯現

符號的縱向聚攏最初源自作者對名字的暗示。

符號的分合過程似乎都發生在讀者的閱讀過程中，因此似乎闡釋都歸功於讀者，其實不然。如果上述過程搭建了一個意義之家，那麼讀者有權享用，但卻無權所有。這個處所是文本和讀者共有的，讀者必須將家之榮耀恰當地歸於文本——是文本意味著符號的縱向聚攏，是文本對符號的作用進行示意。「我們的名字裡蘊藏了著我們的命運；生長在一個名字不像西方那麼毫無意義的地方，名字不僅是聲音而已，我們也被我們的頭銜所害。」（396）文本的示意強化了符號與所指的關係，就像是意義解讀的路標，給出了讀者前行的方向和路徑。名字絕不單單是一個無意義的符號，相反，名字成為可以窺見意義的縫隙和孔洞，成為驚鴻一瞥的關鍵所在。

第一個符號是文本的主人公薩利姆（Saleem），他是一個占中心地位的符號，一個顯性的符號，是一個聚攏的召喚者。召喚聚攏意味著聚攏的缺失，意味著符號的孤單。這種孤單是相較於其他符號而言的：文本中的其它名字都通過相似性，越過時空與文本之外的其它符號系統搭建了關聯。「濕婆」，「帕爾瓦蒂」，「帕德瑪」等等，都在印度神話中找到了與自身相對應的符號，文本中的「濕婆」對應神話中的「濕婆」，文本中的「帕爾瓦蒂」對應神話中的「帕爾瓦蒂」…… 這些分屬兩個系統的人物不僅名字對應，性格也對應。不僅如此，如果命運就是「英雄踏上旅程」，那麼兩個系統中彼此呼應的人物也享有同樣的命運結構。這些緊密環繞在「薩利姆」（Saleem）周圍的名字都成為縱向聚攏的節點，而獨獨「薩利姆」被抹去了關聯的印記。關聯的缺失不僅是「薩利姆」這個符號的孤寂，同時也是意義的落寞。「綱舉」方可「目張」，只有「薩利姆」這個中心符號形成聚攏才能形成完整的意義之網。

第二個符號是莫臥兒王朝的皇帝賈汗吉爾（Salem）。有召喚就有回應，但這種回應在文本符號的叢林中隱匿起來，等待讀者的發覺。發覺的過程就是文本與讀者交流的過程。文本雖然無聲，但卻並非無言。文本在主人公薩利姆和莫臥兒王朝的賈漢季爾之間畫上了一條若隱若現的連線。這條連線由一個空間賦予：喀什米爾穿越時間成為他們共同的牽掛，令他們魂牽夢繞，從而也將他們兩個人連接在一起。小說中提到，莫臥兒皇帝賈汗吉爾對喀什米爾花園的情感甚篤，念念不忘重返喀什米爾 ，而這個未完的夙願同樣也屬於小說主人公薩利姆。薩利姆期待重返喀什米爾，喀什米爾反復出現在他的夢中 ，對喀什米爾的思念已經成為一種需要藥劑來治療的「相思病」。

這條閃爍不定的連線是一個弱交流 ，足以引起闡釋的必要。兩物關聯是一個可見的結果，但是關聯的原因卻並未顯現。如果預設文本和讀者的交流符合合作原則，那麼資訊在交際中缺失或是由於雙方都已知道，或者是由於一方認為另一方理所當然已知道該資訊，但顯然這些都不是文本資訊缺失的理由。這種「缺失」和「空白」是文本所進行的「弱交際」，它對讀者想像力發出了邀約，約請讀者發揮主觀能動性，去填補、意會這一空白，從而增添作品的詩意效果。

因果的不平衡期待資訊的填補，讀者被發動了，一連串的分析和探究因此展開。這兩個人物為何產生關聯，賈汗吉爾是誰？於是，當讀者的目光投向印度的莫臥兒王朝時，歷史系統也向著文本敞開。歷史記載：賈漢季兒也叫做薩利姆，和文本的主人公幾乎同名。於是，因符號相似性而產生的關聯替代了因「期盼重返喀什米爾」這一事件所產生的關聯。符號比事件的關聯更加直觀，明確，缺失的資訊暫時得以彌補，好奇心暫時得到滿足。名字作為符號，因為構成和發音相似而產生了關聯，作為莫臥兒王朝皇帝的薩利姆和文本中的薩利姆因為符號的相似性而聚攏。

第三個符號是文本的作者薩爾曼（Salman）。有召喚就有回應，但這種回應竟然也來自文本之外。作者的名字是薩爾曼，也可寫作薩利姆，這種相似性是作者留下的印記，於是，符號與符號再度產生關聯，作者跨越了現實與虛構的界限與文本中的主人公聚攏了。但是，符號的關聯、聚攏只是感官中的顯像，關聯也許是偶然的，聚攏也許是牽強的，顯像只有得到的恰當闡釋才能說明自身的正當。

作者在文本中留下自己印記的原因是多樣的。文本中的印記也許是作者的一種遊戲：把自己加入自己編的故事，經驗自己虛構的經驗，也該是一種樂趣。整天躲在圖書館的赫爾博斯就曾把自己編入自己道聽塗說的故事自娛自樂。這印記意味著文本（在某種程度上有可能）就是作者的自傳，敘事者的經歷（在某種程度上有可能）就是作者的經歷，敘事者（在某種程度上有可能）就等同於作者。這印記也可能是作者對自我的一種期冀，敘事者代表著作者的理想自我，尤其是在充滿神話色彩的文本中，當主人公作為「超人類」或作為「神」的理想化存在時，這種自我精神期冀的意味更濃了。當然，印記的原因也可能是三者的混合體，其中任意一個都可能成為「製造符號相近性」的主導動機。理由雖然很多，但共同之處在於：這些印記一旦被讀者識別，作者在虛構文本中的缺席就會被凸顯，作者就會被喚回，成為讀者意識中的在場。

作者有意在文本中留下自己符號，這可能與有些小說理念相悖。羅蘭·巴特提出，「作品寫就，作者應該退場」，「作者已死」，這些論斷意味著文本自足，意指批評不再是以作者的觀點、生平為標準的求真過程，意指批評可以獨立於作者而成為關於文本的文本。這些說法都滿足了小說的「虛構性」，滿足了批評獨立於作者之外的雄心壯志，但實際上，批評對文本闡釋權力的佔有過猶不及，因為作者與文本的關係天然自在，無需申辯。斬斷作者和文本之間的關聯對批評本身也是損失，它意味著闡釋角度的減少，文本意韻的折損。作者應是闡釋活動的合作者，為讀者打開跨越文本內外的另一個闡釋通道，而作者 Salman 和主人公 Saleem 在閱讀活動中的聚攏就是這一闡釋通道最好的證明。

三、三個薩利姆的所指意義

符號的聚攏就是意義的聚攏，是多與一的聚攏。

Saleem，Salem，Salman 三個符號已經聚攏，他們在讀者的意識中由於符號的相似性而獲得了聯繫，而符號的聯繫也因為相似性獲得了規律。找出規律和聯繫是人類認知的原動力，是閱讀過程的推動力。但好奇心永無止境。符號的聯繫與規律只是表像的關聯，表像啟示了潛在的意義，符號必須指向所指。符號是由人創造、發現的，人是符號的起點，對符號的解讀也應回歸到人，符號似乎只有在闡釋中再度與人產生關聯從而形成一個「人 - 符號 - 人」的回路，閱讀才能產生更大的滿足感。於是目光從符號轉向了符號所對應的人物，意義之扇翩然開啟。

文本中的主人公薩利姆（Saleem）具有一與多的屬性，他是神，也是梵。

薩利姆是午夜眾子的靈魂。他開啟心靈的大門，讓午夜眾子在他的意識前庭聚集。沒有他，就體現不出午夜眾子的存在。他既是午夜眾子中的一員，又高於午夜眾子這個集合。一千零一，午夜眾子的數目正蘊含著薩利姆和午夜眾子之間微妙的關係。一千不只是一個數字，而是以有限之「多」意指「無限」之大 。而一千零一就意味著比「多」還多，比「無限」還大。而這個超過人類想像極限的正是無所不在的梵。薩利姆和「一千零一」個午夜眾子就是一與多的關係。「一」蘊含於「多」，但又是「多」的抽象存在。

薩利姆是印度與印度人的象徵。薩利姆是印度人，是英國人，是巴基斯坦人；他與印度教、基督教、伊斯蘭教、佛教都有密不可分的關係，他融和了多元宗教、文化背景，彙集了各種思想、思潮。他以個體、具相的存在言說了他所蘊含的「多」，正如印度所蘊含的「多」。薩利姆是總相，他的各種身份是諸相。在文本末尾，薩利姆的身體破碎了，他從一個存在變成了多個存在，變成了和印度人口數一樣眾多的存在。就像印度神話中大神普魯沙，用自己的身體幻化出印度的民眾，無論是哪一個種姓 。薩利姆的破碎不是一般意義上的死亡，是對大梵精神境界的昭示，這種境界「不與年俱老，不以身死而亡」，是因內心體悟梵我如一而對生死輪回的超越。在這種超越中，總相與諸相得到統一。

薩利姆是至尊神的隱秘象徵。文本中的薩利姆擁有眾多的名號，他幻化出大神毗濕奴的化身，他是侏儒，也是佛陀。在印度神話中，濕婆、毗濕奴、和梵天（一度作為梵的人格化形式出現）曾是三位一體的神。在小說中，薩利姆與濕婆，帕爾瓦蒂分別代表著印度現世的三個宗教派別：毗濕奴派，濕婆派和崇拜大女神的沙克蒂。這三個派別之間紛爭不斷，但卻依然是同一個事物的不同方面，尤其是爭鬥激烈的薩利姆和濕婆更是共用一個身體的「雙頭兄弟」。毗濕奴、濕婆和帕爾瓦蒂共同成為現代印度宗教「三相一體」的存在，他們的分分合合正是對梵之「一與多」的注解。

莫臥兒帝國體現了梵之特性，充滿了包容精神。小說中的賈汗吉爾就是帝國精神的象徵。

歷史中的薩利姆（Salem），也即文中所提到賈汗吉爾，是宏大、繁榮的莫臥兒帝國的君王。賈汗吉爾，「他名字的意思是容納世界的人」。莫臥兒王朝是印度史上最強大、輝煌的帝國，它也有一種「海納百川，有容乃大」的氣勢。莫臥兒帝國的疆域遼闊，在鼎盛時期，其統治幾乎遍及了南亞次大陸。莫臥兒帝國實行相當徹底的、懷柔的、寬容的民族、宗教政策。帝國聯合各個民族擴大了自己的統治基礎，而開明的宗教政策加快了民族融合。莫臥兒王朝的阿克巴大帝說：「任何宗教都有光，而光或多或少都有陰影」，因此，莫臥兒王朝並沒有強制推行某一種宗教，而是以包容的精神將多個民族、多種宗教融合在一個帝國之中。這種空前的「和而不同」的精神也促使莫臥兒王朝在文化、藝術和思想領域空前繁榮。莫臥兒王朝的疆域和實力可謂之「大」；而王朝的包容和多元則可謂之「多」。莫臥兒王朝兼具「大」與「多」的特性為「一」身，就體現了梵的精神。薩利姆或賈汗吉爾作為王朝、帝國的統治者，是帝國的象徵符號，因此薩利姆這個符號也指向了帝國所具有的「梵的精神」，象徵著「梵」的「一與多」。

文本之外的作者薩爾曼·拉什迪本身也體現了「一與多」的精神。

現實中的作者薩爾曼（Salman）與文本中的薩利姆（Saleem）有很多相似之處，他們年齡相仿，僅僅相差兩個月。他們有著類似的教育背景，他們上了同樣的學校。他們的生活背景也類似，他們都出生在穆斯林中產階級家庭，在同樣的房子裡長大，曾經定居於孟買，後又舉家遷往巴基斯坦。他們的共同點不勝枚舉，但總之，他們都有著多元的宗教、教育和文化背景。現實中薩爾曼以其在空間，身份和文化背景上的變動之「多」來應和文本中的薩利姆以象徵的手法所詮釋的「多」，他們都是集「多」樣性為「一體」的存在，在這一點上二者是一致。拉什迪在訪談中否認文本中的薩利姆就是他自己，但他卻承認他們作為文字符號的關聯性——「從詞源學的角度來看，薩爾曼和薩利姆畢竟可以說是同一名字的不同版本，而拉什迪和西奈這兩個名字則源於兩支不同的、偉大的阿拉伯哲學」。[41] 符號互為變體，乃至在某種程度上彼此通用，並非意味著他們就是一個符號。薩爾曼和薩利姆有著彼此的影子，但他們只是兩個神似的獨立存在。

這三個符號的意義在小說中最終和合為一。

---

41 Pradyumna S. Chauhan ed.. *Salman Rushdie Interviews: A Sourcebook of His Ideas*. London: Greenwood Press, 2001: p. 27.

賈汗吉爾，薩爾曼，薩利姆這三個原本孤獨的符號因為相似而聚攏，又各自找到了它所表徵的人以及人所各有的特性，與之合二為一，成為一張紙的兩面。而被符號表徵的人雖有特性，但卻因為他們之間的共性而相互靠近，融入彼此。敞開的意義因統一而圓滿，語言之扇重新合攏。於是，能指模糊了邊界，難辨彼此；而所指之間的氤氳交融產生了更廣闊、更深厚的意義。

歷史中的賈汗吉爾、現實中的薩爾曼和文本中的薩利姆攜帶著他們不同的背景走向了彼此。他們之間有著過去與現在的張力，虛幻與現實的衝突，但是聚攏與融合的力量讓他們在相互觀望中超越不同。薩爾曼身處當下，是一個歷史中的有限存在，他對自我的理解就是想像自己置身於另一個生命之中。薩爾曼創造了薩利姆，他製造了一面觀望自己的鏡子。而鏡中的薩利姆跨過真實與虛幻，反觀薩爾曼，他們成為彼此的鏡像。在觀望中，他們明瞭了梵之精神：梵是形色的繁盛，亦是內心的寧靜，他們因而明瞭了個人的精神追求：與梵合一就獲得了般若智慧，獲得了解脫。文本中的薩利姆是小說中的敘事者，在那個世界裡他也在奮筆疾書製造一面鏡子，透過創作之鏡他觀望昔日莫臥兒王朝的帝王賈汗吉爾，鏡中的賈汗吉爾則穿越了歷史的時空回眸觀望。在觀望中，他們明瞭了梵之精神是民族，國家力量的源泉，於是表達了對國家——個人集群的期冀：重現梵之精神，各個民族、宗教之間「和而不同」。在觀望中，恍惚間，過去現在，真實虛幻的界限都不復存在。薩爾曼，賈汗吉爾，薩利姆三個符號，三個人似乎幻化成一種境界，一種精神，一個超越自我的存在。就像是三角形的三條邊，雖然每一邊都可單獨存在，但是和合卻構成一個整體的三角形，生成一個全新的意義。他既在三者之外，卻也是由三者所共生，他是「一與多」的化身，是印度教中「梵」之真意。這個意義從遙遠的莫臥兒王朝到充滿神話色彩的文本再到全球化的當下，流轉不斷，迴響不絕，生成一個對世界的企盼：「各美其美，美人之美，美美與共，天下大美。」

小結：概念化人物之淵源與超越

本章主要圍繞著《午夜之子》中的人物展開。小說人物體現了梵與世界的關係，以及梵之「一與多」的屬性。拉什迪以概念化的人物體現了印度宗教哲學中與梵同一的「自我」——「阿特曼」。

「概念人物化」的藝術表現形式在印度古代戲劇中早已有之。金克木就此曾做過專題介紹，他提出，我們雖然很瞭解文藝作品中的人物的概念化，但是古印度的宗教哲學家卻能將抽象概念人物化，這是很值得研究的問題。[42] 他指出，印度古代戲劇運用這一藝術形式多是為了宣傳某種宗教哲學。宗教哲學在傳播的過程中，往往經歷了符號化的過程：將複雜的哲理抽象精簡成為概念、符號或公式。因此，在借助戲劇的表現形式宣傳這些哲理時，就要經歷一個解釋符號的過程。以十一世紀克里希那彌濕羅的戲劇《覺月初生》為例，為了達到直接宣揚宗教哲學思想，戲劇以哲學概念、符號命名舞臺人物，例如：我慢、幻、心等，而同時則借助具體的舞臺人物的語言和行動來表現概念本身的內涵，通過人物間的關係來表現概念之間的關係。這種戲劇不是為了說教給人物加上標籤，而是把哲學原理變成舞臺上有血有肉的人

42 金克木．《概念的人物化——介紹印度古代的一種戲劇類型》，《印度文化論集》．北京：中國社會科學出版社，1983 年：第 157-174 頁。

物。僅僅把人物的名字看做名號，那就是一出政治戲；如果將其看作是哲學概念去推理，那就變成一個哲學公式。[43] 而從戲劇的藝術特點來看，戲劇是一種「綜合的形象化的行動的藝術」，通過人物直觀的舞臺表演來詮釋複雜的哲學概念和公式，使其變得通俗易懂，從而引起觀眾認識上的反映，這不僅是宣傳效果，也是藝術效果。

不過，《覺月初升》這部戲劇在具體的表現上存在不足。金克木認為，戲劇意欲宣揚的是吠檀多哲學思想，但是人物設計卻帶有明顯的宗派主義色彩，這二者之間存在著衝突。具體而言，吠檀多哲學汲取了佛教思想中的核心部分，認為世界現象是「幻」，而心為幻所迷，但，「幻」既是有也是無，又並不執於有或無。而《覺月初升》一劇中，對於大神毗濕奴的信仰卻必是執於有，這樣，戲劇中的哲學思想和宗派思想就彼此抵牾。金克木提出了解決這個矛盾的方法，他認為可以借鑒民間藝術表演的形式，把抽象的大神毗濕奴具化成牧童黑天或是王子羅摩的形象表現出來，把抽象的哲學公式變成單純的藝術形象，而藝術形象的本質就是似與不似的「幻」，這樣就可以規避上述矛盾。

《午夜之子》在以人物表現抽象概念時就避免了上述矛盾，超越了印度古典戲劇中「概念化人物」的藝術表現手法。小說並沒有像《覺月初升》中那樣以哲學概念直接命名人物，而是將哲學概念的內涵融化在小說的藝術形象及其相互的關係之中。如本章所講，概念化人物薩利姆與神的對應關係是模糊的，他是一個被賦予魔法的「午夜之子」，是牧童黑天或是羅摩的另類版本，體現了梵之「一與多」的內涵。

---

43 金克木，《概念的人物化——介紹印度古代的一種戲劇類型》，《印度文化論集》，北京：中國社會科學出版社，1983 年：第 159 頁。

這樣有兩個優點。其一，規避吠檀多思想與其宗教崇拜之間的內在理論衝突，借助「既實又虛」的人物藝術形象，使「梵」統一在有形與無形之中。其二，凸顯了小說獨特的藝術性。小說不同於戲劇，戲劇具有即時性，追求一種現場直觀的感染效果，因此傳遞信息的方式更加直接；而與戲劇相比，小說則具有延時性，讀者可以反復閱讀，細心揣摩，聯綴作品中的片段。這樣，小說達到了「離形得似」的藝術效果，一方面強化了小說的故事性、現實性，淡化了哲學的象徵意味，避免了膠柱鼓瑟，圖解哲學的嫌疑；另一方面，小說這種「隱而不顯」的表現形式也與小說「梵」之主題的表現方式相契合。

概念化人物的藝術形式在中國古典文學中也有表現，它在增強文學作品可讀性的同時，也賦予了作品深刻的內涵。如，中國古典文學作品《西遊記》也運用了這一藝術手法，以人物來體現佛教中的概念。如，佛家三寶「佛（覺）、法（正）、僧（淨）」這三個概念在小說中變成了唐僧的三個徒弟：悟空、八戒、沙僧。從人物的命名上可以看出：佛就是要在心上「覺」——「悟空」，法就是「八正道」，在欲念上有所「（八）戒」，僧處俗世為俗務需要「淨而不染」——「悟淨」。這三個概念也借由這三個人物在小說中的行為表現，以及與他們相關的故事情節得以拓展：悟空神通廣大，一個筋斗十萬八千里，猶如人的意念、心思一樣難以把控，八戒整日想著飲食男女，需要「法」的約束，沙僧則更多體現了服從服務的一面，總是挑著一副擔子。[44] 有了這三個徒弟或說佛家三寶的護持，唐僧才一路西行，取回真經。《西

44 這是本書關於《西遊記》中概念化人物手法的解讀。其它解讀請參見：馮巧英．《〈西遊記〉藝術手法新探》，《河東學刊》，1998.02；張新發．《西遊論心》；《西遊記》與佛教專題（http://www.simiao.net/zt/xiyouji/index.htm）

遊記》中的人物生動有趣，別具一格，深受讀者喜愛，但同時，這些人物又承載著佛教中的概念，賦予小說深刻的內涵。宗教概念和內涵正是小說塑造人物、編排情節的智慧源泉，他們使小說充滿了奇特的想像和大膽的誇張。

第四章
符號化的結構（上）：梵之空間曼陀羅

《午夜之子》以符號化的結構體現了《奧義書》中最重要的一個哲學觀點「自我即梵，梵即宇宙」。[1] 曼陀羅，即密咒，可表徵為圓的圖示。唵（OM）印度教中最重要曼陀羅，是標誌梵與宇宙的符號，它可以被表徵為時空同構的同心圓。小說以空間和時間的敘事結構形成了唵的圖示同心圓。在空間上，這個圖示象徵著無限擴展的語言之韻斯波塔。小說以對自我、家族、國家的敘事形成了三個範疇的同心圓；小說的敘事者薩利姆以無所不在的第一人稱敘事成為這三個同心圓的圓心；小說中的外祖父也以自己空間的位移畫出了象徵多重宗教同一的三個同心圓；小說中的意象以曼陀羅或圓的各種變體形式出現。在時間上，同心圓象徵著卡拉之輪永恆輪回。小說通過改變敘事時間的順序形成了三個同心圓；小說的敘事序列隱含著小說主人公遵循達摩四期，最終得到解脫，達成生命的圓滿之輪。另外，對於小說的時空敘事圖示而言，數字具有重要的哲學象徵意義。總之，小說的敘事時空共同構成了符號化的結構，反映了印度宗教哲學的宇宙觀，反映了「梵我一如」的思想。符號化結構是後現代空間小說的一種形式，它拓展了文學創作的表現形式。為言說之便，本書將小說的敘事分為空間與時間上下兩部分。

第一節　梵之空間迴響：斯波塔

梵就是宇宙，是時間、空間、因果關係的閉合體。印度哲人認為「梵即宇宙」。《大林間奧義書》說，「彼居萬物內中者，而有異於萬物，為萬物所不知，而以萬物為身，於萬物內中管制之，此即汝之性靈，內中主宰，永生者！」[2]

1 季羨林．《印度古代文學史》．北京：北京大學出版社，1991 年：第 38 頁。

2《五十奧義書》．徐梵澄，譯 北京：中國社會科學出版社，2007 年：第 406 頁。

《薄伽梵歌》說，「我並沒有顯現形體，但我遍及一切世界，一切眾生居於我之中，而我不拘於他們之中。」[3] 近代吠檀多派思想家辯喜說：「這宇宙並非超宇宙的任何神祇所創造的，它也非任何外界天仙的產品，他是自生的、自滅的、自明的。他是無限的萬有存在，它就是梵。」[4] 而宇宙則是時間、空間、因果關係的閉合體。辯喜在揭示了「梵」與「宇宙」的關係時指出，「宇宙不僅意味著物理世界，也意味著心理世界、精神世界」。「梵」通過時間、空間和因果變成了宇宙，我們不從時間、空間、因果去看宇宙，就無從瞭解「宇宙」，瞭解「梵」。所以「時-空-因果關係」就是梵的「鏡子」。

「梵」本質上不可見，宇宙至大無邊，要描述就必須借助語言，印度哲人多以具體形象來呈現「梵即宇宙」這個觀點。[5] 如，《歌者奧義書》中說：「我內心深處的這個自我，

3 毗耶娑(古印度)·《薄伽梵歌》·黃寶生，譯·北京：商務印書館，2010 年：第 84 頁。

4《辯喜言論選譯》，黃心川《印度近代哲學家辯喜研究》，第 72 頁。

5 人類不同時期、不同文化中的宇宙觀可以作為一種文化現象來看待，而非僅以現代科學的宇宙觀為標準對過去的宇宙觀做出正誤判斷。對宇宙的理解在很大程度上有賴於我們的想像。宇宙論是一門古老而又年輕的學科。各個時代，不同文化中的人們都曾對宇宙的方方面面提出了自己的看法。如，關於宇宙的概念，中國古人提到，上下四方為宇，古往今來為宙，認為宇宙就是空間與時間的統一體。關於宇宙中天體的形狀，西元前 6 世紀，畢達哥拉斯從美學觀念出發，提出球形是最完美的立體圖形，因此，我們所居住的大地和天體都應是球形的。關於宇宙的中心問題，從亞里斯多德、托勒密的地心說到伽利略的日心說前後歷經了 2000 年的時間。牛頓的萬有引力定律為建立起「日心說」的基礎，使人們逐步樹立起科學的「太陽系」的觀念。關於宇宙的樣態，愛因斯坦的「廣義相對論」表明，宇宙模型是相對穩定的；而 20 世紀 20 年代哈勃望遠鏡問世後，人們意識到宇宙有個演化生成的過程：宇宙的生成源於「大爆炸」，自此之後，宇宙一直處在這個不斷膨脹的「爆炸」過程中。這些例證遠遠無法說明人類為了探索這個問題所付出的努力，所經歷的漫長過程。總之，現在為止，人們普遍認為宇宙是由空間、時間、物質和能量所構成的統一體。人們對於宇宙雖然有了更多的瞭解，但究竟什麼是宇宙，這個問題依然沒有答案，人們仍在繼續探索，繼續猜想。因此，雖然人們關於宇宙瞭解得越來越多，但是，作為文化現象而言，人類的宇宙觀在本質上都是想像。關於這點，霍金在《時空簡史》中舉了個有趣的例子。（據說）羅素曾向公眾講解地球是如何繞著太陽運轉，太陽又是如何繞著星系的中心轉動，結果，一個老婦人反駁羅素，說他的話很荒謬，地球不過是由一個烏龜塔馱著的一塊平板。從現代科學的立場看來，這個說法顯然很荒謬。但是，霍金反問道：「可是為什麼我們自以為知道的更多一些呢？我們對宇宙瞭解多少呢？」隨著科

小於米粒、麥粒、芥子粒、黍子粒……，我內心深處的這個自我，大於地，大於空，大於天，大於一切領域。一切行動，一切希望，一切氣味，一切滋味，全在自我中……，我內心深處的這個自我就是這個梵。」[6] 兩大史詩之一的《摩訶婆羅多》中《薄伽梵歌》也提到，「就像強風吹遍各處卻總是在空中一樣，眾生都在我（梵）之中。」[7] 這些都是以例舉具體形象的方法來詮釋「梵即宇宙」的觀點。《奧義書》是「哲學化的宗教」，「宗教化的哲學」，[8]「不是現代意義上的哲學論著」，沒有「周密完整的哲學體系」，[9] 不像哲學一樣去描述或規定，直接告訴或呈現給人們一個既定的概念，在很大程度上，它是表現性的，媒介性的，它通過一些具體的存在去體現某種抽象的哲學思想。辯喜也用大海與波浪的具體形象做比來解釋何為「梵」與「宇宙」。他說，大海的水組成波浪，水本來沒有什麼形式，但波浪卻表現為水的形式。當波浪起伏，海水就有了虛幻的形式，而波浪平息時，海水的形式也就消失了。因此，時間空間因果關係就如同波浪一樣，不過是宇宙的存在形式 。[10]

除了具體的形象和事物，印度哲人還以更抽象的、表達

學技術的進步，我們對宇宙瞭解的越來越多，但到底何為宇宙，「唯有讓時間來判斷了」。因此，印度教哲學中的「梵」和「宇宙」，以及宇宙的表現形式也是人類對宇宙的猜想，也是人類探索宇宙歷史長河中的一朵浪花。我們不必厚今薄古，鄙棄過去的宇宙觀。參見：史蒂芬·霍金·《時間簡史：從大爆炸到黑洞》·許明賢，吳忠超，譯·長沙：湖南科學技術出版社，2004。

6《五十奧義書》·徐梵澄，譯 北京：中國社會科學出版社，2007：第 95 頁。

7 毗耶娑（古印度）·《薄伽梵歌》·黃寶生，譯·北京：商務印書館，2010 年：（9.6）。

8 金克木·《梵佛探》，《梵竺廬集（丙）》·南昌：江西教育出版社，1999 年：第 358 頁。

9 季羡林·《印度古代文學史》·北京：北京大學出版社，1991：第 38 頁。

10 轉引自方廣錩·《印度禪》·杭州：浙江人民出版社，1998 年：第 260 頁。

性更強符號來表現梵與宇宙。[11] 唵（OM）在印度教中是具有宇宙論意義的重要符號，是代表時空同構的曼陀羅。《摩奴法論》認為「唵」是最高的梵，並規定婆羅門念誦吠陀，開頭和結束都要念誦「唵」。[12]《五十奧義書》中的《唵聲奧義書》集中論述了這個符號的意義，提出唵＝梵。吠檀多的代表人物喬荼波陀在《聖教論》中進一步提出唵等同於梵，等同於我。「唵」成為「宇宙整體」的代號，代表「一個無限而可分的心物合一的宇宙。」[13] 近現代思想家辯喜也對《唵氏奧義書》做了注解，他強調了「唵」的宇宙論意義。他說：「如果 Om 是一個詞，整個宇宙就是它的注解。

11 圖示是人類認知、解釋世界的必要手段，是連接感性和理性的仲介。康得在講圖式（schema）時提到，時空概念以及與此相關的圖示都源自我們的想像力。我們對世界的認知的最基本途徑就是感官，但僅憑藉感官我們無法知道時空，我們對時空的認識更依賴於我們的反思。我們要思考時空，必須在意識中賦予時空某種樣態。圖示就是這種具體的樣態，我們可以通過想像一條線段或某個具體圖形使自己在意識中似乎「看見」這些抽象物。（牟宗三．《中西哲學之會通十四講》．羅義俊，編．上海：上海古籍出版社，2007 年：第 111 頁。）即使現代物理在說明宇宙時也離不開圖示，如，是霍金以「三維時空錐」的圖示來說明宇宙生成的圖示。（史蒂芬．霍金．《時間簡史：從大爆炸到黑洞》．許明賢，吳忠超，譯．長沙：湖南科學技術出版社，2004：第 25-30 頁。）

圖示也是一種符號，特定的圖示和符號代表了特定的文化內涵。舒爾茨把康得的圖示解釋為「符號」，並提出符號也歷經了一個「演化」過程。他認為，人類在認識的發展過程中從最初的知覺—運動行為層面分離出來，發展出了「更清晰的結構和更複雜的概念層級」，即理性。而符號也相應地產生了分化。代表理性的符號成為描述性的符號，如哲學和科學的符號，但是還有表現性的符號，如文學與宗教。表現性的符號一方面連接著知覺—運動行為，連接著感知、感性，而另一方面也有著高度的表達性，可以過渡到理性。這部分符號就是理性與感性的仲介。每個文化中都有這樣具有高度「表達性」的符號。如，基督教中的十字架，中國的易符和易圖都可看作是這樣的符號。這種符號往往凝結了一個文化的內涵，不但連接感性和理性，還起到了連接個人與社會的作用。人類總要為自身的存在尋找到一個立足點，即，存在的意義。這個意義一方面靠個體的認知體驗的積累，另一方面也要靠群體認知經驗的傳承。群體的認知經驗或說集體意識，經過高度的抽象與概括，可以表現為符號。因此，這種文化符號的傳承就使文化中的個體在擁有私人抽象概括能力的同時，繼承了這一文化所包涵的意義體驗，符號化從而使人們「超越個體的局限性過上了一種有社會性和目的性的生活。」（諾貝格．舒爾茨．《西方建築的意義》．李路珂，歐陽恬之，譯．北京：中國建築工業出版社，2005 年：第 224 頁。）因此，印度教中 OM 是包含觀想圖示的符號，是聲音，也是音節，是印度古代文化對宇宙模式的高度概括。

12 毗耶娑（古印度）．《薄伽梵歌》．黃寶生，譯．北京：商務印書館，2010 年：第 72 頁。

13 金克木．《梵佛探》，《梵竺廬集（丙）》．南昌：江西教育出版社，1999 年：第 294 頁。

如果Om是一個詞，整個宇宙就是它的震顫。如果它是表徵，那它就代表宇宙中可見或不可見的方面。」[14] 他還說，「Om是一個音節，一個符號，一個不屬於任何一種語言的聲音。如果對它進行研究，無論是單獨作為一個符號，一個音節，一個聲音還是三者兼而有之，就能獲得所有現實層面上的知識」。[15]

印度古音韻學中的重要概念斯波塔（sphota）更為形象地體現了唵（OM）及其所隱含的宇宙觀。斯波塔是空間之「韻」（dhvani），可以表徵為無限嵌套的曼陀羅圖示——一系列同心圓，它包涵了印度古代文化對宇宙生成模式的猜想。（見圖一）斯波塔與現代科學中宇宙「大爆炸」[16] 的圖示類似，它代表著宇宙生、住、壞、滅的

（圖一）

14 Swami Rama, *Enlightment without God*. Honesdale: The Himalayan International Institute of Yoga Science and Philosophy of the U.S.A, 1982: p. 32. “*If Om is a word, the whole universe is its explanation. If Om is a word, the whole universe is its vibration. If it is representative, it represents both the manifested and unmanifested aspects of the cosmos.*”

15 Swami Rama, *Enlightment without God*. Honesdale: The Himalayan International Institute of Yoga Science and Philosophy of the U.S.A, 1982: p. 32. “*Om is a syllable, a symbol, and a sound that does not belong to any particular language. When one studies the symbol, the syllable, and the sound individually and collectively, one receives the knowledge of all the levels of reality—gross, subtle, subtlemost, and beyond.*”

16 列維在《觀賞藝術作品》中說，藝術中蘊含著創作者可能並沒意識到的知識。冠冕上的波紋形狀再現著物質瞬間即逝的狀態，例如，伯爵冠上的波紋繪出了一滴水滴在水面上濺起漣漪的準確圖像，但是製作冠冕的紋章藝術家不會想到，原子彈在爆炸的剎那間所顯示的正是這個形狀，它顯示了自然界秘密保存的原型。藝術「產生於直覺的統覺」，這種統覺先於知覺，能呈現出物質的不穩定狀態。而在這些形狀的意義為人所知之前，人類的思維有能力構思出這些形態和及其之間的關係。參見：克洛德．列維-施特勞斯（法）．《看．聽．讀》，《列維-施特勞斯文集》．顧嘉琛，譯．北京：中國人民大學出版社，2006年：第159-160頁。

動態過程，是包含了能量、聲音、光的空間（時間）運動形式，就如同投石入水，伴隨著聲音和能量的擴散產生了一個漣漪。斯波塔所隱含的宇宙生成模式也映射到音韻學中，斯波塔也是語音的「大爆炸」[17]。它是一切名稱與概念的基本材料，是聲音的羅格斯，語言世界形成的源頭。語言猶如鐘或者鈴，發出聲音，餘波悠長，形成空間之韻，而語義也隨之層層不息，向著絕對的語言之梵次遞拓展。

在《無神的啟蒙》中，辯喜闡釋了語言與符號「唵」的關係。他說，人對自身內在狀態往往知道的越多，就越會感到語言的局限性。因此，聖人常用符號來表達自己的意思，唵就是這樣一個符號。唵具有可闡釋的一面，但也有難以言傳的一面。瞭解這個符號的一個特殊方法就是認識到通過震動形成這個符號的聲音。想像一下，一個人可以通過拍手發出聲音——這個聲音就會震動並且產生一個特別的形式。通過研究這個形式，他就可以研究聲音的品質強度，研究它的震動，通過研究聲音，他也可以意識到形式。由此，整個《奧義書》的教誨都可以濃縮為唵的知識。在理論和實踐上懂得了唵的人就知道了生命、宇宙和絕對真理一切。[18] 從辯喜的描述中可以看出，印度文化中的語言表達、唵的符號及其宇宙論都可以被抽象地表徵為斯波塔——聲音傳遞的漣漪狀的波列，「梵」就蘊於這種形式之中。

斯波塔蘊含著「自我即梵，梵即宇宙」的意義，是感應「人神相通」、體悟「梵我一如」的空間圖示。印度教中主持祭祀的婆羅門主張「聲有常」，他們認為語言是與神溝

17 John Grimes, e.d.. *A concise dictionary of Indian philosophy: Sanskrit Terms Difined in English*. Albany: State University of New York Press, 1996: p. 298.

18 Swami Rama. *Enlightment without God*. Honesdale: The Himalayan International Institute of Yoga Science and Philosophy of the U.S.A, 1982: p. 32.

通的介質，念誦咒語發出聲音，聲音漣漪一圈圈蕩漾開去，而自我也隨聲音遍及空間，從而與神相通。《奧義書》中的思想家耶若婆佉就以聲音擴散的圖示表示「梵我一如」的思想。他說，「梵我是世界上一切自然和社會現象的『主導者』。『我』可以比作是發出聲響的大鼓，大鼓外散的聲響就是現象界。」[19] 這樣，在觀想中，「我」就成為現象界的中心，「我」發出聲音，聲音彌漫開去，穿越時間，遍佈空間，於是小我與大我融為一體，在觀想中體驗梵我一如。

在修行實踐的觀想中，斯波塔也是唵字密咒的圖示。密咒在宗教修行實踐中可以表現為眼所見，耳所聞，意所想，[20] 唵（Om）可以在意念的觀想中表現為由持咒人為圓心發出的漣漪狀的波列。室利．阿羅頻多在《薄伽梵歌論》中提到「瑜伽修士傳定捨身之法」[21]。這種方法「就是誦讀『唵』Om! 念誦此音的時候，一切感官之門都閉合了，思想收束於心，人的生命力量歸於頭部，而智慧也都集中於誦讀這一個音上。」他還說「一切語言思想，皆自偉大『唵』聲 OM，發華而出——『唵』，為此『聲』，此『永恆者』。顯示於有感覺對象之形式，顯示於彼有創造性之自體形象化之知覺活動中，名色皆其表相者」。[22]

泰戈爾以文學的形式說明斯波塔就是「梵我一如」外鑠的空間形式。他說：笛子點燃了「一」的燈，它還用天籟的旋律，創造了如此一個形式，而它除了以最華美形式顯示在韻律和音調裡的最完善的「一」之外，沒有任何其它目的。

---

19 黃心川．《印度哲學史》．北京：商務印書館，1989 年：第 71 頁。

20 參見本書第二章第四節中關於密咒之稱名、觀想與實相的三個層面。

21 室利．阿羅頻多．《薄伽梵歌論》．北京：商務印書館，2003 年：第 198 頁。

22 室利．阿羅頻多．《薄伽梵歌論》．北京：商務印書館，2003 年：第 227 頁。

一旦那根「一」的魔杖在某個事物上揮舞，那個事物就立即顯示自己身上的莊嚴地、不朽真實的、永恆覺醒和永恆生動的本質。……形式是有限的，然而當形式僅僅顯示有限時，那它就不能表達真實；只有當它的有限象小燈一樣點燃無限的大燈時，真實才被顯示出來。[23] 也就是說，梵可以通過具體的形式來為人們所領悟。笛子的聲音顯示了「一」，顯示了這個「世界本質」的存在，美妙的笛聲不僅僅是可聽的音調與韻律，它也可以通過通感轉化為一種形式，如「漣漪」一般的「韻」。那個「一」蘊涵在一切的事物之中，是事物的本質。雖然「梵」可以被表現為形式，但是他卻不拘泥於任何形式，它以小燈的形式出現，但他的真實卻是光環，光暈。

拉什迪一再強調自己小說的的「形狀」，他說，《午夜之子》這本小說的形狀主要是為了容納海量的材料，他認為，小說的材料是不定形的，他把形狀加諸於這些材料之上，讓材料呈現出試圖讓他們呈現的樣子，這樣小說內在顯得豐滿有肉，而外在則又有骨架……[24] 小說的符號化結構同心圓，斯波塔正是統領小說海量材料的「骨架」。它具有簡潔的形式美感，使小說呈現出清晰的空間圖示；同時又具有強大的闡釋力，將小說內容最大限度地集聚在一起；此外還具有深刻豐富的文化內涵，象徵著印度教「梵我一如」的核心思想。

23 泰戈爾·《創作》·見《泰戈爾全集》，第22卷，劉安武等主編·石家莊：河北教育出版社，2000年：第226-227頁。

24 Pradyumna S. Chauhan ed.. *Salman Rushdie Interviews: A Sourcebook of His Ideas*. London: Greenwood Press, 2001: p. 22.

第二節　遍在的薩利姆：小說世界的圓心

在小說《午夜之子》中，主人公薩利姆、他所在的家族以及印度在語義範疇上形成了三個同心圓，分別代表著自我、家族、國家。本節以及第三節將著重論述小說如何形成了這三個同心圓。居於這三個同心圓中心的薩利姆是小說世界的絕對中心。但是，薩利姆的中心地位並不僅僅是語義層面的，更是小說通過敘事和添加「奇幻」元素在讀者心中形成的一種空間感知。薩利姆對小說空間擁有絕對的權利，他是小說空間的主人。本節將選取敘事的三個角度來分析薩利姆在小說世界的絕對中心地位，即：空間並置、視角和視點三個方面。薩利姆同時是「故事空間」與「話語空間」的主角；在故事空間，薩利姆同時採用了「第一人稱」和「第三人稱」的視角，使他既是「人」也是「超人類」；薩利姆敘事的視點是遍佈的、彌漫的：時而與小說中的另一個角色合二為一，透過那個角色的眼睛去看小說世界，時而又變做一隻攝像機，從高空遠景拍攝俯瞰小說世界，或拉近鏡頭特寫某個細節。不僅如此，薩利姆還將「奇幻因素」加入敘述——他能透視別人的心靈，侵入別人的夢境，聆聽眾人的「心語」。這種「有悖於常規」的敘事手法在敘事者透露了他的「特異功能」之後得到了合理解釋。他閉目可神遊太虛，逢人可閱讀心靈，後來還可以聞「香」識人。總之，主人公薩利姆是小說世界的絕對中心，他無所不在，故事世界中的一切都透過他來呈現。薩利姆要在空間中佔有中心位置，這和小說的意義有著密切的關係，而這正是他所謀劃的，他在小說中說，「我已經開始向我宇宙中心的位置步步緊逼，等我成功，我會賦予這一切意義。」（161）

一、多重空間的主角

薩利姆在小說世界的中心位置體現在他對小說中多重空間的控制權。

在《故事與話語》中查特曼[25]提出了「故事空間」（story space）與「話語空間」（discourse space）的概念。前者是指行為或故事發生的當下環境，而後者則指敘述者所在的空間，包括敘述者的講述或寫作環境。查特曼所說的空間並不僅是指物理的、廣延的空間，更是指一種感知的、想像的空間。一個小說可以採用單一的「故事空間」，也可以並置「故事空間」和「話語空間」，形成「嵌套」結構。

這種「嵌套」結構在民間故事中相當普遍，《一千零一夜》就是其中一例。在故事中，王后雪賀拉沙德和國王所在的空間就是「話語空間」（是王宮，但又不限於王宮），而王后向國王所講的故事，如漁翁和魔鬼的故事則發生在「故事空間」（是海邊，但又不限於海邊）。敘事可以在兩個空間同時展開。如我們從天方夜譚的「話語空間」的敘事中可以知道，王后必須要給國王講故事，否則她就有被殺頭的危險；而通過「故事空間」的敘事，我們則可以和國王一同成為「聽眾」，分享王后帶來的故事。再舉一個「嵌套」結構的簡單例子。我們小時候大多聽過那個「沒完沒了」的故事：「從前有座山，山上有座廟，廟裡有個老和尚給小和尚講故事，講的什麼故事啊？從前有座山，山上……。」在這個故事裡，「從前有座山，山上有座廟，廟裡有個老和尚給小和尚講故事」在第一遍講述中點明敘事者講述的環境，形成「話語空間」。在問完「講的什麼故事啊」之後，再重複那

25 Seymour Chatman. *Story and Discourse: Narrative Structure in Fiction and Film*. London: Cornell University Press, 1978: p. 96.

句話就形成了故事發生的環境，即「故事空間」，它就如同放在「話語空間」中的「空間」，或說裝在大盒子裡的小盒子，從而形成故事的「嵌套」結構。

《午夜之子》也採用了這種「嵌套」結構，並置了「話語空間」與「故事空間」。敘事者薩利姆在小說的開篇就提到了《一千零一夜》，並將其中的敘事者雪賀拉沙德與自己作比，如此暗示了嵌套結構在《午夜之子》中的運用。「話語空間」和「故事空間」的並置在小說《午夜之子》中表現得非常明顯。敘事在這兩個空間同時展開。在「話語空間」主要有兩個人物，其一是薩利姆，故事的敘述者，而另一個則是帕德瑪，故事的「聽眾」，或「聽敘者」，兩個人涉及的故事情節也相對比較簡單，主要是帕德瑪聽薩利姆講「過去的」故事，就像是《天方夜譚》中的國王聽王后講故事。而「故事空間」中的人物、情節則要複雜的多。薩利姆以「自傳」的形式講述了自己及家族，以及印度前後六十年中故事。「故事空間」主要是按時間順序來呈現，將故事發生發展過程分成若干個章節，在每個章節的開頭、結尾往往重返「話語空間」。

薩利姆在這兩個空間中佔有支配地位，文本以隱喻的形式表達了這一點。在「話語空間」的故事中，有一次帕德瑪因為生氣暫時離開了薩利姆，薩利姆說道，「怎麼處理帕德瑪……怎麼能少掉她……在我看來，我是等腰三角形的頂點，由兩尊神祇提供同等的支援，野性難馴的記憶之神與掌管現在的蓮花之神……」（192）在這段話裡，「記憶」暗指「故事空間」，或薩利姆的自傳——他從記憶中搜羅出來的有關於自己、家族、國家的歷史碎片；「現在」則暗指「話語空間」，薩利姆向帕德瑪（在梵語中意為蓮花）講述自己的過往；而薩利姆自己則居於「頂點」，主宰著小說中的這兩個並置空間。那麼，具體而言，薩利姆是如何主宰這兩個空間的呢？

在《午夜之子》中的「話語空間」中，薩利姆是帕德瑪的「中心」。帕德瑪照顧薩利姆的生活，是他的「廚子」。「吃嘛，來啦，東西要壞了」（22）這就是帕德瑪在第二章首次出場時的臺詞；帕德瑪還是薩利姆的「追求者」，她對薩利姆「有千百種天賦與溫柔」，她悄聲附在薩利姆的耳邊說「寫作工作結束了，我們看看能不能讓你的另外一支筆幹點活」（43）。當然，更重要的是，帕德瑪是薩利姆敘述中不可或缺的角色——隱含讀者。薩利姆對這一點說得很清楚：「說不定帕德瑪很有用，因為她是個擋也擋不住的批評家。」（32）帕德瑪這個「批評家」是薩利姆與讀者交流的最好的中介，也使得薩利姆這個敘事者時刻都具有「聽眾意識」，他會以帕德瑪作為敘述的引子：「我們的孟買，帕德瑪！當年可是非常不一樣的……」；（114）他往往通過帕德瑪呈現「隱含讀者」對故事敘述的可能反應，如當「故事空間」的展開略顯繁雜拖遝時，帕德瑪會抱怨「照這樣的速度」，「講到你出生的時候，你就兩百歲了」。（42）借助帕德瑪這個「隱含讀者」，薩利姆又會將自己敘述的方法作為「原小說」間接地傳達給讀者，「事件——甚至人物——都必須以特定的方式交融……就像你烹調食物講究入味。」（42）從而在話語空間達到了為自己辯護的目的：故事空間的情節有些拖遝，讀者可能會有點不耐煩，但這恰是小說必要的技巧。又如，對於夾雜在敘述中的「奇幻」因素，薩利姆並不能確信讀者的反應，甚至懷疑不少讀者可能會對這些「奇幻」因素嗤之以鼻。所以，他也以帕德瑪來說事兒：「帕德瑪眼也不眨就接受了這件事；但其他人像甜餅一樣不費力就吞下的東西，帕德瑪也可能輕易否定。所有聽眾在採信上都各有奇癖。」（064）這其實是在告慰讀者，信或不信因人而異，不要那麼快就否定了這些難以置信的「奇幻」因素。總之，薩利姆在「話語空間」是絕對的主角、中心，而帕德瑪則是配角，一個為了配合薩利姆敘事需要的角色。

《午夜之子》的故事空間的敘事更為複雜，也凸顯了薩利姆在敘事中的中心地位，本文將在第二小節中論述。

總之，「嵌套」或「並置空間」的結構可以增加小說的空間感，即讀者感知中的小說「空間」。在單一空間（故事空間）的小說中，時間往往是最重要因素，因此也往往先於「空間」而為讀者所感知；但是當「話語空間」與「故事空間」並置時，兩個空間不斷彼此打斷並插入對方的敘事，讓讀者感到，這兩個敘事是「同時」進行的，而為了理解小說，就必須理解這兩個敘事之間的的轉換關係，這樣讀者原本對作為主導因素的線性時間的專注就受到了干擾，而原本並不明顯的「空間」因素就被凸顯了出來。換言之，「空間並置」其實也就是弗蘭克所說的「多重故事」。[26] 也即，敘事不僅僅是一條結構簡單的「蠕蟲」或信息「高速路」，相反，敘事中有多重故事彼此纏繞、交織進行，就像由多縷麻線扭結而成的粗繩，或是互相纏繞、扭和的基因鏈，這種「並置空間」結構的「截面」要比單一敘事空間大，而在某一時刻，敘事的頭緒越多，共時呈現的趨勢越強，敘事的時間因素就越被淡化，而敘事的「空間性」被加強，讀者也就更能夠感知到空間的「宏大」。就《午夜之子》而言，在這個「並置

26 約瑟夫・弗蘭克・《現代小說的空間形式》・秦林芳，編譯・ 北京：北京大學出版社，1991 年：第 1-49 頁。注：在該書中，弗蘭克提出，多重故事是現代主義小說用來獲得空間形式的一種方法，此外，還有並置（「對意象和短語的空間編織」）、主題重複、章節交替和誇大反諷等多種方法。

空間」中，主人公薩利姆居於主宰的地位，空間越宏大，薩利姆在空間中的地位就越突出。

二、故事空間的「第一人稱」與「第三人稱」全知敘事的衝突

小說中的第一人稱敘事可稱為「我」敘。「我」可以是故事事件的親歷者，為讀者講述「身臨其境」的故事；「我」也可以是一個故事的聽眾，和讀者一道聽取一個故事；「我」也可以是轉述者，和讀者一同來分享一個故事。「我」敘往往能夠引起讀者更多的注意力，喚起讀者的共鳴或是質疑，因為讀者在理解「我」敘的時候通常以其內心的「我」作為參照物，也因此，不同的讀者可能會對同一文本中的「我」敘有不同的看法。但是，絕大多數的讀者在閱讀任意文本之前，一般內心所默認的「我」往往是參照「現實」中的我，受到種種認知限制的我。譬如，「我」不能跨越時空的限制，「我」不能用別人的（但能用自己的）眼睛觀看，「我」無法透視他人的（但能意識到自己的）心靈，等等。一旦超越了這些限制，在以「現實主義」為成規的小說內，「我」敘就被「他」敘所取代。

在第三人稱的全知視角下，敘事者是全知的，就像是一個俯視故事世界、洞悉一切的上帝。上帝高於故事世界，小說中的每個人物在這位「上帝」面前都敞開自己的內心世界，宛若透明。敘事者可以隨時進入他人的意識：他可以從外面看透人物的內心，也可以在人物的裡面透過人物的眼睛來看。對於這個無形的「他」來說，時空限制，距離的高低都不成問題。但是，也正如現實世界中，沒有人見過上帝一樣，這位「全知敘事者」也不會出現在故事世界中，他的存

在一般會被讀者忽略，他雖然無處不在，但他卻應是無形的存在，因為「他」超越了人類正常的感知能力。

但是，《午夜之子》卻打破了這種「我」敘與「他」敘不能並存的常規。在敘事中，薩利姆時時刻刻都讓讀者明顯感到他作為敘事者「我」的存在，而與此同時，卻不能讓讀者與這個敘事者的「我」產生認知的共通感，因為這個「我」同時也採用了第三人稱的「他」敘，這種人稱的衝突在薩利姆講述自己出生之前的家族的故事非常明顯。

薩利姆的敘事超越了時空的限制。在小說的開頭，薩利姆先講到自己出生在印度獨立的午夜時刻，而後告訴讀者他已經三十歲了，他的生命可能只剩下一年的光景，他要在有限的時間內講完自己的故事，獲得意義。而後就提到一幅帶著圓洞的床單，把時間推到六十年前，從外祖父阿齊茲大夫的故事開始講述自己的家族故事。但是，故事空間中的時間比敘事空間的時間要早六十年，在那個時候，敘事者還未出生。通常情況下，薩利姆當然可以自稱「我」去講述六十年前「外祖父的故事」，但按常規，「我」應該轉述這個故事，並告訴其他人故事的來源，譬如，「我」是聽誰講的。同時，應該留在敘事空間，而不應該出現在他還未曾存在的故事空間。但是，薩利姆並沒有這樣做，他似乎返回到歷史的那一刻，和外祖父一起親歷了那段故事，又或者，外祖父的故事就像是他在自己意識之內放映的電影，他不但描述這個電影，還不時的為這個電影插上旁白，並用括弧括起來。在沒有做任何特別的交代的情況下，這樣的敘事讓讀者感到很困惑，因為薩利姆彷彿鑽進了時空隧道，超越了時空的限制。他為此做出了解釋：「大凡我們人生中舉足輕重的事件，都發生在我們並不在場的時刻：我卻不知從哪兒找到的填補我知識空隙的法子，所以每件事都在我腦子裡，包括所有的細節，像是晨風中薄霧打斜飄過的景象……。」「從哪兒找到的法子？」（16）敘事者似乎暫時也無法解釋這種敘事所產生的衝突，如果他都不知道，讀者就更加迷惑。

薩利姆不但能「穿越時空」，還能「與神合一」疊合「我」敘與「他」敘。如，在講到母親阿米娜即將向大家宣佈她已經有喜，即「我（薩利姆）」已經在她腹中之前，敘事者薩利姆說道；「報喜的時間快到了。我不否認我很興奮：我在我自己故事的背景裡流連太久了，雖然輪到我接手還有好一陣子，但先看一眼也挺不錯。所以，抱著熱切期待的心情，我跟著那根從天往下指的手指頭，俯瞰我父母居住的區城，看腳踏車、看……這一切都因為我高高在天上而縮得極小。」（090）這自然也讓讀者匪夷所思，尤其是薩利姆尚未透露自己具有「特異功能」之前，讀者就更不能接受這樣的敘事。因為敘事者自稱為「我」，往往意味著對讀者的一種邀約——邀約讀者透過他的視角觀看。但是，就現實中的讀者而言，觀看是受到現實經驗的限制的，「我」不能逆轉時間，前往一個我並不存在的空間，「我」也不可能忽然生出雙翼，俯瞰大地。敘事者把「有限制」的「我」敘與「無限制」的「他」敘疊合在了一起，這讓讀者難以理解。但讀者也試圖填補小說缺失的信息——難道薩利姆是「超人類」，抑或小說採用了「奇幻」的敘事手法？

但讀者的揣測時不時就被小說中更為明顯的人稱衝突所打破。例如，在文中有這樣一段，「我外祖父右手的特寫：指甲關節手指，全都比你預期的大。……（換成長鏡頭——孟買出身的人必須具備基本的電影詞彙）。」（32-33）這讓讀者感到，薩利姆似乎扛著一架攝像機跟隨外祖父並記錄外祖父的言行，而讀者本身也有一種強烈的身臨其境的感覺，似乎跟隨薩利姆一起穿越時空到了「故事世界」。但是，離這段話不遠，小說寫到，「阿齊茲大夫注意到街上有名軍人模樣的青年，他想——印度人為英國人打仗；那麼多人見過世面，受到外國影響。他們很難再回到舊世界了。英國人企圖使時光倒流是錯的。『通過羅拉特法案是樁錯誤，』他喃喃到。」（33）這顯然是以第三人稱的視角來描述的，因為敘事者透過阿齊茲的眼「注意到⋯⋯」，並且還知道「他想⋯⋯」。這樣，在小說的同一頁中敘事者所採用的兩種視角明顯衝突了，而敘事者顯然也注意到了這一點，因此，他沒有像之前那樣直接稱呼「我外祖父」，讓讀者明顯地意識到他作為敘事者的存在，而是以「阿齊茲大夫」來替代「我外祖父」，試圖隱藏自己的存在，成為一個無形的敘事者。

總之，薩利姆在講述自己出生之前所發生的故事時，故事空間充滿了類似上述的「視角」衝突。讀者認為在那個時候他本不該出現在故事世界，但他卻「穿越」了時空隧道出現在那兒；在故事世界裡，他本沒有那麼大的自由，他不能隨意進出人物的內心世界，或是以「超人」的視角俯瞰整個世界，或是如同攝像機一樣轉換焦距進行觀察。敘事者對自己的敘事並不滿意，同時也意識到這會引發讀者的困惑，所以他說，「⋯⋯每次我的敘述扯上我自己，每一次，像一個功力欠佳的木偶戲師父，牽線的手暴露在外，帕德瑪都會生氣。」（076）帕德瑪是隱含讀者，敘事者借她的名義向真正的讀者表示一種「愧疚」：我的敘事紕漏百出，矛盾重重，這可能讓作為讀者的你難以理解，還請多多諒解。但在與讀者「對話」的同時，也發出了「協商」的邀約：我的功力欠佳，作為讀者的你可否幫助我呢？意義的建構不僅取決於敘事者，也取決於讀者。聰明的讀者啊，你是否可以為這種矛盾的敘事尋求一個合理解釋，這解釋可是與小說意義密切相關呢！當然，讀者尋得這種合理的解釋，需要一個漫長的過程。這個過程中，此種敘事方式會讓讀者產生這樣一個印象：薩利姆是無所不知的，是遍佈的，既是有形的「我」，又是無形的「他」，儘管這有悖於常理。

三、神通敘事

敘事者薩利姆能隨意穿越兩個「並置空間」，能打破「第一人稱」和「第三人稱」限制，成為一個「有人形的」但又「無所不知」的敘事者，這讓讀者感到非常的困惑，這也使得小說的前三分之一部分很難讀懂，直到其後才得到解釋。

在《洗衣籃事件》一章中，薩利姆很偶然地獲得了一種「特異功能」。故事講到，他嫌惡自己醜陋的鼻子，因此喜歡躲在讓他避開嘲弄的髒衣服堆裡，所以母親臥房的洗衣籃就成了他的「避難所」。有一次，當他躲在洗衣籃裡的時候，「一條睡褲的束繩……自動鑽進他左邊的鼻孔」，而此時他窺探到母親的秘密，倍感緊張，那條「束繩」打開了他鼻腔內的通道，鼻腔裡的粘液「逾越」了應有的高度，接通了意識的電流，於是他成了「一台收音機」。他可以收聽「印度全國聯播電臺」，「可以把音量調高調低……可以選擇個別的聲音；甚至可以藉意志力開閉……新發現的內在耳朵」。總之，薩利姆成了一個超級聽眾：「恆河沙數的人類，平民貴族」都在他的腦袋裡發出了「嘟嘟噥噥的聲音」——「從馬拉雅拉姆語到納加方言，從標準的勒克瑙烏爾都語乃至含糊不清的南部泰米爾腔，通通不缺。」（216-217）但這個「內耳」不只是能讓薩利姆自娛自樂聽聽聲音而已，他發現自己還可以「透視」他人的心靈。因為這個緣故，所以首先是離他最近的家人統統失去了內心的秘密：母親阿米娜帶他出遊的消息還未及說出口，薩利姆就早已經知道了；父親腦袋裡滿是和秘書調情的場景；哈尼夫舅舅在爽朗的笑聲之後隱藏著一份深深的憂鬱。他還侵入保姆瑪麗的夢境，窺探瑪麗對那個早已死去的情人的愧疚感。薩利姆將自己的這種特異功能也帶進了「公共領域」——學校，他可以通過聆聽老師和其它優等生的對話，「從他們的心靈擷取資訊」，於是考試對於他來說變得不成問題。

但是，薩利姆並不不滿足身邊的世界，他還要去「漫遊」。他爬上了麥斯伍德圓莊園的鐘樓，閉起眼睛，用他的內耳「在市區漫遊——更遠一點，往北、南、西、東」，他用自己的「讀心術」去體驗各個地方各種人的生活，或直接鑽入另一個人的思維，如同魂魄一般，體驗他人的生活和感受。最後，僅僅是觀光旅遊也不能再滿足薩利姆了，他的好奇心「蠢蠢欲動」，他說，「我們來勘察，這世界到底怎麼回事。」（223）因此，他開始走進國家的「意識」——「政治」。他看到地主對農奴的壓榨；看到官場的腐敗；他鑽進省長的腦袋瞭解到他「喝尿」的怪癖；而他的「巔峰之作」是變成國家總理尼赫魯，他不僅和尼赫魯一起修改國家的五年計劃，還企圖在「占星家」的幫助下，讓五年計劃「能與星球共振產生和諧相位」。（224）由此，薩利姆借助「特異功能」全面掌控了小說的敘事，他理所當然的成為一個有人形也有神通的敘事者，他無所不知，無所不在。他從省察個人意識到侵入家人的意識，又從侵入家人的意識到佔據國家的「意識」，他不斷擴大著自己意識世界的範圍，甚至溢出了人類世界，進入了宇宙，連「星球共振」也被收納進他的意識範疇。所以，在「高高的、藍色的」鐘樓裡，薩利姆「無聲地雀躍」：「我可以到任何我想去的地方！」薩利姆享受著自己意識的「大爆炸」：「我是孟買的墳墓……看我爆炸！」通過自己賦予自己的「特異功能」，薩利姆牢不可破地樹立起自己在故事世界中的核心地位，他是敘事者，也整個故事世界的創造者：

> 感覺越來越強烈，彷彿我在創造一個世界：所有我跳進去的思想都屬於我，我佔據的身體都服從我的命令列事；所以，時事、藝術、運動，一個頂尖水準的廣播電臺，全部豐富的內容，之所以會通通一股腦兒倒進我體內，乃是因為我以某種方式促成這些事件發生……換言之，我有一種藝術家的幻覺，把整個印度紛紜百態的現實，都當做有待我的天才塑造的素材。」（223-224）

在這個意義上，薩利姆不再是一個現實的「我」，一個普通的「敘事者」，他是「神」——「我變成了古代的月神辛……能在一段距離外施法，改變世界的潮汐。」（225）換言之，他在故事世界無所不能，無所不知，還是這個故事世界的創造者、推動者，薩利姆也由此建立了他和國家甚至宇宙的連接模式。

其間，薩利姆的特異功能還發生了變化，由「心電感應」轉變為「嗅覺」。在第一次獲得「神通」的時候，薩利姆打通意識界與外界的分隔。在這個過程中，鼻涕起了重要的「傳導」作用。在《排水與沙漠》一章中，薩利姆的父母愛子心切，把他騙進了醫院，「排空」了他的鼻腔，治好了他的鼻竇炎，他的鼻子也因此成為「沙漠」，他失去了偷聽他人「心語」的特異功能，「我腦袋裡再也沒有說話的聲音，而且永遠不會再有」。（399）「但也不無補償」，與此同時，薩利姆有生以來第一次體會到，「擁有嗅覺竟有如此驚人的樂趣」。他「開始學習世間各種秘密的氣味」，（401）因而，也獲得了另一種特異功能：他能「嗅出真相，嗅出正在醞釀的事」，（401）「嗅到悲哀與快樂」「聞出聰明與愚蠢」。（403）借由這種新的特異功能，在隨家人搬遷至巴基斯坦後，薩利姆和他的新國家也產生了聯繫。

帶著「敘事者有特異功能」這個延遲透露的信息，讀者必須回溯，重讀小說，這種「奇幻」的因素進一步擴大了敘事的空間感，並且使之前的「敘事衝突」在某種程度上變得相對合理，讀者也不由得展開了想像的翅膀和薩利姆一起在跨躍時空界限的敘述中任意馳騁，也因為如此，文本囊括的內容變得出奇的豐富。

四、「神通」與「魔幻」

小說中薩利姆所獲得的種種「特異功能」當然可以作為「魔幻因素」來解釋。魔幻就是「魔」化與「幻」化。魔化就是有「奇異的」「超出常人的」法術；幻化就是使其失真，並不完全符合現實中的真值標準。

但是，真實與虛假是相對的。真實往往取決於人們相信的程度，不同文化對於真實的界定也有所不同。在印度文化中，「神」的觀念更普遍，更深入人心，由神所行的「神跡」似乎無處不在，圍繞「神跡」所講的「神話」也更為興盛。「神話」似乎就是人們現實生活的一部分。西方人眼中的「奇幻」，往往就是印度人眼中的「現實」，西方人眼中的「超現實」，不過是印度人擴充「現實」的方法。拉什迪在訪談中提到：

> 在印度，總的來說，人們認為現實比奇幻更重要，

我比較喜歡印度人的這種看法。但是，西方人的看法就是，這是一個奇幻小說，完了。所以，我總認為奇幻是一種擴充現實的有用的途徑，而不僅僅只是奇幻那麼簡單。[27]

之所以如此，是因為印度文化中的現實比其他文化更加「奇幻」和「超現實」。也許是他們有善於發現的眼睛：「普通的人，普通的生活，但略微挖掘一下，會發現他們在凡俗的外表之下其實充滿神奇，這一種發現及帶來的驚異，就是超現實的。」[28] 但更重要的是，他們的宗教哲學觀念根深蒂固：人是具有神性的存在。並且在這一觀念之後還包含著修行的法門，確實的路徑。比如，印度教徒認為修煉瑜伽術可以達到人神合一，梵我一如的境界。瑜伽的本義就是駕馭、連接，意為通過身心的修行獲得神通，這和佛教中的禪定是相通的。

在佛教的理論體系中，神通是與覺悟及禪定密切聯繫的。佛教的覺悟，不僅僅是對客觀世界的真實性狀及人的終極去向有了一個正確的知識，更主要的是與宇宙的本原冥然相合。在這一點上，佛教與奧義書的「梵我一如」並沒有什麼本質的差異。禪定是佛教最重要的實踐手段，是保證獲得覺悟的重要途徑。釋迦牟尼就是通過禪定覺悟的。而禪定又與

27 Pradyumna S. Chauhan ed.. Salman Rushdie Interviews: A Sourcebook of His Ideas. London: Greenwood Press, 2001：p. 47. *"...one of the things I've liked about the Indian response is that by and large people in Indian think fantasy is less important than the reality. Whereas, you know, in the west it is a fantasy novel full stop. So I've always thought of fantasy as only being useful as a way of enriching realism and not as an end in itself."*

28 Pradyumna S. Chauhan ed.. *Salman Rushdie Interviews: A Sourcebook of His Ideas.* London: Greenwood Press, 2001: p. 52. *"Surrealism began...with the idea that if you were just to scratch at the surface of what seemed to be ordinary life, you would find wonderful things bubbling away just underneath. That, in other words, we were magical beings, that we only appeared to be mundane."*

神通密切相關，有人說，凡是有瑜伽禪定的地方，就必然會有神通。[29]

修習瑜伽很重要的一個部分就是調息，而「鼻子」主管著氣息。通過控制氣息就可以控制自己的感官。控制自己的感官就可以達到「禪定」的狀態，而禪定就會有神通。小說主人公薩利姆最主要的特徵就是有一個「超大」的鼻子。關於鼻子的重要性，船夫老泰曾經「輕敲自己的左鼻孔」解釋說，「這是外部世界和內部世界連接的通道」。而薩利姆因為一根細線塞進了鼻孔，最後打開了「內部與外部世界」的通道，他就獲得了一些「法術」，如，聆聽他人內心秘密，閉眼神遊太虛，等等，這些其他文化中的「奇幻」和「超現實」，在印度文化的背景下可以理解為「神通」。

古印度人普遍相信，正確修持瑜伽可以得到神通。所以，在印度，那些修持瑜伽的婆羅門、苦行者特別容易得到一般群眾的敬畏與崇奉。據說神通有各種各樣，佛教則站在佛教教義的立場上，把這些神通歸結為六種，稱作「六神通」。它們是：一、神足通，據說具有這種神通的人能夠飛天入地，出入三界，變化自在。亦即能夠在一切場合無限制地自由活動。二、天眼通，據說具有這種神通的人能夠看到六道眾生死此生彼的苦樂境況，能夠超越時間與空間的限制任意觀察任何地方的情況。三、天耳通，據說具有這種神通的人能夠不受時間、空間的限制，聽聞、分辨六道眾生苦樂憂喜的語言及其他一切聲音。四、他心通，據說具有這種神通的人能夠知道一切眾生心中想些什麼，他們的思想如何，情緒怎樣。

29 方廣錩·《印度禪》·杭州：浙江人民出版社，1998 年：第 96 頁。

> 五、宿命通，據說具有這種神通的人能夠知道自己前世，乃至千世、萬世的宿命及所做之事，還能知道六道眾生的種種宿命因果。六、漏盡通，據說具有這種神通的人已經斷絕一切煩惱，永遠擺脫生死輪回，從此可以徹底解脫，抵達涅槃。上述六種神通，如果排除其宗教成分，大部分可以用人體特異功能來解釋。[30]

因此，小說中的「魔幻因素」可以看作是「神通敘事」，它在其他文化語境中可能純粹是一種想像的產物，但在印度文化的語境中，卻是和宗教哲學思想密切相關的，是宗教實踐可達的境界。

綜上所述，在藝術形式上，並置空間、第一人稱和第三人稱的矛盾以及神通敘事使小說主人公成為小說敘事空間的絕對中心，他是無所不知的敘事者，他的敘事聲音彌漫、遍佈整個小說世界，他出現在不同的嵌套空間，同時存在於過去、現在和未來。在讀者的感知中，薩利姆就是小說世界的「奇點」， 而他的講述則如聲波蕩漾開去，形成了整個小說世界，小說的敘事因此也形成圓或同心圓的圖示。神通敘事不能僅僅被簡單地理解為「魔幻因素」，其目的是使小說具有同心圓的形式，這種形式在印度文化中就是曼陀羅，是代表梵的符號「唵」。形式反之作用於內容，賦予小說人物特殊的涵義，他們是「自我」與「宇宙」同一。

30 方廣錩·《印度禪》·杭州：浙江人民出版社，1998 年：第 97 頁。

第三節　自我、家族、國家：三個同心圓

本章第二節主要論述了小說主人公薩利姆如何通過無所不在的敘事形成小說空間的斯波塔。薩利姆是小說世界的中心，同時又遍佈小說空間。但小說不僅僅只是薩利姆個人的「成長故事」，更是一個自我、家族和國家層層嵌套的故事。其敘事在語義上呈現出層層拓展的同心圓形式，象徵著小說空間的斯波塔。處於同心圓中心的是小說主人公薩利姆，他是小說的隱含作者，小說世界能量的源泉，人格化的斯波塔，正如他在小說中寫道「我是孟買的炸彈，看我爆炸」，他的能量在寫作中通過語義的層層拓展傳遞了出來。薩利姆講述了自己家族三代人的故事，這三代人分別代表國家的三個不同的歷史時期，所以，薩利姆講述的故事也是印度的民族志。這樣，小說中自我、家族、國家的故事就疊合在一起，形成三個語義範疇的同心圓（見圖二）。這個同心圓是動態的，具有漣漪一般的效果。本節緊承上一節繼續分析小說如何使自我、家族、國家這三個語義範疇形成一個具有動態效果的同心圓。

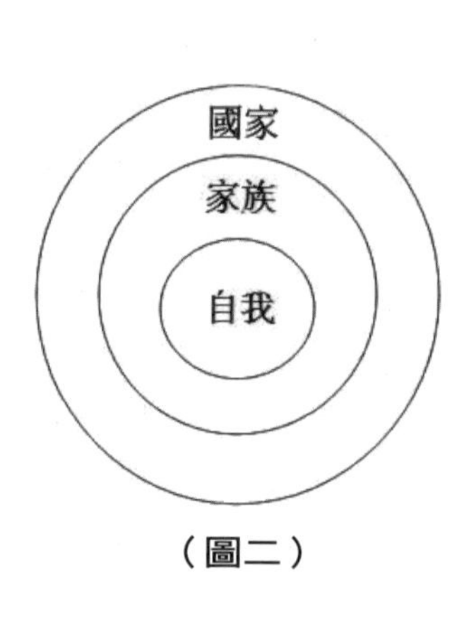

（圖二）

一、家族：呈現故事世界中社會的紛繁面相

主人公薩利姆是故事的主角，在故事世界中舉足輕重。因此，批評家多將關注的焦點指向薩利姆，例如，尼爾·坦·考特納（Neil Ten Kortenaar），加拿大多倫多大學英文系的教授，就認為《午夜之子》是主人公的「個人成長」

（Bildungsroman）小說[31]，在「成長」小說的基底之上，小說的文本指涉國家的歷史；當然，也有關注小說所展現的家庭的，如，馬特・基米奇（Matt Kimmich）探討了拉什迪作品中所反映的家庭倫理觀念。[32]但是，這些對於主人公及其家族關係的解讀，並未關注到小說敘事的整體性。

從表面來看，家族的光環比較黯淡，在小說中似乎被邊緣化。這和小說的敘事策略不無關係。小說的敘事者採用了無所不在的第一人稱敘事，聚攏了全部的氣場，並且敘事者也以原小說的形式清晰地點明自己人生故事和國家歷史之間的連接關係。但是，薩利姆並非一個「可靠的」敘事者，在小說中，他以原小說的形式發言，內容有實有虛。有些內容是敘事者真的在對自己的小說形式進行說明，而另一些內容則是敘事者「別有用心」，特意安插。比如，敘事者自己察覺到敘事在形式方面有所欠缺，可能無法達到自己預想的效果，他就會「先發制人」，以原小說的形式發話，向讀者暗示，甚至明示這種預想效果，從而與讀者達到某種「共謀」，借助讀者積極的閱讀心理反應，彌補形式方面的不足，並在想像中協同重構預設的敘事形式。《午夜之子》中有很多這樣「別有用心」的原敘事，敘事者的言辭不能完全相信。他點明自己和國家之間的連接，卻未明說家族故事的重要性。這不是說家族故事在敘事中不重要，而是出於敘事的策略要求。

家族故事在小說敘事中佔有重要地位。從敘事整體進程來看，家族故事與國家歷史是並行的，先於薩利姆的個人故

31 Neil Ten Kortenaar. *Self, Nation, Text in Salman Rushdie's Midnight's Children.* Montreal: McGill-Queen's University Press, 2003: p. 60.

32 Matt Kimmich. *Offspring Fictions: Salman Rushdie's Family Novels.* Amsterdam, Netherlands: Rodopi B.V., 2008.

事而始，並且在小說中間敘事部分與薩利姆的個人故事多有交叉；從所占敘事比重來看，關於家族故事的章節占到全本的三分之二。具體說來，小說的時間跨度從 1915 年到 1978 年前後共有六十三年的時間，敘事涉及了家族的四代人，講述了外祖父阿齊茲從德國留學歸來到薩利姆最終破碎成塵埃的過程。於國家而言，這段時間則涵蓋了從聖雄甘地返回印度到印度獨立再到甘地夫人宣佈印度進入緊急狀態的歷史。在篇幅上，全書共有三十章，分三部。第一部包含了八個章節，其中前七個章節主要描寫薩利姆出生前的家族故事，包括外祖父以及薩利姆的父母親及其他家族成員的故事，從而折射印度從 1915 聖雄甘地返回印度一直到 1947 年印度獨立前這一段時間之內的國家歷史；第八個章節詳細講述了薩利姆和其他午夜之子的出生過程，也對應詳述了印度獨立的午夜時刻。小說的第二部共包含十五個章節，這部分故事展開了三條並行的脈絡，首先是小說的主角薩利姆以及作為午夜之子的薩利姆的個人故事；其次是家族故事的發展和繼續，比如薩利姆父母親的故事，薩利姆舅舅、姨媽姨夫的、及薩利姆的妹妹銅猴等人的故事；此外，就是以薩利姆以及家族所折射的或參與的歷史故事，也即國家故事。小說的最後一部分共包含七個章節，在這部分講述中，薩利姆，午夜之子，以及相應的國家故事成為敘事的重點。家族故事雖然淡出，但也回應前文，講述薩利姆與奶媽瑪麗重逢，薩利姆和濕婆的兒子小阿達姆的誕生，等等。總之，從上述對小說時間跨度和篇幅的分析來看，家族故事集中在第一部分，小說以七個章節的篇幅敘述家族的故事；小說的第二部分穿插講述了家族和薩利姆的故事；小說的第三部分將重心轉向薩利姆，講述他在生命最後階段的故事。由此可見，家族故事在小說中不容忽視，所占篇幅將近二分之一。小說涵蓋了薩利姆的「個人成長」故事，但僅以他「個人成長」故事概括整部小說內容卻有失偏頗。小說中的敘事者雖然宣稱他講述的不過是個人故事，但讀者從實際的敘事篇幅可以看出，敘事者所言不實，家族故事在小說中非常重要。

家族故事不僅所占篇幅夠多，對小說敘事也起到推動作用。家族是薩利姆與國家連接的仲介與平臺，沒有薩利姆的家人，小說的故事空間就不能由個人拓展到國家。雖然每個人都是歷史的參與者和見證者，但是身份地位不同，參與的程度也有所不同。薩利姆之所以能成為國家歷史的代言人，部分是由於在小說中他擁有隱秘的魔法。但與此同時，他又以一個普通人的身份存在。要在魔幻與現實之間達到一個平衡，作者就要考慮，如何一方面讓主人公有超群神力，另一方面又有常人情感。人物命運把握在小說作者的手中。作者通過調包這個戲劇化的手法使薩利姆從一個卑微私生子搖身一變成為闊家大少爺，從社會底層一腳踏入上流階級。如此，薩利姆強大的家族背景就成為他與歷史之間相互作用的平臺，借助家族的高度，薩利姆大大提升了自己對歷史的參與度和影響力。另外，家族也決定了薩利姆與歷史結合的廣度。薩利姆的家人是來自各行各業的精英，他們的所言所思所行折射出印度在不同時期的社會面貌，他們因此極大地拓展了小說的時空範圍。這樣，薩利姆就可以在更廣闊的時空內「大有所為」，他個人與國運的關聯顯得合情合理。相反，如果不以家族作為個人故事的平臺，僅靠賦予主人公以魔力來展開敘事，故事就很難與現實有交集，有可能變作一個純魔幻小說，對現實的啟示作用也會大大削弱。

另外，就小說內容來看，我們也可以說，家族歷史就是國家歷史。薩利姆家族的三代人分別代表印度的三個不同的歷史時期。

外祖父阿齊茲代表著印度獨立前夕的社會精英。他曾在德國海德格爾留學五年學習醫術，之後又返回家鄉。阿齊茲不僅有專業學識，還有強烈的民族情節。在阿齊茲的身上，讀者能夠看到當時社會精英的影子。印度的精神領袖聖雄甘地（1869-1948），有海外留學的經歷，他曾在倫敦學習法律；印度的第一任總理尼赫魯（1889-1964），是與聖雄甘地並肩作戰爭取印度獨立的戰友，他也曾在劍橋大學的三一學院攻讀法律。更「巧合」的是，甘地 1915 年回到印度，小說中的阿齊茲也在同年回到印度。小說意在說明，正是如阿齊茲一樣的社會精英肩負起當時的歷史使命，引導印度擺脫殖民統治，走向自由獨立。在小說中，阿齊茲醫生還直接參與了聖雄甘地領導的非暴力不合作運動。1919 年，英國政府通過了羅拉特法案（Rowlatte Act，1919），引發了第一次非暴力不合作運動。阿齊茲醫生本來要乘坐火車前往阿格拉（Agra），途中因火車司機罷工，在阿里木查（Amritsar）滯留。不合作運動很快演化成英國軍隊與當地居民之間的流血衝突。在箚連瓦拉園（Jallianwala Bagh），阿齊茲醫生背著藥箱，不顧個人安危，來回奔走，醫治傷者，險些喪命，若不是那個突如其來的噴嚏讓他伏地不起，他早就被英軍的流彈命中了。

父親阿梅德·西奈是獨立前後時期的成功商人。他代表著印度的資產階級。對於這個階層而言，金錢比宗教更實在。在一個充斥著宗教衝突的國度，不同信眾之間的摩擦和怨懟儼然常情，經濟也難免受牽連。在小說中，阿梅德的倉庫被印度教徒縱火燒毀，只因他是伊斯蘭教教徒。之後使他不得不變賣祖業，舉家移居孟買。在孟買，阿梅德的生意也不順利，以印度教為主的政府曾一度凍結他的產業。宗教因素給阿梅德的生意帶來諸多挫折。但獨立之初，印度經濟大勢向好。一方面，殖民者急於離開，大量拋售資產。另一方面，印度獨立後的第一個五年計劃，也正是以商業為重心。印度資產階級得益於這個經濟大潮，順勢撿漏，廉價收購原殖民者的資產，也因此發了一筆橫財，迅速崛起。阿梅德也屬於這幸運一族。在孟買，他以超低價格買下了薩利姆出生的麥思伍德莊園以及其它幾處房產，成為地產主，取代了原先的殖民者，踏入印度新的上流階層。阿梅德是獨立前後時期印度商人的一個縮影，他的孟買發跡史也是當時商人的成功史。小說描述了印度社會中這種階層階級變化。如前所說，阿梅德的財產曾一度遭到凍結，這個經歷使他「褪色」，變得蒼白。這種蒼白固然可以解釋為阿梅德遇挫心焦，心情影響身體，呈現出病態模樣。但同時，「褪色」也是一個隱喻。敘事者解釋道，印度商人「都變白了」，他們由於忙著收買接管原屬於殖民者的財產而「勞累過度」。但，阿梅德對於自己的「褪色」還頗為得意，他說：「一切最優秀的人皮膚之下也是白色的，我只不過是放棄了偽裝而已。」（230）這就反映了印度資產階級當時的狀態，他們「變白」的不止是皮膚，更是心態和社會地位。

主人公薩利姆是家族的第三代，他見證了從印度獨立到緊急狀態結束之間的歷史。在小說中，一九五八年他拜訪原在巴基斯坦的翡翠姨媽時，很偶然的參與了巴基斯坦的政變；他還參與了第三次印巴戰爭，服役於巴基斯坦的軍隊；在緊急狀態的那些日子裡，他被政府派出的醫療隊閹割；其後他則流浪在街頭，虛擲青春，沒有固定的職業和住所。直到他和乳母瑪麗重聚之後，才「兼職」醬菜廠的管理工作。這份兼職工作服務於薩利姆的主業，薩利姆變身成為一個作家，他要趕在自己的身體破碎成小片之前，寫完自傳。總之，在小說中，薩利姆這個人物沒有特別的主業，他涉及最多的事務是政治，他的生命歷程中寫滿了印度的時事政治。

家族故事和國家的歷史還存在著橫向的類比關係。國家的歷史相對宏觀，要藝術再現這種宏觀，除了直接描述，更多是通過選取典型人物和事件，讓他們為歷史代言。在敘事中，家族的成員從事不同的職業，有著不同的追求，他們服務於敘事的要求，合力展現了國家某一歷史時期的紛繁鏡像。

哈尼夫舅舅是一個「快活的、魁梧的」電影導演，他的妻子琵雅舅媽是一個「臉蛋即財產」的演員，他們可以說是印度藝術工作者的代表。哈尼夫舅舅曾經是「印度電影有史以來最年輕就出道的導演」。在小說中，他導演了《喀什米爾之戀》，這是一部豔情的、有著異域風情的歌舞片，是哈尼夫的處女作，在當時的印度取得了極大的成功。在這部電影之後，哈尼夫舅舅轉而追求純粹的現實主義風格。他在電影中摒棄一切非現實的、夢幻的因素。他寫了一個醬菜廠的電影劇本，這個醬菜廠由女人創辦，也由女人來管理、工作。在一個追求夢幻的電影產業中，哈尼夫舅舅創造著自己的現實。在一個由男性主導的國家，哈尼夫舅舅企圖以藝術賦予女性更多自由。這是一個難題，它讓哈尼夫，這個「孟買電影業中唯一的一個現實主義的編劇」感到痛苦，他把自己的孤獨深深的藏在內心，用爽朗的笑聲掩蓋傷感，但最終還是走上了自殺之路。哈尼夫舅舅是理想主義者，是印度藝術界的例外。其他的藝術工作者，更多的是跟隨潮流，用「金錢與魔鬼，上帝與英雄」的幻象來麻醉觀眾，娛樂觀眾，在這其中，也包括琵雅舅媽。她與哈尼夫舅舅兩個人似乎代表了印度藝術界的兩級，一個耽於虛幻，另一個立足於現實。當然，小說的敘事者對此有自己的立場，薩利姆說，哈尼夫永遠都是他最喜歡的人物，他對「不能實現的完美的執著追求」令人欽佩。

除了上述人物，還有翡翠姨媽的丈夫，薩利姆的姨夫楚菲卡爾將軍，他在小說中代表軍政要員，小說也通過這一角色暴露了高層的鬥爭和腐敗。其他的人物，尤其是一些女性的角色也反映了印度的其他方面，諸如婚姻、教育、宗教、道德方面的問題。

最後，家族在小說中也是引發聯想的單位。敘事者薩利姆以自己的家族指涉歷史上的偉大家族。小說中提到，薩利姆的外祖父有一個大鼻子，船夫老泰戲謔的說，「有一個王朝等在裡面」。亞當・阿齊茲，祖父的名字已經昭示了他在文中的地位，他是家庭的始祖亞當，他的「阿齊茲」家族就像莫臥兒王朝。薩利姆的父親也與偉大的莫臥兒王朝糾纏不休，在小說中，他一直想像自己是莫臥兒家族的後人，因而迷失在身份的妄想中。至於主人公撒利姆，更是隔著歷史的塵煙，與莫臥兒王朝遙遙相望。莫臥兒王朝的皇帝賈汗吉爾也叫薩利姆，賈汗吉爾有個喀什米爾的夢，而敘事者薩利姆也有這樣一個喀什米爾情結。在現實與歷史之間搭建一種鏡像關係，這個策略包含了作者的雙重意圖。其一，凸現主人公薩利姆的家族背景，儘管是一種比擬與相似，仍然讓讀者感到薩利姆的家世背景不一般，從而讓薩利姆對歷史的參與和把控顯得更為自然；其二，主人公薩利姆在小說中可說是印度特定歷史時期的代言人，當薩利姆和莫臥兒王朝的賈汗吉爾有著隱約的關聯時，聯想就得到拓展。如果莫臥兒王朝代表印度的鼎盛時期，那麼薩利姆的家族也就包含了某種民族的夢想與期冀。這樣通過聯想，現實故事就在歷史維度中增加了厚度，獲得了更為深遠的意義。

二、國家：在連結中成為無限擴展的自我

小說主人公薩利姆誕生於印度宣告獨立的一刻，總理尼赫魯為午夜之子薩利姆寄來了賀信，信中寫道：

> 親愛的薩利姆寶寶，欣知你誕生在這美好的一刻，請接受我遲來的祝賀！你是青春永駐的古老印度的最新繼承者，舉國上下都會密切關注你的生活；因為在某種意義上，它是我們大家的鏡子。（155）

這段話在薩利姆和印度之間建立了一種比擬關係。在某種意義上而言，薩利姆就是印度，印度就是薩利姆。薩利姆和印度的這種關聯在其後不斷被強化。他們首先是一種「靜態」的關聯：薩利有一張「印度地圖」臉。在小說中，學童時期的薩利姆因長相奇特，在地理課上受到了紮伽羅先生的譏諷，「你們難道沒有看到，這只醜陋的人猿臉上，有一幅印度的全地圖？」（299）在他的編排之下，薩利姆的鼻子變成「德干高原」；（299）臉上的斑點是「巴基斯坦」；（300）而「他鼻子裡出來的水滴」則成了「錫蘭」。（300）小說通過這種直觀的描寫，強化了薩利姆與印度的比擬關係，也通過這種比擬，擴充了這個人物的內涵，突出了他「無限擴張」，「無處不在」的特徵，暗示了他作為「梵」之概念人格化身的用意。但是，作為一個個體的存在，如何才能在動態的敘事中顯示出和國家一樣「大」呢？薩利姆在小說中以元敘事的形式提出了自己和國家歷史的關聯模式。

> 什麼樣的前提之下，單一個人的生活，能夠影響一個國家的命運？我必須大量使用套接的副詞與形容詞解答這問題：我既是積極地，也是消極地，既是實質地，又是象徵地，與歷史連接在一起。若借用

令人佩服的現代科學手法處理，以上兩組互相對立的副詞，便可以利用所謂二維結合「銜接模式」，重組為：積極地實質的、消極地象徵的、積極地象徵的、消極地實質的，在這四種方面，我跟我的世界已經糾纏在一塊，無從分割了。（308）

我們先來逐個說明一下這些連接模式，而後再進一步分析這些模式在敘事中起到的作用。

首先是消極與象徵模式。在這種模式中，歷史事件與薩利姆的狀態遙相呼應，前者為主，後者為輔，彼此不是直接的因果關係，但卻形成了一種靜態的類比，讓人產生二者具有相似性的聯想。這種模式「涵蓋僅是因為存在就對我產生潛在影響的一切社會與政治的趨勢與實踐」。薩利姆與歷史連接的一些情況可以歸入這種「象徵」的模式。例如，「印度保持著現狀；而我的人生，也沒有任何變化。」（380）又如：「中印邊境之戰中，印度軍隊被中國打得七零八落；而重聚的午夜之子聯盟在最初的熱絡勁頭過去之後，也分崩離析。」（387-388）這就是一種消極象徵的連接模式。

第二種是消極與實質模式。在這種模式之中，國家歷史的發展，國家政治事件的發生發展對個人與家庭的生活產生了影響，前者主動，後者被動。這種模式在國家與薩利姆之間構成了一種被動的因果關係，「包括了所有國家大事對我個人或我家人的生活產生的直接影響」。薩利姆之所以在這裡將「家人」包括進來，是因為他與國家實質的聯繫著實有限。而且他同時也「偷換概念」，將自己從午夜之子置換為午夜眾子，從一置換為多，來體現這種消極實質模式。比如，印度獨立初期，國內的各種意識形態層出不窮，無法達到統一。而這些難以協調，甚至彼此傾軋、矛盾的思想對薩利姆和他所代表的午夜眾子也帶來了的影響——午夜眾子在心靈的溝通中難以達到統一，因為說到底孩子們「是成人傾倒他們製造的毒素的容器」，午夜眾子在很大程度上無法取捨，無力甄別。他們有的陷入了「唯我獨尊式的白日夢」，單純追求「改變性別的情欲快感」；有的只注重自己外在的「美貌」，「把年輕的、年老的傻瓜都迷得神魂顛倒」；（328）有的則因為「黃金的誘惑」日益疏遠了午夜眾子。此外，「成人的偏見與世界觀」也逐漸滲透進午夜之子的心靈交流，其中，午夜眾子之間也彌漫著「宗教對立」、「階級也介入了我們的聯盟」。午夜之子每次的聚會，都會有「上百次大聲爭吵」。因此，薩利姆在小說中提到：

> 以某種方式，午夜之子實現了總理的預言，果真成為反映國家的鏡子；消極實質的模式展開運作，雖然我痛加批駁，眼看無力回天，我也只好順其自然。（329）

第三種是積極與象徵的聯繫模式。在這種模式中，薩利姆的行為或遭遇可以映射在宏觀的公共事務上，他個人的存在與歷史象徵性地合為一體，總之，薩利姆為主動，而歷史則為被動。這種模式在小說中有不少例子。如，剛剛出生的嬰兒薩利姆是個發育非常快的寶寶，以驚人的速度成長，印度與此構成象徵關係，「尚處於新生兒階段的政府，亟欲加速發育，長大成人的躁進企圖，跟我早期爆發式的成長努力，兩者之間有不可諱言的關係……」（309）；又如，薩利姆在與同伴追打的過程中夾斷了中指，他失去了指尖，鮮血汩汩湧出，與此事件產生象徵關係的各類事件也紛紛降臨在他的頭上。在這個模式中最重要的一個事件，就是「演示」巴基斯坦的政變。能獲得這次機會完全仰仗在巴基斯坦軍方位高權重的姨夫楚非卡爾。薩利姆因為斷指洩露了身份的秘密，被「放逐」到巴基斯坦，在姨媽和姨夫楚非卡爾家，阿尤布將軍密謀政變的時候，薩利姆也在場。在楚非卡爾將軍說明部隊的行動方式時，薩利姆負責挪動象徵的辣椒燉肉，從而以積極象徵的模式將自己和巴基斯坦連接了起來：

> 我挪動鹽罐和一碗碗的調味醬：這罐芥末醬是佔領郵政總局的A連；兩碗辣椒燉肉包圍一隻大湯勺，代表B連拿下飛機場，國家的命運在我手中，我搬動調味品和刀叉，用水杯虜獲香燜黃米飯的空盤，在水瓶周圍部署鹽罐，預作戒備。（376-377）

第四種也是最後一種是積極與實質模式。在這種模式中，薩利姆的所作所為「直接地」「實質地」影響、改變或推動了正在印度的歷史事件的軌跡，薩利姆是主動的，歷史是被動，他的行為直接作用於歷史並產生結果。如，1960年5月1日，印度民眾要求以語言區劃分行政區，並因此而走上街頭，以遊行表達自己的意願。當時，薩利姆在麥斯伍德莊園和伊薇、桑尼等朋友們一起騎自行車。麥斯伍德莊園的地理位置比較高，在一個兩層樓高的小丘之上。在騎自行車的時候，薩利姆利用自己的特異功能，進入到伊薇的意識中。伊薇感覺到這種侵犯，將薩利姆連人帶車推下山坡，衝入山坡之下正在遊行的操馬拉特語支持馬哈拉施特拉黨的隊伍。在眾人的戲弄之下，薩利姆說了一句古吉拉特的滑稽方言兒歌，這句方言兒歌被遊行隊伍變作戰歌，「一直向前衝，又倒退回來，在長達兩天的遊行中來回激蕩」。兩天後，這支唱著戰歌的隊伍與古吉拉特黨的示威遊行隊伍狹路相逢。後者被這首具有「嘲弄」古吉拉特語言節奏的兒歌所激怒，雙方隊伍大打出手，導致一場「語言暴動」，孟買省後來也根據方言區被德里政府分割成古吉拉特省和馬哈拉施特拉省。對此，薩利姆說：

> 我對引發造成孟買省分裂的暴動，應負直接責任。後來孟買市成為馬哈拉施特拉省的首府——所以我起碼是站在勝利的一邊。（248）

此外，這種積極模式，或說薩利姆「對歷史的最大一次入侵」還體現在巴基斯坦的政變中。在阿尤布進行政變的時候，姨夫楚非卡爾在半夜也把薩利姆搖醒，帶他一同前往。結果政變成功，薩利姆「不僅推翻了一個政府」，「還放逐了一個總統。」

以上是薩利姆與歷史的四種連接模式，但這些連結模式並不為薩利姆所獨有。小說中各種各樣的人物同樣也具有這些連接模式，他們也以自身的存在展現了歷史，顯示了個人與歷史的連接。

如：李發發是個走街串巷的小貨郎，從他的西洋鏡的畫片裡可以「積極——象徵地」看到歷史：

> ……克里普斯辭出尼赫魯寓所；不可出的賤民被人碰觸；大批受過教育的人睡在鐵路上；一位歐洲女演員頭上頂著小山似的一大堆水果的宣傳照……甚至還有張登載在報上工業園區大火的照片……（91）

姨夫楚非卡爾也與歷史具有「積極——象徵地」連結關係：

> 楚非卡爾在穆斯林中間是個顯赫的名字，先知默罕默德的侄兒阿里隨身的雙叉劍，就叫這名字。那是

一件世界前所未見的武器。啊，對了，就在那天，世界上還發生了另一件事，有一種全世界前所未有的武器，被砸在日本黃種人的頭上。（72）

外祖父阿齊茲也與歷史的「積極——象徵地」連接：

世界大戰在遠方度過一個又一個危機，而蛛網密佈的房子裡，阿齊茲大夫在跟這個區隔成許多部分的病人身上永無止境的病痛全面作戰。（23-24）

此外，小說中的很多薩利姆的家人都以實質參與的方式和歷史發生了關聯。如，外祖父經歷了紮連瓦拉園大屠殺，父親見證了印度獨立後種族衝突、國家經濟計畫對於商人的影響；姨夫楚菲卡爾將軍作為巴基斯坦的高官直接參與巴基斯坦的政變。

即使沒有人格的天氣也「積極實質地」分享了和歷史的連接模式。

……還有，一九四五年的梅雨季如期降臨。緬甸的叢林中，溫格特與他的欽德軍，以及跟日本人同一邊的鮑斯部隊，都被接二連三的雨水淋的透濕。賈郎達爾信奉「不合作主義」的示威者，亦非暴力姿態躺在鐵路上，也濕透骨髓……（69）

可以看出，小說中的人物或多或少都是國家歷史的載體，與歷史連結的模式並不只屬於薩利姆。更重要的，在薩利姆與歷史連結的四種模式中，「象徵多於實質，消極多於積極」，而小說中其他人物與歷史的連結，似乎還更為「積極」、「實質」。薩利姆與歷史的連結關係，與小說中的其他人物，尤其是與其家族成員比起來，並不十分明顯。雖然作者意欲表現出主角和歷史的互動關係，但這個意圖受限於小說在其它方面的處理。

小說中薩利姆的角色設定削弱了這個意圖。首先，薩利姆的生命只有短短三十一年，現實中很少能有人在三十歲前登上權利的巔峰，主宰國家命運。小說雖然賦予薩利姆「特異功能」，但一牽涉到現實，卻又很難讓他施展拳腳，大有作為，成為操控歷史的「政客」。其次，小說覆蓋的歷史時間段有六十三年，薩利姆在二分之一的時間段內都處於缺席狀態，事實上也少了很多參與歷史的可能。最後，薩利姆這個角色勢單力薄，沒有具體的職業，沒有很高的社會地位，以實質形式參與歷史的機會少而又少。所以，薩利姆和歷史的聯繫在小說實際的敘事中並不突出，誠如拉什迪所說，「歷史的運作規模遠超過任何個人」，（309）因此，無論作者如何為他的角色進行辯護，薩利姆在歷史中的作為顯然也受到角色設計的限制。

薩利姆家族與歷史的互動也搶了薩利姆的風頭，相較而言，他們與歷史的關聯還更密切些。家族史覆蓋的時間長達半個多世紀，歷經薩利姆在內的四代人。他們都是印度的精英人物，代表思想、軍事、經濟、藝術等各個方面的上層階級，他們以「群像」的形式展現出印度半個世紀的歷史風貌，薩利姆的家族史在一定程度上就是印度的民族志。在這樣一個「群雕」之中，薩利姆很難自始至終都成為小說敘事和讀者關注的焦點。

此外，對史料的處理也束縛了主人公與歷史的互動。史料處理在小說創作中比較棘手。作者要「虛實相生」，在創造性地使用史料時，又得把握分寸，遵循一定的規則。《午夜之子》具有明顯的虛構性，小說追求意義甚於追求真實。

因此，變形、扭曲歷史的講述的確存在，比如小說揑造了甘地死亡的時間，使歷史服務於小說的「意義」。對此，作者也供認不諱，以原小說的形式直接點明自己在運用史料中的紕漏。但是，小說也具有真實的一面，它的虛構又基於現實。如果完全扭曲歷史，將史料娛樂化，就會割斷小說對現實的指涉，削弱小說的力量，使意義無所依託。所以，在史料處理時，只有保持真假之間的比例和張力，才能調動讀者辨別真偽的積極性，使小說指涉現實意義，又有回味歷史的餘地。如此，薩利姆的個人敘事也在很大程度上受制於史實，他並無多大機會操控歷史。

綜上所述，薩利姆在國家歷史上，既沒有真正「作為」，也難有「作為」，其角色設定，小說所涉的歷史材料，都讓敘事者倍感無奈。小說試圖以元敘事的方法突出「自我」與「國家」之間的關聯。但，面對龐大的歷史，個人的力量微不足道。小說一旦開始講述具體的事件，就會具有某種模擬現實的效果，讀者也傾向於以一種現實的眼光來看待「個人」與「歷史」的關係。在現實中，當個人與國家歷史紛繁複雜的畫面、事件、各式各樣的人物相比起來，尤其是薩利姆這樣一個「孩子」與歷史相提並論時，無疑很難讓人想像他與歷史之間的互動。拉什迪談到筆下的這個人物時，也認為他後面變得越來越「消極」，越「被動」，他說自己沒辦法在小說中讓這個人物行動起來，這是個創作上的問題，「因為你腦袋裡想好了一個人物，但是之後你能讓他做的事情又很有限。」[33]

33 Pradyumna S. Chauhan ed.. *Salman Rushdie Interviews: A Sourcebook of His Ideas.* London: Greenwood Press, 2001: p. 48. *" 'He' is much more passive than I am, And I had a problem in the book of making him act. He would consistently resist action. And the older he got the more he resisted it.* ***And there is a problem about writing because when you set a character in your head there are only a certain number of things you can make him do after that.*** *There are certain things that he resists doing. And Saleem refused to become*

但，從虛構的角度來看，小說之所以要提出這四種模式並非是要真正體現薩利姆與歷史的關聯，而是要突出薩利姆的「地位」，成就他在小說中的象徵意義。薩利姆說，這是一套全面的「科學的」連接模式。他「要以科學家的態度、科學家的嚴肅，大聲疾呼，我有資格在所有事件當中居於核心。」（308）他「渴望在歷史上贏得核心地位」，（413）他之所以來，就是要向「宇宙中心的位置步步進逼」，（161）唯有他成功達到這個目的，一切猶如孟買生活一樣「層次繁複、多彩多姿、沒有定型」的敘事材料，才會被「賦予意義」。因此，薩利姆在小說中的「核心地位」與他的象徵意義密切相關。居於中心可以賦予薩利姆一種「大」的內涵，他成為一切的核心，一個無限擴張的自我。當然，這是一種「缺什麼喊什麼」的敘事策略。在表述自我和國家關係時，關係不明晰的，要使之明晰，沒有關係的，也要扯上關係，如此才能使所有敘事聚焦到薩利姆，使他成為一切敘事的中心，從而服務於小說的意義。如此，薩利姆與國家的「鏡像」關係才能被凸顯，薩利姆這個「小我」才能與國家，與世界的「大我」對應，他才能在這種映射關係中成為無限擴張的自我，成為梵的象徵。

另外，這四種模式也可以使小說的敘事結構更為清晰。對於《午夜之子》，清晰的敘事結構更為重要。因為敘事結構要參與意義的表達，要構成一個「唵」的符號，以此來暗示意義。小說由創作者寫就，但小說意義同時也依賴於讀者建構。小說中的敘事者薩利姆說，「我相信我的聽眾有能力投入故事；自行想像我無法重新想像的場面，於是我的故事就會變成你的故事……」。（381）拉什迪很好地運用了讀

really active. He does occasionally act. He becomes more and more passive as the book goes on and I got more and more irritated with him."

者作為闡釋者的心理，他在小說中將自我與國家的關聯模式作為原小說的形式提出來，就是讓讀者發揮想像力，以個人的闡釋參與到小說的再創作活動中去。讀者會在原小說的提示下，尋找二者在小說中的聯繫。如果沒有明示關聯模式，一方面難以發揮讀者的積極閱讀效應，另一方面也很難關聯自我和國家這兩個範疇。後者內涵太豐富，有限的人物雖然能夠表現國家的某個歷史時期，但卻很難表現出國家的整體感，也很難將國家作為一個顯在的範疇凸顯出來。因此，為了形成敘事的目標圖示，作者在小說中明確提出這四種關聯模式。

最後，明示這個模式能凸顯作者的的想像力和創造力，同時也說明小說的虛構性。在小說中，敘事者想方設法以虛構的形式將自己與歷史聯繫起來，從而把握現實與虛構之間的張力。但在捉襟見肘，難以自圓其說時，他又抬出小說的虛構性做擋箭牌，自我解嘲，從而又產生了詼諧的故事效果。比如，敘事者在小說中說道：

> 若非因為我想當英雄，紮戈羅先生就不會拔掉我的頭髮。如果我的頭髮完整，戈蘭蒂和胖子帕斯就不會嘲弄我；馬沙，米歐維克也不會慫恿我，以至我失去手指。從我手指流出的血既非阿爾法，亦非俄梅戛，使我遭到放逐；放逐期間，我滿懷復仇的欲望，導致卡崔克遇害；如果卡崔克沒死，或許我舅舅也不會從屋頂走入海風中；然後我外祖父也不會去喀什米爾，因攀登阿闍梨山而斷骨喪生。外祖父是我們家族的創始者，我的命運從出生就跟國家的命運息息相關，而國家的父親是尼赫魯。我是否可以避免這樣的結論：尼赫魯之死，也都是我的錯。（361）

總之，作為自我的薩利姆無疑是小說的中心。為了達到這個目的，他採用第一人稱的敘事，不僅讓自己成為敘事空間和故事空間的雙料主人，還賦予了自己神奇的魔力，把敘事權利牢牢控制在自己手中。這樣，敘事就在讀者心中就形成了「中心——周邊」的心理表徵模式，在這個漣漪般的故事世界裡，他位居中心，聲音響徹其間。在這個世界中，家族是與自我疊合的另一個範疇，也是一個顯在的範疇。家族在小說中具有重要的作用，不僅反映了國家在不同時期、不同方面的狀況，也是薩利姆與國家連接的仲介，是圍繞薩利姆個人故事而畫出的另一個圓。國家是家族之外的一個範疇。為了凸顯國家這一個語義範疇，也為了使嵌套的範疇通過敘事能強化漣漪狀的動態視覺效果，小說在自我和國家之間搭建了「象徵關係」，以原小說的形式點明他和國家歷史「來往互動」的四種連結模式，就使薩利姆如同月神辛一樣控制了小說世界的潮汐。如此敘事，可以促使讀者在閱讀時，積極地參與意義的再創造，輔助建構主人公與國家互動的關聯模式，從而在知覺中形成更為清晰的、動態的表徵圖示。通過讀者建構，自我、家族、國家故事不再只是靜態的類比關係，而且形成一種「力」的來往互動。在這個由自我、家族、國家三個語義範疇構成的同心圓中，「自我」似家，似國，掙脫束縛出發向外，是種擴張力，而同時，家，國的外力也向「自我」彙聚而來，「我」具有吸引力。在內外的張力中，結構格式塔浮現：「我」是圓心，也是小圓，我通過中間「家」之圓，擴展為週邊的「國」之圓。三個同心圓環環擴大，置於一個無限的空白之中。空白是一種召喚的力量，三個同心圓所產生的離心力向無限的空白擴張而去，而空白又被三個同心圓所產生的向心力所吸附，彙集向圓心。圖示與背景在互動中變得水乳相融，不分彼此。「我」、「家」、「國」融入了無限的宇宙之中。「我」就像是跌落在波心的一個水滴，在泛起的層層漣漪中找到了在宇宙之中的位置——形成了空間的斯波塔。

第四節　外祖父的回歸：三個同心圓

外祖父阿齊茲是故事空間中第一個出場的人物，他是家族的「始祖」；喀什米爾是小說故事空間的起點，一個具有重要象徵意義的地點。家族始祖阿齊茲生於喀什米爾，也在喀什米爾結束了自己的生命，喀什米爾融匯了阿齊茲生命的起點終點，使他以「出生——經歷——死亡」的生命過程劃出了一個圓。同時，喀什米爾也是阿齊茲人生旅程的起點終點，阿齊茲以自己的空間位移的軌跡「喀什米爾——（海德堡——喀什米爾——阿格拉）——喀什米爾」劃出了一個圓。阿齊茲在小說中劃出的圓還不止這兩個，外祖父離開、重返喀什米爾的生命旅程、人生旅程軌跡還對應著外祖父宗教信仰變化的軌跡：一個「信——疑——信」的回歸過程。

小說的表層故事可以明顯看出外祖父對於宗教信仰的「疑」，但卻很難看出外祖父信仰的回歸。小說從阿達姆第一次重返喀什米爾講起，在此之前，阿達姆曾去德國留學學醫五年，這個留學經歷使他獲得了「另類視野」。（4）小說並沒有詳說阿達姆在留學之前如何「信」，但確定告訴讀者的是，阿達姆的德國之行對他的宗教信仰產生了影響，他對自己的信仰產生了動搖，由之前的「信」轉為「疑」。外祖父對宗教信仰之「疑」的過程可以跟據「疑」不同的程度劃分為三個階段，這三個階段分別對應外祖父從海德堡到喀什米爾，再到阿格拉的空間位移變化。

第一個階段是在海德堡，阿達姆在德國留學期間，阿達姆對自己的宗教信仰是「信多疑少」。他仍然堅持著「行為之信」，他「隨記憶引導」（5）做祈禱，「開場白，念時需雙手合攏，像一本書，這給一部分的他帶來慰藉，卻讓更大部分的他惴惴不安」，因為，在海德堡同學的眼中，這是挺「另類」的事情，比如，「短暫屬於他的英格麗，她對他這套朝向麥加的學舌滿臉嗔怪」。（5）但是，留學之前的習慣和記憶牽引著他，他仍然堅持著祈禱，堅持著「行為之信」，雖然在心理上，「他進退維谷，陷在信與不信的中間地帶」。（5）

第二個階段是喀什米爾，阿達姆留學歸來在喀什米爾短暫的生活階段，阿達姆對自己的宗教信仰是「疑多信少」。五年留學生涯結束之後，阿達姆回到了喀什米爾，也回到了故事開頭的第一幕。那個「初春的早晨」，阿達姆開始祈禱，結果，「山谷以祈禱墊為手套，一拳命中了他的鼻子」。（5）這一偶然的事件給阿達姆的宗教信仰帶來更大的危機。他曾「荒誕地嘗試假裝一切都沒有改變」，（5）並堅持「行為之信」。但這一偶然事件卻使他「下定決心，再也不為任何神或人親吻泥土了」。（3）於是，阿達姆丟掉了「行為之信」，「永遠被打入中間地帶」，（5）因為他「無法敬拜一個他無法全然不信其存在的上帝。」[34]（5）這裡的多重否定十分有趣，「無法全然不信」意思「還有一點點相信」，而比起「有一點點不信」而言，前者「疑」的程度要甚於後者，可說是「疑多信少」。

第三個階段是在阿格拉，由於薩利姆小舅舅哈尼夫的死，外祖父對宗教信仰的態度「由疑轉信，由信生恨」。小

---

34 *He was knocked forever into that middle place, unable to worship a God in whose existence he could not wholly disbelieve.* (7)

舅舅是一個電影導演，作為一個理想主義者，他無法忍受「虛幻」與「真實」的對立，最後選擇了自殺。舅舅死時，外祖父年事已高，「老年喪子」的殘酷事實讓外祖父無法忍受，他變得神志不清，常常看見幻象。在舅舅哀悼期的「第二十三天」，外祖父把全家人召集在一起，「像小孩一般，宣佈……親眼看到了他一輩子都試圖相信業已死亡的上帝。」而實際上，那不過是因為偷竊而曾經被趕出家門的僕人馬沙。關於外祖父的「年老失智」，（358）薩利姆解釋道，「他癲狂的深處，埋藏著酸楚的恨意，他相信上帝對哈尼夫自殺那種漫不經心的態度，足以證明他在這件事當中是有罪的」，（358）所以外祖父才會抓著女婿楚非卡爾的衣襟，「壓低嗓門」，說，「因為我從來不相信他，所以他偷走了我的兒子！」。（358）於是，外祖父「由信生恨」，展開了報復行為，在有生之年，常常拿著拐杖走進清真寺或是寺廟，亂打一通。

從上述分析可以看出，外祖父信仰變化的三個階段凸顯的是「疑」，而「信」則被巧妙地掩蓋起來。留學之前外祖父對宗教之「信」被簡略的敘事一筆帶過，而在自己的兒子哈尼夫自殺後，精神恍惚的外祖父又重新確信神的存在。小說至此已經完成了對阿齊茲宗教信仰變化的描述，讀者可以看出阿齊茲經歷了「信——疑——信」的過程。但是，小說中所描述的外祖父在寺廟裡的激進行為又讓讀者倍感迷惑，作為一個伊斯蘭教徒，一個相信神存在的人怎麼會褻瀆神靈，走進清真寺亂打一通呢？外祖父對宗教的「信」似有蹊蹺。

外祖父在臨終前，神秘地重返喀什米爾。小說枝節叢生，對外祖父的回歸之路做了別有用心的安排。外祖父於一九六三年的耶誕節出走，這個日子對基督教徒有著重要的意義。十二月二十七日星期五，有人看到，「符合我外祖父特徵的人」「在喀什米爾的哈茲拉巴爾清真寺附近徘徊。」這個地點對於外祖父這個即便是「曾經半信半疑」的穆斯林也是再正常不過的。但是，一九六四一月一日星期三，外祖父「前往被穆斯林誤取名為『所羅門王寶座』的小山，山頂上有座無線電塔，還有像顆黑色水泡的阿闍梨寺。」（360）一月一日中午，他到阿闍梨寺外。有人看到他舉起了復仇的手杖，但還未及傷害別人，「裂縫在他身上占了上風，骨頭四分五裂」，最後，外祖父變成了「再也無法修復」的碎片，他死了。小說安排外祖父在基督教的耶誕節出走，之後又在穆斯林的清真寺旁徘徊，而最後則碎在阿闍梨寺。讀者不禁會問，外祖父在臨別小說世界之前為何要大費周章，做這樣一番「遊歷」呢？小說的用意何在呢？

要解開阿齊茲臨終前的行程之謎，首先要瞭解喀什米爾這個地點的歷史背景及其在小說中的內涵。喀什米爾是一個多重宗教的彙集之地。小說伊始就借船夫老泰之口說出喀什米爾這個地方的特殊之處。老泰是令阿達姆男孩著迷的「老漁夫」，他有講也講不完的故事海。阿達姆「為了那沒完沒了，在別人看來是發瘋的連篇廢話，愛上了船夫老泰」，（011）常常粘著他，對他敬愛有加。不過，老泰講的故事並非「瘋話」，而是小說敘事的重要鋪墊。老泰是一個「一直以同樣彎腰駝背的站姿渡過達爾湖與納金湖」的「永遠」的「漁夫」（9）。沒有人知道老泰有多大年紀，他是「『改變無可避免』信念的反證……長存於山谷中，為人熟悉的怪癖精靈。」（10）因此，他「有權」作為喀什米爾悠遠歷史的見證人，向讀者透露喀什米爾的特別之處。

老泰先向阿達姆男孩說起喀什米爾的伊斯蘭教背景。他借戲謔阿齊茲的鼻子來說明印度歷史上穆斯林統治的莫臥兒王朝與喀什米爾的關係——「這是個多子多孫的鼻子，我的小王子。那些小崽是誰的種絕不會搞錯。莫臥兒皇帝會願意切下右手來換這種鼻子。一整個王朝在裡面等著呢……」；（8）他還說，「真抱歉，少爺，沒有給你繡金線的真絲坐墊——就像賈漢季皇帝做的那種」，而後就開始談他對莫臥兒皇帝賈漢季的各種掌故，說他曾給賈漢季抬過轎子，說賈漢季「高興的時候會重一點，他在喀什米爾的時候最重」，還告訴阿達姆賈漢季臨終前希望重返喀什米爾。喀什米爾風景秀麗，冬暖夏涼，素有「地上天堂」和「花雪麗國」的美稱。莫臥兒的帝王們對喀什米爾也情有獨鍾，阿克巴、賈汗吉爾、沙賈汗都曾數次造訪喀什米爾，他們盛讚喀什米爾是人間天堂，並在喀什米爾修建了公園和夏利瑪（Shalimar）宮殿，史書有此記載，[35] 小說也反復提起。

小說還借老泰之口，向讀者交代了喀什米爾和基督教的淵源。老泰對阿達姆說說，「……我看過那個耶穌，那個基督來到喀什米爾……笑吧，笑吧，你的歷史保存在我腦子裡。他曾經寫在失落的老書裡。曾經我知道有個墳墓，墓碑上刻著刺穿的腳，每年會留一次血……」，老泰告訴了阿達姆他對於耶穌的掌故，在他的繪聲繪色的描述中，基督「腦袋禿得像顆雞蛋」，「很老，而且筋疲力盡，但他很有禮貌……」，還說他「胃口多好啊！那麼餓」「他的工作完成了。他只是來這兒找點樂子」。船夫老泰所提到的「老書」不知是哪一本，但關於基督來到喀什米爾的說法也有歷史考據。德國的神學研究人員霍爾根．凱斯頓（Holger Kersten）

35 尚勸余．《莫臥兒帝國》．陝西：三秦出版社，2001 年：第 60 頁。

曾寫過一本題為《耶穌在印度》（Jesus Lebet in Indien）[36] 的著作。這本書例舉了史料，試圖證明，耶穌被釘在十字架上之後，倖免於死，之後去了印度，到達喀什米爾，最後被埋在斯利那加（Srinagar），也即小說伊始提到的那座喀什米爾的城市。

老泰的「瘋話」也非空穴來風，他以故事的形式道出了喀什米爾的多重宗教的意義，為阿齊茲臨終前神秘的喀什米爾之旅做了鋪墊。阿齊茲從最初離開喀什米爾到最終重返喀什米爾，這一個物理空間的回歸在精神上也具有象徵意義，這也是阿達姆信仰回歸的歷程。他在基督教的耶誕節出走，之後在穆斯林的清真寺旁徘徊，小說以此來象徵他對基督教、穆斯林教雙重信仰的「返回」。但，小說為何要把阿齊茲的終點安排在「像顆黑色水泡的阿闍梨寺」（Sankara Acharya）呢？

「阿闍梨寺」在小說中有著特別的涵義。這個寺廟在小說中毫不起眼，幾乎會被讀者完全忽略，但正是這個寺廟肩負著重要的象徵意義，隱含著小說宗教哲學思想的旨歸。在印度宗教哲學中，寺廟的名字 Sankara Acharya 也是印度教吠檀多派最著名的思想家的名字「商羯羅」。 阿闍梨寺是小說故事世界開始的地方，是外祖父剛出場的地方，在小說首章，外祖父因為祈禱碰破鼻子的偶然事件決定再也不做祈禱的時候，他抬眼向山谷眺望，映入他眼簾的就是「阿闍梨寺」(Sankara Acharya)。這個不起眼（little），顏色不鮮豔（Black），讓人難以產生美好聯想的「黑色水泡」（blister）卻「君臨」（dominate）斯納利加的街道和湖泊。這決非閑

36 霍爾根．凱斯頓．《耶穌在印度》．趙振權，王寬相，譯．北京：國際文化出版公司，1987：第 5 頁。

來之筆，而是以隱喻的形式向讀者交代這一個寺廟或說這一個名稱的重要性，為外祖父最終神秘的回歸埋下了伏筆。最終，外祖父回到阿闍梨寺，關於此行目的，正如敘事者薩利姆在小說中宣稱的那樣，讓外祖父「可以在他的（以及我的）故事開始的地方將它做一了結。」（359）這個回歸不僅屬於祖父，也屬於敘事者薩利姆，它以形式來象徵小說最終的思想歸屬。

但奇怪的是，小說卻讓外祖父在阿闍梨寺裡舉起了復仇的拐杖，這使得「正在象徵濕婆的生殖器像後方舉行祭拜儀式的印度教婦女，紛紛躲閃。」（360）這看似無意的講述其實刻意為之，小說再一次告訴讀者阿闍梨寺是印度教的寺廟，是名副其實的「商羯羅」（Sankara Acharya）寺廟，裡面供奉的是印度教的大神濕婆。小說敘事者借老泰之口明示了喀什米爾具有基督教、伊斯蘭教的背景，但卻將喀什米爾與印度教的關聯分解成細碎的「顆粒」，隱匿在小說的敘事中，甚至還以「反語」的形式加以掩飾，讓外祖父在阿闍梨寺「舉起了復仇的拐杖」。阿闍梨寺如同敘事者的一件「小道具」，從阿齊茲最初眺望這個微不足道的「小水泡」，到最終在此以「粉身碎骨」的形式離開人世，是以地點的回歸象徵精神上對印度教的回歸。

阿闍梨寺在小說的其它場景中也曾戲劇化地出現。在外祖父和新婚的妻子離開喀什米爾前往阿格拉時，這個小水泡「沒有注意他們」。[37] 但我們知道，不是寺廟沒注意他們，而是他們沒有注意到這個「小水泡」，可他們為什麼要注意這個「小水泡」呢？——這可謂連鎖反應，一語雙關，其目

37 *The blister of a temple atop Sankara Acharya, which Muslims had taken to calling the Takht-e-Sulaiman, or Seat of Solomon, paid them no attention. (34)*

的無非是提示讀者要注意這個「小水泡」。但這個意思表達得非常隱晦。從句子內容來看，它傳達了這樣的資訊，「它被誤稱為……，但它實際上是……，它值得注意。」從句子結構來看，主語後的非限制性定語很長，主謂相隔很遠，分散、干擾了讀者對主語和謂語的關聯，讓讀者並不容易發現這個應該「注意」（attention）的地方，從而很容易忽略敘事者的「友情提醒」。在其它講述中，敘事者又提到這個「小水泡」。外祖父去阿格拉途徑阿里木查（Amritsar），見證了「紮連瓦拉園（Jallianwala Bagh）大屠殺」。在那個事件中，外祖父阿齊茲大夫自己手提箱的把手在他的胸口上「撞出了一片淤青」。這塊淤青代表著外祖父的印度教情結，他告訴自己的朋友庫齊納股的女幫主，「我最初是個喀什米爾人，不太算得上是穆斯林。後來我胸口撞出淤青，使我變成了印度人……」[38]（44）而這片「極為嚴重的、神秘的」淤青直到多年之後，外祖父「在又名所羅門王寶座的阿闍梨寺去世時才消散」[39]（39）也就是說，外祖父雖然名義上是穆斯林，但是他更是一個「印度人」，他胸口神秘的淤青，就像是他的宗教情結，唯有最終回到那個數度被忽視的阿闍梨寺才得以消解平復。

如上，外祖父「重返喀什米爾」就完成了自己在故事世界中的任務，他以自己的行程畫圓，以信仰變化畫圓，喀什米爾是起點，也是終點，他以臨終前神秘的行程隱秘地象徵自己的「宗教回歸」。這個象徵意義最終又服務於小說的主角，服務於「我」（敘事者 / 隱含作者），服務於小說的意

---

38 *Istarted off as a Kashmiri and not much of a Muslim. Then I got a bruise on the chest that turned me into an Indian. (47)*

39 *The clasp of his bag is digging into his chest, inflicting upon it a bruise so severe and mysterious that it will not fade until after his death, years later, on the hill of Sankara Acharya or Takht-e-Sulaiman.* (41)

義。因為，「我」和外祖父在精神信仰上所經歷的變化是相通的。對宗教抱有懷疑態度的人不只是外祖父，「我」也如此，這是「阿達姆遺傳給我的……他（和我）無法相信、也無法不信上帝，以致身體中央出現一個大洞」。（356）因此，外祖父宗教的回歸也是「我」的宗教的回歸，而「我們」的回歸就隱秘的落在那個商羯羅的「黑色小水泡」上。

小說隱匿了喀什米爾的印度教淵源是出於表現主題的需要。小說中的船夫老泰是小說創作技巧隱秘的「代言人」，他是一個講故事的好手，小說中這樣描述了老泰講故事的技巧：

> 如有魔法，字句他嘴裡滾滾流出，像愚人花錢，通過他兩顆金牙，穿插著打嗝和白蘭地，飛升到古代喜馬拉雅山最偏遠的山峰，然後巧妙地兜攏在眼前的細節……把它的意義當老鼠般做活體解剖。（11）

喜馬拉雅山對於印度教徒是「聖山」，大神濕婆就住在喜馬拉雅山上的凱拉撒宮（Kailasa）。因此，喜馬拉雅山是小說的「意義」，代表著小說的印度教思想，代表著小說的高度和旨歸，薩利姆說，小說的「高潮應該朝著喜馬拉雅山巔飛升」。（522）但是，小說絕對不會以明顯的方式表現出二者的關聯，因為老泰把小說表現的技巧闡釋得很明白：「……細節……把它的意義當老鼠般做活體解剖」，也即，小說的意義是從細節或細節的累積中湧現出來的。因此，外祖父在小說中對基督教、伊斯蘭教的回歸之旅是「明修棧道」，對印度教的回歸則是「暗渡陳倉」。小說沒有提到印度教，對印度教的資訊有所保留，這樣就使小說產生了「弦外之音」的效果。

當然，外祖父的信仰回歸並非是教條的回歸，而是一種宗教哲學精神的回歸。教徒教條化的宗教實踐不總是符合宗教哲學的核心精神。印度教的包容精神源自印度教，但其實又超越了具體的教派，超越了教派間的傾軋。印度教的宗教哲學體現了一種包容精神。人可以彰顯這種精神，地點也可以，比如喀什米爾和孟買，它們都以自己的歷史向世人表明：多元的文化，多元的宗教可以被包容於一處。

後知後覺反觀小說，其實在開頭敘述外祖父故事的一個句子就包含了外祖父重歸喀什米爾的全部要素。我們或可以這個句子的分析來做個總結。小說中寫道，「許多年後，當他體內那個洞被仇恨填滿，而他在山上寺廟那尊黑石神祇的祭壇上犧牲自己時，他會試圖追憶孩提樂園裡的春天，在旅行與土堆與軍方坦克弄糟一切之前的事物舊貌。」[40]（4）這個句子高度濃縮了時間與空間。它包含了敘事中過去、現在、和未來三個時間：敘事者站在小說世界的「此刻」，講述外祖父在已經過去的「將來」的某一時刻，會回憶起過去的「過去」的某個時刻。也預敘了外祖父在時空中的回歸：「將來」的阿齊茲大夫會最終對神「由信生恨」，返回喀什米爾，破碎在阿闍梨寺，而「現在」的阿齊茲大夫剛剛從德國留學回來，站在山上眺望；「過去」的外祖父在留學前還是孩子的時候，享受喀什米爾如同「樂園」般的春天」，「過去」外祖父去德國之旅，土堆則是促使外祖父放棄祈禱的偶然事件，「軍方坦克弄糟一切」之前是指阿齊茲去阿格拉之後，發生在喀什米爾的戰爭。這個時空的回歸過程當然也是外祖父信仰回歸的象徵：作為穆斯林返回喀什米爾，象徵回

40 *Many years later, when the hole inside him had been clogged up with hate, and he came to sacrifice himself at the shrine of the black stone god in the temple on the hill, he would try and recall his childhood springs in Paradise, the way it was before travel and tussocks and army tanks messed everything up.* (6)

歸伊斯蘭教；返回喀什米爾的斯納利加的「阿闍梨寺」，象徵著回歸到印度教；而回憶其「孩提樂園」，由於樂園（Paradise）是大寫，又象徵著基督教，所以外祖父的回歸又有了重返基督教的意味。三個宗教，三個回歸，外祖父以自己的軌跡畫了三個圓。但這三個圓的軌跡是隱匿的，尤其是有關於印度教的軌跡。小說宗教哲學精神的表達是一個悖論，可說，又不可說，二者之間達到妥協，就通過小說的象徵以意蘊的形式進行表達，而這其中，就包括外祖父的宗教信仰變化的軌跡。

第五節　全息意象圖示：多彩的曼陀羅

文字工作就是織錦，而評價織工水準高低的標準之一就在於織物的質地是否綿密緊實。作為《午夜之子》的敘事者，薩利姆大概對此頗有感觸。在論及自己的創作經驗時，薩利姆以創作者的身份說道，寫作這個工作「談不上什麼技巧，就只是用手頭的少許線索，填滿所有縫隙。」（552）「所有的縫隙」必然是多，而「少許線索」必然是少，以少對多，必然存在著重複。

小說中的重複現象值得注意。「重複的學問是存在的……其中的規則是，如果人們重複一個詞，那是因為這個詞重要，因為人們想在一段、一頁的空間中讓它的音響和意義再三地回蕩。」[41]「無論什麼樣的讀者，他們對小說那樣的大部頭作品的解釋，在一定程度上是通過這一途徑來實現的：識別作品中那些重複出現的現象，並進而理解由這些現

41 米蘭．昆德拉．《被背叛的遺囑》．余中先，譯．上海：上海譯文出版，2011：第119頁。

象衍生的意義。」[42] 因此，重複就是線索，在這樣一篇猶如藏寶遊戲，或是懸念迭出猶如偵探小說的篇章裡，重複出現的細節就是作者為讀者特意留下的路標和暗號，細節就是順利開啟寶藏之門的鑰匙，是小說之美得以呈現的源泉。不把握細節就無法理解走進作者苦心營造的詩意境界。文本的解讀秘訣就體現在「細節間性」，在層層積澱，不斷重現的細節之間展現出文本蒼茫的風貌。

在《現代小說中的空間形式》中，弗蘭克提出了「喬伊斯是不能被讀的——他只能夠被重讀」的著名斷語。[43] 這就是說，讀者必須在重複閱讀中通過反思記住各個意象和暗示，把獨立於時間順序之外而又彼此關聯的各個參照片段在空間中熔接起來，並以此重構小說的背景；只有這樣，讀者才能在連成一體的參照系的整體中同時理解每個參照片段的意義。要瞭解一個片段的意思，就必須俯瞰整個文本。當我們獲得了文本的全景圖之後，返身來看文本，就會發現文本中遍佈著全息圖示，所有的意象都具有小說整體認知圖示的分型結構。

小說的意象是迷你型的空間「斯波塔」。它們是以圓的圖示為中心形成的一系列聯想——猶如頭腦風暴。以圓為核心，就會想到各種以圓為表徵的事物：地球儀、雞蛋、禿頭、圓拱、自行車，甚至是圓錐，同時也可以聯想到一系列生產或表徵圓的動作，如騎著車子轉圈圈，用手指畫圈圈，從起點回到終點等等。或是以一系列同心圓為中心形成的頭腦風暴，如聲波，水波，電波，甚至也聯想到引發這一個表

42 米勒（美）．《小說與重複：七部英國小說》．王宏圖，譯．天津：天津人民出版社，2007：第 1 頁。

43 弗蘭克（美）．《現代小說的空間形式》．秦林芳，編譯．北京：北京大學出版社，1991：序言 III。

徵圖示的動作或事件，如向水裡扔石子引起漣漪，說話傳送聲波，拍電報產生電波。同時，也可以同心圓而想到相似的圖示表徵，譬如螺旋，因而又可以引發一系列事物的聯想，如旋風、漩渦、陀螺、螺旋樓梯、蝸牛等等，同時還有導致這個圖示的動作或事件，如神話中攪乳海的故事，廚房裡用勺子攪拌食物、漁夫用手指攪動水。又或者將這個攪拌的動作進一步符號化，抽象化，只保留一個棍狀物和一個圓的圖示，並以此進一步做頭腦風暴，表現為一系列的具體事物，如印度文化中表示生殖崇拜的約尼和林伽，包袱裡藏著刀子，桑尼太陽穴上的凹洞和薩利姆太陽穴上的小牛角，等等。薩利姆說：「萬物皆有形，只要你去找。形式必然存在。」（293）非但如此，薩利姆還說，「印度作為一個民族，對事物的連接有種執著。這個和那個，表面上不相干的東西之間，一旦發現有雷同之處，就能令我們雀躍，拍手叫好，這是一種舉國皆然，對形式的渴望——或也許只是我們深信現實之中必有形式隱藏的外鑠表現。意義只在明滅之間閃現。」（390）而小說的意義正是從小說世界中萬物的抽象形式中閃現出來的，它們都隱含著「曼陀羅」的圖示，是迷你型的空間「斯波塔」，昭示著小說世界無所不在的「梵」。

一、圓——洞、球、拱

這是小說開頭的一段，在這段中就出現了曼陀羅的基本圖示圓。（見圖四）

And there are so many stories to tell, too many, such an excess of intertwined lives events miracles places rumours, so dense a commingling of the improbable and the mundane! I have been a swallower of lives; and to know me, just the one of me, you'll have to swallow the lot as well. Consumed multitudes are jostling and shoving inside me; and guided only by the memory of a large white bedsheet with a roughly circular hole some seven inches in diameter cut into the centre, clutching at the dream of that holey, mutilated square of linen, which is my talisman, my open-sesame, I must commence the business of remaking my life from the point at which it really began, some thirty-two years before anything as obvious, as present, as my clock-ridden, crime-stained birth.（1）[44]

薩利姆有太多的故事要說，這些故事「數量龐大」「糾結不清」，其中有「人生、奇跡、場所、流言」，混合著「奇妙荒誕與平凡庸俗」。這些故事都裝在薩利姆的肚子裡，因為他是這些故事，也即他人生故事的吞咽者。這些故事在他的身體內推推搡搡，尋找一個出口，而這個出口就是記憶中一幅床單上的那個「直徑七寸」的圓洞，這個記憶中的「圓」即是薩利姆的出口，是他重現自己人生的「法寶」，是他打開自己故事寶庫的「芝麻咒」。於是，在敘述開始，「圓」這個意象就被呈現出來，薩利姆的故事，他的聲音，滔滔不絕源源不斷地從這個「圓」流溢而出，呈現給讀者一個紛繁的故事世界。「圓」成為敘事源起的「心靈圖示」，居於圖示中央的就是主角薩利姆。與此同時，這個洞也是通往故事空間的入口，是兩個空間的通道，也是時間的通道，是心靈的通道。「洞」這個平面表徵為圓的意象在小說中反復出現。

44 還有那麼多故事要說，太多了，數量如此龐大糾結不清的人生事件奇跡場合謠言，驚世駭俗與平凡庸俗如此綿密交織混合！我一直在吞咽各式各樣的人生；要瞭解我，即使只是我的一個面，你就必須跟我一樣的吞咽。被吞咽的一大堆東西在我裡頭推擠碰撞；只靠一幅正中央剪了個直徑七寸圓洞的白色大床單的記憶引導，抓緊那方殘缺不全的床單之夢，讓它做我的護身符，我們的芝麻咒，我必須從真正起始的那一刻，著手重塑我的人生，也就得從我眾目睽睽、不容忽視、被時鐘緊追不捨、被罪惡玷污的誕生，再往前推三十二年。（3）

因為對宗教的懷疑，外祖父心中留下了一個空洞，這個空洞同樣也存在於薩利姆的心中，而「洞」的意象在歌手賈米拉那兒則表現為「鑲金邊的白紗幔」上的一個圓洞，通過這個圓洞，賈米拉歌手在巴基斯坦人民獻上她夜鶯般的歌唱。

此外，這個洞還發生了變形，以其它的意象出現。（如圖三）它被表示為小說中各式各樣的籃子：「洗衣籃是世界上的一個洞，」（200）因此，薩利姆兩次滾出洗衣籃，納迪爾·康恩曾藏匿於洗衣籃，帕爾瓦蒂帶著可以隱身的魔法籃，影中人大叔提著供蛇棲居的籃子。薩利姆沒有提籃子，但是他卻抱了一隻銀痰盂，這只銀痰盂貫穿小說始終。

（圖三）

圓可以表現為「洞」，也可以表現為球狀物，因此，球狀物在小說中頻頻出現。比如，小說中的不少人物都是光頭，「有一顆追求印度寓言心靈的」麥斯伍德先生是個禿子，那個給火車上的乘客講解印度教精義的美國青年長著雞蛋頭，先是將軍後經政變成功變身為總統的阿尤布有「圓得像一顆馬口鐵球」（373）的腦袋，而泡芙叔叔也不例外，他的頭跟「萬人景仰的總統一樣，」也是「毫無缺陷的圓球……」對於小說中那些不能完全「禿頭」的，也要努力在髮型上表徵出「圓」，如，長期坐在麥斯伍德莊園水龍頭下的普魯修塔姆聖人，讓滴水在他「濃密如氈的頭髮中間，造成一塊禿斑」；（180）小說的主人公也未能倖免，他被學校的教師紮伽羅揪下了一撮頭髮，獲得了「禿子」的綽號。「圓球」除了腦袋可以表現，身體其他的部位也可以表現。如，廚子達烏德把一鍋肉湯澆在了腳上，把腳燙成「一顆有五根指頭的蛋」（*five-toed egg*），「轉圈圈」（*whirling*）的先知有著「雞蛋眼」（*egg-eyed*），懷孕的阿米娜有個月亮肚子（*moon belly*），薩利姆寶寶有張「月亮臉」（*moon face*），寡婦有著「圓滾滾的屁股」（*rolling hips*）……；還有其他的圓球：「賈蜜拉，別像個西瓜（*watermelon*）般坐在那兒」……（380）

生活中很多事物不是完整的「圓形」或「圓球」，而是「半圓」、「半球」，但是他們同樣也可以使人聯想到「圓」或表徵為圓。這些表徵為「半圓」或「半球」形的意象以各種事物的形象出現。比如拱形：小說中阿齊茲醫生的鼻子「兩孔之間崛起一座凱旋門（*arch*）」，（8）森林中的大樹「拱起如大教堂的穹頂（*cathedral-arching*）」；（468）或者半球形，薩利姆說：「我是孟買的墳墓（*tomb*），看我爆炸！」，（224）陰森恐怖的孫德爾本大森林「像一座墳墓」；麥斯伍德莊園坐落在一個「小山丘」（*hillock*）上。當然，「半球」不一定很大，也可以是迷你型的：在火車上給印度人講解印度教精義的光頭美國青年長了膿包的下巴（*pustular chin*），母親阿米娜的腳上長滿了的疣腫（*verruca*），而喀什米爾斯納利加山上的阿闍梨寺遠遠看去像個「水泡」（*blister*）……

二、同心圓——電波、水波、聲波

同心圓是小說中最重要的一個意象，這個意象在文本中很隱晦。以下面這段為例：

It's time to talk about the voices……

My voices, far from being scared, turned out to be as profane, and as multitudinous, as dust.

***Telepathy**, then; the kind of thing you're always reading about in the sensational magazines……. Only wait. It was **telepathy**; but also more than **telepathy**. Don't write me off too easily.*

***Telepathy**, then: the inner monologues of all the so-called teeming millions, of masses and classes alike, jostled for space within my head. In the beginning, when I was content to be an audience-before I began to act-there was a language problem. The voices babbled in everything from Malayalam to Naga dialects, from the purity of Luck-now Urdu to the Southern slurrings of Tamil. I understood only a fraction of the things being said within the walls of my skull. Only later, when I began to probe, did I learn that below the **surface transmissions**-the front-of-mind stuff which is what I'd originally been picking up-language faded away, and was replaced by universally intelligible **thought-forms** which far transcended words… but that was after I heard, beneath the polyglot frenzy in my head, those other precious signals, utterly different from everything else, most of them faint and distant, like far-off drums whose insistent pulsing eventually broke through the fish-market cacophony of my voices… those secret, nocturnal* *calls, like calling out to like... the unconscious beacons of the children of midnight, signalling nothing more than their existence, transmitting simply: "I." From far to the North, "I." And the South East West: "I." "I." "And I."*

But I mustn't get ahead of myself. In the beginning, before I broke through to more-than-telepathy, I contented myself with listening; and soon I was able to "tune" my inner ear to those voices which I could understand; nor was it long before I picked out, from the throng, the voices of my own family; and of Mary Pereira; and of friends, classmates, teachers. In the street, I learned how to identify the mind-stream of passing strangers-the laws of Doppler shift continued to operate in these paranormal realms, and the voices grew and diminished as the strangers passed.（*233*）[45]

這是小說中《印度全國廣播》一章的首段。在這段描寫中，薩利姆突然獲得了一種「特異功能」，他「像一台收音機」，（210）腦袋裡有「全印度廣播」（*All Indian Radio*），他能聽見全印度的南腔北調。於是薩利姆說，「是談談聲音的時候了」（*It's time to talk about the voice*），他要向讀者解釋一番。他說這種特異功能不過就是「心電感應」（*telepathy*）罷了，是「八卦」（*sensational* 雙關語，也做

45 心靈感應，就這麼回事囉：所謂的恆河沙數的人類，平民貴族一視同仁，都在我腦內爭一席之地。最初我還甘於只做個聽眾——在我展開行動之前——之際，面臨一個語言上的問題。那些嘟嘟噥噥的聲音，從馬拉雅拉姆語到納加方言，從標準的勒克瑙烏爾都語乃至含糊不清的南部泰米爾腔，通通不缺。我只聽得懂我腦袋殼圍牆裡一部分的眾說紛紜。後來，我進一步探討，才得知表層傳達——原先我收到屬於心靈前廳的東西——的下面，語言界限會消失，有超越文字的一種全宇宙通行的思維形式取代……但那是在我聽見藏在腦袋裡多種語言的騷亂背後，一批截然不同的珍貴信息之後的事，這些信息大多微弱而遙遠，向遠方的鼓聲，持續的脈動最後會穿透那些魚市場似的不協調噪音…那些秘密的、夜的呼聲、象在喊話……午夜之子無意識的信號塔臺，無非是標記他們自身的存在，要傳達的不過是：「我。」來自遙遠的北方還有南方東方西方：「我。」「我。」和「我。」（216-217）

「超棒」講）雜誌上常見的內容，不過，他說，這又不僅僅是「心電感應」，並告誡讀者「不要那麼快對他下結論」（*Don' write me off too easily*）。而後薩利姆就開始說它的「心電感應」，其核心就是語言和聲音的發出與接收。薩利姆接收到了聲音——來自四面八方、五花八門的語言。語言本身是難以被統一起來的，但在表層傳達（*transmission*）的下面，還存在著一種「全宇宙通行的思維形式（*form*）」，這種超越了語言的「珍貴信號」（*signal*），像是「遠方的鼓聲（*drum*）」，有著「持續的脈動（*pulse*）」，像是「信號塔臺 (**beacon**)」傳送（*transmit*）的信號（*signal*）。小說的主人公在接收到這種信息不久之後，就學會了調節（*tune*）「內耳」，辨別不同的聲音，即使是擦身而過的陌生人發出的「心靈之流」，他也能辨別，他說，「多普勒定律」（*Law of Doppler*）在「超自然領域」同樣有效——陌生人經過，聲音漸大，陌生人離開，聲音減弱。

「這種全宇宙通行的思維形式」是什麼模樣？它是廣播，是信號，是鼓聲，是脈衝，它和「多普勒」又有什麼關係？這些隱喻之下有著怎樣的涵義？薩利姆說：「……如果你把我純當一台收音機，你就只掌握到一半的真相。思想以畫面呈現的機率，跟僅透過語言象徵是一樣的。」（284）為什麼「收音機」（*radio*）只是「一半的真相」呢？那麼，一連串的「語言象徵」之後，有著一副什麼樣的畫面呢？薩利姆在文中已經解釋了多普勒效應——聲源接近，音訊增高，聲源遠離，音訊降低。如果以畫面的形式呈現多普勒，簡言之，就是「波」，包括聲波與水波。水波的樣式並不難想像，如果我們將一個小石塊投入平靜的水面，水面上會產生一陣陣漣漪，並不斷地向前傳播，波源處的水面每振動一次，水面上就會產生一個新的波列。

水波如此，電波、聲波、脈衝都與水波類似，它們都能呈現出有形或是無形的「漣漪」。薩利姆是廣播，他發出電波、聲波，他有心電感應，他能發出或接受電波、聲波。這些信號在「漣漪」的圖示中得到統一。

漣漪的意象在小說中以各種形式重複出現。小說用漣漪來形容衰老的皮膚，「他的臉是風在水上的雕塑，是皮做的漣漪」（*His face was a sculpture of wind on water: ripples made of hide.*）；用漣漪來形容電波，「電的漣漪傳遍麥斯伍德莊園」；（111）（*Ripples of electricity through Methwold's Estate...*）用漣漪來形容聲音的傳播形式，比如，畫中的老漁夫給年輕的芮立講故事，「濕漉漉的故事在芮立神往的耳邊攪起了漣漪」（154）（*his liquid tales rippled around the fascinated ears of Raleigh*），等等。漣漪也就是細微的波浪（*wave*），小說中有各式各樣的「波」：「遊行的人潮」；（248）（*the waves of the march*）薩利姆「乘著全城紛亂的思想波」；（339）（*rode the turbulent thought-waves of the city...*）「心靈感應之波」；（371）（*telepathic air-waves*）「一波波憤怒的熱潮」；（285）（*boiling waves of anger*）「我的困惑，穿越熱浪一路行去」；（214）（*my confusion, travelling across the heat-waves*）「歷史的洪流」；（435）（*tide of history*）薩利姆「就像弦月神辛」（*Like Sin, the crescent moon*）「在遙遠的距離之外影響世界的潮汐……」（338）（*I acted from a distance upon the tides of the world ...*）

漣漪是多個「圓」的組合，這種多個「圓」的組合還以其他的事物或是行為方式出現。伊薇是薩利姆十歲時戀上的美國女孩，她是個自行車「騎手」。自行車也構成了小說中「漣漪」的暗示。自行車本身就是 *Bi-cycle*，兩個圈，而伊薇騎著車子不斷地圍著我們轉（*whirled around us*），又是另一個圓，三個圓就是「漣漪」的暗示；伊薇「不停旋轉的輪子是支畫筆（*whirling wheels*）」，而麥斯伍德的圓環廣場（*circus ring*）就是「畫布」。這個騎著圈圈繞圈圈的圖示不僅僅是外在可見的行為，還表示為一種內在的意識狀態。薩利姆想知道伊薇的想法，於是憑藉著自己的「特異功能」，深入到伊薇意識的深處，與此同時他「騎著腳踏車繞圈圈繞圈圈繞圈圈繞圈圈繞圈圈」。自行車像道具一樣出現在其它的章節中，小說中有不少人物都騎著自行車：外祖父阿齊茲「跨坐腳踏車上，……吹著口哨」；（44）小信差維西瓦娜斯「將腳踏車踩上我們兩層樓高的山坡」；（160）薩利姆逃出孫德爾本大森林後，和跟從他的小兵「騎著偷來的腳踏車」，（481）濕婆則騎著「軍用摩托車（*motocycle*）」；（528）還有與自行車相關的行當，如因為種族衝突被焚毀的穆斯林開辦的工廠是「阿周那自行車廠」，還有小說中多次出現的似乎是無關緊要的「自行車修理店」（*Bicycle-repair shop*）。另外，小說中的人物也都喜歡轉圈圈：拉拉姆是個「轉圈的算命先生」。（106）

除了上述的表徵同心圓圖示的方法，還有其它不拘一格的形式：「我們看見雞蛋頭（*egg-head*）、戴眼鏡（*glasses*）的人，被射殺在暗巷裡」，（487）這裡有三個圈；卡崔克先生「戴金邊太陽眼鏡」，（335）「盲人藝術家」娜芯的父親帶著「黑眼鏡」，他們沒湊夠完美的三個圈，但正在向三個圈努力；還有，薩利姆「假扮成馬達三輪車的司機 223」，站在「呈完美圓型的璀璨彩虹」（223）的下面……以及，旋轉的車輪：「阿布拉卡達不拉阿布拉卡達不拉阿布拉卡達不拉阿布拉卡達不拉，車輪吟唱著帶我們回孟買。」（583）……

三、螺旋——颶風、龍捲風

螺旋是漣漪的變體，這種形式也在小說中反復出現。（同心圓和螺旋意象見圖四）

電「波」的隱喻在小說中不僅只出現一次，電「波」被縮減為「電」（*tele-*），以電話、電報的各種形式反復出現，薩利姆也不斷的暗示「電」（*tele-*）的重要性。「心靈感應使我與眾不同；電報卻拖我下水……」（383）薩利姆的父親愛打電話，母親愛打電話，父親的秘書愛麗絲也打電話。在《排水與沙漠》一章的開頭，薩利姆的父親生病了，好秘書愛麗絲「動用了電信的力量，打電話叫救護車，打電報通知我們」（383）[46]。愛麗絲所做的看似平淡無奇——電信、電話、電報再普通不過，又有誰不能用呢？但是，薩利姆接著開始解釋「電報」：

（圖四）

It is possible, even probable, that I am only the first historian to write the story of my undeniably exceptional life-and-times. Those who follow in my footsteps will, however, inevitably come to this present work, this source-book, this Hadith or Purana or

---

46 *...she enlisted the power of telecommunications, telephoning an ambulance and telegramming us*. (409)

Grundrisse, for guidance and inspiration. I say to these future exegetes: when you come to examine the events which followed on from the "heartboot cable", remember that at the very eye of the hurricane which was unleashed upon me-the sword, to switch metaphors, with which the coup de grace was applied-there lay a single unifying force. I refer to telecommunications.（*410*）[47]

他告訴讀者說，他是記錄自己一生及生活背景的「歷史家」，他正在寫的小說是神聖的書——是「往世書」，[48] 是「哈底斯聖訓」，[49] 是「大綱」，[50] 而後來的「訓詁者們」[51]（*exegetes*）——對於小說而言是讀者與批評者，應謹記：「襲擊我的這場颶風（*the hurricane unleashed upon me*）的風眼（*at the very eye of the hurricane*）裡，有一股統攝的力量。（*there lay a single unifying force*）我指的就是電報。」（*I refer to telecommunications*）薩利姆煞費苦心的告誡未來的「訓詁者」，颶風的風眼裡有著「使統一」的力量，即電報（*tele-communications*），在這個語義鏈中，小說、颶風、電報被橫向組合在了一起。於是，颶風成了小說的另一個圖示。「颶風」就是氣旋，以圖示的形式可以表現為螺旋。螺旋和漣漪是相近的形式——連續的螺旋看起來就像是一圈圈散開的漣漪，也如同電發出的「波」。

47 很可能，極有可能，記錄我不尋常的一生與時代背景的歷史家，我不過是第一人罷了。但後繼者無疑都會向我正在撰寫的這本書，這本資料來源，這本《哈底斯聖訓》或《往世書》或《大綱》，尋求指引與啟發。我對這些未來的訓詁者說：你們在檢視『心踢電報』之後發生的事件時，一定要記住，襲擊我的這場風暴——或換一種譬喻，揮出致命一擊，結束痛苦煎熬的寶劍——風暴眼裡，有一股統攝的力量。我指的是電報技術。（384-385）

48《往事書》是印度教的典籍之一。內容龐雜，包括宇宙起源、輪回轉世、神靈和聖人的世系源流、偉大時代及王朝歷史，等等內容。

49《哈底斯聖訓》是回教對默罕默德及其追隨者的言行記載。

50《大綱》馬克思在 1957 到 1958 年間寫的一份手稿，是《資本論》的先聲。

51 薩利姆之所以將自己的小說比喻成「聖書」，其實是在暗示他的小說與這些「聖書」有著同等的重要性，也即暗示自己的小說與吠檀多派的哲學的關係。

小說裡有很多「颶風」（*whirlwind*）。祖母娜芯是「行動的龍捲風」（*whirlwind of activity*）；（37）薩利姆的妹妹，「漂亮」的銅猴「像旋風般的調皮搗蛋」（*mischievous as a whirlwind*）；（148）在攪拌之下，醬菜桶裡也能刮起「龍捲風」（*whirlwind*）；成群嗡嗡嚶嚶的蒼蠅也能刮起「蠅旋風」（*whirlwind of flies*）。（67）「颶風」是空氣的旋轉，空氣的螺旋，而「漩渦」則是水的旋轉，水的螺旋。漩渦這個表徵圖示「總結性地」出現在小說的最後，薩利姆如同一隻「水罐」一樣破成碎片，在眾人的踐踏之中化為「無聲的微塵」。（600）這個漩渦是一個「廣大人群的毀滅的漩渦」（*the annihilating whirlpool of the multitudes*），它「吸納」了「一千零一個午夜之子」，「吸納」了這個時代的「主宰」。「螺旋」不僅是在水中，在空氣中，也可以以固體的形式出現。薩利姆說，伊薇是個任性的（*capricious*）、善變的山坡百合。（234）（*whirligig Lill-of-the-Hill*）*whirligig* 是一詞多義，一指旋轉，符合伊薇騎自行車繞圈圈的形象，二指經常變化的東西，三指宗教上的「輪回」，同時，也指小朋友玩的陀螺；在另一處，一個從天而降的炸彈把薩利姆在巴基斯坦的家夷為平地，也把一只家族珍藏多年的銀痰盂炸得飛上了天。那只銀痰盂「在暗夜中盤旋（*circling in the night*），就像月亮的碎片化作的陀螺（*whirligig piece of the moon*），汲取了月華」。除了陀螺，還有樓梯。進出傭人房要通過「隱藏在角落的鑄鐵螺旋梯」，（116）（*spiral iron staircases hidden at the back*）前往「那座冰冷的白色呼拜塔頂端」要通過「狹窄的螺旋梯」。（488）還有蛇盤。薩利姆的身體裡「蜷伏」著一條眼鏡蛇（*the cobra which lay coiled within myself*）（332）；薩利姆的名字裡的字母 s「像蛇一樣曲折，」（396）（*as sinuous as a snake*）是「蜷伏在名字裡的毒蛇」（*serpents lie coiled within the name*）；影中人大叔是個技藝高超的耍蛇人，「蛇籃看似無害地盤踞在他腿上」（581）（*snake-baskets coiled innocently on his lap*）「眼鏡蛇蜷伏在籃子裡——轉圈的算命先生開始敘述歷史。」（106）（*cobras coiled in baskets-and the circling fortune-teller*）；螺旋還以符號的形式出現，「李發發把他的西洋鏡設在一面被人畫了個卍字符號的牆頭下……是印度教自古象徵力量的符號，它在梵文中的意義是善」（90）。

此外，還有一些散落的、但也無需歸類的各式「螺旋」。女巫帕華蒂「帶著微笑旋轉魔法籃」；帥哥木塔西姆穿著一件「印有音樂符號的」（*musical notation*）襯衫，樂符標誌引起類似螺旋形狀的聯想；還有，「油價開始盤旋揚升揚升揚升」（514）（*spiral up up up*）；吊扇有「旋轉的陰影」（210）（*swirling shadows*）……還有蝸牛……

四、攪拌——毒蛇與梯子、排水與沙漠、阿爾法與俄梅嘎、射痰盂……

如前所述，想像猶如頭腦風暴一樣呈放射狀分散，由圓而同心圓，由同心圓而螺旋，甚至也涉及到引發這些圖式的動作，如，轉圈，或是攪拌。（本節意象見圖五）

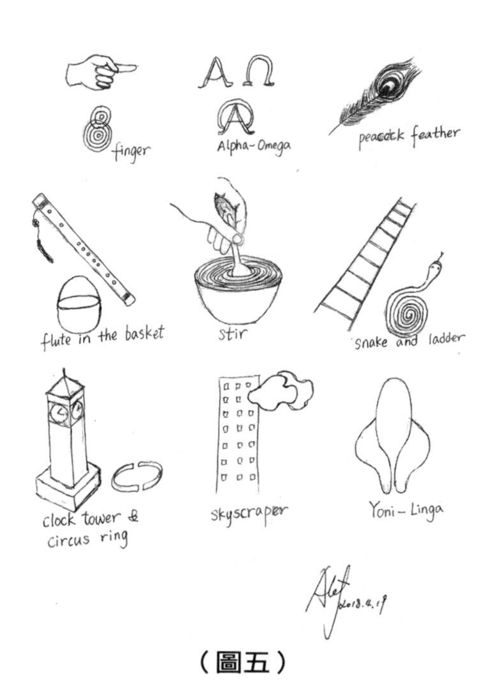

（圖五）

在《十歲生日》一章的開頭，帕德瑪為了讓薩利姆「重振雄風」，給他吃了些「搗爛的」、「混合著牛奶和食物」的藥草。

I repeat: I don't blame Padma. At the feet of the Western Ghats, she searched for the herbs of virility, mucuna pruritus and the root of feronia elephantum; who knows what she found? Who knows what, mashed with milk and mingled with my food, flung my innards into that state of "churning" from which, as all students of Hindu cosmology will know, Indra created matter, by stirring the primal soup in his own great milk-churn? Never mind. It was a noble attempt; but I am beyond regeneration-the Widow has done for me. Not even the real mucuna could have put an end to my incapacity; feronia would never have engendered in me the "lusty force of beasts" [52]（*268*）

這些藥草讓薩利姆反胃（*churn*）。在詞典中，*churn* 的基本意思是「攪拌」，它首先與乳製品的製造相關，是指為了做黃油而用力「攪拌」奶油；它還與腸胃的感覺相關，是指食物在胃裡「攪拌」，引起噁心、嘔吐的感覺。*churn* 一詞在此處的用法可謂「一語三關」。首先是指薩利姆服下的藥草在他的胃裡「攪拌」，讓他「腸胃很不舒服」；其次是用「攪拌以製造乳製品」這個意義指涉印度的創世神話。薩利姆設問，那些藥草在他的胃裡「攪拌」，會發生什麼？他接著回答，「凡是對印度教的世界觀略有所知的人都知道，

52 不過，我不怪帕德瑪。她跑到悉曇山腳下，尋找提振性能力的藥草，鵝絨豆以及山桃根；誰知道她找到些什麼？誰會知道，搗爛在牛奶裡，跟我的食物混合，塞進我的腸胃，那麼「攪拌」一陣，會產生什麼，凡是對印度教的世界觀略有所知的人都知道，因陀羅創造萬物，就是把混沌湯放在他自己的大牛奶桶裡攪拌出來的？管他呢。這是了不起的嘗試；但我已無藥可以回天了——寡婦把我整垮了。即使真正的鵝絨豆也治不好我的性無能；再多山桃也永遠不會使我「野獸的性欲」重生了。（251-252）

因陀羅創造萬物，就是把混沌湯放在他自己的大牛奶桶裡攪拌出來的。」因此，*churn* 又指涉了神話。而更重要的是，攪拌液狀物（無論是神話中的乳海，還是帕德瑪灌進薩利姆胃裡的混沌湯）都會形成漣漪的圖示，而在因陀羅攪動乳海的神話中，世界就是在這種攪動而成的「漩渦」中生成的。由此，「漩渦」同時也指向了能產生「漩渦」的動作。

小說中的人物熱愛「攪拌」。尤其是小說中的女性，當她們身處自己的烹飪「陣地」時，都會有「攪拌」的動作。如，薩利姆的伴侶帕德瑪與醬菜廠的其它女工經常要「攪和」（*stir*）醬菜。在攪拌的時候，醬菜桶裡就像刮起了「龍捲風」（*whirlwind*）。還有其他人，薩利姆的「外婆」，母親阿米娜，姨媽艾麗婭在小說中都有過「攪拌」的動作。小說中這些女性在「攪拌」的時候，摻雜進個人的心緒與情感：「阿米娜把她的失望攪進熱乎乎的萊姆醬，回回吃的人眼淚直流」;（225）奶媽瑪麗，「把罪惡感攪到綠色的芒果醬裡。」由此，「攪拌」不只是現實生活中的一個動作，也具有了巫術的意味，神話的色彩，似乎在呼應因陀羅「攪拌乳海」的神話，她們不只是在烹飪，也是在製造世界。

這個「攪拌」的動作還被進一步抽象化：攪拌需要的是一個棒狀物，而被攪拌之物，可以一個容器或者一個圈來代替，兩者組合成一種「攪拌」的意象。在不少章節的標題中都出現了這個意象。如，漁夫手所指（*The fisherman's pointing finger*），漁夫引起水的聯想，而手指的「攪拌」可以產生漣漪；毒蛇與梯子（*Snakes and ladders*），毒蛇盤踞如環，而梯子則呈棒狀；阿爾法與俄美嘎（*Alpha and Omega*），「阿爾法 A 型與俄美嘎的 O 型」（292）：前一單詞中的 A 代替攪拌的器具，而後一單詞中的 O 則代表被攪拌之物；排水與沙漠（*Drainage and the desert*），*drainage* 一般指排水的管道，而沙漠的面積則較大，不定型，但也一樣包含了這種意象。

另外，在想像中「攪拌」又和「性事」連接在一起，因為「性事」暗含了「攪拌」的動作，也體現了「創造」。「生殖崇拜」是印度文化很重要的一部分，濕婆神就以「豐產」為特徵，而濕婆的生殖器「林伽」就是代表濕婆派的重要符號。印度文化中代表女陰的符號為約尼，約尼和林伽往往合二為一，以圈和棒的形式出現在各種藝術造型中。小說對林伽約尼多有提及，但更多是以「攪拌」這一意象來委婉表達。比如第三章的標題「射痰盂」（*Hit-the-spittoon*）。射痰盂是一種街頭的遊戲，就是「用檳榔汁的長箭」（580）（*sending long jets of betel-juice*）射入容器「痰盂」，這隱含著棒和圈的「攪拌」意象。在小說中，帕德瑪欲和薩利姆雲雨，她對薩利姆說：「寫作工作結束了，我們來看看能不能讓你的另一支筆幹點活！」但是，「性無能」的薩利姆說：「不論她怎麼嘗試，我都射不中她的痰盂。」（043）

「攪拌」與「性事」的關聯，任由讀者想像。小說中圈和棒的「攪拌」意象枚不勝舉。小說開頭，外祖父阿齊茲第一眼望到的就是「廣播天線」（*radio mast*）：*radio* 引發波狀圖示聯想，而 *mast* 則引發棒狀圖示聯想；薩利姆一家住在麥斯伍德莊園，莊園裡的標誌物建築是圓環廣場和鐘塔：環與棒；後來，麥斯伍德的房子被推倒，納利卡女人在原地蓋起了粉紅色的尖塔（*pink skyscraper*）；桑尼是薩利姆的好朋友，他們倆個是「天生一對」，他們的額頭靠在一塊，桑尼的「產鉗凹穴」（*forcep-hollows*）剛好容納薩利姆「鼓起如球的太陽穴」（*bulby temples*），二者「像木匠榫頭般天衣無縫」（*snugly as carpenter's joints*）。影中人也攜帶類似的道具，他「左臂下面夾著一個有蓋的圓形小籃子，右臂夾一隻木笛。」（516）另外，他還有一隻撐開的大黑傘——傘撐開是圓，而傘柄則是一根棒。還有形形色色無名的路人甲路人乙混在文本中，他們也拿著道具：「棍子挑著布包」（*with a bundle on a stick*），或是「口袋裡有刀子」（*knives in their pockets*）……還有，濕婆的「喉嚨裡出來的打嗝聲，仿佛衝出隧道的火車」（532）：火車為棒，隧道為環……甚至，這三個總是連寫的人名也以字母的形式體現著一種「攪拌」，*Ayooba Shaheed Farooq*：中間的人名為軸，兩邊各有兩個「圈」的人名則是中間那個軸攪拌的漣漪……或是小說中任意給出的某兩部電影的片名「《蛇女》」（*Cobra Woman*）和「《龍虎干戈》」（*Vera Cruz*）：一個首字母為尖銳物，而另一個首字母為類圓環的約尼狀。

圓、同心圓、螺旋這些相仿的意象作為小說世界的分形結構在文本中反復出現，它們是隱喻的圖示。米勒說，「在各種事物間真正的、共有的相似（甚至同一）的基礎上，可提煉出隱喻的表現方式」，[53] 而「小說的隱喻結構或許是在這樣一些支離破碎的微光中顯現出某種奧秘」，[54] 這些意象起著隱喻的作用。當這些意象散落、隱沒在浩瀚的文本中時，它們的存在變得無足輕重，隱喻的意義也變得模糊不清。只有在獲得了文本的整體圖示後，再重新品味這些重複的、細小的意象，才會發現它們就像發出微弱之光的螢火蟲，而文本的意義就閃爍在這些明滅的微光之中。任何試圖以一兩個例證就能說清小說主旨的企圖都會以失敗告終，

53 米勒（美）·《小說與重複：七部英國小說》·王宏圖，譯·天津：天津人民出版社，2007 年：第 7 頁。

54 米勒（美）·《小說與重複：七部英國小說》·王宏圖，譯·天津：天津人民出版社，2007 年：第 42 頁。

因為小說的意義並沒有一個顯相的具體存在，儘管它無處不在。小說中無數的意象就像恆河之沙，每一粒沙都以自身的形式映射小說世界的形式，每一個意象都微不足道，但卻又舉足輕重。這種表現形式本身也體現了「梵我一如」的內涵。梵可說，也不可說，而讀者能做的就是用眼睛捕捉意象中隱藏的抽象圖示，捕捉小說中多彩的曼陀羅，不斷地枚舉，以批評的「重複」來顯示文本的「重複」。

第五章
符號化的結構（下）：梵之時間曼陀羅

第一節　梵之時間輪回：卡拉之輪

梵的時間是一種巨大無比的宇宙時間，是印度的神話時間。印度神話中，梵天的「一天」以「劫波」（Kalpa）來表示。梵天的晝夜長度是一樣的。他白天勞動，夜晚休息。在梵天的夜晚，宇宙消解成水樣的混沌。當梵天醒來，他開始創造一個新世界。一切都無法逃脫梵天所創造的時間的輪回之網。世間萬物的行動和行為產生的能量，最終成為「業」被彙集在一起，產生了一個新的世界。梵天的時間概念與人類不同。[1] 一個劫波等於 432 億地球年，每個劫波分成 1000 個摩訶尤伽（mahayugas），而每個摩訶尤加又可以劃分成四個時代，分別為：克利塔尤加時代（kritayuga）、特萊塔尤加時代（tretayuga）、德瓦帕拉尤加時代（dvaparayuga）、迦利尤加時代（kaliyuga）。360 個劫波構成梵天的年，而梵天能夠活 100 個神話年。在梵天死後的 100 個神話年中，世界一片混沌，直至梵天重生。小說《午夜之子》中的主人公薩利姆在感慨人生的短暫時，也向讀者介紹了印度神話中的這種無比巨大的時間觀。他告訴讀者，迦利尤加時代是四個時代中最後一個也是最短的一個時代，被稱為「黑暗時代」，「最糟糕」的時代。在這個時代，「德行的神牛單腳獨立，搖搖欲墜」，「財產給人地位，財富等同於美德，激情成為聯繫男人、女人的唯一紐帶，謊言帶來成功」。這個黑暗時代「始於西元前 3102 年 5 月 18 日；將會持續 432,000 年！」而這「不過是大尤加週期的第四個階段，長度僅這整個週期的十分之一；再想想，一千個大尤加才不過抵梵天的一日，你就會明白，我所說的比例是怎麼回事兒了。」（252）

1 劉曉暉，楊燕，編譯．《永恆的輪回》．北京：中國青年出版社，2003 年：第 24 頁。

在印度教神話中，梵的時間是以形象化的手法體現的。卡拉（Kala）在梵語中表示時間，卡拉被人格化為時間之神，他的形象就是繫著韁繩的奔馬和旋轉的車輪。卡拉在梵語中也指死亡，及死亡之神閻魔（Yama）。卡拉的這兩個詞義喻指時間掌控生命的強大威力。時間之神駕著馬車，車輪滾滾向前，永不停息。車輪中相對靜止的軸心就是絕對的梵性，旋轉的輪子則代表永恆流轉的時間碾壓過一切存在，除非獲得解脫，才能逃脫卡拉帶來的劫難。除了卡拉神的形象，梵的時間還以其它形象出現。印度神話中的主神毗濕奴總是躺臥在大蛇謝沙—阿南塔蜷曲的蛇盤上。謝沙蜷曲的蛇盤也代表著吞噬一切的神話時間。謝沙是一條劇毒的蛇，毗濕奴安臥其上是在喻指，唯有平靜面對卡拉神，面對死亡，面對時光的流逝，才能獲得解脫。

印度教神話中這些表示時間的各種具體形象，如上述異質同構的車輪和蛇盤，在藝術化的表現中，被進一步抽象為曼陀羅——圓的圖示或格式塔。在人類史上出現過的時間體系，就其大者而論，除了線狀時間觀之外，還有循環時間觀，這種時間觀的概念形式是環形的，曲線形的。[2] 而在循環時間觀中，印度的時間體系最為宏大。[3] 曼陀羅就是印度時間體系的符號圖示，在有限的二維平面中，它要比線性的圖示更具延展性，給人以更大的聯想空間，它喻指時間的循環往復，流轉不息，綿延無限。神話思維在表現「無限」的概念時，往往以具體的形象來表示，而這些具體的形式又都隱含著曼陀羅的圖示，以這種圖示代表梵之無限。

2 金克木．《梵佛探》，《梵竺廬集（丙）》．南昌：江西教育出版社，1999 年：第 172-173 頁。

3 周瑾．《神聖的容器：婆羅門教 / 印度教的身體觀》，《宗教學研究》．2005 年第 3 期：第 111-117 頁。

除了梵的時間，宇宙時間，小說中更突出的是個體經驗的時間。小說伊始，主人公薩利姆就明確的宣佈，「時間（因為已經用我不著）快沒了。我馬上就要滿三十一歲。如果活得到那時候的話。」（01）面對即將到來的死亡，薩利姆最緊要的事情就是「加緊腳步，比雪賀拉沙德[4]更快」，向讀者講述他的故事，因為他希望自己「到頭來……還有點意義」，而最怕的，就是沒有意義，只「落得滿紙荒唐言」。人類總在追問存在的意義，它與人類的時空意識緊密相關。存在表現為一種空間的廣延，更表現為時間的綿延。因為存在是對生死的一種內在意識和體驗，因此與時間有著更密切的關聯。如果對時間的終始沒有體驗，就不會認識到生命的終始，沒有意識到時間的流逝，就不會感到生命的過程，也無從追問存在的意義。換言之，是對死亡和或「不再存在」恐懼迫使人們去尋求存在的「意義」。因為意義可以讓人戰勝死亡的恐懼，獲得精神的慰藉，甚至更多。

小說中個體經驗的時間是以宇宙時間為背景的。薩利姆講到自己和午夜眾子的誕生時，告訴讀者：「歷史在一九四七年八月十五日踏入了新階段——但換一種觀點，那個石破天驚的日期，卻不過是黑暗時代卡力尤加的一剎那……」（252）如前所述，黑暗時代是印度的神話時間，也是小說中的一種時間觀。印度的「神話時間就像一把鑿子，塑造出印度神話中所有的宇宙哲學的元素（關係到一切事物一切存在的起源，使命，生命階段，意義，等等），使區區一個故事具有宇宙一般恢弘的戲劇效果，顯得必要而緊迫。即使是微不足道的一個人，也與包涵宇宙輪回的一個更大的故事聯繫在一起，他的行動或業（Karma）就決定了他

4 也譯作山魯佐德，《一千零一夜》中滔滔不絕講故事的女主角。

在這個輪回中是進化還是退化。」[5]小說中的神話時間觀使個人的經驗時間有了不同的意味。當生命時間與宇宙時間並置比較時，凸顯了生命時間的短暫，暗示印度教中經驗時間的不同感受方式，以及生命所追求的特殊意義。

在印度教背景之中，個體生命追求的特殊意義就是體悟「梵我一如」。在敘事時間的層面上而言，小說就是以人物的經驗時間形式來彰顯阿特曼概念的形式，以阿特曼與梵之形式的一致來暗示梵我一如的主題。梵的形式是曼陀羅和「唵」（OM）的同心圓，時間與空間同構。在印度教中，與梵合一的生命就是阿特曼，而阿特曼與梵的形式是一致的，也具有曼陀羅的格式塔。「印度人相信自己是一個靈魂，這個靈魂刀槍不入、火燒不傷、水溶解不了、風吹不乾。印度人相信每個靈魂都是一個沒有邊際的圓圈，但它們的中心位於軀體中，死亡意味著這個中心從一個軀體轉到另一個軀體。靈魂不會被物質條件所束縛。它的本質是自由、不受束縛、神聖、純潔、完美。」[6]薩利姆是小說中人物化的概念阿特曼，他以個體的時間經驗形式來體現阿特曼的形式，梵的時間形式，並表現小說「梵我一如」的主題。

薩利姆在小說中的經驗時間可分為三種：敘述時間、生命時間和歷史時間。

薩利姆首先是小說的敘事者，他的經驗時間首先就是敘述時間。敘事是時間的藝術，但也是空間的藝術。敘事文本的時間性話語可以在讀者的心中留下行進的軌跡，而這些軌

5 George M. Williams. *Hand Book of Hindu Mythology*. California: ABC-CLIO, 2003: p. 35.

6 韓德（英），編．《瑜伽之路》．王志成，等譯．杭州：浙江大學出版社，2006。

跡呈現出一定的認知圖示。在小說中，薩利姆以循環的敘述時間形式形成了同心圓圖示——曼陀羅「唵」（OM）的符號，以此符號來象徵小說中宏大的梵時間觀，說明小說世界是梵的世界。同時，也因為故事世界是在他自己的敘述中展開的，薩利姆以創造行為本身模擬梵的創世，更以敘事的形式彰顯阿特曼——與梵同一的形式，從而以敘事這一活動來詮釋「梵我一如」的主題。

薩利姆也是小說的主人公，一個有生命的個體存在。生命有生死，個體存在有始終，這個過程可以線段的圖示來表示。但是，在印度教文化中，這個線段的圖式可以和梵的曼陀羅時間圖示同一起來。使二者互通的中介是達摩這個概念。梵我一如是印度教徒追求的人生目標，而這個目標的達成是與具體生命過程聯繫在一起的。在印度教中，人生要遵循達摩，即要以法來指導具體的人生過程，如此才能體悟梵我一如，達成人生目的，使人生有意義。對於印度教中的婆羅門而言，遵循達摩就可以超越輪回，獲得解脫，達到生命的圓滿，從而使線性的人生圖示與曼陀羅的阿特曼時間圖示同一起來，使具體存在與梵我一如的追求結合起來。小說中的薩利姆生於印度的獨立時刻，在小說的結尾破碎成塵埃，他的生命有始終，形成一個線段。但是，小說中薩利姆的生命歷程的敘事序列暗含著印度教達摩四期的理念。這樣，主人公的死亡就不只是普通生理意義上的死亡，而是具有印度教特殊含義的死亡。因為薩利姆以自己的生命歷程踐行了印度教的達摩，遵循了人生四期的「法」，所以，他的死亡就是解脫，他的人生也達到一種圓滿的境界。這樣薩利姆的生死也形成了曲線的時間圖示，以個體存在時間的圖示比擬梵的時間圖示，使個體存在超越了經驗的時間，體現「梵我一如」的主旨。

小說中除了「敘事時間」，「生命時間」，「宇宙時間」，還有「歷史時間」，小說人物的經驗時間也包括歷史時間。主人公薩利姆提醒讀者：「想想吧：歷史，在我的故事中，在 1947 年 8 月 15 日進入了一個嶄新的時期」（252）。對於一個國家，對於一個民族，這無疑是一個新的時間起點，意味著一個歷史過程。而國家、民族的載體是人，因此歷史時間不只是事件的序列和時間，更是種群的時間，包含了種群的綿延，家族代際的綿延。在小說中，歷史時間以種群時間為表徵體現出環形的曼陀羅圖示。小說以相同意象在種群、代際間的重複出現象徵地體現了循環的歷史時間，將循環的歷史時間與輪回的梵的時間以類比的形式並置起來，暗示敘事者內在經驗的時間形式與梵的時間形式同一。

無論是小說的敘事時間、人物的生命時間，還是國家的歷史時間，都具有線性的特徵。但是這些原本呈線性的經驗時間都以印度教中一種循環的、輪回的「宇宙時間」為背景，當它們與「宇宙時間」並置比照時，就有了宗教意義上的參照系。在印度教的文化背景中，就是個體要在經驗時間中體驗梵之時間的無限，小說《午夜之子》的時間敘事技巧使有限的經驗時間獲得與梵之無限時間同樣的形式，從而彰顯小說「梵我一如」的內涵。

凱西爾說，「除了空間和時間，數是決定神話世界結構的第三個重大形式主題。」[7] 小說中的數字是滲透在小說符號化的時空結構中的重要元素。「由於原始信仰和術數之學的影響，某些特殊的數字是具有指向宇宙玄機的神秘感的，它們的採用往往增添了一種哲理意韻，或宗教神秘主義的色

7 恩斯特・卡西爾（德）・《神話思維》・黃龍保，張振選，譯・北京：中國社會科學出版社，1992 年：第 158 頁。

彩，因而可以和結構之道相通。」[8] 數字 3 與 1 在印度教文化中具有特殊的意義，3 與 1 指代「多與一」。小說的時間空間敘事結構都形成了三個圓合一的同心圓圖示。此外，數字 3 與 1 還以其它形式頻繁出現，凸顯了小說的印度教文本背景，將印度教哲學思想特別是吠檀多哲學思想融入了小說的敘事。

第二節　小說的嵌套敘事：三個同心圓

小說敘事時序與敘事結構關係密切，敘事時間就像是貫穿小說的骨架或鋼絲，可以通過對時間塑形來呈現一定的結構圖示或符號。小說中的薩利姆在兒時總是伴著父親以「很久很久以前」這樣的句子開頭的故事入眠。這種故事的講述多半是按照時間順序排列事件，故事的結構就像是一列事件的火車，或是一條信息的高速公路。但是，即使在「很久很久以前」，故事的講述者就已意識到，改變故事敘事時間順序可能帶來引人入勝的效果。詩人辛波斯卡（Szymborska）曾經在詩中寫道：「每個開始，畢竟都是續篇，而充滿情節的書本，總是從一半開始看起。」[9] 實際上，經典作品也大多是從故事的中間開始講起的。從中間開始講述可以改變故事的敘事結構。小說《午夜之子》的敘事亦是如此，小說最終呈現的敘事時間結構圖示不是一條直線，而是形成了循環的圓圈。

在現代小說中，敘事順序變得越來越複雜，改變時序也

8 楊義．《中國敘事學》．北京：人民出版社，2009 年：第 55 頁。

9 辛波斯卡．《萬物靜默如迷》．陳黎，張芬齡譯．長沙：湖南文藝出版社，2012 年：第 153 頁。

成為小說必不可少的一種藝術手法。從小說自身而言，改變敘事時間順序，就使得構成故事的事件不再是簡單排列的流水帳，而是通過重排秩序獲得一種內在的因果聯繫。同時，因為小說內在的時間流不斷被打斷，小說的空間性得以凸顯，小說時序變化的軌跡可以使小說的敘事呈現出一定的空間樣式。從讀者的角度而言，打破故事的邏輯時間順序就打破了讀者對時間的預期，從而引發讀者的關注和興趣，使其努力重建故事的時間順序。此外，時序的明顯改變也可以在讀者與文本之間產生某種「陌生化」的效應，不僅使讀者注意到小說的虛構性，更是邀約讀者參與文本意義的創造，從而增加讀者和文本之間的審美空間。

一、《午夜之子》中嵌套敘事及其圖示

改變時序的方式不一而足。讀者可能熟悉的方式之一是運用記憶的方式來改變時序。文本中插入回憶的片段可以將時間流一分為二。「回憶」成為當下進行的動作，這個動作之前的時間成為過去，而這個動作之後成為將來。記憶使得敘事者在小說的世界中做起了時光旅行，在返回過去的同時走向將來。此外，在敘事的過程中，「當下」隨著流逝的時間不斷滑動，曾經的「此刻」成為過往，而曾經的未來成為現在甚至是「過去」。從而，記憶或回憶就使得敘事者在改變時序的表達上有較大的活動空間。

在《午夜之子》中，作者就運用了記憶來改變時序。小說的開頭比較特殊，在一頁篇幅之內，連連拋出三個時間點。第一個時間點是第一段第一句話給出的，敘事者說，「從前從前……我出生在孟買」；第二個時間點是現在，在描述完薩利姆出生的午夜時刻之後，小說第二段的第一句話是，

「現在，時間（因為已經用我不著）快沒了」；第三個時間點在第三段的末尾給出，「也就得從我……的誕生，再往前推三十二年」，也就是外祖父留學歸來的 1915 年。當然，這只是小說給出的順序，但實際上並不是讀者對小說時間的感知順序。因為，「從前從前」表面上將時間引向過去，但實際上卻隱含著作為追述起點的「現在」，所以，小說給出的實際的時間順序應該首先是敘事者正在講述的「現在」，而後才是薩利姆出生的「過去」，最後再到外祖父出場的過去的「過去」。

小說為什麼會這樣做？布萊恩說，拉什迪玩了個遊戲，他讓小說的敘事者開頭的時候露了個臉就躲了起來，開始「漫長的」追述，拉什迪當然對這個「遊戲效果」有所覺察，所以他借小說隱含讀者帕德瑪之口說：「照這樣的速度……講到你出生的時候，你就兩百歲了。」（042）布萊恩認為，拉什迪之所以這樣做，是為了推遲敘事者的出場，因為敘事者出場，就意味著他走向了終結，為了推遲終結，所以必須推遲出場。[10] 這樣說不無道理，但卻忽略了拉什迪更為重要的用意。在小說中，這三個時間點都是敘述的起點，但是在讀者的感知中，也都是「中間點」，它們同時走向過去，也同時朝向未來。它們在故事的講述中意味著三次出發，同時也意味著三次回歸。所以，小說的開頭就「錨定」了三個時間樁，無論敘事一筆蕩開有多遠，最終都要回到這三個原點。

為了看出這三個時間樁，看清這三次出發和回歸的過程，我們可以對照一下小說的正常邏輯時序和被改變後的故

10 Brian Richardson. *Postmodern Narrative Theory*. Beijing: Foreign Literature Studies, 2010, 32(4): pp. 24-31.

事時序（見圖六）。我們首先挑出敘事中重要的時間節點並加以標注。我們將外祖父阿齊茲 1915 年從德國歸來的時間標記為時間點一號（No.1），薩利姆的出生的 1947 年設為時間點二號（No.2），薩利姆開始寫作的時間是時間點三號（No.3），薩利姆完成寫作並破成碎片的時間標記為時間點四號（No.4）。其後我們呈現正常的邏輯時序：按照時間先後重新排列時間節點，恢復讀者預期的心理時序；此後再對照給出被敘事者改變後的故事時序。兩種時序都包含如下幾個時間段：一號到二號節點的時間段為 32 年，二號到三號節點的時間段為 30 年，三號到四號節點的時間段為 1 年。第一段時間從第一次世界大戰開始到印度獨立，第二段時間從印度獨立到緊急時期的結束，第三段的物理時間僅有一年，但卻從小說開始一直延續到結尾。在敘事者那裡，第三時間段是故事展開所耗費的過程，在讀者那裡，則轉換為閱讀所需要耗費的過程。

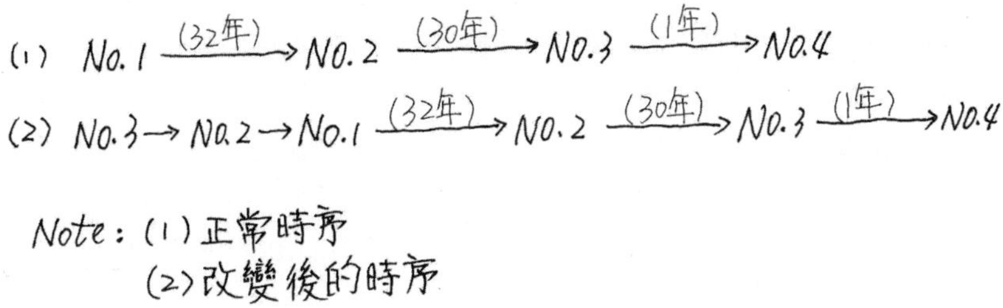

(1) No.1 —(32年)→ No.2 —(30年)→ No.3 —(1年)→ No.4

(2) No.3 → No.2 → No.1 —(32年)→ No.2 —(30年)→ No.3 —(1年)→ No.4

Note：(1) 正常時序
(2) 改變後的時序

（圖六）

如圖六所示，序列一為故事的正常邏輯時序，序列二則為改變後的故事時序。如果小說按照序列一來講述，故事的時間軌跡就從 No.1——No.4，形成一條直線的圖示。但是，當我們按照小說講述的故事時序，也即被改變的時序來排列，並將這些呼應的時間點連接起來，序列二的敘事時間軌跡就進入了循環狀態，形成了三個同心圓的圖示。（見圖七）：

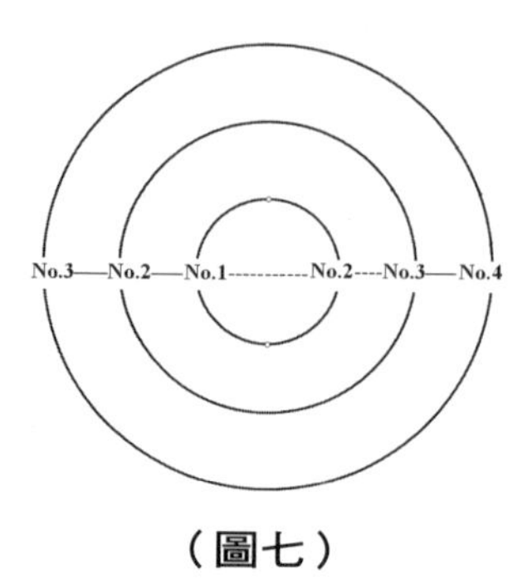

（圖七）

從圖七中可以看出，故事在現在、過去、和過去的過去幾個時間點之間來回切換，縱橫開闔，騰挪跌宕。第一個時間點是敘事者開始創作「其自傳」的時間，也是「現在」和「當下」，之後，他回憶了他自己的出生的那個午夜，也即印度獨立的那一刻，這成為小說中的第二個時間點。之後他又跳過第二個時間點，追溯了第三個時間點，即外祖父阿齊茲完成在德國的學業重返喀什米爾的那一刻，這個時間點成為「過去的過去」。面對這連續的三個時間點，讀者希望重建原有的時間順序，因而就產生了閱讀的動力。

在小說伊始給出的三個時間點變成了三個承上啟下的時間點，他們是前一時間段的起點，也是後一時間段的終點。這樣三個時間段形成了環環相扣的三個同心圓，一個圓環被解鎖，另一個圓環隨即也開始運轉。

具體而言，敘事的第一部分包含的時間段是祖父歸來到薩利姆的降生。其間進入敘述的事件主要是家族故事：一次世界大戰中的外祖父忙於他的愛情，二次世界大戰中外祖父的三個女兒忙於愛情，印度獨立前薩利姆父母登場，在獨立時刻薩利姆誕生。這一部分以薩利姆降生作為敘述的終點，就呼應了小說伊始薩利姆降生的那一刻，小說從外祖父出場時那個「過去的過去」的時間點回到了薩利姆出生時「過去」的時間點，第一部分的敘事圓滿完成，在敘事時間上可以表示為一個圓的圖示。

敘事的第二部分按照時間的順序展開，以薩利姆降生作為起點，到小說伊始薩利姆著手寫自傳，敘事時間從「過去」回到了現在，敘事的第二個圈得以完成。

與此同時，故事時間在敘事和聽敘活動中流逝，小說開頭原本為「現在」的時間也成為過去。小說的敘事是個過程，是時間段的延展；讀者閱讀或者聽敘同樣也需要消耗物理時間。曾經的「現在」成為「過去」，而這個過去也成為另一個時間段的起點。隨著小說結尾的到來，薩利姆也即將完成他的寫作。在最後兩章裡，薩利姆繼續講述故事直到完成故事之後化作碎片，將小說的三號節點（薩利姆開始寫作）與四號節點（薩利姆完成寫作）連結在一起，形成了故事時間的最後一個圓環，敘事時間從過去的「現在」回到此刻的「現在」。就此，全書的敘事軌跡也形成了三個環環嵌套的同心圓。

為了強化這種循環敘事效果，有意識地幫助讀者在心理上形成環狀的認知圖示，《午夜之子》還運用了互文，與具有環狀敘事效果的民間故事遙相呼應。博爾赫斯在《曲徑分岔的花園》中寫道：

> 一本書用什麼方式才能是無限的？我猜想，除去是圓形、循環的書卷外不會有別的方法。書的最後一頁與第一頁完全相同，才可能繼續不斷地閱讀下去。我還想起，《一千零一夜》中間的那一夜，當時莎赫拉薩德王后（由於抄寫人魔術般地走神）開始照本宣科地講起一千零一夜的故事，冒著重回她開講的那一夜的危險，這樣直到無盡無休。[11]

11 博爾赫斷，《曲徑分岔的花園》，《傅爾赫斯文集（小說卷）》，海口：海南國際新聞出版中心，1996 年：第 136 頁。

這些嵌套的敘事方式在古老的口頭敘事文學中頗為常見。在阿拉伯民間故事《一千零一夜》中，機智的山德魯佐連續給弒妻成癮的國王講了一千零一個故事，最終免於殺身之禍。她所講的故事大多彼此獨立，形成不同的故事空間，而每個故事的開頭和結尾都返回話語空間，開頭是山德魯佐開始講故事，而結尾則是簡單地預告下一節故事。喬叟的《坎特伯雷故事集》也是以一根主線串連若干個故事：三十個旅者在朝拜路上相伴而行，他們輪流講故事以消磨旅程中的漫漫時光。他們的身份各不相同，所講的故事各自獨立，從不同側面反映了當時的社會現象。

《午夜之子》與《一千零一夜》互文，薩利姆將自己比作《一千零一夜》中的國王，而將帕德瑪比作是王后。這就強化了小說「嵌套」的結構，並把敘事切分成若干個部分。在《一千零一夜》中，「一夜」這個自然的時間單位是限制故事長度的時間單位，《坎特伯雷故事集》中每一個「自然人」是講述的單位，而《午夜之子》借用了古老的敘事模式，設計了講述人（薩利姆）和聽敘人（帕德瑪）兩個角色，讓他們來掌控敘事進程。如，帕德瑪的言行是薩利姆提筆創作或是擱筆停歇的原因和藉口，因而也相應導致了敘事自然段落或章節的開始或結束。這種嵌入的形式可以通過反復敘事者和聽敘人之間慣常的互動模式來強化，也可以通過改變他們之間的慣常互動來打破讀者的預期，從而使讀者注意到這一層故事的發生。《午夜之子》的敘事時間的循環不像《一千零一夜》那麼明顯，作者打破了傳統民間故事簡單的嵌套模式，但同時又通過互文向讀者暗示這個敘事模式。

《午夜之子》的嵌套模式更為複雜。薩利姆講述了一個完整的、篇幅長達六百頁的故事，且敘事者本人也捲入故事空間並充當了主角。將如此之長的一個故事塞進「嵌套」的模式原本不易，要形成特定的結構形式就更有難度。《一千零一夜》的「嵌套」模式像是「串珠」：話語空間的緊張氣氛形成一根無形的線：國王是否滿意山德魯佐的故事是她能否繼續活下去的理由。這樣，讀者關心故事空間的同時，也關注山德魯佐的命運，故事空間原本零散的故事因此被連綴起來，具有了一種敘事的系統性。午夜之子的嵌套更像是一條咬尾蛇，在不斷自我追逐中形成了三個嵌套的圓，這三個圓隱匿在具有口頭敘事文學風格的鬆散結構中，變得不是很明顯。拉什迪曾經談過自己的循環敘事時間結構，他說：

> ……我想起了口頭敘事的形狀。敘事不是線性的。口頭敘事不是從開頭到中間再到結尾。他以弧線、螺旋或是環套的方式前進，它總是重複、提醒你那些之前已經出現過的東西，而後再帶你離開，不時也稍作小結，它經常跑題，講故事的人想到什麼就說什麼，但之後又會回到敘事的重點上。有時它講些枝節，告你點別的，相關的似乎之前已經講過的故事，而後再回到故事主幹。有時候，就像中國的套盒一樣，故事裡面套著故事套著故事還套著故事，而後再又回來。所以，敘事的樣式很奇特，就像焰火。……我覺得……這種形式就是讓人們很喜歡聽的那種形式，實際上，講故事的人的最重要的就是要把握住聽眾。[12]

12 Roger Y. Clark. *Stranger Gods: Salman Rushdie's Other Worlds*. Montreal & Kingston: McGill-Queen's University Press, 2001: p. 97. *"... the shape of the oral narrative. It's not linear. An oral narrative does not go from the beginning to the middle to the end of the story. It goes in great swoops, it goes in spirals or in loops, it every so often reiterates something that happened earlier to remind you, and then takes you off again, sometimes summarizes itself, it frequently digresses off into something that the story-teller appears just to have thought of, then it comes back to the main thrust of the narrative. Sometimes it steps sideways and tells you about another, related story which is like the story that he's*

二、嵌套模式的意義

嵌套敘事可以產生懸念：它不斷預示結果的到來，但又不斷推遲結果的到來，這其間聽敘人想知道「接下來會發生什麼」，因此始終保有好奇心與耐心，最終聽完一個「大部頭」的故事。在《一千零一夜》裡，這個過程使山德魯佐躲過劫難，在《坎特伯雷故事集》中，它使旅人最終抵達朝聖目的地。對於故事的讀者，這些懸念也使閱讀變得饒有興味。

《午夜之子》的嵌套敘事中加入了倒敘（analepsis）元素，進一步強化了故事的張力。倒敘對於讀者意味著一種潛意識的邀約。人對時間順序的感知天然自在，在讀者潛意識的期待中，故事是按照正常的邏輯時間順序講述的。這種順序的感知和期待是理解發生和意義產生的基礎。倒敘違背了這種天然感知，打破了這種潛意識的期待，讀者唯有恢復並重建故事原有的邏輯時間順敘，才能理清因果關係，進而理解小說，收穫意義，最終得到認知的滿足感。當然，既是張力，就如橡皮筋，需得張弛有度：過鬆，讀者沒有耐心未看到結尾；過緊，故事又缺乏跌宕起伏的效果。《午夜之子》對這種張力的把握頗費心機。例如，故事中的第一個循環首尾相隔較遠：小說中第一次提到薩利姆的出生到再回到這個話題，總共涉及三十年的物理時間，耗去了整本書將近四分之一的厚度，也即讀者近四分之一的閱讀時間。這對讀者無疑是一種考驗，他們必須耐心讀完兩代人的愛情故事，並且記住此間種種情節，才能最終重構故事邏輯。在此之前，因

been telling you, and then it goes back to the main story. Sometimes there are Chinese boxes where there is a story inside a story inside a story inside a story, then they all come back, you see. So it's a very bizarre and pyrotechnical shape. ...It seemed to me ... this shape conformed very exactly to the shape in which people liked to listen, that in fact the first and only rule of the story-teller is to hold his audience."

為沒有故事邏輯可以解釋，敘事者的很多插話和敘述都顯得「莫名其妙」，因此也難以留存在記憶中。這對閱讀的過程和理解都造成了挑戰，倘若讀者缺乏耐心，就會倉促斷定故事寫得跑了題。小說預測到讀者可能會有的反應，因此炮製了聽敘人帕德瑪。帕德瑪在敘事中「客串」讀者，她不時地抱怨故事拖遝，節奏太慢；薩利姆作為敘事者，便趁機解釋為何他必須如此，且不斷安慰並鼓勵帕德瑪或是讀者堅持下去，從而最終閉合敘事的第一個循環。總之，故事的嵌套模式產生了懸念，懸念加快了讀者的心理速度，而故事龐雜的情節和靜態描述則減慢了讀者的心理速度，平衡二者正體現了作者敘事的技巧。

《午夜之子》的嵌套模式也使敘事顯得錯落有致。嵌套敘事使小說成為懸念的接力過程，這個過程又根據懸念交接被劃分成幾個部分。各個部分相對獨立卻又環環相扣，每個連環都有內在的驅動力，且驅動力又可以傳導至下一環節，這樣，敘事就更顯起伏有致，張馳有度。懸念對於長篇小說很重要，它驅動了讀者的閱讀，讀者解開一個懸念後，閱讀驅動力減弱，而隨即又被另一個懸念所驅動。懸念也決定了讀者閱讀節奏，當讀者處於懸念中時，閱讀節奏加快，當懸念解除時，閱讀節奏減慢。閱讀如同聽音樂，節奏單一無法讓人產生期待感，無法吸引受眾注意力，甚至讓其產生厭煩、倦怠的情緒。《午夜之子》的嵌套敘事調節了小說的敘事節奏，在一定程度上避免了長篇小說很容易導致的倦怠情緒。

更重要的是，《午夜之子》的嵌套敘事有宗教涵義，暗示著永恆的輪回和梵之無限。小說的敘事時間呈現為三個同心圓，層層擴大，猶如印度時間神卡拉的車輪一樣永遠滾滾向前。永恆的輪回代表著神話時間，它讓人們意識到生存時間的短暫。在印度，神話時間和生存時間在人們的意識中是共在的。生存時間的感悟讓人們積極地投入世俗的生活，娶妻，生子，積累財富。神話時間則使人們認同宗教所帶來的崇高感，從而拋棄舒適的生活，隱匿於森林，在冥想中體悟梵我如一，試圖超越輪回，達到不朽。當以有限的生存時間來解讀無限的神話時間時，輪回或是重生之說就被委以重用。在小說結尾，敘事者薩利姆講完了故事，便化作齏粉，歸於塵土，消失在小說世界中。但他卻借著敘事畫出了三個同心圓。這同心圓正是「唵」的符號，無聲地昭示著梵的精神，象徵著薩利姆最終體悟了「梵我一如」的精神，掙脫了生存時間的限制，脫離了輪回之苦，獲得了解脫（moksha）。

第三節　小說的敘事序列：達摩四期

本節主要結合印度文化背景，分析小說的敘事序列如何體現了小說思想。《午夜之子》中敘事序列是「一曲雙闋」，其表層故事和潛層意義傳達的意思和色彩或重合，或關聯，或相悖，只有在印度文化的背景之中二者才能被有機地統一起來。單從表層敘事來看，故事結局是悲觀的，午夜之子們作為國家的代言人，曾經對未來充滿信心，但最終卻希望落空，慘遭閹割。午夜之子的代表，主人公薩利姆，也最終化作塵埃。但是，當我們把表層故事中主人公所經歷的「求學—戀愛—從軍—流浪」的顯在序列置於印度文化背景之中，就會發現其中的細節具有明顯的象徵作用。顯在的敘事序列其實對應著印度教徒需要遵循的「達摩」，也即生活必經的四個階段：求學—居家—林棲—雲遊。從而，小說的潛層意義透過表層故事的象徵作用浮現出來：故事結局其實是樂觀的，薩利姆和午夜眾子遵循了達摩四期，最終都超越了輪回，獲得了解脫，他們就是梵的顯聖。[13]

一、敘事的雙線編織：顯序列與潛序列

關於《午夜之子》的敘事序列，已有學者提出自己的看法。黃芝認為，《午夜之子》的敘事是雙線結構，小說中的一個故事結構就是小說主人公薩利姆歷經天真一考驗一成熟的過程，與此並行的結構則是印度和巴基斯坦所經歷的獨立一動亂一覺醒的歷史過程。這兩條結構中間存在著「隱喻」與「實際」的因果關係。[14] 黃芝劃分的依據是敘事者薩利姆以原小說形式提出的自己和國家的關聯模式。本書認為敘事者之所以提出此連接模式，僅是出於突出主人公在小說中的核心地位，以及要在形式上凸顯特定效果，以此來體現小說的意蘊。[15] 而且，敘事序列應是從形式層面來體現的，不能僅僅以表層故事為依據劃分小說的敘事序列，進而劃分主人公的生命過程。「天真一考驗一成熟」的模式化描述無法體現小說獨特的敘事序列。

序列是小說敘事的單位，它是以事件或情境為要素，以敘述詳略為手段，以功能為特質，在小說的時間軸上形成的事件（情境）的「集簇」或「群落」。序列內的事件（情境）往往首尾呼應，使序列成為一個相對完整的認知過程，服務於故事的主題。序列往往是和持續時段配合進行的。時段是指在故事世界中，事件描述的長度與敘述強度之比。[16] 這個

---

13 關於本節所述小說的顯、潛敘事序列請參看附表一。

14 黃芝，《從天真到成熟：論〈午夜的孩子〉中的「成長」》，《當代外國文學》，2008 年第 4 期：第 94-99 頁。

15 相關論述請參見本書第三章第二節「連接模式」的相關論述。

16 David Herman. *Basic Elements of Narrative*. London: Wiley-Blackwell publishing,

比率（ratio）中的變數（variation）與不同的速度（speeds）相應，如，暫停（pause），延續（stretch），場景（scene），小結（summary），以及為增加速度而做的省略相關。在對持續時段不同的變體的運用可以產生序列。例如，持續和省略可以自然地將敘述分成部分。這些部分按照一定的順序排列就成為序列。根據小說的主題需要，敘述可以被拉長也可以被截短。省略是指在敘事過程中，小說世界中的事件的省略，[17] 比如，「兩年過去了，什麼也沒有發生」，這就是一種省略。

《午夜之子》講述了小說主人公薩利姆從 1947 年 8 月 15 日出生到 1978 年 8 月 15 日「破碎」共 31 年的人生經歷。小說運用敘事的詳略控制敘事時間進程，使敘事時間的延長（或是正常的持續）與壓縮交替進行，從而將薩利姆人生劃分成了四個主要時間段，每個時間段都對應他不同的人生階段，講述他在每個特定人生階段的故事，使他的人生敘事形成了「求學（童年）—戀愛（青春期）—從軍—流浪」的顯在序列。在不同的時間段之間，敘事都有較明顯的省略或概括，標識出前後時間段；每個時間段都相對集中地敘述了主人公薩利姆兩到三年內所經歷的事件和情境，形成序列之內的事件（情境）的「集簇」或「群落」，而序列單位之間的敘事則相對稀疏，甚至陷入停滯。更為重要的是，薩利姆多以「失去—得到」的模式告別舊我，迎來新我。在新舊時段交替之際，他的身體都會遭到各種形式的病痛或是不同程度的毀傷，失去一些東西，同時，也往往得到新能力，新收穫，

2009: p. 130. *"Duration refers to the ratio between how long situations and events take to unfold in the fictional world and how much text is devoted to their narration."*

17 David Herman. *Basic Elements of Narrative*. London: Wiley-Blackwell publishing, 2009: p. 184. *"Ellipsis refers to the omission of fictional world events during the process of narration."*

並隨之步入新階段。

我們以「顯序列」來表示小說表層故事的敘事序列，這個「顯序列」對應著小說中意義層面的「潛序列」——薩利姆人生的達摩四期。「達摩」意為法，或人生應遵循的行為法則。印度教徒認為，遵循「達摩」，恪守行為的法則就可以超越輪回，獲得解脫，從而達到宗教生活的圓滿。[18]「四期」即指人生的四個階段。印度教徒認為，當宗教追求落實在具體的生命過程中時應包括四個階段：求學期，居家期，林棲期，雲遊期。前兩期偏重此生，重視社會責任；後兩期著眼來世，重視個人往生後靈魂的歸屬。人生四期也反映了印度教徒的德行觀念，人生在世首先要履行現實的「法」、「利」、「欲」三種德行，而後就是要追求非現實的「解脫」。[19] 簡言之，達摩四期「意在管束人生，謹言教訓」，[20]就是要指引印度教徒該如何度過一生，如何使物質和精神、凡世的成功和往生的精神追求緊密地結合在一起。正如許馬雲・迦比爾所說，「印度宗教信仰和宗教歷史對於形式與精神、外部儀式與內部本質是並無偏廢的。」[21]

二、顯序列與潛序列的象徵關聯、重合

《午夜之子》中的「顯序列」與「潛序列」相互對應，

18 要達到解脫，外在需修身，內在需修心。修身就是要依從達摩，依從宗教的戒律。修心就是要擺脫「無明」，體悟「梵我一如」。印度教徒並重身與心的雙重修煉，其目的就是希望將此生和來世諧調起來，不僅重視此生，更要著眼來世。更多請參見本書第一章第四節中有關輪回、解脫的論述。

19 詳見，許馬雲・迦比爾（印）・《印度的遺產》王維周，譯・上海：上海人民出版社，1958：第 56 頁。法就是「法律政治知識」，利就是「凡世的知識，通常指的是社會福利方面和經濟方面的知識」，「欲」就是指「自然的欲念，正當的男女關係。」

20 湯用彤・《印度哲學史略》・北京：中華書局出版，1988 年：第 16 頁。

21 許馬雲・迦比爾（印）・《印度的遺產》・王維周，譯・上海：上海人民出版社，1958：第 56 頁。

二者時而重合，時而又通過象徵彼此關聯。小說表層故事的一些細節是小說潛在意義的觸機。

薩利姆童年的求學階段與梵行期相對應。梵行期也稱求學期，在這一階段，印度教徒會跟隨婆羅門老師學習吠陀經典和其它知識。在小說中，嬰兒薩利姆的一場重病成為小說敘事序列間交替的表徵事件。薩利姆在進入童年階段之前得了一場傷寒，險些喪命，幸好服下夏普斯泰克博士帶來的眼鏡蛇毒的稀釋液，體溫才恢復正常，得以死裡逃生。這場重病讓薩利姆「失去」了嬰兒時期的特徵——他原本有著「驚人的成長速度」，但這場身體的劫難使他的生長速度恢復正常。他同時也領悟到，生活就像是他幼時和父親玩的梯子與蛇的遊戲，遊戲的最終結果總是懲罰與回報完美平衡，因為「每爬上一個梯子，總有一隻蛇在角落裡等著；每遇到一隻蛇，總有一個梯子作為回報」。伴隨著這個「失去 - 得到」的模式，薩利姆童年之前的故事告一段落。敘事者以概括和省略的形式壓縮了敘事，為求學階段的到來做好準備：

> 似乎在我偷換兒的誕生餘波中，我以驚人的速度成長的同時，凡是有可能出紕漏的事、物，都紛紛開始出現紕漏。一九四八年初的毒蛇冬季，以及接下來炎熱多雨的季節裡，事故層出不窮，所以到九月銅猴誕生的時候，我們都累壞了，準備好好休息幾年。（174）

這段概括了 1947 年和 1948 年兩年的歷史，也就是薩利姆的出生和嬰幼兒時期。當時間停止在「1948 年的 9 月」的時候，敘事者說「我們都累壞了，要好好休息幾年。」於是，小說的敘事省略了從 1948 年到 1955 年共 7 年時間，驟然跳至 1956 年。這時，小說主人公已經九歲，到了上學年齡，於是他進入了人生的第一個階段求學期。

薩利姆童年時期的跨度從1956年到1962年有6年時間，但小說詳述的是從56年到58年三年時間發生的事件，主要描述了主人公與同齡夥伴共同玩耍學習，以及與父母家人共同生活的經歷。這個階段具有象徵意義的是「洗衣籃事件」，薩利姆因一根線繩獲得了神通，與午夜眾子取得了聯繫，從而也使薩利姆的童年與求學期彼此對應起來。在小說中，薩利姆因為不堪他人對自己鼻子的嘲笑，躲進了母親浴室的洗衣籃，一條睡褲的束線鑽進他左邊的鼻孔，此時他窺探到母親和「情人」間的秘密，緊張得一吸氣，那條細繩竟然一路上行，鼻涕也「逾越」了應有的高度，最後在一陣刺痛之後，線繩打開了薩利姆鼻腔內的通道，接通了意識的電流，使他獲得了收聽他人心語的特異功能。在這個事件中，引發薩利姆發生「質變」的導火索就是那根「束繩」，或說「線」。「線」在印度教的「梵行期」有著重要的象徵意義。在求學期，男孩應該在導師（guru）的指導下學習宗教經典《吠陀》。學習前，首先要完成一系列的「拜師禮」，而「戴聖線」就是其中最為重要的一環，被稱為「再生禮」。

> 在印度，經常可以看見一些男子手腕上戴有白色的線圈，這就是印度較高種姓佩戴的聖線。根據印度教的種姓制度，婆羅門、剎帝利和吠舍稱再生種姓或再生族，認為他們有兩次生命，第一次生命由父母所給，第二次是通過戴聖線，由女神和老師所給。……聖線由三股線擰成，婆羅門的男孩戴棉線聖線，剎帝利的男孩戴亞麻聖線，吠舍的男孩戴毛線聖線。男孩子首次戴聖線時，要舉行戴聖線儀式。一般由婆羅門祭司口誦經文，給男孩子戴上聖線，

象徵著其獲得了第二次生命，從此他的地位也提高了，應該開始遵守各種與種姓有關的規定。[22]

以上述文化背景來看，薩利姆因一根束繩獲得讀心術，有了神通，就意味著一個全新的、不同以往的薩利姆「出生了」。小說中，那根線繩讓薩利姆忍不住打了噴嚏，結果被母親阿米娜發現，於是，在母親打開活門的一剎那，薩利姆「頭裹著髒衣物像顆包心菜一樣」滾出了洗衣籃。這個情節的描述同樣也象徵著「重生」。在小說裡籃子曾不止一次地指代「子宮」，比如，女巫帕爾瓦蒂懷孕了，小說就以「不斷膨脹的籃子」來指代她「不斷膨脹的子宮」。（539）所以，表層故事的洗衣籃事件正象徵著薩利姆戴聖線獲得「重生」。

在薩利姆童年，也即求學期的敘事中，事件密集，場景很多，故事也有延續性。但是在 1958 年末，敘事顯然沒有了之前的「密度」，且出現了明顯的省略。敘事者薩利姆說道：「一無所獲的四年，除了長成青少年」，「此外沒有什麼」，而後時間就從 58 年直接跳到了 62 年 9 月。隨著這個敘事的省略和跳躍，小說主人公進入人生的另一階段。

薩利姆的青春期與居家期相互對應。居家期或家居期是指學成之後，娶妻生子，成家立業，盡社會義務。在小說中，這一階段的時間跨度覆蓋了從 62 年到 65 年 9 月共 3 年時間。步入「青春期」的薩利姆清楚地意識到自己的轉變與成長，他概括道，「我很瞭解，次大陸上的新國家和我，都已完全脫離童年；成長的痛苦與發聲上古怪而笨拙的變化，等待著我們大家」。（403）在這一階段薩利姆重複「失去 - 得到」

22 毛世昌，路亞涵，梁萍．《印度神秘符號》．蘭州：蘭州大學出版社，2011 年：第 100 頁。

的模式，他做了鼻竇炎手術，徹底斷絕了和午夜眾子的聯繫，告別了人生的第一階段。他自己也承認：

> 哦，說穿了吧，說穿了吧：手術的目標，表面上是為了掏空我發炎的鼻竇，一勞永逸打通我的鼻腔，但真正效果卻是切斷了洗衣籃裡建立的不論什麼樣的一種連接；剝奪了我從鼻子得來的心電感應能力，將我從午夜之子的各種可能中放逐。（396）

但他同時也獲得了一種新的特異功能，他被掏空的鼻子呼吸順暢，能嗅出一切秘密，他成了一個「鼻子的詞典編纂家」。（416）

之後，青春期的薩利姆就踏上了放逐之路，他於63年2月9日前往巴基斯坦，開始了人生的新階段。印度教徒在居家期充分享受世俗的生活，他們戀愛，結婚，生子，積累財富，享受天倫之樂。因此這一階段的薩利姆也和正常人一樣擁有了愛情生活。但他的愛情是一個禁忌之愛，他愛上了自己的妹妹賈米拉歌手。最終，他的愛情以失敗告終，他並沒有充分享受世俗生活，得到這一階段應有的「利」和「欲」。小說中，顯序列中的青春期筆墨不多，而潛序列中的居家期也並不明顯。其一是因為，宗教意義上的居家期本身就是世俗生活，所以顯序列和潛序列趨於重合。其二是因為，局部的敘事要服從於整體敘事的需要，該序列的「略寫」是和小說整體協調的。薩利姆僅有三十一歲的生命，小說要讓他世俗的與宗教的人生歷程對應起來，就不可能給他留出更多的家庭生活時間；另外，薩利姆這個人物的宗教象徵意義也讓他的世俗生活乏善可陳。關於這一點，小說早在薩利姆人生的第一期就埋下了伏筆，曾以「掉髮事件」象徵宗教中的「剃度」。薩利姆在上學的時候，曾被地理教師紮格羅施暴，紮格羅拔掉了他頭上的一撮頭髮，「形成了一塊僧侶剃度似的缺口，那圈頭髮再也沒有重新長出來……」。（300）因此，在象徵意義上，薩利姆更像僧侶，而非俗人，他在愛情方面也難有作為。

總體而言，這階段的敘事篇幅較短，也缺乏實質性的進展，所以，小說敘事迫不及待地要進入下一階段。在《淨化》一章的結尾，薩利姆的全家男女老少都陷入一種無法自拔的衰敗、頹喪的狀態，一種被「故事」榨乾了的狀態，敘事者也直言不諱地說，「我的家族史已作法自斃，陷入一種需要從轟炸模式中尋求慈悲解脫的狀態。」因此，敘事者「戲劇性」地挑選了三顆長了眼睛的炸彈來「了結」全家。1965 年 9 月 22 日午夜，印巴戰爭的炸彈「不偏不倚地」將薩利姆「愚昧無知的家族從這世界上消滅」。而轟炸也使一個從天而降的銀痰盂擊中了薩利姆的頭部——薩利姆失去家人的同時，也失去了記憶。他用一個電影風格的省略手段，抹去了小說中五年的時間，讓時間跳到了 1970 年，徹底告別了第二階段。

> 回頭看我們方才在病床上遇見的那個痰盂擊頂的傢伙，約莫五年的光陰流逝……（趁著帕德瑪屏住呼吸，讓自己鎮定下來的空檔，我放任自己插入一段孟買電影風格的特寫鏡頭——一本被風吹拂的日曆，一頁頁如飛掠過，代表歲月的流逝……）（449）

失去了記憶的薩利姆又獲得了一個「老頭」的綽號，他未老先衰，「身旁總是籠罩著一種老朽的氣息。」（454）

而後，表層故事中的薩利姆開始在軍中服役，這個階段對應著其宗教生活的林棲期。關於這階段，小說的敘事時間跨越了從 1970 年到 1971 年 12 月將近兩年時間，描寫了薩利姆的軍旅生涯。在小說中，失去了記憶的薩利姆在巴基斯坦軍中服役，他因嗅覺超群，被當成「人狗」，與另外三個小兵組成了軍犬小組，加入了追蹤與情報搜集軍犬部隊。他們被空運到東巴基斯坦的達卡，執行搜捕任務。這一階段的表層故事象徵意味很強，小說似乎根本沒打算為人物提供明確的搜捕對象，敘事者一語雙關地暗示讀者說，「逼著我們向南向南的獵物根本就不存在」！（468）這是一場「沒有意義的追逐」。（467）這一階段中有兩個情節明顯具有宗教的象徵意義。第一，薩利姆變成了樹下「沉思冥想的」佛陀。薩利姆的新外號「老頭」在「烏爾都語中跟『佛陀』幾乎一模一樣」，（454）所以，失去記憶的薩利姆就象徵著入定的佛陀，他「盤腿而坐，藍眼睛瞪著虛空，在一棵樹下趺坐。這種緯度長不出菩提樹；他拿條懸木將就」。（452）第二，薩利姆帶領三個小兵闖入了孫德爾本大森林。小說以整個章節的靜態描寫鋪排森林中光怪陸離的景象，「森林」正是印度教文化的標誌空間。在這個吞沒了他們的原始森林裡，佛陀繼續他的入定狀態，他「自顧自盤腿在孫德利樹下打坐，他的眼睛和心靈都顯得很空洞。」（473）這兩個情節的背景都是樹，薩利姆都處於「冥想」狀態，這正象徵著印度教達摩四期中的「林棲期。」林棲期是人生四期中最顯著、最有特色的一個時期。印度教徒在盡到家庭的責任之後，他們回到森林之中過著隱居的生活。吃簡陋的食品，住簡陋的茅舍，沒有任何享樂，所需的物質僅夠維持自身的生命。他們整日坐在樹下沉思生命和宇宙的秘密。經過冥想，他們可能會有所領悟。小說中的薩利姆在冥想中被一條透明的盲蛇咬住腳跟，最終又恢復了意識，也有所領悟，他為自己戰爭期間所犯下的罪狀而備受精神的折磨：

……哀聲溢耳，來自那些好幾個世紀前被他們奪走所謂「不良分子」的家族；他們狂亂地向前衝入森林，逃避受害者痛苦的聲聲指控……不絕於耳的聲音帶來無盡的折磨……（474）

此外，他還認識到什麼是「虛幻」。他和三個小兵在森林深處發現了一座「印度教」的廟宇，那裡有「美絕人寰，令他們喉頭打結的風景」，（475）他們碰到了四個美女，他們「忘卻了一切」，「縱情享受四名一模一樣的美人兒，腦子裡一點思緒也沒有」。但是，享樂之後，他們發現自己的身體逐漸變得「像玻璃一般空洞透明」。他們覺悟到，美妙的現象終是虛幻，這正是他們從「印度教」寺廟的經歷中得到的「啟示」。

「林棲期」的薩利姆和三個小兵最終被大水神奇地沖出了孫德爾本大森林，重返現實。在達卡，跟隨薩利姆的小兵先後喪生，他失去了曾有的軍旅同伴。1971 年 12 月，薩利姆見證了巴基斯坦向印度納降的場面，也見到了久別重逢的午夜之子帕爾瓦蒂（他們曾在薩利姆的意識中見過面）。帕爾瓦蒂將薩利姆放進一個籃子裡，使用了隱身術，把他帶回印度。薩利姆在籃子中經歷了死亡的過程：

我們的主角被禁閉在密封空間裡，受了很大影響。封閉的黑暗中，轉變向他身上撲去。作為秘密子宮（不是他母親的）裡的一個胚胎，他難道沒有長成八月十五日的新神話、時鐘滴答的孩子投胎轉世……（495）

薩利姆最終死裡逃生，他「像個嬰孩從帕華蒂的籃子裡掉出來」，（500）「跌跌撞撞滾到魔術師社區的泥土地上……

又再次開始有感覺了。」（497）伴隨著這個「失去 - 得到」模式，薩利姆回到了闊別已久的印度，到達了德里，即將開始最後一階段的流浪生活。他先去了德里的舅舅家，為逝去的親人守喪。小說以省略的方式跳過了一年多的時間，「我住滿四百二十天，便離開了舅舅的家」。這樣，「我喪失了所有親戚的聯繫，名正言順回歸我因瑪麗．佩雷拉的欺騙，長久以來未能歸屬的貧賤匱乏的傳統」。（513）

結束了守喪期的薩利姆開始了他的流浪生活，這個階段與達摩四期中的雲遊期相對應。雲遊期也稱苦行期，這一階段印度教徒需要重返社會，做苦行僧，隱姓埋名，從事善行。小說敘事的時間跨度是從 1973 年 2 月 23 日到 1976 年 4 月。在這一階段的初期，薩利姆在表層故事中渴望能和歷史連接，擔負起「拯救國家的使命」。（515）魔術師社區的魔術師都是共產黨，薩利姆成為一個熱忱的紅小兵，「滿腦子直接與大眾溝通的意念。」他跟隨魔術師社區的領袖人物隨影中人大叔去街頭賣藝，賣藝的間歇，他就會配合影中人大叔做政治宣傳，做一段關於社會主義的演講。這一階段薩利姆「拋棄人生與舒適生活，像乞丐般游走世界」。（514）他住在「板條箱與鉛皮浪板」搭蓋的臨時居所裡，和蒼蠅老鼠垃圾堆為鄰；此外，他還被「禁欲」，儘管和帕爾瓦蒂結婚，但根據情節的安排，薩利姆自始至終都沒有「性能力」，無法行使丈夫的職責。小說表層故事中薩利姆的流浪生活狀態和宗教意義上的流浪生活具有相似的性質，從本質而言，都是一種「苦行」。苦行正是雲遊期最突出的特點，就像小說中描寫的那個周遊四方的苦行僧（sadhus），薩利姆「完全拋棄個人主義和社會地位，」拋棄了塵世的一切，他「隱姓埋名」，「從事於精神道德上的各種善行」，[23] 為喚醒大

23 許馬雲．迦比爾（印）．《印度的遺產》．王維周，譯．上海：上海人民

眾的反抗意識而努力。但最終，薩利姆的苦行也結束了，他說：「我解救國家的夢也如同鏡花水月，不具實質，只是傻瓜的胡言亂語罷了。」（536）薩利姆從而失去了一切欲求，走到了雲遊期的盡頭。

三、相悖的結局與小說的思想意蘊

綜上分析，顯、潛兩個序列形成的線索貫穿了薩利姆的人生，它們時而重疊，時而又以象徵的形式彼此關聯。在小說的結尾，這兩個序列也產生了兩個截然相反的結局。

顯序列對應的故事結局是悲觀的，灰色調的。1976 年 4 月，薩利姆被捕，並被送往貝拿勒斯，因為他是「全世界唯一掌握每一個午夜之子所在位置的人」。（558）在審訊中，薩利姆招供了，他「痛哭流涕」，說出了所有尚存的五百七十八個午夜之子的姓名住址、外貌形容，總之，他背叛了午夜之子，成為可恥的告密者。結果就是，所有的午夜之子都被帶到了貝拿勒斯。1977 年的元旦，午夜之子被集體閹割，因而也喪失了原有的魔法。他們被切下的器官「與洋蔥青椒一起煮成咖哩，喂給貝拿勒斯的雜種狗。」從而，象徵著國家希望的午夜之子被徹底摧毀，「那個神奇午夜做出的一千零一個奇妙的承諾」永遠不復存在。從某種意義上而言，他們「死」了，這無疑是一個悲慘的結局。

但是，潛序列對應的故事結局卻是樂觀的，明亮的。午夜之子的終結之地貝拿勒斯具有重要的象徵意義，它是印度的宗教聖地，橫穿貝拿勒斯的恆河更是聖地中的聖景，小說中介紹道：

出版社，1958：第 56 頁。

> 是的，事情就是在那兒發生的，在寡婦位於恆河岸的宮殿，在全世界人有人生活其中的最古老的城市……古名迦屍（Kasi）、貝拿勒斯、瓦拉納西，神聖光明之城，預言書的故鄉，占星圖的占星圖，其中每一個生命，過去現在未來，都已有記錄。恆河女神蜿蜒流過大地，穿過濕婆的頭髮……貝拿勒斯，濕婆神的神壇……沿著河……經過專門舉行葬禮的馬尼卡尼卡河壇……經過漂浮水上的狗屍與牛屍……經過達沙席瓦梅德河壇的婆羅門，他們穿黃袈裟，坐在草傘底下賜福給人……（559）

小說對貝拿勒斯恆河岸邊的景象進行了詳細的描述，這其實是以敘事的鋪排強調故事發生的背景，暗示貝拿勒斯的重要性。但小說卻隱去了有關貝拿勒斯的最重要的文化背景資訊，即，印度教徒認為，如果能死在貝拿勒斯，就能夠擺脫生死輪回的厄運，如果在瓦拉納西的恆河畔火化並將骨灰灑入河中就能超脫生前的痛苦。所以，午夜之子在「恆河岸邊」被閹割，就象徵著他們「死」在了貝拿勒斯，他們被割下的器官被煎炸，象徵著一種「火化」的儀式，而之後，這些「咖哩味的被煎炸過的」器官被喂給了街頭的雜種狗，於是，他們身體最重要的那部分，也以象徵的形式，被永遠留在了貝拿勒斯。換句話說，午夜之子表面的悲慘結局，放在印度教的文化背景中來看，卻是件幸事。因為，他們永遠擺脫了輪回，獲得了解脫。

綜上所述，小說對敘事序列進行了雙重編碼，明表薩利姆的世俗人生之旅，暗示薩利姆的宗教人生道路，二者在敘事過程中時而重合，時而通過象徵彼此關聯，而最終又對應著完全相悖的結局，只有在印度文化的背景之中才能清晰地呈現這一明一暗兩個敘事序列的關係，才能有效地對小說敘事進行解碼。小說以明暗兩條線性的敘事序列應和小說的意義：薩利姆和午夜眾子遵循了達摩四期，他們最終也都超越了線性的人生歷程，擺脫了輪回，獲得了解脫，達成了宗教人生的圓滿——他們就是梵的顯聖。

（表一）

時間序列	1947.08.15 ～ 1948	1956 ～ 1958	1962.09 ～ 1965.09	1970 ～ 1971.12	1973.2.23 1976.04 ～ 1977.03	197? ～ 1978.8.15
年齡序列	0 ～ 1 歲	9 ～ 11 歲	15 ～ 18	23 ～ 24	26 ～ 30	31
章節序列	3 章	10 章	3 章	3 章	3 章	1 章
省略 標誌	1948 ～ 1956 似乎在我偷換兒的誕生餘波中，我以驚人的速度成長的同時，凡是有可能出紕漏的事、物，都紛紛開始出紕漏。一九四八年初的毒蛇冬季，以及接下來炎熱多雨的季節裡，事故層出不窮，所以到九月銅猴誕生的時候，我們都累壞了，準備好好休息幾年	1958 ～ 1962 一無所獲的四年。除了長成青少年，此外沒有什麼	1965 ～ 1970 回頭看我們方才在病床上遇見的那個痰盂擊頂的傢伙，約莫五年的光陰流逝…（趁著帕德瑪屏住呼吸，讓自己鎮定下來的空檔，我放任自己插入一段孟買電影風格的特寫鏡頭——一本被風吹拂的日曆，一頁頁如飛掠過，代表歲月的流逝…）	1971.12 ～ 1973 我虧欠死者很長一段服喪期我就決心遵守禮儀，服喪四百天：十段服喪期，每期四十天。然後，然後，還有賈蜜拉歌手……我在穆斯塔法．阿齊茲家中住了四百二十天……		
交替模式 身體毀傷 「失～得」	傷寒： 失去生長速度 撿回一命	鼻竇炎手術： 失去心電感應 獲得超級嗅覺	痰盂砸中腦袋： 失去記憶 獲得新綽號	隱形籃禁閉： 失去軍旅 同伴再獲新生	閹割： 失去身體器官 獲得象徵意義	
顯序列	童年	青春期	服役期		流浪	死亡
顯序列 標誌事件	洗衣籃事件 褲繩入鼻觸發超能力	不倫之愛	「老頭」失憶症 孫德爾本大森林		遊走貧民窟政治抱負	貝拿勒斯慘遭閹割
潛序列 （象徵）意義	戴聖線 宗教生命的開始	不倫之愛	佛陀 冥想入定 標誌空間：森林		苦行（禁欲） 服務社會	貝拿勒斯 幸獲解脫
潛序列	求學	居家	林棲		雲遊	解脫

第四節　小說中的數字：「三」、「一」奧義

《午夜之子》中存在著一些隱秘的「三合一」模式：薩利姆在似與不似間作為毗濕奴的化身和濕婆與帕爾瓦蒂構成了印度現時宗教的「三位一體」的組合；同時，薩利姆跨越時空，跨越真實與虛幻的界限，和莫臥兒王朝的「薩利姆」以及小說作者「薩利姆」連接起來構成一個三位一體的組合；薩利姆和他的家族與國家也通過各種連接模式交織在一起構成三位一體的組合。主人公薩利姆在小說中說：「數字也有意義」，本節即從數字入手，來解讀小說中的「三位一體」或是「三合一」這些數字模式的意義。

一、數字在神話敘事中的力量

數字是一個逐漸演變的過程。它從無到有，從具體到抽象，從蘊含在物之中到與物分離。在神話思維中，數字具有「實在」的力量，它與可數之物被直觀地連繫在一起，「具有相同數的事物在神話看來就是『同一物』」。[24] 作為現代人，我們更多的是以邏輯思維的形式去分析或看待事物，數字與物是分離的，它超越了物的多樣性和差異性，是萃取的「數」的知識，是抽象的存在。但是，數字的原始力量並未因為邏輯思維的發展而消亡，它成為人類的集體無意識，隱藏在記憶之中。在邏輯思維迅猛發展的同時，行進在另一個向度上的神話思維也沒放緩腳步，「數」的神秘力量有增無減，「數」作為原始的「實體」，「都把其本質和力量分給每一個隸屬於他的事物。」[25]「所有進入數之範圍、被他觸

24 恩斯特・卡西爾（德）・《神話思維》・黃龍保，張振選，譯・北京：中國社會科學出版社，1992 年：第 158 頁。

25 恩斯特・卡西爾（德）・《神話思維》・黃龍保，張振選，譯・北京：中

及到和為它所滲透的東西，都被數打上神秘的印記」，[26]「凡巫術，都是數的魔法」。[27] 作為社會「綜合表象」[28]，神話思維中數字蘊含的神奇力量沉澱在記憶裡，成為不同文化中的聖數，巫數，吉祥數，或是不祥之數。

當然，並不是所有的數字都擁有神秘的力量。布留爾認為：

> 這樣被神秘氣氛包圍著的數，差不多是不超過頭十個數的範圍。原始民族也只知道這幾個數，他們也只是給這幾個數取了名稱。在已經上升到關於數的抽象概念的民族中間，正是那些形成了最古老的集體表象的一部分數，才真正能夠十分長久地保留著數的真義和神秘力量。[29]

頭十個數字具有神奇的力量，因為它們反映了人類最初的「空間感，時間感或自我意識的特殊性」。[30] 數字關係到人對宇宙對自身的認識。在幾乎所有傳統文化中，我們都能找到數字與空間、時間概念生成關係的例證。例如在中國，「四」與地理方位與季節輪回相關，「五」與世界的構成因素和人的臟器有關，而「道生一，一生二，二生三，三生萬

國社會科學出版社，1992 年：第 161 頁。

26 凱恩斯特．卡西爾（德）．《神話思維》．黃龍保，張振選，譯．北京：中國社會科學出版社，1992 年：第 164 頁。

27 恩斯特．卡西爾（德）．《神話思維》．黃龍保，張振選，譯．北京：中國社會科學出版社，1992 年：第 162 頁。

28 列維．布留爾．《原始思維》．丁由，譯．北京：商務印書館，1985 年：第 175 頁。

29 列維．布留爾．《原始思維》．丁由，譯．北京：商務印書館，1985 年：第 202 頁。

30 恩斯特．卡西爾（德）．《神話思維》．黃龍保，張振選，譯．北京：中國社會科學出版社，1992 年：第 165 頁。

物」就是以「實體化」數字表明宇宙的源起。這樣的例子在各種文化中都廣泛存在，人類在任何環境下，在任何時候，只有找出事物的聯繫，才能在意識中把握自己，而「數字」正是人與世界、自然之間的一座橋樑。

二、印度文化及《午夜之子》中的數字「三」

在印度，「三」是「聖數」，因為它和世界本源或宇宙聯繫在一起。[31]印度的宗教典籍《阿達婆頂奧義書》說道:「汝為大梵原是一而二，而為三，萬物皆由此方式衍生而來。」[32]梵為一，外現於三，三生化萬物，所以在印度文化背景中三亦是「多」之源頭。如，在《吠陀》神話中，毗濕奴化身為侏儒瓦摩納向魔王巴厘「祈求」三步大的地方，結果他以三大步跨越三界，趕走了魔王巴厘。詩中贊道，「他支持諸神彙集的最高境地，三次舉足踏下他的闊步。……因這偉大的事蹟毗濕奴被讚美，正像高山猛獸，飛躍著肆意漫遊；在他的三個擴大的步子內，一切生物得到居處。」「他的三步充滿著無盡的甘露，他們欲求時就有快樂，他獨自支撐那三

31 龐朴從中國文化的角度闡釋了數 3 中蘊藏的秘密。首先是「數成於三」，3 隱含著宇宙生成論的秘密。例如，中國傳統文化中的八卦以三畫為一卦，是以圖形來表現宇宙的原始：「函三為一」的「太極元氣」，而 3 也就蘊含了古人的宇宙生成哲學；其次，漢語中三和參兩字淵源深，「大凡與三數相關的意思，無論是數量還是次第，乃至三分和三位，時間和空間，都可以用「參」來表示。」中國文化是尚數 3 的，數 3 在漢語中是有「參」的深意的：「參照」、「參政」、「參謀」都是將三的意義加以引申，以三代多。再次，三與二的關係密切，三往往隱匿於二之中。「以行路為例，左一步，右一步，這是表現出來的相對的兩極；兩極之間，有不作獨立表現的絕對者存焉，那就是方向」（龐樸．《淺說一分為三》．北京：新華出版社，2004：第 10 頁。）這個方向諧調、中和著左右兩極，是隱匿在二之中的三。三者，參也，就是「變二為三」，「執兩用中」，或是「得其環中，以應無窮」。最後，在對宗教思想的的記錄中，數 3 也起到了重要的作用。三位一體的說法在基督教、天主教、佛教、道教、印度教以及其它一些原始宗教中都廣為存在。（龐樸．《淺說一分為三》．北京：新華出版社，2004：第 12-28 頁。）

32《五十奧義書》．徐梵澄，譯．北京：中國社會科學出版社，2007 年：第 1030 頁。

重，地和天，還有一切的生物。」[33] 此外，三分模式在印度的宗教哲學典籍中很常見。如：印度教有三位主神：毗濕奴、濕婆、梵天，分別代表保存、破壞、創造三種力量；印度教的經典有三吠陀：梨俱、娑摩、夜柔；勝論中有三德：實（物）、德（質）、業（動）；佛教理論中有三寶：佛、法、僧；僧人有三學：戒、定、慧，等等。[34]

當然，「三」的出現大都是為了體現「一」。印度古典思維中的事物「都具有『一分為三』或者說是『三合一』的內部結構模式」。[35] 毗濕奴的「三大步」是為了體現他是那個絕對的「一」，「一切事物的最高本體」梵，「三與一」的結構旨在通過在不同事物不同層面的反復來表達「多」與「梵」的關係。它們把自身蘊含的力量分給每一個蘊含這種結構的概念，反之，這些概念也通過自身彰顯了這種結構的力量。這種循環論證在具有神話思維的宗教哲學中非常重要，正如凱西爾所言：「神話的所有範疇都遵循這獨特的法則：神話思維中關係之構件的共生或對應。」[36] 也就是說，神話思維中部分等價於整體，種屬不分，物及其屬性不分，感官相似就是實體相似。所以，印度教中的「三」就是絕對本體「一」的多樣性體現。

在小說《午夜之子》中，數字「三」頻繁出現，例如：剛從德國留學回來的外祖父阿齊茲在祈禱時，鼻子碰到了祈禱墊，流了三滴鮮血；船夫老泰告訴阿齊茲說有三個英國

33《印度三大聖典》，糜開文，譯．臺灣中國文化大學出版社，1980 年：第 18 頁。

34 金克木．《梵佛探》，《梵竺廬集（丙）》．南昌：江西教育出版社，1999 年：第 279 頁。

35 邱紫華．《印度古典美學》．武漢：華中師範大學出版社，2006 年：第 41 頁。

36 恩斯特．卡西爾（德）．《神話思維》．黃龍保，張振選，譯．北京：中國社會科學出版社，1992 年：第 71 頁。

女人掉進了他擺渡的湖裡；阿齊茲在地主甘尼家給娜芯小姐看病，擎著那幅剪洞床單的是三個「女摔跤選手」……還有三年，三周，三次，三點（鐘），三寸，三個炸彈，三個母親，三個頭，星期三、三個潛伏的員警、電影正片開始前的三十三分鐘，等等。作為「度量」的功用而言，這些「三」似乎是「虛數」——就像是被作者信手拈來，而非真正要承載「度量」的職責。它的意義就體現在它的頻繁出現，它不僅僅起到連綴語篇的作用，更通過自身的反復來獲得一種「多」的概念，同時也意在引起讀者的關注，使數字「三」成為解讀小說意義的線索。不過，欲揚先抑，小說中的其它數字都是以阿拉伯數字的形式出現，而小說中的「三」卻幾乎都是以單字「three」的形式出現。這樣，頻繁出現的「三」就被淹沒在文字中，不會過於顯眼。因為，這些「三」旨在烘托作為「一」的梵，而梵具有既顯又隱的兩重性，所以這些三也以較為「隱秘」的形式出現。

三、印度文化及《午夜之子》中的「三與一」

「三」作為顯相是可見的，但「一」是抽象的，不可見的。神話、宗教只有在傳播中才會獲得生命力，但是如果不能將抽象的概念具體化、人格化，神話、宗教的核心思想就無法被理解，也就無法被接受和傳播。布留爾在《原始思維》中提到了伯爾根（A. Bergaingne）對吠陀詩中神秘數的研究，伯爾根認為：在已有的神秘的數加上加 1，如 3+1，可以形成一個新的神秘數，「這樣做的目的是要把關於看不見的世界觀念引進到某種宇宙體系中去，或者把關於種類相同但因被秘密氣氛包圍而不同於其他的人或物的觀念引進某一群人或物中去。」[37] 因此，印度數的思想的變化模式是「以一和三為基本變化而後又發展到四的模式」。[38]

但是，這個四並非邏輯思維中的數字四，它只是讓「三」以外的那個原本看不見的「一」顯現出來。從語言層面來看，表達「無限」這個概念時語言自身存在著悖論。印度宗教哲學中表達「多」的方式可以分為「肯定、否定」兩種，其一是以正面來說明，如以符號來代「多」或「無限」；或是以舉例的方法來表達「多」。但是「多」無法窮盡，能說出來就還不是「多」，所以例舉的同時，還要通過第二種方式，即否定來說明「無限」。所以就在能表達「多」的符號上再加一，來表示「無限」。用符號式的語言來表達就是「無限=A（舉例）+非A」。也就是說這個四或「三加一」仍是「一分為三」或者「三合一」的關係。

小說也以隱秘的形式體現了「三與一」的組合。例如，小說的主人公在「三十一」歲的時候破成碎片，這本小說總共由「三十一」章構成，而這「一」本小說又是由「三部」（three books）構成。另外，還有一些更為隱匿的形式在暗示著「三與一」的模式。外祖父阿齊茲身邊的人物就體現了「三加一」的模式。他和在德國留學時的朋友或同學奧斯卡（男）、魯賓（男）、英格麗（女）構成「3」男「1」女的組合；他在阿格拉所交往的朋友又有三位，米安·阿卜杜拉（男，又名哼鳥），納迪爾·康恩（男）和庫其那般女邦主，阿齊茲與他們又構成「3」男「1」女的組合；阿齊茲有「3」個被稱為「三道閃電」（「three bright lights」）的女兒，還

37 列維·布留爾（法）·《原始思維》·丁由，譯·北京：商務印書館，1985年：第215頁。

38 金克木·《梵佛探》，《梵竺廬集（丙）》·南昌：江西教育出版社，1999年：第174頁。

有「1」個……當然阿齊茲有兩個兒子，一個是電影導演的兒子哈尼夫，還有另一個是被敘事「隱形」的兒子，他在小說的前兩部分並沒有和眾姊妹同時出現，他的存在和出現只是為了小說最後一部分情節發展的需要。因此，阿齊茲的孩子又構成「3」女「1」男的組合。還有更為隱秘和細小的：薩利姆兒時喜歡聽擺渡人老泰說故事，老泰說他曾經用轎子抬過莫臥兒的皇帝，他讓長著大鼻子的薩利姆問他（老泰），「那頂轎子把手的皮束帶綁了多少圈——答案是三十一。」薩利姆同樣也被「三加一」的模式所環繞。在「桑德爾本」大森林中逃亡時，薩利姆和三個小兵：阿育巴，法洛克，夏黑德一起構成了「三加一」的模式；在他們即將結束逃亡走出森林時，看見了橫屍遍野的戰場，戰場上薩利姆發現了由三個敵方死傷士兵組成的一個「小小金字塔」，而那三個已被炸得開腸破肚，肢體不全的三個士兵竟是薩利姆的兒時夥伴：油頭、桑尼和刀疤眼。這三個人和薩利姆的相遇是這片「骨髓橫流的田野裡」的「最大秘密」，（484）他們也是「三加一」的組合。這種「三」和「一」的組合當然可以被看作是「四」，但是它絕不同於四，因為四者之中總有一個不同於其它，從「四」中脫離出來，成為與「三」相對的「一」。

小說中最能說明這個由三而四的意象就是「四腳消波塊」。（見圖八）消波塊在小說表層故事中充當了道具。鄰居納利卡醫生企圖說服薩利姆的父親阿梅德與他合夥投資填海造陸的招標工程，而這個工程的「重點」就是「四腳消波塊」。它「像三度空間的賓士車標誌」，三隻腳著地，而另一隻腳則指向天

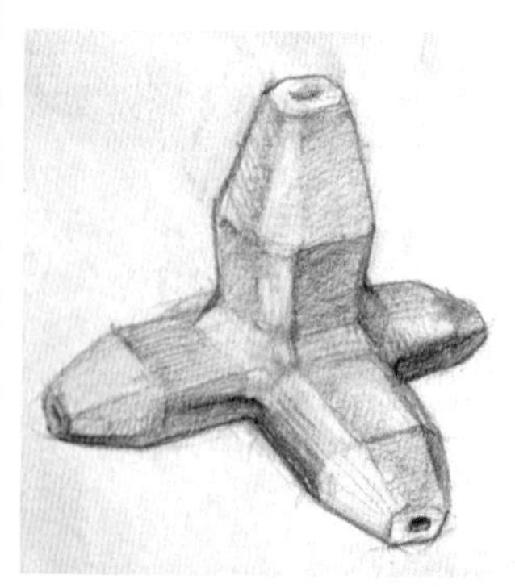

（圖八）

空。」四腳消波塊中，一腳高擎，直指天空，看似濕婆的林伽，小說因此也安排了濕婆派的教徒圍著四足消波塊做起了宗教儀式，從而引起了納利卡醫生的憤怒等等後續故事。但是，在符號意義層面四腳消波塊很好地詮釋了印度宗教哲學中「三加一進而為四」的模式：三足為實，代表可見，一足為虛，代表不可見，但原本不可見的「一足」卻顯現為與其它三足有別的「第四足」。當然，小說絕不會道出四足消波塊所隱藏的「三與一」的數字模式及其象徵意義，但它卻和其它所有具有數字形式力量的細節一起，通過不斷重複使小說獲得了一種隱秘的暗示力量。

（圖九）

人們還將梵所蘊含的「三加一」的模式賦予了梵文中的「唵」字。（如圖九）《蛙氏奧義書》論述的重點是神秘的符號「唵」，並且以「加一」的形式為其「三分模式」配上了「第四足」。「唵」包括了過去、現在、未來及其和合而得的「超三世時間」；唵是醒、夢、熟睡及「第四位」；唵是阿（a）、烏（u）、摩（m）及其和合而得的「無音」。如果用公式來表達《蛙氏奧義書》中唵的「三加一」模式，即為：唵＝有音（a+u+m）＋無音。[39] 從詞源學的角度來考察，梵文中的唵字相當複雜，其書寫有很多版本（天成、悉曇、藏文），而關於其書寫及衍生義的關聯在印度文化中也說法

39 金克木以三角形結構來說明這一思想：一個三角形由三條邊組成，但並不是三條邊的簡單相加。三條邊只有在特定的組織關係之中才形成了一個全新的整體。換句話說，三角形是這三條邊的統「一」，但又是這三條邊之外的那個「一」。這類似於認知心理學的中格式塔「整體不等於部分之和」的構成規則。

不一。不過，大部分的版本都包括兩個部分，其中一部分是悉曇體的 O，看起來很像阿拉伯數字 3，另一部分則是半弧加一點（bindu），表示半鼻化音，也代表「唵」字中無聲的「第四足」，即「超上大梵」。[40]

小說對唵字中「三加一」的模式以文學的形式進行了再次編碼，以代際關係及特點來表現唵中「三加一」的內涵。小說主要描寫了一家三代人的歷史，對應「唵」字中的「3」，在文末出現了家族中的第四代人小阿達姆，他表現了「唵」字中「半弧和點」的內涵，他就是無音的「第四」足：小阿達姆是個啞巴，「完全不哭不鬧。」（544）帕爾瓦蒂認為「如果孩子一直不說話，疾病就永遠趕不出去」，「疾病是身體的一種傷痛，所以一定要用眼淚與呻吟去除。」所以，帕爾瓦蒂給小阿達姆喂了一種「效力宏大」，「連石頭都可以讓它發出尖叫」的綠色粉末。小阿達姆的「臉頰開始鼓突，就像是嘴巴裡含滿了食物；長久壓抑的嬰孩聲息湧到他嘴邊，但他痛苦萬狀地抿緊嘴唇。很明顯，這嬰孩努力要把綠藥粉逼出的、洶湧如長江大河噴吐而出的鬱積之音吞回去，噎得幾乎要閉氣。」帕爾瓦蒂無奈之餘只好給小阿達姆喂了解藥。家族中的第四代人小阿達姆一直都不肯說話，直到小說的最後，「一天祥和地漸漸過完，黃昏已近，時間即將終結」，（594）而此時，年滿「三歲一個月」的阿達姆「終於發出了一個聲音」，他竟然說了一句咒語「阿布……拉卡達不拉」。第四代人小阿達姆默無聲息，而他一旦說話，就是「咒語」，小說從而將「唵」的符號內涵化為情節，以情

40《奧義書》中的《大梵點奧義書》、《聲點奧義書》、《甘露滴奧義書》都旨在闡明唵字中的這一「點」。徐梵澄在《大梵點奧義書》的引言中說，「此書乃涉及『唵』聲止觀者，梵書唵 3 字上必有一『點』，標合口收音，恰於『唵』聲收後無聲之際，凝思一『點』，此則為所當靜慮之『超上大梵』也。」參見，《五十奧義書》．徐梵澄，譯．北京：中國社會科學出版社，2007 年：第 598 頁。

節來詮釋這個符號的內涵。

總之，神話思維中數字具有神秘的力量。印度的宗教哲學及其各種表現形式也都體現了數字所具有這種神秘的力量。在印度文化的背景下《午夜之子》中不斷反復出現數字「三」及各種隱匿的「三加一」的數字結構模式，正是在暗示小說主題，暗示梵可見與不可見，亦如代表大梵的「唵聲」，無聲之際，才現梵義。

小結：符號化結構之淵源與超越

本書三、四兩章著重論述了小說符號化的結構。在《午夜之子》中，拉什迪運用小說中的概念範疇，人物的空間位移軌跡，時間的塑形，人物生命序列等多元敘事手段使小說結構呈現出曼陀羅「唵」字咒的空間圖示，同時，也將曼陀羅的格式塔具化成各種意象，隱藏在小說中，將有特殊宗教涵義的數字「3」與「1」貫穿於小說結構的道與技，使小說世界喻指「梵」之世界。

現代小說空間化是小說追求「形象性」表現的延續。形象是很多文學作品的源頭。卡爾維諾也說，他在開始寫幻想故事的時候，沒有想過理論性的問題，他所有的故事源頭，都有一個視覺形象。在現代小說中，這種對小說形象性的追求不僅滲透在小說的語言表現層面，還演化成為一種對小說呈現出某種空間形式的追求。這裡的空間並不是物理的空間，而是小說敘事所形成的一種「想像的空間」。自 20 世紀 80 年代起，空間問題在理論和實踐層面的重要性日益凸顯。[41] 空間理論創始人之一的佐倫提出：「空間形式就是，只有將文本中零散的片段聯繫起來之後，才能覺察到的形式，這就要求（讀者）對文本整體或是在空間中同時出現的文本的片段（當然，這是個類比的說法）有洞察、體悟的能力。」[42] 其實，小說家們早在 20 世紀初期就開始了「空間小說」的實踐。如，普魯斯特在他的作品中突破了線性的敘事，跨越了「詩與畫」的界限，表現出一種具有「印象派畫作」風格的空間結構形式。[43] 此外，喬伊絲以及其它一些現代詩人的作品也都具有空間化的結構形式。

拉什迪的小說呈現出空間小說的特徵，他以多元化的敘事形成了符號的空間形式。當形象或是空間化的結構形式具有某種特殊意味，反映特定文化內涵時，就成為具有高度抽象、概括性的符號。在《午夜之子》中，作者拉什迪曾借敘事者之口說出圖畫或是符號在文學表達中的重要作用，「思想可言說，也可用圖畫或是純粹的符號來呈現，二者的幾率差不多。」（284）相應地，如果能以純粹符號的形式呈現某種思想，這個符號必然是集體意識的結晶，是文化在人類歷史存在過程中的沉澱，如代表道家精神的太極符號，或是代表基督教文化的十字架。在印度教文化中，「唵」（OM）就可以代表印度宗教哲學思想的核心概念「梵」。當然，敘事的空間結構圖示是審美知覺和創造的結果。「格式塔心理

41 龍迪勇．《空間問題的凸顯與空間敘事學的興起》，《上海師範大學學報：哲社版》．2008 年第 6 期：第 64-71 頁。

42 Zoran, Gabriel. *Towards a theory of space in narrative*. North Carolina: Poetics today, 1984, 5(2): pp. 309-335. *"A spatial pattern is any pattern perceived solely on the basis of the connection between discontinuous units in a text, demanding therefore a perception of the whole text or part of it as given simultaneously in space (which is, for example, the case of analogies)."*

43 弗蘭克（美）．《現代小說的空間形式》．秦林芳，編譯．北京：北京大學出版社，1991：第 15 頁。

學派用異質同構論解釋審美經驗的形成。按照這種理論，在外部事物、藝術式樣、人的知覺（尤其是視知覺）組織活動（主要是大腦皮層中進行）以及內在情感之間，存在著根本統一。它們都是力的作用模式，而一旦這幾個領域的力的作用模式達到結構上的一致時（異質同形），就有可能激起審美經驗。」[44]

44滕守堯．《審美心理描述》．成都：四川人民出版社，1998年3月：第34頁。

第六章
詩化語言：梵之摩耶

在《午夜之子》中，小說細部的、靜態的語言描寫了小我與大我，阿特曼與梵，人與世界之間的認知互動，交流往來，以此展現梵兼具可知與不可知的兩面性。本章提出：小說的語言是詩性的語言，具有摩耶的特性。一方面，小說繼承了印度古典文學傳統，將具有原始思維形式的「情味」融入小說的語言；又創造性地借用跨媒介的電影敘事強化了小說語言的視覺效應。這使小說在表現梵之世界形色的同時，也充分調動了讀者閱讀中潛在的感官創造。另一方面小說則以「曲語」的方式暗示世界之空無、遊戲的本質，暗示小說隱秘的主旨，表現不可見、不可知的上梵。小說語言在表現藝術之美的同時，也彰顯藝術虛幻的本質，從而體現了虛幻與真實，下梵與上梵之間的關係，說明藝術與世界都是梵在遊戲中的幻變。

第一節　語言的摩耶：形色與空無

讀《午夜之子》就像看色盲圖，小說的語言好比色盲圖中的點陣。在色盲圖中，局部點陣的意義依附於整體意義。如果看不出色盲圖中隱藏的圖形，就無法看出局部點陣在整個圖形中的功能與意義。比如，看出了色盲圖裡隱藏著一個鴨子，才知道哪些點陣充當了鴨子的眼睛，哪些又組成了它的尾巴，進而才能評論細部點陣的表現力。同理，不從小說的主旨出發，很難真正理解細部語言和細節描寫，因為局部語言的功能、意義和特點是整體意義生成的必要條件，無法從其直接推導出整體意義。因此，讀《午夜之子》，要從其主旨和邏輯起點出發，才能更好地說明這部小說詩性語言的藝術特色。

《午夜之子》小說的主旨是印度教「梵我一如」的宗教哲學思想。「梵」是小說的邏輯起點，小說的語言是體現了「梵性」的詩性語言，主要具有兩方面的特徵。一方面利用人的認知統覺的心理過程全面、細緻、甚至是繁複地呈現出事物的樣貌，體現原始思維的特徵。另一方面則保有事物之中神秘、無可言說的內在本質，以象徵、比喻等印度古典美學中「曲語」的方式暗示這種本質。

在印度宗教哲學中，梵是神，是世界的創造者，是世界生成的動力因。《彌勒奧義書》中說：「由彼（梵）而生群有，月，星，宿，等等。由此等乃更生世界萬物：凡世間可見之美醜者，皆由此等而起」；[1] 梵本身也是創世的目的因，《薄伽梵歌》中說，梵顯現為世界僅僅是出於遊戲或玩耍。因此，世界是梵製造的幻象，是摩耶。摩耶一方面展現為人類感官可感知的形式，而另一方面也具有遊戲的空無本質。摩耶的特性與梵是一致的，下梵可說，可感知，而上梵卻不可說，也無法直接感知，只有超越了感官的粗識，通過直覺才能被領悟。

梵創造了萬事萬物，其中也包括人，包括了藝術的創造者。藝術的創造者是梵的產物，同時，他們也通過自身的藝術創造以類比的方式顯現梵的存在，說明梵是如何出於遊戲的目的創造了世界。印度藝術思想將一切藝術創作和起源都歸結為梵，於此同時，也將藝術創作和起源神聖化。印度古典文藝理論家王頂在《詩探》中講述了詩的起源：世界的起源是原人，而詩的起源是詩原人。辯才天女為了得到兒子在雪山上修行，梵天就為她創造了一個兒子「詩原人」，從而將詩、世界、人三者和合為一。辯才天女這樣描述自己的兒

1《五十奧義書》．徐梵澄，譯．中國社會科學出版社，1995 年：第 463 頁。

子：「音和義是你的身體，梵語是你的嘴，俗語是你的雙臂，阿波布朗語是你的雙股，畢舍遮語是你的雙腳，混合語是你的胸脯……」[2] 藝術創作因此與創世之間形成了類比關係。世界是梵天的遊戲，是梵天製造的摩耶，而藝術則是創作者的遊戲，是他們製造的幻象，是摩耶。一方面藝術同世界一樣是可感知的形式和存在，而另一方面，藝術與世界的本質一樣都是空無與遊戲。藝術創作非但是梵創世的類比，也是梵創世過程的的顯現。藝術一方面要表現出世界的形色，而另一方面又要暗示出世界的空無，因為後者無法直接言說，只能通過直覺才能被領悟。

更具體而言，摩耶（Maya）是一個複雜的概念，它意味著力量、奇跡、幻覺和世界萬象的變化。古印度人在面對森羅萬象變動不居的大自然時，猜測宇宙只是一個無邊的幻象，而製造這個幻想的人是法術無邊的大神。《午夜之子》中的薩利姆在談到為什麼自己的小說裡有如此之多的女人時說道，她們「是印度母國的多重面貌？或更甚於此……是『摩耶』，是以女性器官為象徵的宇宙能量？」（526）這其實暗示了摩耶的意義，一方面說明摩耶是變化不拘的，有著多種存在形式，另一方面則說明摩耶蘊含著無限的宇宙能量。由此，摩耶可從很多方面進行解釋，從宗教儀式和巫術的方面來看，摩耶是在過宗教儀式或是宗教奉獻的過程中獲得的超能力；從神話的角度來看，摩耶則是宇宙的能量，為創世提供不竭的動力；從形上學的角度來看，摩耶是指生命和生命意識的神秘性，它涉及到我們知道什麼，我們如何知道，能否知道。不過，總體而言，摩耶強調的是世界不可知的一面，強調人類在瞭解世界過程中是如何的徒勞無功。

2 秋紫華，《印度古典美學》，武漢：華中師範大學出版社，2006 年：第 252 頁。

摩耶或幻的說法在《吠陀》和《奧義書》中都有體現，後被佛教哲學汲取，成為佛教哲學的重要組成部分。摩耶之說其實是「無」與「有」的問題。佛教將「幻」融入事物存在的規律，認為存在本質上是幻，是無，在現象上是有，是生住異滅的過程。因緣聚時無變為有，因緣散時有歸於無，所謂大千世界只是因緣聚散的幻象。正如《金剛波若波羅密經》中的偈頌：「一切有為法，如夢幻泡影，如露亦如電，應作如是觀。」吠檀多派的代表人物喬荼波陀認真研究了佛家的大乘教義，從中受到啟發，將「摩耶」引入自己的理論體系，以佛教的範疇來論證自己的「無差別不二論」。[3] 他認為「我」所感知的不過是梵借助「幻力」、「摩耶」而顯現的不真實的現象界。商羯羅繼承和發展喬荼波陀的理論，將梵分為上梵與下梵，二者就如同佛家的空與色，常人因為感官的限制，將下梵的假象當做是真知，而只有那些識破摩耶幻象的智者才能體悟上梵。

由此可見，摩耶涉及到認識論的問題。為了能夠識破幻象，體悟真知，印度各宗都對人自身的認知規律或心理有深刻的省察。印度教數論派理論涉及到了主體的認識問題。數論派認為宇宙有兩大本原：神我和自性，此二者處於輪回的狀態之中，其中關係可以二元二十五諦來概括。[4] 佛教中亦有心性論，把認識看做是主、客及主客相互之間的關係，就主觀認識能力而言，有「眼耳鼻舌身意」六根，就客觀認識對象而言，有「色聲香味觸法」六境，基於六根六境，就會產生「眼耳鼻舌身意」六識。吠檀多派的哲學對這些派別的哲學多有借鑑。總之，印度各宗研究人的認知過程和規律，仍

3 參見本書第一章第三、四節中關於吠檀多派梵我「不二論」的具體論述。

4 參見本書第一章第四節中關於數論二元二十五諦的具體論述。

是為了摒棄無明，識破幻象摩耶，最終得到般若智慧，體悟梵我一如，從而超越輪回，終獲解脫。

摩耶說對印度藝術文學創作產生了巨大的影響，人們認為，藝術就是摩耶。摩耶是梵之力量的開顯，藝術亦是如此。[5] 梵是無限剩餘的能量，這些能量會以各種形式流溢出來，此即創造的源起。與梵相類，人除了吃飯穿衣繁衍之外，如果還有富餘能量，就會轉化為歌唱、舞蹈等各種藝術，帶給人創作的歡樂和自由。摩耶是神的遊戲，它呈現世界，而藝術亦體現神性，呈現形色。人們企圖發現世界的秘密，但是神將秘密永遠地隱藏在繁複的諸相之後，逃避人們的追尋。人們偶有零星感悟，卻永遠無法一窺世界的全貌，捕捉到世界的本質。藝術家模仿著神的創世，藝術品表現這個「摩耶」的世界，它「從不試圖隱藏他的含糊不清，以及對它自己的定義的嘲弄，它通過不斷的變易玩著捉迷藏的遊戲。」[6] 摩耶終是神之遊戲的空無，藝術亦是如此，「一張畫上了畫的布可以歷久不衰而長存於世；這幅畫就是夢，就是空幻。然而向我們傳達實際意義的是這幅畫，不是畫布。」[7] 因此，在印度文化中，藝術創作就是遊戲，藝術品的本質就是形式之「幻」。

藝術雖是摩耶，但卻服務於宗教，是由「形色」到「本質」，由「下梵」到「上梵」的領悟途徑。印度的藝術都具有宗教性。20世紀美國著名的美學家湯瑪斯·門羅指出：「印度藝術皆為宗教性的，無論其表面有多麼世俗化，其中也存

5 參見本書第二章第二節中關於「梵為創造之目的因」的相關論述。

6 泰戈爾·《一個藝術家的宗教》，《泰戈爾文集（第四卷）》·劉湛秋，主編·合肥：安徽文藝出版社，1997年：第15頁。

7 泰戈爾·《創造的統一》·維希瓦納特·S·納拉萬·《泰戈爾評傳》·劉文哲，何文安，譯·重慶：重慶出版社，1985年：第65頁。

在著神的象徵意義。」[8] 藝術是表現的途徑，18 世紀的日本學者富永仲基說：「印度的風俗對『幻』甚為偏好，這恰似漢人好『文』或好『文化』；凡欲設教說道者，皆必遵『幻』道以進，否則無以取民信。」[9] 正所謂「聖人體無，無又不可以訓」，藝術是宗教傳播的載體，以藝術來表達宗教，就是以有說無，讓人意識到信仰之有，但又要意識到信仰表達的「空」境。藝術之有、藝術之美是船；宗教之無、宗教之反美是岸，所謂登岸舍筏，藝術從美到反美，是個「渡」的過程。因此，印度藝術追求靈肉雙美，展現塵世之色，亦求超拔之空。

印度靈肉雙美的藝術題材具有特殊的表現形式。一方面它追求形式美。藝術是能量的剩餘，是繁複的形式美，它吸引了觀者全部的注意力，使其首先能凝神專注於美。在印度的古典美學中，形式美被稱作「莊嚴」，即「把一切美好的東西、有價值的東西都疊加、堆積在同一神聖的、美好的對象上，以表現這一對象的完美」。[10] 在造型藝術中，運用各種彩繪、藻飾、裝扮的方法使形象更加美麗奪目。比如，佛像有三十二相、八十種好，而飛天則輕盈飄逸，身姿曼妙，舞神則汪洋恣肆、生氣充盈。另一方面，它旨在喚起崇高感。形式美不是平面的，它旨在以豐富的想像力和表現形式喚起觀者內在的崇高感，最終感悟宗教所隱含的深意。如佛像之美旨在表達宗教圓融寧靜的境界，飛天之美則是表達宗教的超塵拔俗的崇高，舞神之美旨在表達宗教蘊含著巨大的精神力量。正如同印度繪畫一樣，「所要表現的並非物而是情，

8 湯瑪斯·門羅·《東方美學》·歐建平，譯·中國人民大學出版社，1989 年，第 60 頁。

9 中村元·《東方民族的思維方法》，林太譯，杭州：浙江人民出版社，1989 年：第 71 頁。

10 邱紫華·《印度古典美學》·武漢：華中師範大學出版社，2006 年：第 265 頁。

而且它所要做到的並非是表現而是暗示；它所依賴的不是色彩而是線條；它所要創造的是審美或宗教情緒而不是複製真實；它所感興趣的是人與物的『靈魂』或『精神』，而不是物質的形式。」[11]

在印度古典美學中，「莊嚴」是指藝術的形式美，體現在詩歌、語言藝術中，表現為大量修飾性的語言。這些語言利用音與義來描繪事物的色聲香味觸法，展現事物的多方面客觀存在樣態，從而起到裝飾性的效果，並借助人所共有的常情或是審美範式，喚起人們對同一事物的多元化感官認識，使人們意識到美，這在印度古典美學中被稱為「情味」。這些語言也通過借助「萬物有靈」的原始思維形成物與物，物性與物性之間的比喻關係，借助人的記憶、聯想、想像能力，體現出美的存在。這種反映了原始思維的裝飾語言就是一種詩性語言。[12] 但是，這些裝飾性的語言雖然表現為一種形式美，其目的卻是要讓讀者品味形式美的同時，領悟到其後所蘊含的宗教哲學精神。所以，「情味」最終表達的是「無味之味」，情味化的語言可以調動讀者的知覺、聯覺展現藝術美，但在更深層次上，卻是表現形色之後的空無，味之無味。

從具體到抽象，從美到崇高，由「莊嚴」的藝術形式美到其中所蘊含的宗教哲學思想，印度美學中所蘊含的這個審美境界的轉變過程在藝術表現中並不是以直接的方式表達

11 威爾・杜蘭・《世界文明史：東方的遺產》・幼獅文化公司，譯・北京：東方出版社，1998 年：第 413-414 頁。

12「我們發現各種語言和文字的起源都有一個原則：原始的諸異教民族，由於一種已經證實過的本性上的必然，都是些用詩性文字來說話的詩人。……我們所說的 [詩性] 文字已被發現是某些想像的類型，原始人類把同類中一切物種或特殊事例都轉化成想像的類型，恰恰就像人的時代的一些寓言故事一樣……」維柯・《新科學》（上）・朱光潛，譯・合肥：安徽教育出版社，2006 年：76-77 頁。

的，相反，是以「暗示」，也即「曲語」的方式表達的。「曲語」就是「運用擬人、意象、隱喻、隱語，誇張、暗示象徵的方法，盡可能地以詩句的字面義去遮蔽暗示義，避免直露，使詩句意義顯得曲折、含蓄，使詩句暗藏多重意義並能夠指向引申義」。因此，印度的藝術形式美是融合了真善要素的和諧形式，這種和諧可以是顯露的存在，但更多則是隱含的存在。因此，美並不是人人都僅靠感官知覺就能夠完全把握，它要求審美主體不但能理解字面義、內含義，更能領悟暗示義，聽出「餘韻」，品得「餘味」。這種美的表現形式與梵以及梵的表現形式摩耶的內涵是一致的，而審美的方式也與體悟梵的方式一致，都是要借助多彩的「幻像」認識到「幻象」虛無的本質。這個認識的轉變並不那麼容易，而是曲折的，循序漸進的，它有賴於審美主體的感悟能力。《午夜之子》的語言就是詩性的語言，體現了印度古典美學的「情味」：一方面重視語言的裝飾效果，從眼耳鼻舌身意不同的知覺途徑激發讀者的審美意識，而另一方面，又以含蓄、暗示的方法烘托、傳達小說的「梵我一如」的印度宗教哲學主旨。

在繼承「情味」表現手法的基礎上，拉什迪還將西方現代藝術中跨媒介的多元表現手法融入了小說的語言。他的小說有很強的畫面感。他以原始思維的表現方式來豐富語言，增強語言的表現力，從而激發讀者生成內視畫面。另外，他也直接描寫一些畫面，以此來延長讀者的閱讀時間，並暗示小說情節、結構或主題意義。除了描繪相對靜態的畫面，拉什迪還將電影媒介的表現手法引入小說，增強了語言的動態表現效果。

當然，小說可以分為意義、結構、情節以及靜態語言描寫等多個層次。靜態的描寫與情節的發展，小說架構的形成，意義的呈現存在不同程度上的關聯。《午夜之子》通過靜態描寫來暗示小說的主題，或是以靜態描寫來呼應小說的情節或結構，從而烘托小說的主題。無論這些靜態語言與「梵我一如」的主題是否直接相關，都和合體現了一種和諧的形式美，蘊含著小說不同的表現層次，以及讀者可能經歷的審美的不同階段。這種詩性語言從形式出發，旨在超越形式，從美出發，旨在超越純粹的感官之美；詩性的語言是語言的摩耶，從語言製造的幻象出發，旨在破除幻象，從語言所表現的下梵出發，意在暗示難以言說的上梵。

第二節　小說中的情味：無味之味

在印度古典美學中，「味」論是一個獨特的範疇。婆羅多牟尼據稱是印度古典樂舞戲劇理論的創始人，他的著作《舞論》是印度詩學的代表作，在古代東方文藝理論經典中佔有重要地位。在《舞論》中，婆羅多牟尼強調了「味」的重要性，他說，任何詞的意義都不能脫離味而進行，味就是被品嘗到的味：

> 正如有正常心情的人們吃著由一些不同佐料所烹調的食物，就嘗到一些味，而且獲得快樂等等，同樣，有正常心情的觀眾嘗到為一些不同的情的表演所顯現的，具備語言、形體和內心〔的表演〕的常情，就獲得了快樂等等……。[13]

也就是說，味不僅是食物的味道，品嘗者感受到的味

13 婆羅多牟尼．《舞論》，《古代印度文藝理論文選》．金克木，譯．北京：人民文學出版社，1980 年：第 5 頁。

道，也對應著因不同的「味」而引發的不同的情緒。在《舞論》中，婆羅多牟尼提到了八種味，分別是：豔情、滑稽、悲憫、暴戾、英勇、恐怖、厭惡、奇異。這八種味中的前四味是根本「味」，而其它四味則由根本的四味衍生而來。對「味」的追求貫穿著印度的文學藝術創作。泰戈爾曾這樣解釋「情味」，他說：

> 我們的情感是胃液，它把這個現象的世界變成了較為親切的情感世界。另一方面，這一外部世界也有自己的汁液，他有著種種特性，激發我們的情感活動。這在我們梵文修辭學中被稱為情味。它意味著外部的汁液在我們情感的內在汁液中獲得反應。照此看來，一首詩就是一個或幾個包涵汁液的句子，這些汁液刺激情感汁液，給它以情感，賦予活力的觀念，以備成為我們性格中的要素。[14]

在《午夜之子》中，拉什迪將印度古典文學中的味論揉入了自己的創作，但是在原有味論的基礎上又有所創新。在他的小說中，味不僅是味蕾的感受，嘗到的味，而是以味帶動統覺，味也是嗅覺之味，色彩之味，情緒之味，最後留給讀者的是意韻之味。味不僅是小說的表現技巧，也是小說的意義所在。味只是手段，小說的語言最終要表現的是無味之味。

一、味與情味

小說中，薩利姆借助和隱含讀者帕德瑪的對話，以原小說的形式說出了自己對小說之「味」的偏好。他把寫作比作

14 泰戈爾．《泰戈爾論文學》．上海：上海譯文出版社，1988 年：第 93 頁。

是烹飪，一方面點明了味的本質是所嘗之味，另一方面則說明「味」對於文學創作的重要意義。

> 帕德瑪說：「寫快一點，否則還沒寫到你出生你就死了」我努力收斂成功說書人應有的驕傲，試著教導她。「事件——甚至人物——都必須以特定的方式交融，」我解釋道：「就像你烹調食物講究入味……」（042）

「味」在文學中不僅是舌頭所嘗之味，更是因所嘗之味引發的情緒，或以所嘗之味表現出的「情味」。關於情味，小說中有這樣的描寫：

> 阿米娜在自己家裡恢復了女兒身份，她開始感覺到別人食物裡的情緒滲透進她體內——因為可敬的母親分配不妥協的咖哩與肉丸，菜裡吸飽了他們創作者的人格；阿米娜吃頑固的燴魚羹和決心的番紅花菜飯。雖然馬麗的醬菜有部分抵消效果——因為她把內心深處的罪惡感，以及被發現的恐懼都攪拌進去，所以她做的菜滋味雖好，卻能使吃到的人興起無以名之的不確定感，夢見指控的手指——可敬的母親供應的伙食，使阿米娜常懷憤怒，甚至對她挫敗的丈夫也有些許改良效果。（178）

在這一段描寫中，食物與情緒被緊密地連繫在一起。製作食物的人遵循「巫術的接觸律」將自己的情緒放入食物，而以舌頭嘗到食物的人又因「接觸」而被感染了這種情緒。食物成為情緒傳遞的介質：「味」不僅是食物之味，品味之味，更是一種隨味而來「情緒」。小說中有不少類似的描述，這種帶有魔幻色彩的表現手法似乎將《阿達婆吠陀》的巫術帶入了小說，使小說的語言滲透出濃郁的印度古典文學特色。

在《舞論》中，「味」還不僅是品嘗之味及相應的情味，味還對應著不同的色彩、神祇及事件。引發「（情）味」的事件被稱為情由。《舞論》對此詳加論述，本書擇其要點，總結如下（見表二）：

（表二）

類\項	基本的常情				衍生的常情			
序號	1	2	3	4	（1）	（2）	（3）	（4）
情（味）	豔情	暴戾	英勇	厭惡	滑稽	悲憫	奇異	恐怖
顏色	綠	紅	橙	藍	白	灰	黃	黑
神	毗濕奴（保護）	樓陀羅	因陀羅（天神首長）	濕婆（毀滅）	波羅摩他	閻魔	大梵天（創造）	伽羅（死神）
情態	歡樂	憤怒	勇	厭	笑		驚詫	恐懼
情由（別情）	豔麗的服飾，正確的行為男女為因、青春為本	戰爭為因、驕傲的人為本		可厭惡的事、氣味、味道、接觸、聲音	不正常的衣服和裝飾，談話，形體動作		看見神仙、看見幻境	不正常的聲音，見妖鬼、戰爭、進入森林

由上表可以看出，味、情味與色彩密切關連。自然界將色彩賦予各類食材，人類品嘗食物之味，同時也觀看食物之色，食與色密不可分。由於先天遺傳及後天學習，人類可以根據視覺經驗和記憶以色彩來判定、識別食物之味，而色彩也能表達人的心情。比如，我們通常用「冷」、「暖」兩個色系來概括色彩，從而將色彩的知覺與溫度的感知統一起來。孟子說，食色，性也。法國的貢布里希說，「我們的藝術知覺和我們對形與色的解釋，緊密地聯繫著我們基本生物學上的生命（或我們的口部刺激）」。[15] 色的內涵是豐富的，

15 阿恩海姆，等著．《藝術的心理世界》．周憲，譯．北京：中國人民大學

指「顏色」，也指男女，但無論何指，色都與性和食物密切相關，與「口部的刺激」密切相關。味論中的第一味就是豔情味，在指向食物之味的同時，也指向了人之本「性」。在印度古典美學中，藝術之美與人的直覺感受被緊密地關聯起來，藝術中多以最本能的味覺統帶其他感覺，但同時，其它感覺也直接參與表現人的情緒。這其中首推視覺，在文本中主要體現為色彩。

《午夜之子》以繽紛的色彩表現了五味雜陳的生活和人的複雜情緒。第一章的標題是《剪洞的床單》，這個床單是「白色的大床單」，白色對應味論中的滑稽味，而有關於這個白色大床單的故事確實滑稽，引人發笑。外祖父留德學醫歸來。地主讓外祖父給自己的女兒看病。外祖父出診，不見病人，只有「三個女摔跤手」舉著「一幅正中央剪了個直徑七寸圓洞的白色大床單」，原來病人躲在床單後面，外祖父見不到病人，每次卻可以看到病人身體的不同部位。在三年之中，他先後看了她的肚子、腳踝、腋窩……乳房甚至屁股，在時光的流逝中，外祖父憑著自己記憶中的印象不斷拼湊出病人的樣子，並最終愛上了自己拼湊出來的這個病人，娶她為妻。而這一切，都是那個地主蓄謀已久的。白色對應的滑稽味並不局限於這一章，拉什迪的語言、和情節設計都體現了「令人發笑」的「滑稽味」。

第二章的標題是《紅藥水》，紅色對應味論中的「暴戾味」，表現的情態是「憤怒」，該章講述的是充滿「暴戾味」的血腥歷史。小說描述了 1919 年英國通過《羅拉特法案》（Rowleatt Act），准許在處置騷亂份子時，不經陪審團就可以審判，不經審判就可以拘留，引起印度民間群情憤慨。甘

出版社，2003 年：第 101-109 頁。

地因此發起了第一次非暴力不合作運動。外祖父帶新婚妻子前往阿格拉大學任職，中途因為「哈塔爾」，也即「非暴力不合作運動」，火車停開，滯留在旁遮普省的阿里木查。當地的群眾和英軍多有衝突，外祖父背著自己的醫藥箱走上街頭救助群眾。他也去了紮連瓦拉園，在那裡，英軍對著手無寸鐵的遊行群眾開火，數百人喪生，數千人受傷。外祖父親眼見證了紮連瓦拉園大屠殺，「紅色的液體」粘在了他的襯衫上，他說，「那兒不是人世」，紅色渲染的「暴戾味」躍然紙上。此外，紅色在其他章節中也有體現，也是貫穿小說的一個重要色彩。

在《滴答，滴答》一章中，小說以交替出現的黃色與綠色表現「奇異」和「歡樂」的情緒。小說講述了薩利姆以及午夜眾子的誕生，在那個意義非凡的時刻，一切都神奇地染上了黃綠兩色。小說中如是描述道：

> 阿米娜進到一個有黃色牆壁和綠色裝潢與家居的房間。隔壁房間裡，小威力·溫基的老婆皮膚變綠，眼白泛黃，嬰兒終於在想必有同樣色彩的產道裡開始下降。牆上時鐘黃色的分針和綠色的秒針滴答向前走。納利卡醫院門外的煙火和群眾，也遵守夜晚的色彩規則——黃色的火箭、綠色的煙花雨；男人襯衫是黃色調，女人穿萊姆綠的紗麗。（143-144）

黃綠兩色的描述貫穿了整個章節。以味論來看，黃色對應「奇異味」，表現了午夜之子誕生，世界為之「驚異」的情態，綠色對應「豔情味」，體現了印度獨立時刻所洋溢的「歡樂」氣氛。同時，黃、綠兩色分別代表著大神梵天和毗濕奴，也預示著薩利姆和午夜眾子非同一般，他們「曾是正是即將是……從未有過的神」；（567）當然，黃、綠兩色還是印度的國旗色，而午夜之子正是印度的象徵，所以，他們的出生的時刻也是印度誕生的時刻，國旗色正是渲染這一時刻的最有意義的色彩。

除了這些色彩之外，小說中也有關於黑色的、灰色的色彩描述，也都體現了相應的情緒，本論不再贅述。總之，以色彩來體現心情情緒是非常直接、有效的。歌德曾經這樣評價色彩和情緒的關聯，「顏色有一種奇特的兩重性，假如允許的話，我不妨用下列語言來形容它：它是雌雄同體的……它們總是如此直接、如此實在和如此感人，以致從來不需要我們去對它們思考和推理。」[16]

二、嗅覺之味與情味

小說繼承了傳統的「味論」，以食物之味和色彩來表現「情味」，此外，還以嗅覺來補充味覺。在人的感覺中，與味覺最為密切的是嗅覺。味覺和嗅覺感受到的大多都是物質的化學性質，不像視覺、聽覺、觸覺那樣更多感受到的是事物的物理性質。從日常生活經驗也可體會此二者的密切關係，當人生病時失去嗅覺的同時也失去味覺，因此，味不但指滋味也指氣味。非但如此，嗅覺對「味」的貢獻還大於人們的想像，嗅覺比味覺搜集資訊空間的範圍更大，嗅覺往往先於口舌的品嘗，也與腦部的神經聯繫更直接，與意識、記憶聯繫更為緊密。因此，人類豐富的味覺經驗很多都來自於嗅覺。只是味覺和嗅覺往往配合得太過緊密，人們沒注意到嗅覺的重要性而已。《午夜之子》凸顯了「嗅覺」的重要性，以氣味來強化小說之「味」，使小說之「味」更為豐富。

---

16 魯道夫·阿恩海姆（美）·《視覺思維：審美直覺心理學》·滕守堯，譯·成都：四川人民出版社出版集團，1998 年：第 81 頁。

小說以人物來體現「味」這個概念，他們是小說的「味源」。其中之一是自稱五百一十二歲的船夫老泰，他是一個絕對夠「味」的人物，小說如是描寫到：

> （老泰）未作任何解釋就決定再也不洗澡……他決定發臭。三年過去了……他穿同樣的衣服，不洗，年復一年；他對冬天唯一的讓步就是在臭氣沖天的長袍外面罩一件迦哈外套。他依喀什米爾習俗在迦哈裡貼身攜帶一小籃子熱炭，雖能保暖，卻使他身上的惡臭越發濃郁嗆鼻。他喜歡慢慢隨波逐流，飄過阿齊茲家，讓身上可怕的臭氣飄過小花園，穿堂入室。花兒死了，鳥也逃離阿齊茲老父的窗臺。不消說，老泰失去了工作機會；英國人尤其不願意讓這麼一個活糞坑擺渡。（26）

船夫老泰是個故事好手，也是小說敘事技巧的化身。敘事者曾多次評述老泰講故事的技巧，其實也是以原小說的形式告訴讀者自己所用的敘事技巧。此外，老泰自身的特徵也表現了敘事者意欲呈現的敘事效果，即「有味」。 老泰之「味」在故事層面雖然是奇臭無比，不過，這只是小說一貫所採用的「曲語」的修辭方式，就是以「反語」的形式來「掩蓋」小說的真正意圖。小說中的另一個 「味源」是老娼妓泰夫人，她和老泰一樣，也自稱五百一十二歲。泰夫人能夠「控制她的腺體，她可以迎合世界上任何人，改變自己的體味，內分泌與荷爾蒙服從她古老意志的指揮」（418）泰夫人也承載了小說之「味」的概念，她可以模仿任何人的腺體，從渾身的褶皺中發出任何人想要的體味——這也是小說意欲達到的效果，敘事者希望小說能適應各種讀者的口味。其實，老泰或泰夫人之「味」都旨在說明，小說除了上承古典味論之外，還要倚重另類之味——「嗅覺」。小說中的船夫老泰輕敲自己左邊的鼻孔道：「這是外在世界跟你裡頭的世界遭遇的地方，如果兩方面合不來，你這兒就有感覺。然後你會不好意思地揉鼻子解癢。像這樣一個鼻子……可是不得了的天賦」（14）；「要信任它。它警告你時，一定要當心，否則你就完了」。（14）「跟著鼻子走，你才會有好前程」。（14）

嗅覺如此重要，在小說中它不僅是靜態的描述，還是小說故事的粘合劑——眾多的人物都有大鼻子，同時也是推動故事情節發展、組織故事篇章的行動元——與人物的命運密切相關。比如，外祖父阿齊茲就因為「跟著鼻子走」而免於一死。在一九一九年四月的紮連瓦拉園事件中，阿齊茲醫生外出救治集會民眾，他在人群中隨波逐流的時候，忽然覺得「鼻子從來沒癢得這麼厲害過」。結果，「一個噴嚏正好命中外祖父的臉」，他「打了個打噴嚏，向前一歪，失去了平衡，跟著鼻子走」，（39）他摔倒了，也因此躲過了趕來鎮壓的英國軍隊射向集會群眾的子彈。

又比如，圍繞薩利姆的鼻子展開的敘述貫穿了他傳奇的一生。和外祖父、莫臥兒皇帝、象頭神一樣，薩利姆有一個「囂張如黃瓜」的「畸形」大鼻子，但因嚴重的鼻炎，「它經常堵塞，就跟木頭做的烤肉一樣無用」，而且「會漏水」，這使得薩利姆從小都與香味無緣，他「不得不用嘴巴呼吸」，就像「喘吁吁的金魚」，薩利姆也為此備受夥伴們的冷嘲熱諷，甚至連父親也嫌惡他。薩利姆很是自卑，經常躲進洗衣籃，「粗魯的笑話進不來，也沒有指摘的手指。」（200）正因躲進洗衣籃，睡褲的束繩才鑽進了他左邊的鼻孔，使他意外地打通了「外在世界跟內在世界」的阻隔，獲得了心電感應，發現了午夜眾子的存在。其後，薩利姆的鼻炎被醫治愈，雖然失去了心靈感應的能力，卻因為鼻腔被「排乾」，而獲得了超級嗅覺，他有了「無所不知的的記憶力」，（107）超乎常人理解力，即使隔著時光也能「嗅出真相，嗅出正在醞釀的事，嗅出足跡」，（401）「嗅到悲哀與快樂……聰明與愚蠢」，他能辨別出常人無法辨別的味道，他根據氣味來理解世界，按照不同的氣味為世間之物分類。這一能力使他成為巴基斯坦的雇傭兵，一名執行追蹤任務的「人狗」。戰爭過後，嗅覺讓流浪歲月裡的薩利姆不至於餓死，也使薩利姆最終找到瑪麗，開始他的最後一段生活。

《午夜之子》中的鼻子也與其它感覺密切相關。如鼻子與性相關，頗具「豔情味」。船夫老泰這樣說阿齊茲醫生：「你臉上那根大黃瓜就像褲子裡那根小的一樣扭來扭去。」（13）嗅覺還統帶了其它感覺：

> 初期的整理：我嘗試用顏色為氣味分類——煮沸的內褲與《新聞日報》的油墨，同樣屬於藍色調，舊的柚木與新放的屁都是深咖啡色。汽車與墳墓被我一起歸為灰色……有時也以重量區分：蠅量級的氣味（紙張）、羽量級（肥皂清新味的身體、青草）、輕中量級（汗水、夜女王花）；燜羊肉與腳踏車機油，在我的系統裡是輕重量級，而憤怒、香薄荷、背叛與糞便，都算是這世上重量級的味道。我還有一套幾何系統：快樂是圓弧、野心多角；我的氣味有拋物線式，也有橢圓與正方……（416）

三、情味與統覺

其實，「味」不局限於「口舌之味」或「嗅覺之味」。「在印度文化中，色聲香味觸法，是眼耳鼻舌身意感官所帶來的體驗，正是審美對象的基本元素。」[17] 也即，「五維」體驗都可以表現為統覺，傳達情緒，使語言有「味」。印度古典美學以「味」來代其它體驗，以舌來代其它器官，將口舌接觸作為「常情」和「隨情」之由，是因為味是人最本能的認知途徑。但實際上，舌頭只有甜、酸、鹹、苦四種基本味覺，口、舌接觸所帶來的感覺相對有限，因此在表現「情」時，只有同時充分運用通感，調動統覺，才能使藝術更富表現力。

《午夜之子》將感官經驗與情緒體驗揉和在一起。不少描寫是以一種感官經驗引起某種情緒，繼而以該種情緒統帶其餘感官。如，小說中說道：「我聞得到的，賈蜜拉都唱得出。真理美幸福痛苦：各有各的香氣，我的鼻子都能分辨；在賈蜜拉的表演中也都能找到理想的聲音。」（412）在這裡，嗅覺接受各種外部刺激，辨識了不同的氣味，進而產生了各種情緒反應或認識——「真理美幸福痛苦」，情緒、認識又進而引起更多的想像，表現為不同的感官體驗，從而將嗅覺與聽覺聯繫起來——薩利姆聞得出的，賈米拉都唱得出。

又比如，「愛麗亞阿姨對其他的男人和嫁給他的她妹妹的憎恨，已發展成一種具體有形的東西，它坐在她客廳的地毯上，像一隻大蜥蜴，發出嘔吐物的臭味。」（430）「憎恨」是情緒，這種情緒以視覺的形式體現出來變成一種形象——大蜥蜴，而伴隨的還有「嗅覺」——嘔吐物的臭味。

---

17 張法．《美學概論》．北京：北京師範大學，2009 年：第 255 頁。

還比如：

*Since we hardly ever dared disturb him, my father entered a deep solitude, a condition so unusual in our overcrowded country as to border on abnormality; he began to refuse food from our kitchen and to live on cheap rubbish brought daily by his girl in a tiffin-carrier, lukewarm **parathas** and soggy vegetable **samosas** and bottles of fizzy drinks. A strange perfume wafted out from under his office door; Amina took it for the odour of stale air and second-rate food; but it's my belief that an old scent had returned in a stronger form, the old aroma of failure which had hung about him from the earliest days.*[18]（280）

這一段是關於父親情緒的描寫：父親陷入「深深的孤寂」，這是一種彌漫的情緒。它首先展現為一種「可見的」行動：父親「將自身隔離起來」；與此同時，「孤寂」也是「可嘗的」食物，父親不再吃家裡做的食物，只吃秘書帶來的那些「廉價的垃圾食品」，這些「溫吞的」、「不脆的」、「有氣泡的」的食物應和、強化了父親的孤寂。最終，「可見的」、「可嘗的」的情緒化為一種「可聞的」奇怪氣息，從他的辦公室門縫底下飄出來。阿米娜說，那是一種「空氣不流通和蹩腳食物混合的結果」，而「我」則相信，那是一種「捲土重來」的失敗的氣息。這種氣息不僅可以在想像中看見，也可以在「讀」的過程中聽見，因為英文的韻腳表現出一種特有的音效。比如，運用大量的含有疊音字母的「眼

18 因為我們都不敢打擾他，父親便享有深沉的孤獨，這在我們這個擁擠的國家極為罕見，幾乎可說是不正常；他開始拒絕吃我們廚房供應的食物，專門吃女秘書用便當盒給他帶來的廉價垃圾食物，微溫的奶油餡餅、已經不脆的蔬菜咖哩以及瓶裝的氣泡飲料。一股奇怪的氣味從他辦公室的門縫底下飄出來，阿米娜認為那是空氣不流通和蹩腳食物混合的結果；但我卻相信，那是一種以更大的聲勢捲土重來的老味道，那種打從前開始就一直在他身邊縈繞的失敗氣息。（263）

韻」來表現「孤寂」那種難以擺脫的、黏滯的感覺，（如，rubbish、tiffin、carrier、soggy、bottle、fizzy），同時也大量重複了送氣的輔音 f（如：A strange perfume wafted out from under his office door）讓這種「可感的孤寂」，在 f 這個送氣音的迴旋往復中變成一種「可聽的孤寂」。這一小段的描述展現了拉什迪文學語言的「重量和密度」，他的描述盡可能地挖掘了文字自身的「音、形、義」各方面表現的可能，以文字全面調動讀者的情緒，引發讀者的感官經驗的聯想，從而使語言具有最豐富的意韻，產生詩歌一般的效果。

四、無味之味

《午夜之子》在末尾以原小說的形式說明了「味」論，闡釋了以統覺表現情緒的技巧。這一段將小說比作印度特有的酸辣醬（Chutney），將小說的寫作與酸辣醬的製作過程「混和」起來。酸辣醬的口味很多，色彩各異，但都具有「混和」的特色——這也是拉什迪小說之「味」。《午夜之子》五味俱全：融匯東西，涉及多種宗教和文化，混和英語和印度斯坦語，給讀者帶來獨特的感官享受。關於這種小說「酸辣醬」秘制配方，小說中這樣寫到：

*What is required for chutnification? Raw materials, obviously-fruit, vegetables, fish, vinegar,......Cucumbers aubergines mint. But also: **eyes**, blue as ice, which are undeceived by the superficial blandishments of fruit-which can **see** corruption beneath citrus-skin; **fingers** which, with featheriest **touch**, can probe the secret inconstant hearts of green tomatoes: and above all a **nose** capable of **discerning** the hidden **languages** of what-must-be-pickled, its **humours** and **messages** and **emotions**......at Braganza Pickles, I* *supervise the production of Mary's legendary recipes; but there are also my special blends, in which, thanks to the powers of my drained nasal passages, I am able to include* ***memories, dreams, ideas****, so that once they enter mass-production all who* ***consume*** *them will know what pepperpots achieved in Pakistan, or how it felt to be in the Sundarbans......*[19]（643）

做「酸辣醬」首先需要原料：「水果、蔬菜、魚、醋、香料」，那麼小說創作的原料就是事件，人物，構思等等。但是，要創作小說僅有材料也是不夠的，正如要做酸辣醬僅有原料是不夠的。要做最好的酸辣醬必須要有敏銳的觀察力和直覺，而要寫好小說也和製作酸辣醬一樣，要充分調動「五官」之識仔細、認真地「醃漬」小說的語言。首先，需要用「冰一樣的藍色眼睛」……需要用「手指」輕輕一觸……要用「能感知一切待醃制之物內在語言的鼻子」嗅出、也聽出「它們的氣性、信息、情緒……」，還需要在裡面參雜「意念」——「回憶、夢想、觀念」……這樣，才能讓「所有吃到的人」都品嘗出「辣椒燉肉在巴基斯坦的豐功偉業，或深入孫德爾本森林的印象……」「味」就是這樣滲透進小說的詞語、段落，乃至篇章，小說中無論是靜態的還是動態的描述，都充分體現了感官和情緒的經驗，將最形象、生動、逼真的內視畫面呈現給讀者。

但是，「味」或「情」都不能恆久。正如一種食物在品

19 醬汁化的要件是什麼？原料，這是不消說的——水果、蔬菜、魚、醋、香料……黃瓜茄子薄荷。但還有：冰一樣的藍色眼睛，不會被水果表面的光線亮麗矇騙——能夠看出柑橘果皮下的腐爛；手指，只需輕若鴻毛的一觸，就能探知綠番茄內心輕浮易變的秘密：更重要的是，能感知一切待醃制之物內在語言的鼻子，他們的氣性、信息、情緒……在布拉根薩醬菜廠，我監督瑪麗傳奇配方的製作；但也添加我自己的獨特配方，多虧我被吸乾鼻腔的能力，我遂可以在裡頭參雜回憶、夢想、觀念，使它們一旦開始量產，所有吃到的人都會知道辣椒燉肉在巴基斯坦的豐功偉業，或深入孫德爾本叢林的印象……（596）

嘗的過程中可能給人帶來歡樂，但是這種「滋味」卻不可能永遠停留在舌尖，這種「歡樂」之情也往往都是稍縱即逝。所以，最終的「味」是無味或平靜味。八世紀的詩論家優婆吒和九世紀的歡曾都確認了第九種味——平靜味。歡增在他的詩論著作《韻光》中說：「確實存在一種平靜味。它的特徵是因滅寂欲望而快樂。正如古人所說：『塵世的感官快樂，天上的無限快樂，都比不上滅寂欲望而獲得的快樂的十六分之一』。」[20] 詩論家新護在他的《舞論注》中也有關於「平靜味」的論述：

> 平靜味以常情靜（sama）為核心，導向解脫。它產生於認識真諦，摒棄情欲和心地純淨等等情由。……有詩為證：內心追求解脫，旨在認識真諦，導向至高幸福，這稱作平靜味。內心隔絕知根和作根，有益眾生幸福，這稱作平靜味。常情愛等等是變化，平靜是本源，變化來自本源，又複歸本源。常情獲得各自的情由，從平靜中出現，一旦情由消失，又複歸本源。[21]

平靜味體現了印度藝術的宗教性。婆羅門教以體悟梵我同一最終獲得解脫為人生的最高目標。「對於印度美學而言，從來沒有超功利的審美觀，也從來沒有為藝術而藝術的藝術創造活動。它總是如水中鹽、蜜中花一樣，潛藏著宗教的或倫理的、人生的功利性。」[22] 說到底，紛繁的藝術手段表現了世間形色，但更是以形式來暗示無可言說的「梵」，那種繁華背後的空寂，百味之後的「無味」。小說中的敘事

20 黃寶生．《印度古典詩學》．北京：北京大學出版社，2000 年：第 56-57 頁。

21 黃寶生．《印度古典詩學》．北京：北京大學出版社，2000 年：第 57 頁。

22 邱紫華．《原始思維和印度美學的不解之緣》，《華中師範大學學報》2003 年第 42 卷第五期：127-132 頁。

者薩利姆曾將酸辣醬和幻並置，以暗示無味之味：

> 綠色芒果醬已使她們滿懷對早年歲月的眷戀；我看到她們臉上露出罪惡感與羞恥。「什麼是真相？」……那就是「幻」。「幻的意義，」……「就是一切皆夢幻泡影；這一切都是幻的一部分。如果我說某件事發生過，而迷失在婆羅門夢境中的你們，覺得難以置信，那我們之中誰對誰錯？再來點芒果醬，」我客氣地說，自己也取了一大份：「味道真的很不錯。」（275）

小說以芒果醬暗喻小說。小說之「味」亦如芒果醬的味道真不錯，小說的豔情味亦如酸辣醬蚱蜢一般翠綠。不過，小說之味雖好，卻只是「幻的一部分」，是「夢幻泡影」。無味之味其實也貫穿小說始終，小說活色生香的文字，都源自小說伊始就提到的那個象徵「空無」的「洞」——整個故事世界都源自薩利姆記憶中那幅床單上「直徑七寸」的圓洞。這個「圓洞」是萬有之始，也是萬有之終。小說以「圓」開始，最後以「空」做結。薩利姆在結尾將自己的小說比作是醃漬醬菜，三十個章節，分裝在三十個罐頭瓶，各有滋味。但是，「在它們的旁邊，還有一個空瓶。」問題是，這個空瓶裡該裝上什麼？小說該「如何結束」？薩利姆說這個瓶子必須空著……於是，小說不再有未來，薩利姆最終消失在人海，融入世界，他的身體「一片片掉落」，骨頭「在強大無比的壓力下折斷碎裂」，被「吸納入廣大人群的毀滅漩渦」。

《午夜之子》由味至無味，由藝術形色到宗教哲學之空境，一方面以語言展現感官之識，另一方面又超越語言文字的表現以暗示的、間接含蓄的方法表現「梵」。小說的無味之味是作家藝術創作的美學，同時也更是一種接受美學：

品味的過程是從現象看到本質，從表像探知內核，由個別而領悟整體。更重要的是，藝術之味是味外之旨，它是對讀者的邀約和挑戰。毗首那他認為：「只有在前生和今世積累有心理潛意識的人才能品嘗到味。如果缺乏愛等等常情的潛印象，則如同木石，不能品嘗到味。」[23] 其實就是說，藝術鑒賞源自生活的積累，沒有豐富的人生底蘊，就無法品嘗到藝術之味。因為，梵隱匿於萬物之中，萬物都是梵的體現，拉什迪就是要讓鑒賞者通過小說之「味」這一個別的現象、表像、形式、形態去把握「無味」、「無形」但卻永恆的、無限的宇宙本體——梵性。

第三節　小說中的圖畫：無色之色

拉什迪小說的語言具有顯著的視覺效果，小說的主人公薩利姆說，「思想可言說，也可用畫面或是純粹的符號來呈現，二者的幾率差不多。」（284）在萊辛那裡，詩與畫是分屬時間和空間的不同藝術，但在拉什迪的小說裡，詩與畫卻被完美的結合在一起。拉什迪打破了小說與繪畫的界限，採用了散點透視，以畫代敘，及通感生畫的方法，以詩性的語言呈現出美侖美奐的繪畫效果，喚起讀者想像中鮮明的內視畫面。但，小說的旨歸是，無論詩性語言多有魅力，呈現的畫面多麼美好，都不過是藝術的摩耶，語言所呈現出的圖畫是無色之色，世界的真諦更在畫面之外。

一、「散點透視」成像

散點透視法可以和定點透視法對照理解。定點透視是西

23 黃寶生．《印度古典詩學》．北京：北京大學出版社，2000 年：第 345 頁。

方繪畫常用的技巧，是指繪畫者從固定的某一點單眼去觀察空間，表現瞬間的、靜態的和具有立體效果的畫面。定點透視描繪的景物更逼真，技法更科學，但卻相對片面、凝固。散點透視則是東方繪畫的常用技巧，一般採用移步換景的方法，從多個視點進行觀察，並將多個視點的畫面整合在一起。散點透視的技法畫出來的景物似乎缺乏空間的深度，但是，卻能表現出事物完整的形體、形態。如果採用定點透視法來畫一個正方體，可以表現出正方體的空間感，但是只能表現正方體的三個側面；如果採用散點透視法畫正方體，則可以連接多個視點所見，從而在單幅畫面中表現出正方體的所有側面。

小說和繪畫在視覺呈現的技巧方面有相通之處。小說在描述某個場景的時候可以採用一種定點透視的、相對靜態的方法，以集中的、連續的描述呈現一個場景，幫助讀者形成清晰的內視畫面，這樣描繪的效果符合讀者的閱讀心理時間流，但卻相對呆板。小說也可以採用一種散點透視的、相對動態的方法，以分散的、斷續的方式將多個場景融匯在一起。散點透視法打破了讀者的定點思維模式，切斷了讀者閱讀心理時間流，需要讀者在回讀中重構時空感，形成別具一格的繪畫效果。

《午夜之子》運用了散點透視的方法構建場景，如下例所示：

> 最近，地主甘尼以放任他獨自應付那些戴耳塞的保鏢「多聊聊，嚴格保密下，醫生跟病人的關係會更密切。我現在懂了，阿齊茲大爺——原諒我早先的唐突。」

最近娜芯的舌頭也越來越放肆。「這算什麼話？你算什麼——男子漢還是老鼠？為了一個臭烘烘的船夫離開家！」

「奧斯卡死了，」伊爾思告訴他，她坐在他媽媽的高背扶手椅上，啜飲著新鮮檸檬水。「像個丑角。他去跟軍隊說，要他們不要當棋盤上的小卒。這笨蛋還以為部隊真的會丟下槍走開。我們在窗戶裡看，我禱告他們不要把他踩死。那時兵團已經學會齊步走了，你看了一定認不得。他走到閱兵廣場對面的街角，踩到自己的鞋帶摔倒在馬路中間。一輛參謀車撞到他，把他給撞死了，他總是綁不好鞋帶，那個傻瓜」……這兒那兒，鑽石凝固在她睫毛上……「他就是那種敗壞無政府主義者名聲的人。」

「好吧，」娜芯同意：「既然你有機會找到一份好工作。阿格拉大學，那是所明星學校，別以為我不知道。大學校醫！……聽起來不錯。你說要換工作，情況就不同了。」洞裡的睫毛垂了下來。「我會想你的，當然……」

「我戀愛了，」阿達姆阿齊茲告訴伊爾思魯彬。後來他又說：「……就算我只能從床單上那個洞看她，一次一小部分；但我發誓她的屁股會羞紅。」

「他們一定在那兒的空氣里加了點什麼特別的，」伊爾思道。

「娜芯，我得到那份工作了，」阿達姆興奮地說。「今天信來了。一九一九年四月開始上班。你父親說他可以替我的房子和珠寶店找到買主。」

「好極了」，娜芯嘟著嘴說。「現在我得另找醫生了。或者我該回頭找那個老太婆，她根本什麼也不懂。」（28-29）

這段對話看似順暢，但讀者初看卻難以理解。這是因為，小說在敘事進程中糅合穿插不同的場景，打破了讀者閱讀的心理時間流，造成了閱讀理解中的阻滯效果。讀者為了理解對話的內容，就必須放緩閱讀速度，投入更多的關注，甚至回視已經閱讀的部分，並積極摻入個人的想像重組對話順序。在這個過程中，小說敘事就產生了一種散點透視的繪畫效果。

畫面中包括了三個場景、四個人物。第一個場景是娜芯的父親地主甘尼讓阿齊茲和娜芯多聊聊。其二是娜芯與阿齊茲的對話場景：阿齊茲告訴娜芯他要去阿格拉的大學裡當校醫，娜芯不很情願。其三是阿齊茲與德國來的朋友伊爾思的對話：伊爾思告訴阿齊茲她的丈夫一也是阿齊茲的朋友一死了，阿齊茲則告訴伊爾思他戀愛了。從對話的內容可以看出，這三個場景應分別出現在不同的空間，不同的時間段。在時間上，場景有前後次序，不可能交叉進行；在空間上，場景的地點不同，沒有交集。但是，在敘事中三個事件的時間差被消除了，它們不再作為時間序列上的事件，它們在空間上的差別也被抹去了，它們僅僅作為平面間的對話被並置、穿插、交錯在一起，但是這三個（原本分屬三個場景）對話中又共有一個人物（阿齊茲），這個人物就成為這三個場景的連接軸。這使對話看似順暢，但是，細讀之下，發現這些事件所涉及的談話內容很不一樣，讀者在心理上能夠感到這些事件不應該處於一個空間，但是他們卻由一個連接軸

（共同的對話人）被置於一個連續的閱讀區間內，一個平面中。這樣，小說就像是運用散點透視法將本屬不同視角、不同空間的場景放入了同一張畫幅，而這三個場景就像畫中三扇半展的屏風，呈現出一種立體空間平面化的效果，同時再現三個空間。

二、畫中有敘：故事情節圖像化

拉什迪作品的另一個成像方法是畫中有敘。這種方法不是通過動態的敘事形成畫面，也不是完全描述靜態的畫面，而是先呈現畫面，後在畫面內植入敘述。以下段為例：

> ……一張發霉的照片的記憶（說不定就是那個腦殼壞去、差點為了與真人相同大小的放大照片送命的攝影師的作品）：患了樂觀熱而紅光滿面的阿齊茲跟一個約莫六十歲的男人握手，是性急、爽朗的那一型，一綹白髮垂下來跟眉毛打叉，像一道服帖的疤痕。這就是哼哼烏米安·阿布杜拉。（「您瞧，醫生大爺，我身體保養得很好。你要打我肚子一拳麼？試試看，試試看，我的身體好得不得了。」）……照片中，白上衣寬鬆的褶皺掩藏著肚子，外祖父的手也沒有握拳，而是吞沒在前魔術師的大手裡。）站在他們後面親切地旁觀的是庫齊納般女邦主，她正一塊塊變白，一種滲入歷史、在獨立後不久大規模爆發的疾病…… 「我是個受害者，」王公夫人低聲說，儘管照片上她的嘴唇從來不會動，「我是跨文化思維不幸的受害者，皮膚就是我國際化精神的外鑠。」是的，這張照片裡有對話在進行，樂觀主義者像腹語專家般跟他們的領袖晤面。女邦主身

旁——仔細聽著；歷史與族譜即將相遇！——站著一個特別的人，柔軟的大肚子，眼睛像滯塞的池塘。頭髮極長像詩人。納迪爾·康恩，哼鳥的私人秘書。他的腳要不是被照片凍結，一定會不安地挪來挪去。他借著愚蠢僵硬的笑容說：「是真的，我寫詩……」這時，米安·阿布杜拉打岔，用他露出閃光尖牙齒的嘴巴洪聲道：「那算什麼詩呀！接連好幾頁沒押一個韻！……」然後輪到女邦主，溫和地：「現代主義，是麼？」然後，納迪爾不好意思地：「是。」這靜止不動的場景裡有多大的張力啊！多麼尖銳的戲謔，當哼鳥說道：「去他的，藝術應該有提升作用，它應該有助於我們想起光輝燦爛的文學遺產！」……那是一道陰影，還是他的秘書在皺眉頭？……納迪爾的聲音極低極低地從褪色的照片中傳來：「我不相信有什麼純藝術，米安大爺，現代藝術應該超越分類；我的詩歌和——嗯——吐痰入盂的遊戲是一樣的。」……於是女邦主——她是一位心地善良的女人——開玩笑道：「好吧，或者我該開個房間，專門用來吃檳榔和射痰盂。我有個很棒的銀痰盂，鑲了琉璃，你們都該來練習。讓牆頭滿布我們吐不准的痰！那至少是誠實的污點。」現在照片的話說完了；我以心靈之眼注意到，這期間哼鳥一直在看門口，門位於我外祖父肩膀另一頭，在照片的邊緣。歷史在門外召喚。哼鳥迫不急待想離開……（51）

這段描述中首先呈現給我們一張照片，這就讓讀者下意識將這段原本動態的歷時的敘事轉變成了一種靜態的空間的敘事。在分別說明照片中的人物，以及他們各自形象特點的同時，敘事者以括弧內的直接引語給出了人物的語言，這些語言或是人物之間的對話，或是人物的內心獨白，都被呈現在照片中。單獨來看這段描述，覺得這更像我們平時看的漫畫，一幀圖片之內有幾個各具特色的人物，他們所說的話都放在旁邊各自的語言框裡。

漫畫式的照片本身就是敘事，在小說中就是敘事中的敘事。按照我們的理解，這張漫畫的敘事者應該是全知敘事，因為他能知道一張靜態的照片中的人物的「腹語」，但是，敘事者是薩利姆，他也只是敘事中的一個角色，這個角色怎麼能知道照片人物的語言？於是這種畫中有敘的方式在小說中產生了一種「奇幻的」效應。敘事者似乎是以一種原始的方法在呈現照片，將原本不可見的也以透視的形式表現出來。中國剪紙或繪畫藝術中有很多類似的表現方法。比如，懷孕女性的腹中胎兒原本是看不見的，但卻依透視方法直接呈現腹中胎兒。（見圖十）這種「透視法」在印度藝術中也頗為常見。可以透視的不止是「物理」，也可以是「心理」。比如，有很多神猴哈努曼的畫像都會直接描畫出神猴的心，並在其中置入羅摩和悉多的形象，以示哈努曼時刻銘記他們二人。小說也有多處採用了類似的藝術形式，依繪畫正面律來呈現事物的真實性狀，或是直接呈現人物心中所想，從而為小說增添了原始思維的神秘色彩。當然，這也為小說的閱讀增加了難度。比如，在上述所引小說例證中，讀者要在其後的敘事中才能知道薩利姆是具有魔法的午夜之子，能夠不受時空限制從記憶的碎片中閱讀他人的思想。但是，在此

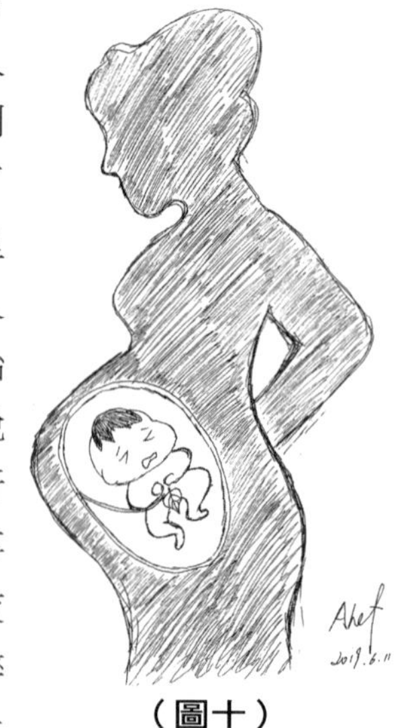

（圖十）

之前是無法理解薩利姆的。因此，隱含讀者帕德瑪反駁敘事者薩利姆說：「什麼胡說八道嘛……照片怎麼可能說話？」（52）但是，拉什迪的小說中，敘事變成了照片，照片的確說了話，也許這張照片中的人物給出的就是這種藝術形式的評論：「我不相信有什麼純藝術……現代藝術應該超越分類。」

三、通感生畫

拉什迪小說中更多時候是充分運用語言音、形、義的潛勢，從「色聲香味觸法」各個方面呈現具體的場景，刺激讀者的感官，讓讀者調動統覺形成鮮明的內視畫面。如以下段落：

Three years of words poured out of her (but her body, stretched by the exigencies of storing them, did not diminish). My grandfather stood very still by the Telefunken as the storm broke over him. ***Whose*** *idea had it been?* ***Whose*** *crazy fool scheme,* ***whatsitsname****, to let* ***this*** *coward who wasn't even a man into the* ***house****? To stay here,* ***whatsitsname****, free* ***as*** *a bird, food and shelter for three years, what did you care about meatless days,* ***whatsitsname****,* ***what*** *did you know about the cost of rice?* ***Who was*** *the weakling,* ***whatsitsname****, yes, the* ***white****-haired weakling* ***who*** *had permitted this iniquitous marriage? Who had put his daughter into that scoundrel's,* ***whatsitsname****, bed? Whose head was full of every damn fool incomprehensible thing,* ***whatsitsname****, whose brain was so softened by fancy foreign ideas that he could send his child into such an unnatural marriage?* ***Who*** *had spent his life offending God,* ***whatsitsname****, and on*

whose head was this a judgment? Who had nineteen minutes and by the time she had finished the clouds had run out of water and the house was full of puddles.[24]（*76*）

這段話是祖母責罵外祖父的話，具有強烈的內視效應。這種內視效應不僅僅只是靜態的畫面，而是借助統覺構成了一種具有「聲光電」效果的動態畫面。祖母沉默了三年，早已成為一朵體量龐大的雲，而有了契機，積攢在心裡的不滿憤懣頃刻間化為暴風雨傾盆而下，pour，storm 構成了一個有動感的隱喻場。動感首先是由靜來襯托的，外祖父及其旁邊的道具充當了「靜」的元素，動靜的反襯，獲得了一種清晰的、真切的知覺效果。當暴風雨襲來時，外祖父「站在收錄兩用機（Telefunken）旁一動不動」。Telefunken 指德國音響品牌「德律風根」，這裡用來指代收錄兩用機。但在文中它的意義潛勢不止於此。從詞源上分析，這個詞可以分作兩部分，tele- 指遠距離的，電傳的；funken 本是個德語詞，意為無線電通訊。後者還可進一步拆解成 funk+en。funk 可以作名詞譯作「放客」，指一種上世紀六七十年代流行的藍調布魯斯，這種音樂類型最早源於黑人音樂，節奏強勁，自由奔放，演奏起來極具現場感；funk 也可作動詞，意為「畏縮，害怕」。funk 之後加上 -en 尾碼，前面再加上 by，就不僅有了「被震懾」的聯想，甚至對外祖父因何而被「震懾」都有

24 積了三年的話從她嘴裡噴湧出來（但她為了儲存這些話而變得臃腫不堪的身體卻沒有縮小下來）。這陣風暴劈頭蓋臉地朝我外祖父落下來，他站在電唱收音兩用機旁一動也不動。是誰想的這個主意的呀？是誰發了瘋，叫什麼名字來著，讓這個連男人都算不上的膽小鬼躲到家裡來的呀？藏在家裡，無憂無慮得像小鳥一樣，三年來吃的住的樣樣不缺，沒有肉的日子你有沒有關心一下，叫什麼名字來著，你知不知道米的價錢呀？同意這場罪惡的婚姻的軟腳蝦，管它叫什麼的，是的，批准這場邪惡婚姻的白發軟腳蝦？誰把女兒交到那個惡棍床上，管它叫什麼的？誰的腦子裡裝滿該死的蠢不可言的事情，管它叫什麼的，誰的腦子被花哨的外國觀念軟化，甚至不惜把親生孩子送給這麼一場違反自然的婚姻？誰一輩子致力冒瀆真主，管它叫什麼的，報應落到誰的頭上？誰把災難帶進家門……她花了一小時十九分鐘指責我外祖父，等她說完，雲裡的雨水都下完了，屋子裡滿地的小水窪。（070-071）

了聯想：那是一種如「放客」音樂般具有聲光電效果的「演奏」！而「演奏者」正是外祖母。外祖母的語言很有特點。首先，外祖母的話是直接引語，但小說卻沒給外祖母的話加引號。如果加上引號，閱讀的知覺中，這些詞句就成了引號內的一塊，少了暴風雨如霰彈一樣密集，呼嘯而來的效果。其二，外祖母語言的聲音、節奏很有特色，產生了雷鳴電閃，風雨交加的效果。/h/，/f/，/s/ 都是送氣音，不僅有風的感覺，還有不同程度的摩擦，說明風之急，雨之烈；反復出現的問號，以及外祖母特有的口頭禪 whatsitsname 就像是陣陣「霹靂」，怎能不震懾外祖父。而當她劈頭蓋臉的「傾瀉」了整整一個小時十九分鐘後，她這朵「陰雲」中的雨沒了，而房間裡卻滿是被這場話語的暴風雨砸出的「小水窪」，點明了「暴風雨」過後的景象。語言不僅只是聲音，還可以通過形式的排列構成語言的形象，單從文字表面看，外祖母的一頓臭罵也像搖滾音樂一樣有現場感和節奏感。當然，以文字形成畫面不僅需要作家的表現力，同時也需要閱讀主體積極的參與。這種語言形成的畫面在知覺中遠比靜態的畫面更加真切。

四、無色之色

小說在不同的場景中經常描繪不同的畫，這些畫一圖多關，畫中有畫，畫外有畫，畫作與現實形成了層層疊疊的嵌套關係，具有弦外之音的效果。如，阿齊茲醫生從德國留學回來，地主甘尼請他為自己的女兒看病，但實際上另有打算，他希望阿齊茲能娶自己的女兒辛娜為妻。在阿齊茲第一次登門時，小說安排地主甘尼站在「一幅鑲著描金畫框的戴安娜女神狩獵圖大油畫」底下，而阿齊茲這個年輕的大夫則「站在陰沉大宅裡，惴惴不安地面對畫中眼神活潑、姿色平庸的女孩，和她身後地平線上那頭被她的箭射穿而無法動彈的公鹿……」（15）這幅畫面的意韻很豐富，可說是一圖多關。表面看來，這是一幅西方畫作，油畫是典型的西方繪畫藝術，希臘神話是典型的西方藝術題材。熟悉西方美術史的讀者還會聯想到義大利畫家提香的名作《戴安娜與阿特泰恩》。阿特泰恩是個獵人，他因偷看戴安娜洗澡，被變成了一頭鹿，被戴安娜的狗追趕，並撕成了碎片。故事主題概括而言，就是獵人反被獵人所獵獲，阿特泰恩（公鹿）罪有應得。但蹊蹺的是，甘尼大宅裡這幅畫作中的戴安娜「眼神活潑，姿色平庸」，被射中的公鹿似乎讓人倍感同情。細看之下，這幅畫的作內容更像是《羅摩衍那》中「羅摩射鹿」的典故。羅摩是毗濕奴的化身之一，他鍾愛的妻子是悉多，毗濕奴妻子室利的化身。一個名叫蘇里帕那卡的醜惡女魔覬覦英俊的羅摩，化身為美麗的少女去引誘羅摩，卻被羅摩拒絕。女魔就讓自己的一個魔鬼兄弟馬利傑變成鹿，利用調虎離山之計，使羅摩離開悉多，而當羅摩射死了鹿，馬利傑就離開鹿身，並模仿羅摩發出求救的聲音，悉多請求羅什曼那去幫助羅摩，而羅什曼那一離開，另一個魔鬼羅婆那就擄走了悉多。在這個故事中表面上是羅摩射鹿，實際上女魔蘇里帕納卡才是真正的射手，而羅摩才是獵物，一隻「公鹿」。畫面中所隱含的羅摩射鹿的故事和戴安娜與鹿的故事融合交織在一起，並且越過了畫的邊界影射故事情節。「眼神活潑、姿色平庸的」女獵手暗喻地主甘尼的女兒，她和父親共同設計了對阿齊茲的「獵捕」，阿齊茲娶了地主的女兒，最終變成地平線上那頭被箭射穿「無法動彈的公鹿」。這樣，畫作引發了讀者對西方和東方畫作以及小說故事情節的三重聯想，拓寬了小說情節的維度，其的內涵遠超過畫作本身。

《午夜之子》中還提到了一位畫家，他本想做個微芒畫家，卻得了「巨大症」，他的畫越畫越大，企圖把一切都囊括在內。關於畫家的這個情節屬於靜態描寫，對於推動小說故事發展沒有實際意義，但卻具有「元小說」的功能，是小說的創作理念和意圖的隱喻。試問：一幅畫作如何才能囊括一切，甚至把畫家也包括在內？除了採用循環邏輯，大概別無他法。同樣，小說敘事也意欲達到這種「囊括一切」的效果，小說所採用的思維形式也是循環邏輯。這種思維形式以圖畫來表現更為直觀：畫面不斷向外擴張，包含更多的內容，與此同時，卻也不斷自指，不斷重複，返回原初的樣貌。（見圖十一）荷蘭作家埃舍爾題為《畫廊》的畫作就展示了這種思維形式。[25] 霍夫斯塔德曾經引用埃舍爾的這幅畫來說明哥德爾的悖論。[26] 一個男人在畫廊裡觀賞一幅城市的風景畫，而這張風景畫卻不斷展開，把整個城市連同包含它自己的畫廊和觀畫的男人一齊納入其中。這幅畫中，部分即是整體，整體即是部分，整體部分處於無限的自指循環中。《午夜之子》一方面借畫家之畫說明小說具有「空間性」，即，小說的介質雖然只是文字，但是敘事者卻希望以這種介質最終能呈現出一種空間效果，變成一幅五光十色的畫作；而另一方面，則以「微芒」畫家的「巨大症」暗示小說特殊的形式。小說表層看來只是薩利姆個人的故事，是一幅「微芒畫」，但這幅畫卻隱含部分即是整體，整體即是部分的悖論。

（圖十一）

25《畫廊》（Print gallery）（石版畫，1956）。圖片詳見：Escher M C. *The graphic work: introduced and explained by the artist.* Los Angeles: Taschen, 2008: p. 72. 又見 Hofstadter D R. *Godel, Escher, Bach: an eternal golden braid*. London: Penguin Books,1979: p. 714.

26 Hofstadter D R. *Godel, Escher, Bach: an eternal golden braid*. London: Penguin Books,1979: pp. 713-716.

敘事者「野心勃勃」地將家族故事，國家故事，乃至神話宇宙全部塞進了小說這個畫作，而同時也以它的形式暗示了小說的意義，芥子須臾，個體雖小，卻可與「梵」同質，小說只是一本書，卻也可與世界同構。拉什迪在《午夜之子》中以線性的文字描繪了一幅畫作，畫作中他安排敘事者講述故事，而敘事者薩利姆又把所有的故事塞進微芒畫家的無所不包的畫作中，無所不包的畫作中反過來又包含了整個世界，包括畫家、薩利姆、拉什迪、我們這個世界……現實與幻想從而無限地重疊……小說呈現了絢麗的畫面，但意義卻在畫面之外，以無形的、抽象的方式存在。

拉什迪打破了詩與畫的界限，以小說的文字呈現出一幅絢麗的畫作。在這幅畫裡，「眼睛和精神的多姿多彩的幻象，包含於由小寫字母或大寫字母、句號、逗號、括弧構成的整體的字行間——一頁頁的符號，沙粒般密密麻麻地擠在一起，在一個像被沙漠風改變的沙丘般永遠相同又永遠不同的表面上，反映色彩繽紛的世界的奇觀。」[27] 小說的畫面反映了原始思維的模式。完整性是原始思維的一個重要特徵，它「要求完全、徹底、細緻周詳地認知對象和把握對象」，[28] 正面律和散點透視的表現形式也正體現了原始思維的這個特徵。《午夜之子》創造性地借用了這些繪畫的表現方法，在以文字呈現畫面的同時，也滲透出一種「萬物有靈，眾生有情」，或說「我即是他，他即是我」的詩性精神。這種詩性的精神與小說的主旨「梵我一如」相契合，為讀者呈現出一幅與莊周夢蝶旨趣類似的畫面：不知周之夢為蝴蝶與，蝴蝶之夢為周與？從而暗示了世界的摩耶本質，而這也正是梵的

27 伊塔洛·卡爾維諾（意）·《新千年文學備忘錄》·黃燦然，譯·南京：譯林出版社，2009 年：第 101 頁。

28 邱紫華·《印度古典美學》·武漢：華中師範大學出版社，2006 年：第 29 頁。

存在方式，是謂無色之色。

第四節　小說的影視效果：幻中之幻

在拉什迪的小說《午夜之子》中，「電影」一詞頻頻出現。孟買是小說故事發生的背景城市之一，其電影工業很發達，享有寶萊塢的美稱。電影是孟買的城市標誌符號，自然也是小說的背景元素。但是，電影在小說中絕不只是靜態的、被動的城市符號，更是小說敘事的動態表現手法。電影與小說是兩種不同的藝術表現形式，小說中的越界光影自然引起了學者的關注。拉姆錢德蘭[29]分析了拉什迪幾部小說中所體現的印度電影的音效元素和小說後殖民主義主題之間的關係。多倫多大學的狄帕．考狄亞博士[30]指出了拉什迪小說與印度電影的共性。他分析了孟買電影的敘事手法和對待現實的態度，認為小說借用印度電影的多元聲音和碎片敘事對殖民意識形態結構提出挑戰，薩利姆字面意義上的破碎和失敗實際上是他形上層面的勝利：他最終和自己的國家合為一體。考狄亞雖然借用了「幻」來說明破碎之後存在著統一，但他最終的落腳點仍是後殖民的多元與統一問題，而實際上他對印度電影特色的分析也沒有離開後殖民主義理論的框架。

---

29 Ramachandran H. *Salman Rushdie's The Satanic Verses: Hearing the Postcolonial Cinematic Novel*. The Journal of Commonwealth Literature, 2005, 40(3).

30 Chordiya D P. *"Taking on the Tone of a Bombay Talkie" : The Function of Bombay Cinema in Salman Rushdie's Midnight's Children.* ARIEL: A Review of International English Literature, 2007, 38(4): p. 97. *"Bombay cinema reflects the hybrid spirit of India and Western elemts into a fragmented, and yet somehow unified whole, make it capable of exprssing metaphorically the character of the nation as well as the psyche of the individual in post-independence Inida." ...... "Just as the multiple voices and fragment contained within the Bollywood movie challenge but ultimately preserve and reinforce a film's ideological framework, the fragmentary nature of Saleem's reality and his failures at a literal level gesture to his ultimate success at a metaphysical one: in his destruction, he will finally become one with his beloved country."*

本節具體分析小說如何將電影技法引入文本敘事，如何借鑒影視敘事手法為讀者呈現出一派幻中之幻世界鏡像。電影技巧林林總總，涵蓋了很多方面。本節選取鏡頭，鏡頭剪輯，舞臺調度三個方面來闡明《午夜之子》中所體現的電影風格，並從認知的角度闡明電影風格在小說敘事層面所起到的作用。另外，電影在小說中具有象徵意義，在印度宗教哲學的背景中，小說旨在以電影的真實與虛幻來象徵世界的真實與虛幻，現實和電影形成幻中之幻的嵌套關係。

一、兩種媒介：小說與電影

要瞭解兩種藝術形式的越界，必須先瞭解它們的「邊界」。就各自的視覺表現手段而言，小說用語言的線性行進來敘述故事，展現場景，而電影則依靠畫面的連續呈現。安德魯·林恩將電影的風格定義為「電影把內容呈現給觀眾的方式」[31]，「呈現」一詞就凸現了電影的基本表達手段——畫面。就對感官調動而言，電影有聲音、有色彩，而文本則無此優勢。在小說中引入電影風格就是吸取電影的優點，使文本像電影一樣調動讀者的更多感官。

電影風格在小說中的應用為何能調動讀者的更多感官呢？電影與小說各自隱含著呈現內容的不同方式，而不同的方式對應著觀眾和讀者的不同的信息接受模式和接受率。首先，就對時間的自由把握程度而言，在讀者與小說的關係中，讀者擁有更多的主動權。相反，在電影與觀眾的關係中，電影更強勢，擁有更多的主動權，而觀眾更多的是被動接受。不難理解，電影在兩三個小時內將一禎禎畫面快速、

31 安德魯·林恩·《英語電影賞析》·霍斯亮，譯·北京：外語教學與研究出版社，2005 年：第 51、332 頁。

連續地呈現在觀眾眼前，觀眾除了運用視覺關聯和感知判斷不斷跟進電影的情節，幾乎無暇思考。因此，電影與小說的呈現方式在某種程度上決定了各自受眾的接受模式。其次，就兩種方式在單位時間內帶給受眾的信息量而言，電影要大於小說。當然，對這一點有人可能會持不同態度。他們會認為小說帶給一個理想讀者的信息量會更大，因為一個讀者的想像能力越強，從文本中獲得的信息量也就越大。但是想像需要閒適的時光，而電影的畫面往往是瞬間的閃現。在單位時間內，電影的資訊強度要遠大於閱讀小說時的文本資訊強度。同樣是一個故事，在正常的速度下，閱讀一本小說所耗費的時間往往要比看一部電影的時間長。電影的每一幅畫面都壓縮了很多的文本信息，很多行文本字符往往被濃縮成一禎畫面，當觀眾接收到畫面時，瞬間爆發或解壓的文本信息會使觀眾感到強烈震撼。從這個角度似乎也可以解釋為什麼畫面或是影像往往比文本有著更強的衝擊力。從以上兩個方面的比較可以大致看出，電影風格在小說中的越界可以加強小說在與讀者互動的過程中的主動性，也可以讓讀者感到更多的文字之外的資訊。除了藝術形式之間的優勢互補之外，電影風格在小說中的越界當然也有其社會因素。[32] 本書主要從藝術形式的角度進行分析。

二、小說中的鏡頭敘事

電影風格作為電影呈現內容的方式就是要構成畫面，要構成畫面必須有攝像鏡頭。鏡頭是一個複雜的概念，它可以指靜態的構圖及法則，也可以指攝像時鏡頭切入畫面的角度

32 如，華萊士曾說，「自從 1930 年，小說家就已經懂得，對於他們來說，賺錢的最佳方式就是把書改編成電影；因此，他們之中很多人下筆之時心裡就想著電影劇本，精心地按照寫電影劇本的方式來構築情節。」參見：華萊士·馬丁·《當代敘事學》·伍曉明，譯·北京：北京大學出版社，2005 年：第 130 頁。

和手法。電影風格在小說《午夜之子》中的應用首先體現在小說對電影鏡頭的應用。小說向讀者明示了一個攝像機的存在。這個攝像機通過運用不同的鏡頭，攝影的不同角度和運動方式把文本敘述轉化成具有質感的畫面呈現在讀者面前。例如，當薩利姆由於斷指風波被送進醫院，又由於輸血而暴露了他並非父母的嫡生子的身份秘密，家庭成員沒有人能夠面對這樣一個事實。而對此一無所知，仍被蒙在鼓裡的薩利姆也不明白為什麼家人因為自己而發生爭吵。在一個陽光的午後，薩利姆孤獨地呆在醫院裡，倍感挫折。為了描述薩利姆複雜的內心世界，作者就運用了一個描述的鏡頭。他將主人公定格在一個畫面中，運用了不同的攝像鏡頭，角度，和運動來向讀者展現薩利姆的無助。

> 我留給讀者一個手指打繃帶，坐在病床上，思索鮮血與嘈雜的劈啪聲與父親臉上表情的十歲男孩畫面；鏡頭緩緩搖開，變成長鏡頭，我容許配樂蓋過我的聲音，因為湯尼布倫特的什錦歌已經快唱完，他的終曲也跟小威利溫基選的一樣：曲名是《晚安，女士》。它歡快地流轉，流轉，流轉（淡出。）（307）

在這一段中，作者對如何運用電影鏡頭表現主人公進行了描述。和一般的文學描述不同，除了文學性的語言描述，作者又刻意引入了電影拍攝時所使用的工具和手法，這似乎是在「邀請」讀者旁觀對薩利姆的拍攝過程或是通過鏡頭觀看鏡頭前的薩利姆。這種文本中越界的鏡頭能主動地、明示性的讓讀者在閱讀的過程中放慢速度甚至是稍作停頓，讓讀者在想像中通過鏡頭觀察薩利姆。讀者似乎看到對著薩利姆的攝像機從廣角透鏡轉為長焦鏡頭，而後攝像機向後推軌，增加攝影機與人物之間的距離，從而讓讀者也與人物之間的距離加大，讓讀者更加感覺到薩利姆的孤獨與無助，直到人物淡出鏡頭。在閱讀的過程中，讀者就這樣在想像中逐漸構建、呈現了鏡頭前的場景畫面，當閱讀完畢時，想像中畫面的完整呈現又進一步加深原有的文字描寫所帶來的印象。

此外，小說也不斷暗示了一個虛擬鏡頭的存在。雖然攝像機沒有闖入描述的畫面，但是讀者在閱讀小說時，可以感知到這樣的鏡頭的存在。例如在講述薩利姆閉著眼睛就能神遊世界的時候就運用了虛擬俯拍鏡頭，在幾次敘述中，薩利姆都聲稱自己飛過城市，飛向紅堡，或是沿著空中伸出的手指向下看……一切都被他高高在上的視角變得渺小。這裡所提到的「高高在上」的視角就是一種俯拍的鏡頭。俯拍鏡頭意味著對視野之下的空間的絕對把握，因而也產生一種全知感。薩利姆在想像中鳥瞰城市的視角也凸現了小說賦予主人公的全知魔力。

除了運用虛擬的定點鏡頭，小說也運用了虛擬的跟拍攝像特效。例如在描述阿米娜和阿梅德紅堡之旅時，似乎有一個手提攝像機跟蹤拍攝了阿梅德和阿米娜，製造了一種「偷窺」的興奮與緊張。同時，小說借助對背景和聲音的描述加強了這種緊迫感和不穩定感，更加勾起了讀者的好奇心。這種暗示的虛擬鏡頭所發出的「邀請」信息很強烈，讀者似乎追隨了那個隱形的鏡頭，一同去紅堡看個究竟。

三、小說中的鏡頭剪輯

電影的風格主要著眼於鏡頭與鏡頭的剪輯，要完成一部電影，僅有單禎的畫面還是不夠的，更重要的是將這些畫面剪輯在一起，表現情節，進而講述故事。《午夜之子》不僅運用了單個鏡頭的效果，而且還將有些具有鏡頭效果的場景描述用蒙太奇和連續剪輯的手法編輯在一起。蒙太奇和連續剪輯是兩種不同的剪輯手法。蒙太奇手法將兩禎或是多禎反差較大的畫面排列在一起，強調鏡頭的不連續性，根據「庫勒肖夫效果」，當觀眾看到這樣的兩禎不連續的的鏡頭時，「觀眾會立即認為這兩個鏡頭是相互聯繫的，並且會對這種聯繫進行假設」[33]。而連續剪輯卻追求逼真的藝術效果，按照觀眾的心理預期連續剪輯鏡頭從而使畫面不留痕跡地進行切換，讓觀眾自然地融入電影敘事，把虛幻當作真實，忘記觀眾的身份。

小說《午夜之子》的特色在於對兩種剪輯手法的同時運用。例如，小說在敘述阿梅德和阿米娜的紅堡之旅時，主要運用了蒙太奇的剪輯手法對照兩個人的行程，同時也運用了連續剪輯的因素以強調畫面之間的聯繫。蒙太奇的剪輯手法一般分為兩種：其一是改變鏡頭的風格，例如，從特寫到長焦；其二是改變拍攝的對象，改變拍攝的對象同樣也能產生鏡頭的不連續性，例如，從一個人的鏡頭到另一人的鏡頭。阿梅德和阿米娜地紅堡之旅就運用了改變拍攝對象的蒙太奇手法。阿梅德和阿米娜抱著不同的目的去了同一個地方，阿梅德去給「多頭怪物」交贖金，而阿米娜則是去見一個不知名的預言者。他們彼此都沒有透露有關這次行程的任何信息。作者運用了蒙太奇的手法將阿梅德和阿米娜的鏡頭輪流交替展現給讀者。與此同時，作者也運用了連續剪輯的手法，讓拍攝對象不同的鏡頭之間刻意的帶有某些相似的標誌或是元素。例如，阿梅德和阿米娜的鏡頭中都出現了紅堡，牆，猴子，樓梯。蒙太奇的剪輯手法本身就能使得觀眾對不同的鏡頭之間的聯繫進行假設，而連續剪輯元素的運用更加

---

33 艾布拉姆斯，著．《文學術語彙編》．北京：外語教學與研究出版社，2004年：第285頁。

強了這種聯繫，引導觀眾進行更為積極的假設。例如，在第一個鏡頭中阿梅德在臺階下，而在第二個鏡頭中則是阿米娜正在上臺階，在相連的兩禎畫面中，運用讀者對視線和動作的直覺聯繫加強阿梅德和阿米娜行程的相似性，讓讀者感到兩個人都在同一個地方。由於讀者已經先於小說中的人物知道了他們此次行程，而他們彼此卻相互隱瞞了此次行程，這樣就產生了懸念；此外，連續剪輯向讀者進一步暗示兩個行程的關聯性，因而讀者會自然而然的在兩個場景兩個行程之間產生預期，並急於證實預期是否準確。讀者想知道阿梅德和阿米娜是否會不期而遇，那麼兩個人又會有什麼反應。在這個情節中，蒙太奇和連續剪輯兩種手法的聯合運用加強了鏡頭之間的張力，產生了懸疑效果，從而推動讀者繼續閱讀找到結果。[34]

四、小說中的場面調度

除了鏡頭與鏡頭的剪輯之外，電影風格還涵蓋了場面調度，意即在畫面中出現的內容。從場面調度的角度來看文本，文本中也有很多的元素體現了電影風格。在法語中場面調度的意思是「放在舞臺上」（placing on stage）。在文學術語的詞彙表中，場景似乎可以和場面調度對等，但實際上，場面調度所包含的內容卻比場景要多。文學術語中的場景是靜態的，一般指事件發生的地點，歷史時期，或是社會環境；而作為電影和戲劇藝術中的術語，場面調度是動態的，它著重於對拍攝對象的呈現效果，還包含著呈現的方式方法，這其中，音效就是一個不容忽視的因素。

34 艾布拉姆斯，《文學術語彙編》，北京：外語教學與研究出版社，2004 年：第 285 頁。

音效指電影中的聲音形式，一般有兩種，即劇情音效和非劇情音效。劇情音效是指電影所呈現的非真實世界中的聲音，如，人物的腳步聲，水流的聲音，打雷的聲音。電影中的劇情音效增加了電影的真實感；而非劇情音效是指在電影所表現的這個非真實世界之外的聲音，比如一段與電影所呈現的情境相適宜的音樂，這種聲音可以烘托電影的氣氛或是感染觀眾的情緒。《午夜之子》同時運用了這兩種音效，從而積極調動讀者的聽覺，讓小說不僅能夠被看得見，而且還能被聽得見。

小說中頻繁運用了劇情音效。例如，讀者在報喜一章中可以聽見啰嗒的腳步聲，鼓聲，和小販的叫賣聲交替進行。在這一章中，不同的劇情音效彙集在一起，節奏不斷加快，聲音越來越大，像一首漸近高潮的交響曲一樣迎來了宣告主人公誕生的高潮。即使僅僅看看小說各個章節的標題，也同樣可以發現劇情音效的應用，例如「嘀噠、滴答」「全印度廣播」「賈密拉歌手」等等。小說也運用了非劇情音效。例如，在描述薩利姆獨自坐在醫院的場景時，作者給這個場景插入了非劇情音效，配上了一首名為「晚安，女士！」的曲子，讓讀者似乎可以聽到與情境契合的曲調以及歌手的淺吟低唱。這首曲子「快樂的流轉」，雖然舒緩愉悅，但主人公知道，曲終人散之時必會來臨，因而曲調背後的惆悵與傷感彌漫了整個場景。這樣的非劇情音效喚起了讀者對這個孤獨而又惆悵的小男孩的同情心，使讀者對小男孩的落寞感同身受。又例如，在以「佛陀」為題的章節中，作者讓賈密拉高亢的歌聲成為戰爭的背景音樂。在這個場景中，孟加拉為獨立於巴基斯坦而戰，賈密拉歌手唱著巴基斯坦的愛國歌曲對抗匿名的聲音唱著泰戈爾的「金色孟加拉」。一首歌曲往往是一個特定時代的標誌，每個時代也都有各自標誌性的歌曲。這兩首曲子都表現了那個特定歷史時期的狂熱的戰爭氣氛。

作者也試圖用蒙太奇的手法將聲音進行剪接，對聲音的剪接替代鏡頭的剪接。例如，在阿梅德購買麥斯伍德莊園的情節中，麥絲伍德對莊園主人的繼任者提出了一個奇怪的要求，繼任者必須讓麥斯伍德莊園「一根釘子都不能少」（Lock, stock and barrel）。也就是說在印度獨立的那一刻之前，在購買契約正式生效那一刻前，繼任者不能對莊園做任何改變。儘管條件苛刻，但是阿梅德知道這是一個很合算的買賣，於是他開始和麥絲伍德先生對這個特殊條款討價還價。但是阿米娜對這個奇怪的要求很不滿意，不斷地向阿梅德抱怨或是喃喃自語以示不滿。在文本的閱讀中讀者會發現，儘管作者沒有明示對話的場景，但是阿梅德與麥斯伍德，阿米娜和阿梅德這兩對人物的對話以及阿米娜的喃喃自語都應該屬於不同的場景。作者通過蒙太奇的手法剪輯了這幾組聲音，進而將幾個暗含的場景也剪輯在一起。這幾個場景有主有次，亦莊亦諧。麥絲伍德和阿梅德討價還價的對話似乎是在一個公開的場景下進行的，他們的對話一本正經，是兩個剪輯對話的主旋律；而阿米娜的抱怨聲似乎來自一個私密的場景，帶有夫妻之間嗔怪的意味，與主旋律的主題和節奏都不大協調，不斷的以變奏的形式插入主旋律。通過剪輯角色之間的對話，小說的文本為讀者呈現出一幕詼諧曲。麥斯伍德先生提出了奇特的要求，阿梅德疲於「安內攘外」，阿米娜則不停地抱怨，抱怨的內容似乎與主旋律相關但卻實際又無關，她總是撿起不重要的話頭而後又跑了題。阿梅德與麥斯伍德的對話，阿梅德與阿米娜的對話，以及阿米娜的喃喃自語，圍繞著麥斯伍德先生奇怪的要求，如同三個聲部一樣被編織在一起。

拉什迪在小說中對聲音的處理體現了他對電影音效的自覺運用，體現了小說對讀者的要求。借由薩利姆之口，我們可以看出作者這種意識。薩利姆在《午夜之子》中闡釋該小說的敘事結構時聲稱，他希望「更有鑒賞力的觀眾能理解節拍速度，以含蓄手法引進小調和絃，在後面的段落上升、膨脹、進而控制旋律的重要性：比方說，有誰知道，雖然嬰兒的重量和梅雨季的來臨，使莊園鐘塔上的鐘變得沉默，但蒙巴頓節拍仍在滴答滴答分明向前走，聲音很小卻片刻不停留，不過遲早的問題，她一板一眼的鼓聲就會洋溢我們耳中。」（127）作者對聲音的處理，音效的運用雖然主要體現在個別的場景中，但又決不局限於個別場景，作者希望通過對音效的處理讓讀者對整部小說的敘事有一個感性的把握。

五、小說的電影風格：幻中之幻

小說將電影風格引入了文本，增添了小說的形象感，同時，電影這一元素在小說中還有象徵作用。電影是體現幻象的核心媒介，它將形色與空無，真實與虛幻統一在一起。而小說中的現實也一如電影，是真實也是幻象，是形色也是空無，小說中的電影和小說中的現實故事情節之間形成了嵌套關係，形成幻中之幻的效果。

小說中的現實模擬小說中的電影，電影比現實更真實。舅舅哈尼夫曾經拍過一部純藝術電影《喀什米爾之戀》，男主人公與女主人公在一家咖啡館約會，上演了極其浪漫的一幕：他們通過一個蘋果間接接吻，「琵雅親吻一個蘋果，非常性感，展現她鮮豔豐滿的紅唇；然後將它交給雷亞；他則在蘋果的另一邊，富有男性氣概而熱情地一口咬下。」（182）

電影中的這一幕也在小說的現實世界中以其它腳本形式上演。薩利姆母親和他的舊情人約會，上演「拓荒者咖啡廳之戀」：他們通過一個玻璃杯間接接吻，「母親的手舉起空了一半的裝著美麗雪泡的玻璃杯；母親的嘴唇溫柔地、懷念地抵著斑駁的玻璃；母親的手把玻璃杯遞給她的納迪爾——卡辛姆；他也在玻璃杯對面，印上他自己詩人的嘴唇。」（282）相對於現實，小說的故事是虛構的，而相對於小說中母親和納迪爾的故事，小說中的電影又是虛構的，小說中的現實、小說中的電影形成層層嵌套，幻中之幻的關係。但是，反過來，納迪爾和母親是以「真實人生模仿藝術」，「隔著拓荒者咖啡廳的窗戶，正方形骯髒玻璃的電影銀幕，我看著阿米娜與不復舊觀的納迪爾演出他們的愛情戲；他們的演出帶有真正業餘表演者的笨拙。」（282）電影虛構又是小說中現實的來源，虛構又似乎比現實更加真實，幻象與真實有沒有了明確的界限。

小說中的人物希望以電影反映真實，而真實其實是神話。哈尼夫舅舅曾經因為演繹純藝術片《喀什米爾之戀》而大獲成功。但是，後來他的觀點卻發生了轉變，他認為自己「看清楚了」，他不再喜歡那些虛假的劇情，「壞蛋要寫得壞到骨子裡，英雄要像男人」，（313）「他喜歡抨擊王子與魔鬼，神祇與英雄」，（315）他的劇本裡沒有歌舞，沒有外國背景，他要展現的是真實，舅舅成為「孟買電影從業人員當中唯一的寫實作家」，「在幻影的廟宇中，擔任真實的大祭司。」（315）他要把「平凡老百姓和社會問題」寫入劇本，他要寫「一家醬菜工廠的平凡生活。」但是，舅舅對真實的追求卻最終是空想一場，他的劇本從未被採用，他對真實執著的追求在現實中就像是個泡影，是個笑話，一個不切實際的夢。因為哈尼夫舅舅所追求的真實根本不是真實，生活本身就是神話，他的外甥薩利姆是奇跡，毫無餘地地介入了神話生活。哈尼夫舅舅厭惡虛構，希望影視反映現實，但影視無論如何都是虛構，而現實其實一如虛構的影視，虛構的影視一如真實的現實。

文學與電影作為兩種不同的藝術形式，有著不同的表現手法。然而在彼此的藝術實踐中卻可以互相借鑒。拉什迪的小說《午夜之子》就展示了這兩種藝術在表現手法上的越界。原本屬於電影風格的鏡頭、鏡頭的剪輯、舞臺調度等一系列元素都被引入了小說，以文字的形式呈現。鏡頭引導讀者對畫面的想像；鏡頭的剪輯向讀者暗示兩個交織敘述場景的聯繫，引導讀者產生心理預期；音效從聽覺的方面加強了文字所呈現的場景的真實感。所有這些方面都體現了電影風格的越界帶給小說的積極效應。但更重要的是，這種電影風格的越界沒有削弱小說的文學性，使小說蛻變成電影劇本或是電影小說。在小說中，作者沒有簡單地用鏡頭語言代替文學語言，也沒有簡單的把電影的符號系統植入文學，在運用電影積極主動的特性充分調動讀者的各項感官的同時，也用詩化的文學語言描述了通過鏡頭可以觀察到的畫面的效果和質感，這就使小說在文本的優雅從容與電影的積極主動之間獲得了一種張力，從而令讀者耳目一新。另外，電影元素在小說中也具有象徵作用，小說將電影和小說中的現實相互嵌套，從而說明現實和虛幻之間的關係。電影中包含著現實的成分，而現實中的夢想也有真實。人生如戲，戲如人生。人生如夢，夢如人生。沒有絕對的真實，也沒有絕對的虛假，虛假中有真實的成分，真實卻又隱含著虛幻的因素。電影是摩耶，是人為的藝術；現實也是摩耶，是梵的藝術。

第五節　小說中的曲語：韻外之致

印度古典詩學家婆羅多在《舞論》中提到了「曲語論」的要旨。曲語是一種「語言的表演」，「表面上講述別人的事，實則表達自己心中隱藏的願望，這稱為意願」，「善於辭令，說話巧妙，達到相同的目的，這稱為機智」。[35] 也即，文學藝術要表現生活中的真諦，不能採取普遍科學意義上的推理，相反，它必須要採用曲折的表達方式，讓藝術產生「韻」的效果。小說中的「曲語」對於創作者而言就是在自己的作品中留下難解之謎，無逮之意；對於讀者而言，就是小說言有盡而意無窮，總有揣摩回味的餘地；對於作品和讀者之間的交流而言，「曲語」就是一種弱交際，信息量不足，但又能以少代多，以小代大，引發、運用讀者的主動聯想，使作品產生一種「詩性」之美。本節主要從兩個方面來說明小說中的曲語。其一，從微觀層面分析小說中所隱藏的指涉意義的符號和信息；其二，分析小說中所描述的空間結構與小說文本整體結構的關係及其隱含意義。

一、文本細節中的「曲語」

小說中的敘事者薩利姆非常善於講故事，他常常會以「曲語」的形式來表露文本的意圖。這些「意圖」，有關於文本核心意義的情節、意象往往喬裝改扮起來，不露聲色地藏在文本「無足輕重的」描寫中，譬如，路人甲、路人乙，甚至敘事者還有意「正話反說」，在這些「秘密」的周圍撒上些「蒺藜」，讓路人甲，或路人乙很不討人喜歡，讓讀者似乎感到，敘事者對他們抱著「否定」的態度。試舉以下幾

35 婆羅多牟尼．《舞論》，《古代印度文藝理論文選》．金克木，譯．北京：人民文學出版社，1980 年：第 36 頁。

例進行說明。

第一例是在將近小說結尾的一段。故事的背景是：薩利姆陪同影中人大叔前往孟買——薩利姆「個人專用的終點線」，（579）而隨著終點的到來，故事也即將結束。小說中這樣描寫他們在火車上的情境：

At Mathura an American youth with pustular chin and a head shaved bald as an egg got into our carriage amid the cacophony of hawkers selling earthen animals and cups of chaloo-chai; he was fanning himself with a peacock-feather fan, and the bad luck of peacock feathers depressed Picture Singh beyond imagining. While the infinite flatness of the Indo-Gangetic plain unfolded outside the window, sending the hot insanity of the afternoon loo-wind to torment us, the shaven American lectured to occupants of the carriage on the intricacies of Hinduism and began to teach them mantras while extending a walnut begging bowl; Picture Singh was blind to this remarkable spectacle and also deaf to the abracadabra of the wheels.[36]（630）

當火車到達馬特拉的時候，有個「下巴長滿膿包、腦袋剃得像雞蛋般光滑的美國青年」上了他們的車廂。為什麼要在馬特拉這個地方上車？因為這個地方有著特別的涵義，它是印度教的聖地，是克里希那誕生的地方，如果說瓦拉納西是崇拜濕婆神的中心，那麼馬特拉就是毗濕奴的巡禮中心。

36 在馬特拉，有個下巴長滿膿包、腦袋剃得象雞蛋般光滑的美國青年，在一片販售泥塑動物及奶茶小販的嘈雜聲中，上了我們的車廂，他用一柄孔雀毛扇給自己扇風，孔雀毛的厄運讓影中人沮喪到無法想像的地步。當無限平坦的印度——恆河平原在車窗外展開，送來令人發瘋的午後熱風折磨我們，剃光頭的美國人給滿車乘客宣講印度教的驚異，教他們曼陀羅，並端著胡桃木碗討錢；影中人對這不可思議的一幕視若無睹，對車輪的阿布拉卡達不拉也充耳不聞。（583-584）

小說中薩利姆的神話原型「隱晦」地指向毗濕奴，本書第三章曾就此有過專論，而此處文本則進一步印證了之前論述。這個「雞蛋頭」、下巴有「膿包」的美國青年的這兩個特徵都可以抽象的表徵為「圓」。他上了車之後，做了些具有否定意味的「掩飾性」動作，他扇著象徵「厄運」羽毛扇，[37]「讓影中人沮喪到無法想像的地步」。之後小說開始描述車窗外的景色，「無限平坦的印度——恆河平原在車窗外展開」，小說用了 unfold 一詞，表示展開——平原可以展開，秘密也可以展開。此外，還有「折磨我們」的「午後廁所的風」，表面上臭不可聞，而實際上，afternoon loo-wind，noon，loo 都以雙字母 o 以及長音的 /u:/「震耳欲聾地」暗示意義表徵「圓」的存在。在插播這一段「干擾資訊」之後，小說繼續回到這個奇怪的「美國青年」讀者對他的「光頭」和「膿包」的印象也變得模糊了，而這次在描述他的時候只提到了 shaved，沒再提到表徵為「圓」的「雞蛋」和「膿包」，接下去，他就開始做一些「不可思議」的事情，他「給滿車乘客宣講印度教的精義」，小說中僅有兩次提到「印度教」，這是其中的一次。另外，他還教「曼陀羅」。「曼陀羅」就是小說意義表徵的核心符號，當然，它也是「咒語」；最後，他還拿著「胡桃木碗」討錢。「胡桃木碗」是歐洲傳統的工藝品，稍微去注意一下這個小道具，瞭解一下它的工藝，就會發現，「胡桃木碗」使用整塊木頭「車」出來的，做這個碗的時候，工匠必須得不停地轉動碗坯——這不僅和「曼陀羅」的「圓」的表徵圖示類似，還帶有「旋轉」的涵義。但是，讀者一定不會注意到這個隱含了小說「意義基因」的「雙螺旋」。所以，作者又借用影中人「說事兒」，來提醒讀者，

37 作為手持器物，三根一組的孔雀翎象徵著貪嗔癡「三毒」的嬗變，五根一組的孔雀翎則象徵著貪、嗔、癡、慢、嫉「五毒」。羅伯特·比爾，《藏傳佛教象徵符號與器物圖解》，中國藏學出版社，2007 年：第 187 頁。

或者也是別有用心地「諷刺」讀者，他說：「影中人對這不可思議的一幕視若無睹」，緊接著，再次「提醒」與「諷刺」——「對車輪的阿布拉卡達不拉也充耳不聞。」「輪子」可看作是曼陀羅的表徵圖示，而「阿布拉卡達不拉」是咒語，但是，既「瞎」（blind）又「聾」（deaf）的讀者是無法發現這個小細節的，讀者只有已經瞭解並俯視整個小說，理解曼陀羅的精義，才會發現這個小說的基因，或是原小說中的「原小說」。另外，如前所說，小說中的敘事者薩利姆和現實中的作者薩爾曼也有一定的關係，他們的名字幾乎一樣，而《午夜之子》也確有作者薩爾曼「自傳」的成分。有趣的是，薩爾曼本人謝頂，很年輕的時候頭頂上的頭髮就很稀疏；他在印度的孟買出生，後隨全家遷往巴基斯坦之後不久，就前往英國念書。所以，他對於印度而言，現在的身份應該算是個「外國人」。無獨有偶，在小說中還有另外一個人，英國人麥斯伍德先生，他也是一個「光頭」先生，而且還有著「一顆追求印度寓言的心靈。」「美國青年」是誰呢？「麥斯伍德先生」又是誰呢？我們也只好向善於「詭辯」的敘事者薩利姆學習，用問號來「掩護」——是薩爾曼．拉什迪親自化身為筆下的人物「客串」小說，來啟發讀者對小說的理解麼？

再看這一段，有關一個香煙殼的描述。故事背景是：母親和前夫在一個咖啡館約會，薩利姆跟蹤母親，他透過咖啡館「骯髒玻璃」的螢幕，看母親和前夫上演的「愛情戲」。但有關「愛情戲」的筆墨並不多，小說倒是把特寫給了桌子上的一個香煙殼：

On the reccine-topped table, a packet of cigarettes: State Express 555. Numbers, too, have significance: 420, the name given to frauds; 1001, the number of night, of magic, of alternative realities-a number beloved of poets and detested by politicians, for whom all alternative versions of the world are threats; and 555, which for years I believed to be the most sinister of numbers, the cipher of the Devil, the Great Beast, Shaitan himself! (Cyrus-the-great told me so, and I didn't contemplate the possibility of his being wrong. But he was: the true daemonic number is not 555, but 666: yet, in my mind, a dark aura hangs around the three fives to this day.)... But I am getting carried away. Suffice to say that Nadir-Qasim's preferred brand was the aforesaid State Express; that the figure five was repeated three times on the packet; and that its manufacturers were W.D. & H.O. Wills.[38]（300）

薩利姆說：「數字也有意義」，而後他就例舉了小說中經常出現的幾個數字的意義，比如，「420 是騙局的名字」，而「1001」則是個「深受詩人喜愛而政客憎恨的數字」。另外，還有「555」，薩利姆說，是最不吉祥的數字，是魔鬼、大惡獸、撒旦專用的「密碼」（cipher），據薩利姆說，這是塞魯斯大帝（在小說中，原本是薩利姆幼時在麥斯伍德的鄰居，玩伴，後成為印度最富有的宗師）告訴他的，他「從來也沒有想過他可能說錯」，但是，他錯了，最邪惡的數字是「666」。不過，因為受了塞魯斯大帝的影響，「三個五」仍然泛著「黑韻」。之後他說自己離題了，其實自己只要說，

38鋪塑膠布的桌面上，有一包煙；三五牌。數字也有意義：四二零，騙局的名字；一千零一，夜與魔法、另類真實的數字——深受世人喜愛而政客憎恨的數字，因為對後者而言，這世界所有的替代版本都構成威脅；還有五五五，多年以來，我一直相信這是最不祥的數字，是魔鬼、大惡魔、撒旦專用的密碼！（這是塞魯斯大帝告訴我的，我從來也沒想過他可能會說錯。但他確實是錯了：真正的魔鬼數字不是五五五，而是六六六：不過在我心目中，直到今天，三個五上頭仍然籠罩了一團黑氣。）……但我離題了，只要說，納迪爾——卡辛姆喜歡的香煙牌子就是上面提到的三五牌，就夠了；數字五在煙盒上重複出現了三次；它的製造廠商是 *W.D.* 與 *H.O.* 魏爾斯。（281）

納迪爾（母親前夫）喜歡的香煙牌子是「上述」（aforesaid）的「三五」，而後又再次強調，數字五在煙殼出現了「三次」，製造廠商是「*W.D.* 與 *H.O.* 魏爾斯」。

「420」和「1001」是文中經常出現的數字，數字的涵義也如薩利姆在文中所給出的。但是，數字「555」在文中的其它地方只出現過一回，就是後來在有關於塞魯斯大帝的一段描述中，但並沒有任何實際意義，也不能顯示出這個數字「邪惡」的一面。而「666」在全文中，僅僅出現這一次，在文中其它地方根本沒出現，純屬小說的冗餘信息。也就是說，「555」，「666」這兩個數字其實是「虛」文，它們的出現只是要產生額外的象徵意義。我們就此認真分析一下。首先，「555」是「密碼」（cipher），cipher 一詞在英文中，表示密碼，也表示「0」，這個「0」和小說意義表徵的曼陀羅原型是一致的，除此之外還有什麼意義呢？看這一句，a dark aura hangs around the three fives to this day，這一句中，數字「555」被忽然置換成了 three fives，又出現了一個數字 three，但是卻是以單詞而非阿拉伯數字的形式出現，並且，薩利姆還給它加上了否定的標記——黑暗光環（dark aura），因此，「3」以極其隱蔽而且是「否定的」色彩出現在這段關於數字的解釋中。之後，薩利姆再次強調「五」出現了「三次」（three times），其實是在強調「三」而非「五」。最後，薩利姆再次以字母的形式給出了小說意義表徵圖示，在香煙生產廠商名字中：兩個 W 代表「尖銳物」，攪拌所用的「棒」，而 D 和 O 則代表「容器」。[39] 這個香煙生產廠商的名字根本就是薩利姆杜撰的。之所以如此，無非是要服從小說的意義。關於小說中的意義表徵圖示本書之前

39 參見本書第三章第五節中關於「攪拌」的意象圖示。

已詳述，表徵圖示也可以字母的形式給出，正如小說章節標題「阿爾法與俄梅戛」Alpha and Omega 中通過字母來暗示的表徵圖示：A 代表尖銳的「棒」，而 O 則代表「容器」。而如果再留意一下，之前與「魔鬼、撒旦」並列提到的「大惡獸」（The Great Beast）其實是美國「漫威動漫」（Marvel Comics）出品的動漫中的一個負面角色，這部動畫的「生產商」和「555」香煙的生產商的名字中都含有以字母為載體的小說意義的象徵圖示，同時，也與「午夜之子」（Midnight's Children）相呼應。

總之，小說中多如恆河沙數的細節都以「曲語」的形式表達意義，指向了小說的整體。他們表面偽裝成否定的形式，而實際上卻另有隱含之意。薩利姆對待小說中重要數字「3」的態度和對待其它直接關涉小說意義的意象是一致的，比如，之前提到過的在斯納利加的山上有一座像「黑色的小水泡」（a little black blister）的阿闍梨（Sankara Acharya），阿闍梨寺的名字與印度教吠檀多派哲學家商羯羅（Sankara）是同字異體，暗示了小說的哲學旨歸。但是，它的修飾詞「黑色的水泡」卻難以讓人產生好的聯想。黑色似乎成為小說真正意義的「掩護色」：阿闍梨寺中供奉的神是「黑石神」（black stone god），外祖父心中的「洞」，以及象徵小說意義圖示的「圓」，都是「黑色」。

二、小說中空間結構圖示中的「曲語」

如前文所述，《午夜之子》是「空間小說」。 空間小說的「空間性」並不是日常生活經驗中具體的對象或場所的空間，而是在對小說有了整體的把握後，在讀者的意識中呈現出來的一種抽象的、知覺的空間表達。《午夜之子》的空間表達形式就像一幅巨大的畫作，可以分為上 / 下兩層，或是顯 / 隱兩重空間，顯在的，容易感知的空間似乎是無序的，而隱性的，難感知的空間則是有序的。小說的這種空間特徵在文本中很多的細節描寫中都體現了出來。這些細節描寫中包含著和小說整體的空間結構類似的圖示，隱含了上 / 下，明（顯）/ 暗（隱），無序（混亂）/ 有序（統一）等特徵。這些描述一般不具有推動情節發展的功能，多起到了靜態的象徵作用。它們以「曲語」的形式表達著小說的空間結構圖示。

小說中的建築形式充當了小說空間結構的「說明」。薩利姆介紹說，「在印度，藏匿一直是建築上的重要考量，所以阿齊茲的房子裡有許多間地下室，只能從地板上的活門進出，地板再鋪上地毯或席子」。（61）這個句子當然在小說故事中具有實際的意義，因為外祖父阿齊茲無意間救了哼鳥的秘書納迪爾，並且將他藏匿在自家的地下室。但是，這也是在暗示小說並不僅僅是表面的形式，還有更隱秘的如同「地下室」一樣的結構。小說的結構圖示在另一處對建築物的描述中充分顯示了出來。在聖城貝拿勒斯，午夜之子們相聚在一棟建築中，這是他們僅有一次，也是最後一次聚會。這棟建築對於午夜之子有著特殊的意義：他們在這兒被「閹割」，失去了魔力，象徵性的死亡，這座關押午夜之子的建築是午夜眾子「象徵性的」歸宿。這棟建築很有特點，「那是棟極大的建築，樓上是無數小房間組成的迷宮，樓下則有多間寬敞的哀悼大廳」。（560）這個房子的空間結構結構圖示隱含著小說的空間結構圖示。樓上是指表面（明）的文本，它呈現出「雜多」的面貌——它有無數個意象、細節構成，像無數個小房間，讓讀者迷失在無限的細節當中，就像身處迷宮，而樓下則是指小說潛藏（暗）的空間結構，這個結構形成一個簡約的、閉合的、連續的統一體，一個符號或格式塔，就像是「寬敞」的「大廳」。

孫德爾本大森林也被描述為一個「建築」，這個「建築」同樣體現了小說的空間結構圖示。關於孫德爾本大森林，小說這樣描述道，「森林在他們身後合攏，像一座墳墓，在拱起如大教堂穹頂、恢宏高大的樹木底下，在無法辨識、迷宮似的鹽水管道裡，一連滑行數小時，只覺得愈來愈疲憊，愈發的狂亂，阿育巴夏黑德法洛克終於無藥可救地迷路了」（469）。在這一段中，「無法辨識、迷宮似的鹽水管道」象徵文本表層複雜的意象，「無藥可救地迷路」的小說人物則代表了迷失於文本細節（雜多）的讀者，對於處在森林包圍之中的人物，在認知圖示中也處於「恢宏高大」的森林之下，而就人物的視野看來，更容易察覺到的是正常視野內的（明）「無法辨識、迷宮似的鹽水管道」，而小說總體的空間形式被抬到了正常視野之外的（暗）高空（上），森林「像一座墳墓」「如大教堂穹頂」，「穹頂」或是「墳墓」這兩種事物的意象表徵是一致的，都是「合攏」的「圓」（統一）。

當空間作為一種心理的感知，虛擬的存在時，它可以從眾多表面截然不同的事物中獲得統一性。如，盤子、雞蛋、光頭看似毫無關聯，但在認知中它們都隱含著圓的圖示。拉什迪是一個極富創造力的作家，其中一個表現就是他能找到不同事物中的認知圖示，而與此同時，也能把某種認知圖示反向回歸到不同的事物、意象中，從而使隱在的圖示遍布小說文本。讀者走進拉什迪文本的「集市」，有的看到了繁華熱鬧，有的試圖帶走一兩樣紀念品，還有的則試圖成為偵探。而不論你是什麼樣的讀者，文本中的細節都像是喬裝打扮的男男女女老老少少，各自忙活的同時，斜睨著眼睛觀察著你，看看你能否悟出端倪。你匆匆而過，他們會很失望，你猜錯了，他們會暗暗笑，你識出了他們的真面目，他們就獲得了生命，具有了和文本一樣宏大的意義。除了看建築物，讓我們再次進入文本的「集市」，看看還有沒有什麼別的隱匿，可以向我們說明小說結構的奧秘。

小說結構的圖示也隱藏在麥斯伍德先生的頭上。麥斯伍德先生「有一頭塗了髮油的濃密黑髮」，這頭黑髮「一絲不苟」地從中間分開，「使麥斯伍德有了股女人無法抗拒的魅力，她們心裡總泛起一種非把他弄亂不可的衝動」。（117）麥斯伍德先生這頭處於「秩序」與「混亂」張力之中的黑髮只是表面現象，而實際上，當他最終告別麥斯伍德莊園的那一刻，他五指箕張，拿下了自己的假髮，原來麥斯伍德先生是個禿子。在關於麥斯伍德先生的頭髮的描述中，黑髮是「明」，是「上」，是「雜多」，而禿頭則是「暗」，是「下」，是「統一」的圖示「圓」。小說的文本亦是如此，表面故事充斥著難以計數的如同髮絲一樣的細節，而隱性的意義卻是統一的圖示「曼陀羅」。

「破碎」這一特徵貫穿整個家族，它也反映了小說的結構特徵。外祖父阿齊茲應招去給地主的女兒娜芯看病，但是地主卻讓「三個女摔跤手」舉了一塊白床單，把病人和醫生從頭到腳隔開，中間只有一個「圓洞」，阿齊茲只能從這個洞裡看到他病人的身體的某一小塊地方，三年之中，阿齊茲從這個洞裡看到了娜芯身體的每一個部分，他在意識中拼湊起這些認知的碎片，最終陷入了愛情，而這些看到的、顯在的碎片並不是隱匿在床單後面的真實的完整的娜芯。通過剪洞床單看到的是「明」，是「多」，而床單後面的娜芯卻是「暗」，是「統一」。這個「破碎」的特徵，是「剪洞床單的幽靈本質」，是「註定我母親從片段去愛一個男人的厄運」，更重要的是，薩利姆說，「也註定我只能把自己的人生——它的意義，它的構造——分割成片段。」（134）這意味著小說呈現給讀者的是「片段」式的，甚至是「破碎」的文本，但是同時它也意味著在這些「雜多」之後存在著「統一」的意義，完整的「構造」。

小說中關涉意義的細節如此隱秘是因為小說主題的表達具有特殊性。「梵」如同「道」，「道可道，非常道」，小說的意義需要表達，而又不能明顯的表達，甚至即使隱晦的表達讓人識破，還要再加上一層否定的意義，讓人「無逮」，才能表達「名可名，非常名」的意思。就如小說中的「寡婦」把「午夜之子」召集到「貝拿勒斯」，「午夜之子」被閹割，表面上，這象徵著政治層面對多元化理念的否定，但更深的宗教層面，「午夜之子」身體的一部分被「火化」，就意味著他們死在「貝拿勒斯」，由此才獲得宗教意義上的解脫。

小結：詩化語言的淵源與超越

本章主要討論《午夜之子》詩性語言的表現形式及其意義。小說以詩性的語言為讀者呈現出一個豐富多彩的世界，充分調動了讀者的感官知覺。但是，小說五味俱全的語言只是印度古典文學中「曲語」的表現形式，詩性語言其實表現了人類認知的局限性，體現了印度宗教哲學中「摩耶」的概念。因此，小說語言的情味是無味之味，小說語言所呈現的圖畫是無色之色，小說語言展現的影視效果是幻中之幻，小說中的曲語旨在表達韻外之致，表現可說又不可說的梵。

在語言表現層面，拉什迪融合了東西方藝術的表現傳統。語言藝術以文字為介質，但同樣無法離開認知及認知的再創造，人類的感官知覺就是人類認知的管道，也為認知再創造積累了經驗。東、西方藝術有各自的文化內涵，東方藝術思想和表現深受原始思維的影響，西方的藝術更體現出邏各斯主義文化傳統的影響。[40] 在不同的文化思維模式影響之下，東西方藝術在感知表現方面的也各有側重。東方美學傾向以一些更為本能的感官知覺，如味覺、嗅覺來說明藝術表現方式和旨趣，印度古典美學中以味論為重，而「味」也是中國古典美學中重要的範疇。[41] 西方則認為味、嗅、觸是較為低級的動物感官而對其加以排斥，同時傾向於視、聽這些更能表現形式和邏輯的感官知覺說明藝術的表現方式和旨趣。「觀看」一直是西方藝術中最重要的感官接受途徑。亞里斯多德在《形而上學》中提到，「無論我們將有所作為，或竟是無所作為，較之其它感覺，我們都特愛觀看。理由是：能使我們識知事物，並明察事物之間的許多差別，此於五官之中，以得之於視覺者為多。」[42] 拉什迪小說的詩性語言體現了東方的原始思維方式，運用了原始的感官認知，如味覺、嗅覺的表現方式。但同時，也吸收了西方藝術追求形象性的傳統。

拉什迪在繼承印度古典美學中「味」的藝術表現手法的基礎上有所發展。在《午夜之子》中他以嗅覺來補充小說

40 每種文化中都共存著原始思維和邏輯思維形式，但從東、西文化的整體而言有不同的傾向性。「東方民的審族的審美思想和藝術創造深受原始思維的影響和制約。所以原始審美思維和原始藝術的基本手法，在東方審美思想和藝術中得到非常鮮明的體現。」（邱紫華．《東方美學史》．北京：商務印書館，2003 年：第 1205 頁。）

41 汪湧豪．《中國文學批評範疇十五講》．上海：華東師範大學出版社，2010 年：第 28-32 頁．另，該書中對東、西方美學中的感官範疇有更為詳細的論述。

42 亞里斯多德．《形而上學》．北京：商務印書館，1981 年：卷（A）一，980a。

之「味」：讓「氣味」瀰漫在小說語言中，讓嗅覺和嗅覺器官來推動故事情節發展；還將情緒經驗與感官經驗揉和在一起，以某種感官經驗引出相應情緒，繼而以情緒統帶其它感官經驗，或是直接以通感形式來表現某種情緒。拉什迪的詩性語言表現形式豐富、發展了印度古典美學中的「味論」，同時，也將語言之「味」創造性地引入英語表達，從而豐富了英語的語言表現形式。

拉什迪的詩性語言同時具有很強的「形象性」特徵。文學的形象性是指，「我們有能力閉上眼睛就把視域聚焦起來，有能力從白紙黑字中創造形式和色彩，實際上還可以用形象來思想。」[43]「形象性」一直是西方語言藝術追求的表現效果。文藝復興時期的詩人但丁就在其詩作《神曲》中將文字與視覺形象完美融合在一起。而在進入後現代時期以來，「形象性」愈發顯得重要，拉美作家瑪律克斯說，自己動手寫書的第一個條件就是要有一個目睹的形象。[44] 在後現代這個顛覆權威和傳統，追求新穎、獨特和創造的背景之下，「視覺形象與文字表達孰先孰後的問題……明顯地傾向於視覺想像力。」[45] 後現代因此成為一個「觀看」的時代，一個圖像大行其道的時代。美國學者安東尼·卡斯卡蒂所指出的：「鑒於當今的社會與物質環境，後現代主義哲學的『審美轉向』已經不是多新鮮的事兒了。圖像不只是無處不在——存在於任何表面之上或任何媒介之中，而且佔據了一個先於『事物本身』的位置；今天的世界甚至可以用『圖像

43 伊塔洛·卡爾維諾（意）·《新千年文學備忘錄》·黃燦然，譯·南京：譯林出版社，2009 年：第 94 頁。

44 瑪律克斯，門多薩·《蕃石榴飄香》·林一安，譯·北京：三聯書店，1987 年：第 32 頁。

45 伊塔洛·卡爾維諾（意）·《新千年文學備忘錄》·黃燦然，譯·南京：譯林出版社，2009 年：第 88 頁。

先行』來定義。也就是說，圖像不僅僅在時間上，而且在本體論的意義上均先於實在。」[46] 圖像在後現代的這種地位也影響了其他的藝術表現方法。小說原本是時間的藝術，而在後現代社會圖像「先於實在」的環境下，也愈來愈表現出空間藝術的傾向，呈現出圖像化的趨勢。卡爾維諾說自己有一整套的幻想圖像學，如，他在創作《命運交叉的城堡》時就利用了塔羅牌和一些大畫家們的作品。他的一些作品是直接受了圖像的啟發創作出來的。[47]

拉什迪的小說創作繼承了西方語言藝術「形象性」表現方法，在此基礎上又也有所發展。拉什迪將詩與畫很好地結合在一起，他將原始思維滲透進形象，以詩性語言呈現出鮮明的形象，以其他感官認知的表現形式豐富了讀者對語言形象性的感受，同時也使小說語言呈現的畫面具有東方繪畫的特徵，從而豐富了西方文學藝術形象性的內涵。拉什迪也借鑒了影視媒介的表現手法：小說明示一隻攝像機的存在，將動態的情節以鏡頭敘事的方式呈現出來，而相對靜態的描寫則轉換為鏡頭特寫；小說還採用了電影蒙太奇的手法對敘事進行了剪接，以鏡頭敘事的切換增加了小說的懸念；也借用了電影中場面調度的音效元素加強了小說鏡頭敘事的表現力和感染力。小說直接借用影視媒介表現手法不但增強了自身的「形象性」，對讀者而言，也是一種直接的「想像力」訓練，要求讀者積極參與小說生產「形象」的過程。拉什迪還將印度古典美學中的「曲語」與視覺表現結合起來，以小說中各種存在物的抽象結構圖示暗示或象徵小說的結構圖示，暗示小說詩性語言的摩耶本質。

46 安東尼·卡斯卡蒂（美）·《柏拉圖之後的文本與圖像》，《學術月刊》·2007 年第 39 卷第二期：31-36 頁。

47 伊塔洛·卡爾維諾（意）·《新千年文學備忘錄》·黃燦然，譯·南京：譯林出版社，2009 年：第 96 頁。

結　論

拉什迪久負盛名，其作品甚是「謎」人。國內外現有的拉什迪批評多從西方文化入手，以特定的理論模式對其系列作品進行「群離式」的研究。不過，現有研究方法不足以解開拉什迪作品的「密碼」。他的作品首先具有空間形式編碼：小說在不同層面形成了同心圓的認知圖示；其次具有邏輯編碼：小說的部分與整體之間具有互為因果的循環邏輯，部分即是整體，整體即是部分；再次具有文化編碼：文本隱含的同心圓空間圖示是印度宗教哲學中的核心符號。「多層編碼」正是拉什迪作品的藝術特色所在。

針對拉什迪作品的特點，本書以印度文化為背景，以拉什迪的代表作《午夜之子》為個案，將其看做一個開放的系統進行深入研究，進而揭示小說的編碼方式，展現拉什迪的藝術創作規律和思想淵源。結論表明：《午夜之子》以多元敘事的手法表現了梵我一如的意蘊，二者互為表裡，小說的形式、邏輯與意義層面相得益彰，結合得絲絲入扣。小說形式與意義的關聯模式有以下幾個方面：小說以概念化的人物表現了與梵同一的「自我」；以符號化的時空敘事結構表現了作為宇宙的「梵」；以詩化的語言表現「我」與「梵」之間的認知關係，說明「梵」之幻象，「我」之虛妄，世界形相之摩耶本質。由此，我們可以看出，拉什迪如何以精湛的文學藝術手法表現了「梵我一如」的意韻。

「梵我一如」是拉什迪作品的意蘊，其小說藝術表現的旨歸。「梵我一如」是印度宗教哲學思想的核心概念，是印度教徒人生觀和世界觀的思想基礎，他們認為，唯有體悟「梵我一如」，才能擺脫「輪回」之苦，終獲「解脫」。確切而言，拉什迪小說反映的哲學思想是印度教吠檀多派的宗教哲學思想。印度宗教哲學是宗教的哲學，哲學的宗教，較於西方哲學，印度宗教哲學更是表現性，而非規定性的；其發展經歷了漫長的過程，吠檀多派哲學是印度佔統治地位的思想體系；吠檀多哲學各個思想派別對梵我關係有著不同的看法；拉什迪小說中的哲學思想主要是以喬荼波陀和商羯羅為代表的「梵我不二論」，商羯羅的作品頗具文學性，喬荼波陀則以編碼的形式說明自己的哲學理念。《午夜之子》對喬荼波陀和商羯羅的經典著作，尤其是前者的符號系統進行了二度編碼，從而使作品形成了一個巨大的符號象徵系統。

《午夜之子》以概念化的人物體現印度宗教哲學中的「阿特曼」，即與梵同一的「自我」。小說在人物設計上圍繞著梵與阿特曼的內涵運用了巧思，將「梵」這一概念的抽象特性賦予人物。如：梵是世界之「四因」，小說人物也是其所在小說世界的「四因」；梵是「神」，是「主神」亦是「泛神」，小說人物是「神」，是眾神的和合，也是無形的「主神」；梵具有「一與多」的屬性，小說人物亦是如此，主人公薩利姆的名字是以一個符號對應多個所指，從而喻指其「一與多」的屬性。如此，小說人物成為「梵」這一概念的載體和人格化身，從而說明「我」與「梵」的同一性，體現了印度宗教哲學中個體所追求的宗教理想和人生境界，即體悟「梵我一如」，超越輪回，獲得解脫。

《午夜之子》以符號化的時空結構體現了印度宗教哲學中「自我即梵，梵即宇宙」的觀點，說明「自我」與萬物在時空中具有分形結構。唵（OM）在印度教中代表梵，它是曼陀羅中的曼陀羅，可表徵為圓、同心圓或螺旋。小說的時、空敘事在不同層面形成唵的認知表徵圖示，構成局部與整體的分形關係。在空間上，「唵」的圖示代表無限擴展的宇之漣漪——斯波塔之韻。如，小說以對自我、家族、國家的敘事形成了三個範疇的同心圓；小說主人公的外祖父以自己人生軌跡和宗教信仰變遷畫出了三個同心圓；小說中的意象表現了唵的圖示。在時間上，唵的圖示象徵著永恆輪回的時間（宙）——卡拉之輪。小說改變敘事時序形成了三個同心圓；小說敘事序列一曲雙闋，隱含著小說主人公遵循達摩四期，終得解脫，達成生命的圓滿；小說中的數字與「梵」，與小說中的時空圖示關係密切。如上所述，小說的敘事在不同層面形成了「唵」之符號化的結構，說明小說世界是梵之世界，我及世界萬物與梵同構。

《午夜之子》以詩化語言展現了自我與梵之間的認知關係，展現了梵之摩耶本質，世界可知與不可知的兩面性。小說的語言風格繁複熱烈，在愉悅了眼、耳、鼻、舌和身，給讀者帶來色、聲、香、味及觸種種快感的同時，卻又以「曲語」的形式將語言之形色指向了語言之外的空無。小說語言別有滋「味」，但卻終是「無味之味」，別具風「韻」，但卻總有「韻外之致」，從而「以有說無」，表現了印度文學藝術靈肉雙美的追求，說明梵具有形色與空無兩個面相，藝術與世界都是梵的幻變遊戲。

拉什迪在博采東西古今創作技巧的同時，又有所超越。概念化人物的藝術形式在印度古典戲劇中早已有之，拉什迪以既實又虛、兩邊無著的人物體現了「梵」的內涵，避免了概念人物化帶來的哲學宗派傾向；符號化結構是現代以來小說「空間化」的表現，拉什迪使洋洋二十萬言的長篇小說統一於一個空間的認知圖示，而同時又通過小說的文化背景賦予這個圖示深刻的宗教哲學內涵；詩化的語言體現了作家豐富的審美感知經驗表現力，拉什迪借鑒了印度傳統美學中「味論」的表現手法，並大量輔以其它感官知覺，如嗅覺、視覺來增強小說的「味」。同時，又吸收了西方後現代小說強調「視覺呈現」的特點，打破了詩與畫、小說與電影的界限，增強了小說的「視覺效應」。拉什迪的創作技巧對我國當代的文學創作實踐也具有啟發性。我們也可返身探尋本民族的文化核心體系，研習民族傳統美學的精髓；同時，借鑒現代小說的藝術形式，面向世界，將民族文化的精髓與世界性的藝術表達完美地融合於文學創作，講述民族歷史故事的同時，又為其它民族、其他文化帶來新的啟示。

拉什迪作品「梵我一如」的思想源於傳統，融入現代，根植印度，朝向世界。「梵我一如」思想以綜合的視角來表述人與宇宙關係，體現了「一砂一世界」的思想境界，而這種境界在後現代社會尤其可貴。後現代社會是一個複雜的系統，生活在其中的每一個人都在深深保有自我的同時，最大限度地與社會關聯在一起，這個系統就像以信息為絲以個體為顆粒編織成的巨大網路，光怪陸離又異常脆弱。個體看似無足輕重，但借由信息傳播卻有可能對整個網路產生「蝴蝶效應」。因此，每個個體都應當充分地意識到自身的複雜性存在，即，人是物理意義上的人，人的身體由分子、原子、質子、中子乃至誇克構成，人只是宇宙大爆炸漣漪中一個「細波」；人也是生物意義上的人，作為一個物種，人和地球上的其它物種是共生的；人也是社會學、人類學意義上的人，人與人，組織與組織，國家與國家也是一種共在的、博弈的關係。如果個體意識不到自身的複雜性，不和後現代的網路「諧振」，就很難與自身，與環境，與社會和諧相處，甚至有可能給社會帶來災難性的後果。拉什迪充分意識到了後現代社會及個體的複雜性，返身從印度古老的思想中汲取智慧的源泉，將「梵我一如」的智慧滲透於創作，體現了「天地與我並生，萬物與我一體」的宇宙境界，給迷失在信息碎片洪流中的後現代社會帶來了啟發。

《午夜之子》是拉什迪的代表作，是其創作自我複製的典範。拉什迪的其它小說與《午夜之子》有類似的藝術表現手法和思想旨趣。《午夜之子》形式與意義的關聯模式對這些作品同樣具有闡釋力。《午夜之子》也是後現代小說的典型作品，通過該個案研究，可以看出，現有的對後現代小說的價值判斷，如，後現代小說是「破碎」、「無意義」的觀點並不完全客觀，拉什迪的《午夜之子》就是一個例證：小說顯得「破碎」是它以現代的空間敘事替代了傳統的線性敘事，顯得「無意義」是它將民族特有的思想和表達方式融於世界性的普遍的思想和表達方式。要使後現代小說擺脫「破碎」和「無意義」的「魔咒」，讀者就必須打破自我思想的束縛，告別一勞永逸的閱讀心態，積極參與小說形式的建構，學習其他民族的文化——這既是讀者與自己的對話，也是文化與文化之間的對話。

以拉什迪作品反觀其他類似後現代小說家如卡爾維諾、馬奎斯、博爾赫斯的作品，也頗有啟發。這些作家的作品和拉什迪的作品一樣都具有某種「神秘感」，其一是他們具有「空間性」，都以形式來言說，其二是他們以某種神秘學為背景，體現出「一切即一，一即一切」的思想，而這也正是佛教、中國的道家思想，以及諸多神秘思想的相通之處。這些思想與後現代複雜性思想暗中契合。它們都體現了世界是有序與無序的共在；都體現了部分與整體互為因果的循環論證關係；都體現了全息的原則。[1] 複雜性思想研究的開拓者莫蘭認為文學對複雜性思想研究有著重要意義，[2] 但是在後現代

1 愛德格・莫蘭（法）・《複雜性思想導論》・陳一壯，譯・上海：華東師範大學出版社，2008 年：第 74-77 頁。

2 愛德格・莫蘭（法）・《複雜性理論與教育問題》・陳一壯，譯・北京：北

文學批評還沒看到複雜性思想時代的來臨。樂黛雲在《中國比較文學》（2012 年第 2 期）上提出，「複雜性思維對於今天的跨文化研究、比較文學和世界文學研究都具有不可忽視的重大的意義，可惜我們的研究還是剛剛開始。」[3] 這也為本研究指出了方向，其一，可推進拉什迪作品的跨文化研究，以比較文化的視野進一步呈現拉什迪的藝術和思想特色，其二，也可在複雜性思想的視域下對與拉什迪作品相類的後現代作家作品進行深入研究。在展現後現代作家作品中複雜性思想的藝術表現的同時，也通過文學批評迎接複雜性時代的來臨。

京大學出版社，2004 年：第 128-132 頁。莫蘭指出，文學對於研究人類的複雜性具有重要貢獻。在書中，他例舉了哈日・卡姆奧朗（Hadj Garm's Oren）以及昆德拉（Kundera）以及其它一些作家的作品來說明這一點。米蘭・昆德拉在《小說的藝術》中寫道：「伴隨著地球歷史的一體化過程……的是一種令人暈眩的簡化過程。……簡化的蛀蟲一直以來就在啃噬著人類的生活……現代社會的特點可怕地強化了這一不幸的過程。」但是，「小說的精神是複雜性。每部小說都在告訴讀者：『事情要比你想像的複雜。』這是小說永恆的真理。」（米蘭・昆德拉・《小說的藝術》・上海：上海譯文出版社，2012 年：第 19-20 頁。）

3 樂黛雲・《漫談愛德格・莫蘭的「複雜性思維」》，《中國比較文學》・2012 年第 2 期。

參考文獻

英文文獻：

Ahsan M M, Kidwai A R. Sacrilege versus civility: Muslim perspectives on The Satanic Verses affair[M]. Islamic Foundation, 1991.

Bowers M A. Magic (al) realism[M]. Routledge, 2004.

Brian Richardson. Postmodern Narrative Theory[J]. Beijing: Foreign Literature Studies, 2010, 32(4).

Cain W E. Literary Criticism and Cultural Theory[M]. Wellesley College: Routledge, 2002.

Chatman S B. Story and discourse: Narrative structure in fiction and film[M]. Cornell University Press, 1980.

Chauhan P S. Salman Rushdie Interviews: A Sourcebook of His Ideas[M]. Greenwood Press, 2001.

Chordiya D P. "Taking on the Tone of a Bombay Talkie" : The Function of Bombay Cinema in Salman Rushdie's Midnight's Children[J]. ARIEL: A Review of International English Literature, 2007, 38(4).

Clark R Y. Stranger gods: Salman Rushdie's other worlds[M]. McGill-Queen's Press-MQUP, 2000.

Critical Essays on Salman Rushdie[M]. Twayne Publishers, 1999.

Cundy C. Salman Rushdie[M]. Manchester University Press, 1996.

Escher M C. The graphic work: introduced and explained by the artist[M]. Taschen, 2008.

Hassumani S. Salman Rushdie: A postmodern reading of his major works[M]. Fairleigh Dickinson Univ Press, 2002.

Herman D. Basic elements of narrative[M]. Wiley-Blackwell, 2009.

Hofstadter D R. Godel, Escher, Bach: an eternal golden braid[M]. Penguin Books, 1979.

Kimmich M. Offspring Fictions: Salman Rushdie's Family Novels[M]. Rodopi, 2008.

La'Porte V. An Attempt to understand the Muslim reaction to the Satanic Verses[M]. Lewiston, New York: Edwin Mellen Press, 1999.

Leigh D J. Apocalyptic patterns in twentieth-century fiction[M]. University of Notre Dame Press, 2008.

Lewis B. Postmodernism and literature. In The Routledge Companion to Postmodernism[M]. New York: Routledge, 2001.

Mukherjee M. Rushdie's midnight's children: a book of readings[M]. Pencraft International, 1999.

Radhakrishnan. The Hindu View of Life[M]. London: Unwin Books, 1960.

Ramachandran H. Salman Rushdie's The Satanic Verses: Hearing the Postcolonial Cinematic Novel[J]. The Journal of Commonwealth Literature, 2005, 40(3).

Rama, Swami. Enlightment without God[M]. Honesdale: The Himalayan International Institute of Yoga Science and Philosophy of the U.S.A., 1982.

Rao M M. Salman Rushdie's fiction: a study(Satanic Verses excluded)[M]. Sterling Publ., 1992.

Rushdie, Salman. Imaginary Homelands: Essays and Criticism 1981-1991[M]. London: Grant Books, 1992.

Rushdie, Salman. Midnight's Children[M], London: Vintage, 2006.

Rushdie, Salman. Step Across This Line: Collected Nonfiction 1992-2002[M]. N.Y.: The Modern Library, 2002.

Ruthven M. A satanic affair: Salman Rushdie and the rage of Islam[M]. Vintage, 1990.

Rowell L E. Music and Musical Thought in Early India[M]. University of Chicago Press, 1992.

Sanga J C. Salman Rushdie's postcolonial metaphors: migration, translation, hybridity, blasphemy, and globalization[M]. Westport, CT: Greenwood press, 2001.

Srivastava N. Secularism in the Postcolonial Indian Novel: National and Cosmopolitan Narratives in English[M]. London: Routledge, 2007.

Talib I S. The language of postcolonial literatures: An introduction[M]. London: Routledge, 2002.

Taneja G R, Dhawan R K. The Novels of Salman Rushdie[M]. New Delhi: Indian Society for Commonwealth Studies, 1992.

Ten Kortenaar N, Louie K. Self, nation, text in Salman Rushdie's" Midnight's children"[M]. McGill-Queen's Press-MQUP, 2004.

The Cambridge Companion to Salman Rushdie[M]. Cambridge University Press, 2007.

The Oxford companion to English literature[M]. Oxford University Press, 2009.

The Salman Rushdie Controversy in Inter-Religious Perspective[M]. Edwin Mellen Press, 1990.

Williams, G.M.. Hand Book of Hindu Mythology[M]. California: ABC-CLIO, 2003.

Zoran G. Towards a theory of space in narrative[J]. Poetics today, 1984, 5(2) .

中文文獻：

著作類

愛德格·莫蘭·《複雜性理論與教育問題》·陳一壯，譯·北京：北京大學出版社，2004 年。

愛德格·莫蘭·《複雜性思想導論》·陳一壯，譯·上海：華東師範大學出版社，2008 年。

愛默生·《愛默生詩歌精選》·王晉華，張慧琴，譯·太原：北嶽文藝出版社，2012 年。

安樂哲，郝大維·《道不遠人：比較哲學視域中的〈老子〉》，何金俐，譯·北京：學苑出版社，2004 年。

安樂哲，郝大維·《通過孔子而思》·何金俐，譯·北京：北京大學出版社，2004 年。

保羅·西利亞斯·《複雜性與後現代主義：理解複雜系統》·曾國屏，譯·上海：上海科技教育出版社，2006 年。

博爾赫斷·《曲徑分岔的花園》，載《傅爾赫斯文集》·小說卷·海口：海南國際新聞出版中心，1996 年。

布里格斯（美），皮特（英）·《混沌七鑒：來自易學的永恆智慧》·陳忠，金緯，譯·上海：上海科技教育出版社，2008 年。

恩斯特·卡西爾（德）·《神話思維》·黃龍保，張振選，譯·北京：中國社會科學出版社，1992 年。

方廣錩·《印度禪》·杭州：浙江人民出版社，1998 年。

弗蘭克（美）·《現代小說的空間形式》·秦林芳，編譯·北京：北京大學出版社，1991 年。

福柯（法）·《詞與物：人文科學考古學》·莫偉民，譯·上海：上海三聯書店，2002 年。

韓德（英），編·《瑜伽之路》·王志成，等譯·杭州：浙江大學出版社，2006 年。

漢斯．魏爾納．舒特．《尋求哲人石：煉金術文化史》．李文潮，蕭培生，譯．上海：上海科技教育出版社，2006 年。

黑格爾．《哲學史演講錄》．賀麟，王太慶，譯．北京：商務印書館，1997 年。

黑格爾．《美學》（第二卷）．朱光潛，譯．北京：商務印書館，1980 年。

黃寶生．《印度古典詩學》．北京：北京大學出版社，2000 年。

黃心川．《印度哲學史》．北京：商務印書館，1989 年。

霍爾根．凱斯頓．《耶穌在印度》．趙振權，等譯．北京：國際文化出版公司，1987 年。

紀伯倫（黎）．《沙與沫》．侯皓元，編譯．西安：陝西人民出版社，2004 年。

季羨林．《印度古代文學史》．北京：北京大學出版社，1991 年。

加西亞．瑪律克斯（哥倫）．《百年孤獨》．範曄，譯．海口：南海出版公司，2011 年。

金克木．《梵佛探》，《梵竺廬集（丙）》．南昌：江西教育出版社，1999 年。

金克木．《梵語文學史》，《梵竺廬集》（甲）．南昌：江西教育出版社，1999 年。

金克木．《印度文化論集》．北京：中國社會科學出版社，1983 年。

克洛德．列維 - 施特勞斯（法）．《看．聽．讀》，《列維 - 施特勞斯文集》．顧嘉琛，譯．北京：中國人民大學出版社，2006 年。

萊辛（德）．《拉奧孔》．朱光潛，譯．北京：人民文學出版社，2008 年。

列維・布留爾・《原始思維》・丁由，譯・北京：商務印書館，1985 年。
劉安・《淮南子・原道》・許匡一，譯注・貴州：貴州人民出版社，1993 年。
劉昌元・《文學中的哲學思想》・臺北：聯經出版，2002 年。
劉象愚等主編・《從現代主義到後現代主義》・北京：高等教育出版社，2002 年。
劉曉暉，楊燕，編譯・《永恆的輪回》・北京：中國青年出版社，2003 年。
魯道夫・阿恩海姆（美）・《視覺思維：審美直覺心理學》・滕守堯，譯・成都：四川出版集團，1998 年。
羅伯特・比爾・《藏傳佛教象徵符號與器物圖解》・中國藏學出版社，2007 年。
瑪律克斯，門多薩・《蕃石榴飄香》・林一安，譯・北京：三聯書店，1987 年。
馬克思，恩格斯・《馬克思恩格斯選集》（第 2 卷）・北京：人民出版社，1972 年。
瑪麗・諾斯・博丹內・《視覺心理學》，《藝術的心理世界》・周憲譯・北京：中國人民大學出版社，2003 年。
毛世昌，路亞涵，梁萍・《印度神秘符號》・蘭州：蘭州大學出版社，2011 年。
米蘭・昆德拉・《被背叛的遺囑》・余中先，譯・上海：上海譯文出版，2011 年。
米蘭・昆德拉・《小說的藝術》・上海：上海譯文出版社，2012 年。
米勒（美）・《小說與重複：七部英國小說》・王宏圖，譯・天津：天津人民出版社，2007 年。
牟宗三・《中西哲學之會通十四講》・羅義俊，編・上海：上海古籍出版社，2007 年。

南懷瑾．《道家、密宗與東方神秘學》．上海：復旦大學出版社，1997 年。

諾貝格．舒爾茨．《西方建築的意義》．李路柯，歐陽恬之，譯．北京：中國建築工業出版社，2005 年。

龐樸．《淺說一分為三》．北京：新華出版社，2004 年。

毗耶娑（古印度）．《薄伽梵歌》．黃寶生，譯．北京：商務印書館，2010 年。

婆羅多牟尼．《舞論》，《古代印度文藝理論文選》．金克木，譯．北京：人民文學出版社，1980 年。

邱紫華．《印度古典美學》．武漢：華中師範大學出版社，2006 年。

讓．弗朗索瓦．利奧塔爾．《後現代狀況：關於知識的報告》．長沙：湖南美術出版社，1996 年。

薩爾曼．拉什迪．《羞恥》．黃燦然，譯．南京：江蘇人民出版社，2009 年。

薩爾曼．魯西迪．《午夜之子》．張定綺，譯．臺北：臺灣商務，2004 年。

尚勸余．《莫臥兒帝國》．西安：三秦出版社，2001 年。

申丹，王麗亞．《西方敘事學：經典與後經典》．北京：北京大學出版社，2010 年。

史蒂芬．霍金．《時間簡史：從大爆炸到黑洞》．許明賢，吳忠超，譯．長沙：湖南科學技術出版社，2004 年。

室利．阿羅頻多．《薄伽梵歌論》．北京：商務印書館，2003 年。

孫晶．《印度吠檀多不二論哲學》．北京：東方出版社，2002 年。

泰戈爾．《創作》．見《泰戈爾全集》，第 22 卷，劉安武等主編．石家莊：河北教育出版社，2000 年。

泰戈爾．《文學的意義》，《泰戈爾文集》（第 22 卷）．劉安武等主編．石家莊：河北教育出版社，2000 年。
泰戈爾．《一個藝術家的宗教》，《泰戈爾文集》（第 4 卷）．劉安武，等譯．合肥：安徽文藝出版社，1995 年。
湯用彤．《印度哲學史略》．上海：上海古籍出版社，2006 年。
滕守堯．《審美心理描述》．成都：四川人民出版社，2001 年。
湯瑪斯．門羅．《東方美學》．歐建平，譯．中國人民大學出版社，1989 年。
汪湧豪．《中國文學批評範疇十五講》．上海：華東師範大學出版社，2010 年。
王儒童．《真理．宇宙．心識：用佛法來認識世界和返觀自我》，《內學雜談》．北京：中國人民大學出版社，2007 年。
維柯．《新科學》（上）．朱光潛，譯．合肥：安徽教育出版社，2006 年。
韋勒克，沃倫．《文學理論》．劉象愚，等譯．南京：江蘇教育出版社，2005 年。
維希瓦納特．S．納拉萬．《泰戈爾評傳》．劉文哲，何文安，譯．重慶：重慶出版社，1985 年。
鄔焜．《古代哲學中的資訊、系統、複雜性思想：希臘．中國．印度》．北京：商務印書館，2010 年。
巫白惠．《聖教論》．北京：東方出版社，2000 年。
巫白惠．《印度哲學：吠陀經探義和奧義書解析》．北京：東方出版社，2000 年。
吳學國．《存在．自我．神性：印度哲學與宗教想研究》．北京：中國社會科學出版社，2005 年。
薛克翹．《印度民間文學》．銀川：寧夏人民出版社，2008 年。
辛波斯卡（波）．《萬物靜默如迷》．陳黎，張芬齡譯．長沙：湖南文藝出版社，2012 年。

姚衛民．《印度宗教哲學概論》．北京：北京大學出版社，2006 年。
姚衛群．《印度宗教哲學百問》．北京：今日中國出版社，1992 年。
伊塔洛．卡爾維諾（意）．《美國講稿》．蕭天佑譯．南京：譯林出版社，2012 年。
伊塔洛．卡爾維諾（意）．《新千年文學備忘錄》．黃燦然，譯．南京：譯林出版社，2009 年。
蟻垤．《羅摩衍那》．季羨林，譯．南京：譯林出版社，2002 年。
詹石窗．《道教文學史》．上海：上海文藝出版社，1993 年。
中村元．《東方民族的思維方法》，林太，譯．杭州：浙江人民出版社，1989 年。
《〈梨俱吠陀〉神曲選》．巫白惠，譯解．北京：商務印書館，2010 年。
《東方著名哲學家評傳：印度卷》．黃心川，主編．濟南：山東人民出版社，2000 年。
《內學》（第一輯）．支那內學院，1924 年：敘言。
《五十奧義書》．徐梵澄，譯．北京：中國社會科學出版社，2007 年。
《印度三大聖典》，糜開文，譯．臺灣中國文化大學出版社，1980 年。
LA 貝克．《東方哲學簡史》．趙增越，譯．北京：中國友誼出版公司，2006 年。

期刊、博士論文、報刊類

《愛默生詩選》，《詩刊》·張祈，譯·2005 年 7 月下半月刊，總第 477 期。
葛維均·《毗濕奴及其一千名號》，《南亞研究》·2006（No. 2）；2009（No. 1）。
黃寶生·《神話與歷史：中印古代文化傳統比較》，《外國文學評論》·2006（No. 3）。
黃芝·《從天真到成熟：論〈午夜的孩子〉中的「成長」》，《當代外國文學》·2008（No. 4）。
彭彥琴，江波，楊憲敏·《無我：佛教中自我觀的心理學分析》，《心理學報》·2011，43（2）。
蘇忱·《拉什迪〈午夜的孩子〉中被消費的印度》，《當代外國文學》·2014（No. 4）。
孫晶·《印度吠檀多哲學的梵我觀與朱子理學之比較》，《雲南大學學報》·2008（Vol. 7, No. 2）。
陶笑虹·《從「薩克蒂」觀念看印度教的女性觀》，《湖北社會科學》·2007（No. 1）。
徐彬·《拉什迪的斯芬克斯之謎——〈午夜之子〉中的政治倫理悖論》，《外語與外語教學》，2015（No. 4）。
楊薇雲·《印度現代神話的變奏曲：魯西迪的〈午夜之子〉現代與傳統的連接》，《世界宗教學刊》·2005（No. 6）。
姚衛群·《佛教哲學的否定型認識及其與婆羅門教哲學的淵源關係》，《南亞研究》·1994（No. 1）。
樂黛雲·《漫談愛德格·莫蘭的「複雜性思維」》，《中國比較文學》·2012（No. 2）。
周瑾·《神聖的容器：婆羅門教 / 印度教的身體觀》，《宗教學研究》·2005（No. 3）。
黃芝·《越界的繆斯：薩爾曼·拉什迪小說創作研究》·蘇

州大學，博士論文，2008。
徐江，《全球最具爭議的文學大師來了》，《青年時報》，2009 年 6 月 21 日 A14 版。

後　記

本書是在筆者博士論文的基礎上完成的。

提到博士論文，每個過來人難免都有些苦樂，我也不例外。

做博士論文的時候需要忍受孤獨。記得在北外訪學兼做博士論文的那個冬天，室外天寒地凍，雪花紛飛，室內獨我一人廢寢忘食，奮筆疾書。那完全是神魂顛倒的狀態，除了論文，眼中再無其它。每日早上六點多，外面還烏漆麻黑，我就爬起來，打開電腦，開始碼字，之後除了簡單三餐，片刻小憩，幾乎一坐一整天，直到凌晨兩點，閉眼做夢也和論文相關，有時睡到一半，忽然靈感閃現，一骨碌爬起來劃兩筆，然後倒頭接著睡。整整一個月「閉關修煉」，除了僅有幾次給家裡打電話，幾乎沒和任何人接觸，大年三十「出關」的時候，感覺都不會開口說話了。當然孤獨也有回報：論文有很大進展。記得當時我給閨蜜發了一條短信：「哈！我用了三年時間猜出了拉什迪的謎語，我破解了他的書！」這條短信一直都保存在手機裡，我也能清晰地回想起當時的情景：獨自站在北外東門外，沐浴著冬日暖陽，感覺自己如花綻放。

做博士論文時最發愁的就是行文如何通俗易懂。論文主要包含藝術和思想兩部分，思想涉及印度宗教哲學，藝術涉及印度文論，各種術語概念生疏。雖說我從碩士起就接觸這些東西，日積月累，看得懂來龍去脈，但要化陌生為熟悉，艱深為淺顯，還有一大段路要走。當時功力有限，跳不出來那些術語的框框，只能以經解經，以天書說天書，我自己明白，但別人卻越聽越糊塗。因此，彙報論文進度的時候，沒少掉眼淚，想起來著實難為情。

做博士論文期間還得兼顧工作和家庭。白天不夠用，只好壓縮休息時間，淩晨三點起來碼字，五點開始忙活早飯，之後安頓好孩子，再搭車去上班。這樣折騰傷害了身體。那年春天我咳嗽到說不出話來，打針吃藥均不見效，而課又不能停，學期過半找不到代課老師。結果是我站在講臺上，像啞巴一樣眼睜睜看著學生，愧疚萬分，一籌莫展。學生，是學生給了我前所未有的支持，他們說老師您在一旁看著就行，我們分組備課，自學互助，組織上課……令人欣慰的是，那學期他們的成績還不錯。

除了這些事兒，也還有其它諸多困難和艱辛，但回望來時路，覺得也沒啥大不了——誰寫博士論文不是一紙懵懂文，兩把辛酸淚？！甚至對這些委屈和坎坷還心存感激，因為這個過程讓我成長了。

首先，我對「文人」有了新認識。在研究印度宗教哲學的過程中，我也步步接近了我們中國傳統思想文化，瞭解了中國文人的道德生活實踐。中國傳統的「文人」為文更為人，講究知行合一，生活實踐往往比文章辭句更重要。即使要寫，也最好能即知即傳。因為生命是鮮活的，如果不能直接以文字滋養自己以及周圍的人，又如何期待去影響遠方或者什麼身後的人。所以，博士論文之後，我一直以「低飛」的姿態讀寫不輟，廣泛涉獵，深入閱讀，寫讀書劄記記錄個人感悟，把自己的觀點和看法深入淺出毫無保留地寫出來，發表在空間博客，與同事同學直接交流。幾年下來，積累的文字百萬餘，同時也通過這些文字結識了諸多良師益友。

其次，我的知識架構有了新變化。當時為了要把晦澀難懂的概念說清楚，必須找到「以今說古，以近說遠」的類比方式迂回前進，儘量做到深入淺出。比如，在論述小說整體結構如何就應和了「一沙一世界」思想的時候，我遭遇了一個邏輯悖論：不知一沙何以知一世界，不知一世界何以知一沙。當時為了解開這個疙瘩，真是上窮碧落下黃泉，從東方宗教的玄妙表述摸索到西方後現代的複雜性思想，從道教的煉丹術摸索到阿拉伯人的煉金術，從宗教的曼陀羅圖示摸索到幾何的分形，從數學的反覆運算摸索到科學思維版畫大師埃舍爾的畫作，統統投石探路，尋找突破口。功夫不負有心人，自我感覺總算打開了這個結，還是很有收穫。我還發覺，不同的專業就像不同的語言，似乎各說各話，結果卻殊途同歸；通識很重要，不僅可以融合不同的思維方式，還能看清知識生產的動向與意義。因此，在博士畢業後，我組織了公益的讀書會，在促進大學同道跨學科交流的同時，繼續不斷擴大自己的知識視野，完善自己的知識架構。

再次，我的生活方式也有了改觀。身體髮膚，受之父母，不得損傷。做博士論文期間，爸媽家人不但常常得幫我照看孩子，還要為我的身體狀況時時擔心。我感覺真是對不起他們，也領悟到：健康生活要和學術文章保持平衡。如果過不好生活，照顧不好自己，沒有健康的身體，自己不舒服，還會拖累家人，又何談做學問。因此，博士論文做完之後，我努力兼顧學習和生活，而不只是一頭埋進書堆，做書桌前的苦行僧。

最後，我對工作也有了新認識。一個人精力總是有限，撰寫博士論文的同時，雖然努力做好教學工作，但是總覺心有餘而力不足，在教學和科研之間多少有點魚和熊掌兼顧不周的無奈。一想起那年春天因為咳嗽影響上課，就覺得愧對學生。博士畢業後我更覺教師必須「以人為本」，把主要時間和精力投入到當下教學，教好眼前學生，然後才談其它。教學投入幾乎是無限的，備課、課前導入、上課師生互動，課後教學反思，實踐翻轉課堂，等等。規定性的 4 節課似乎不知不覺變成 12 節都不止。但令人欣慰的是，從學生的回饋可以看出他們取得了明顯的進步。

總之，博士期間的研究滋養了我，也改變了我，我的視線從單一的專業領域轉向跨學科更寬廣的知識領域，從象牙塔轉向了樸實的生活，從關注自身轉向了關注周圍更多的人，一切都挺好，只是除了應對畢業必須發表的論文要求外，沒有更多研究成果正式問世。博士畢業後，幾年的時光轉眼飛奔而逝。

關心我的老師們看在眼裡，急在心上。導師王麗麗教授和原院長林大津教授都對我關愛有加。麗麗老師特地開著車帶我去山西麵館吃刀削麵，大津老師從百忙之中抽出時間，請我去呂振萬樓吃海鮮麵。「麵對面」的中心議題高度一致：博士階段打下了良好基礎，科研應該繼續，不能荒廢啊！出世為學為文與入世做人做事並不相悖啊！只要找好平衡點，這兩方面其實是相輔相成！

老師的關愛令我心中惴惴。想來恩師桃李滿天下，我非賢人，何德何能承受老師關愛如此！老師的耳提面命也讓我靜心反省：博士之後的收穫不正歸功於之前研究的滋養麼？博士論文為何就不能成為下一站探索的滋養呢？生命是過程，今日之我不是一個片段，而是昨日之我的綿延，今日我之成長，溯源於昨日我之努力。「精專」和「博雜」並行不悖，雖說專業研究多是「人跡罕至的地方」，但往往是刷新了自我的高度，才能帶著新的感悟，新的認識擁抱生活，如此說來，只要按照自己的節奏悠著來，「專」「通」無礙，學問和生活二者無待啊！

學問路漫漫，邁步從頭越。敢問老師，何處著手？大津老師說，就從博士論文開始吧，精雕細琢成專著出版，讓更多的人瞭解你的研究，然後繼續前行，拓展原有研究，爭取新成果。於是就有了本書。除了增補更新一些文獻，本書內容和博士論文內容基本一致。因為是以博士論文為基礎首發專著，所以也要借此機緣，特別感謝那些助我成就的良師益友。

感謝恩師王麗麗教授，是她收我為徒，我才有機會做博士論文；是她不斷地鼓勵、肯定、督促、鞭策，我才將最初模糊的構想變成實在的文字表述，最終完成論文，順利畢業。

感謝林大津教授，從碩士到博士，一路都得到大津老師的啟發和教誨，而博士論文之所以能夠變成專著發表，呈現給大家，也正是因為大津老師的提議和支持。

感謝北京外國語大學英語學院英美文學所的馬海良教授，作為我在北外訪學期間的導師，他將自己切身研究經驗毫無保留地告訴我：讀書要照亮自己，研究要滋養生命。

感謝福建師範大學文學院的葛桂錄教授，他給我們講授比較文學課程，對於我提出的問題，無論課堂內外，他總是耐心答疑解惑，令我感動。

感謝北京大學南亞研究所的姜景奎教授，他給我們講授印度宗教課程，一直都把我這個旁聽生當做「編內生」對待，悉心指教。

感謝中國社科院宗教所的王志躍教授，他給我們講授東南亞宗教課程，就我的論文提出了寶貴意見，還熱心地為我介紹相關書目。

感謝北京大學的樂黛雲教授、香港城市大學的 Jonathon Webster 教授和江西社會科學院的龍迪勇教授，在向他們請教，與他們交流的過程中，他們毫無保留傳道授業解惑的無私精神，讓我感動。

感謝福建師範大學外國語學院陳維振教授、劉亞猛教授、李榮寶教授、林元富教授，感謝福建師範大學文學院的孫紹振教授，福州大學外國語學院的潘紅教授和中國社會科學研究院趙一凡教授，感謝他們對我學術探究的指點和幫助。

還要感謝本院謝朝群教授，為了讓這本論著得以出版，他提出修改意見，還多次幫忙聯繫出版事宜。感謝林樟教授，他時時督促大家勤於科研，也使我化思想為行動。在本書即將付梓之時，葛桂祿教授又調至本院主持工作，並對著作出版予以大力支持。拙著從無到有，長路漫漫，葛教授是見證者之一。在此感謝支持，感念緣分。

感謝同門師姐妹羅辰博士、張桂珍博士，同學毛浩然博士，感謝在北外訪學期間的同學史青玲、李慶學，他們和我共同探討問題，給我提出意見和建議，給我帶來了啟發和靈感。

感謝十年前在鼓浪嶼渡船上偶識的陳耀姬小姐，為我不遺餘力地聯絡出版社，還在出版遭遇困難時給我鼓勵；感謝蘭臺出版社，承蒙不棄，接收書稿，感謝沈彥伶編輯，耐心細緻為我五校稿件。

感謝家人，沒有他們無私的付出，無言的支援，就沒有博士論文，沒有拙著問世。但，情到深處自無言，他們為我所做的一切，又豈能用一個謝字概括！

回首過往，展望未來，我相信，有大家的支持和陪伴，我一定會再接再厲，一步一個腳印地在教研路上繼續前行，爭取新成果。

國家圖書館出版品預行編目資料

拉什迪小說的多元敘事與梵我一如思想研究——以《午夜之子》為例 / 李蓉著 . -- 初版 . -- 臺北市：蘭臺，2020.03

面； 公分 --（文學評論；1）

ISBN 978-986-5633-84-4（平裝）

1. 拉什迪 2. 小說 3. 文學評論

873.57 108012982

文學評論1

拉什迪小說的多元敘事與梵我一如思想研究
——以《午夜之子》為例

作　　者：李蓉
插　　畫：李蓉
編　　輯：沈彥伶
美　　編：陳勁宏
封面設計：塗宇樵
出 版 者：蘭臺出版社
發　　行：蘭臺出版社
地　　址：台北市中正區重慶南路 1 段 121 號 8 樓之 14
電　　話：(02)2331-1675 或 (02)2331-1691
傳　　真：(02)2382-6225
E—MAIL：books5w@gmail.com 或 books5w@yahoo.com.tw
網路書店：http://bookstv.com.tw/
https://www.pcstore.com.tw/yesbooks/
https://shopee.tw/books5w
博客來網路書店、博客思網路書店
三民書局、金石堂書店
總 經 銷：聯合發行股份有限公司
電　　話：(02) 2917-8022　傳 真：(02) 2915-7212
劃撥戶名：蘭臺出版社　帳號：18995335
香港代理：香港聯合零售有限公司
電　　話：(852)2150-2100　傳真：(852)2356-0735
出版日期：2020 年 3 月 初版
定　　價：新臺幣 550 元整（平裝）
ISBN：978-986-5633-84-4